陳惠英 主編

香港文學大系 一九五〇—一九六九

通俗文學卷二

商務印書館

《香港文學大系 一九五〇—一九六九》編輯委員會已盡力查究文章及相片刊載權的資料。如有遺漏之處，敬請版權持有人與本編輯委員會聯絡。

香港文學大系一九五〇—一九六九・通俗文學卷二

主　　編：陳惠英
特約編輯：陳　芳
責任編輯：林雪伶
封面設計：涂　慧
出　　版：商務印書館(香港)有限公司
香港筲箕灣耀興道三號東滙廣場八樓
http://www.commercialpress.com.hk
發　　行：香港聯合書刊物流有限公司
香港新界荃灣德士古道二二〇至二四八號荃灣工業中心十六樓
印　　刷：美雅印刷製本有限公司
九龍觀塘榮業街六號海濱工業大廈四樓A室
版　　次：二〇二三年五月第一版第一次印刷

ISBN 978 962 07 4632 1
Printed in Hong Kong

《香港文學大系一九五〇—一九六九》人員名單

編輯委員會

總主編　陳國球
副總主編　陳智德
編輯委員　危令敦　陳國球　陳智德　黃子平　黃仲鳴　黃淑嫻　樊善標（按姓氏筆畫序）

顧問

王德威　李歐梵　周蕾　許子東　陳平原　陳萬雄（按姓氏筆畫序）

各卷主編

一	新詩卷一	陳智德
二	新詩卷二	葉輝　鄭政恆
三	散文卷一	樊善標
四	散文卷二	危令敦
五	小說卷一	馮偉才
六	小說卷二	黃淑嫻
七	話劇卷	盧偉力
八	粵劇卷	梁寶華
九	歌詞卷	黃志華　朱耀偉 吳月華　盧惠嫻
十	舊體文學卷	程中山
十一	通俗文學卷一	黃仲鳴
十二	通俗文學卷二	陳惠英
十三	兒童文學卷	黃慶雲　周蜜蜜
十四	評論卷一	陳國球
十五	評論卷二	羅貴祥
十六	文學史料卷	馬輝洪

目錄

總　序／陳國球 …… 1
凡　例 …… 33
導　言／陳惠英 …… 35
劉以鬯
香港居（節錄） …… 71
董千里
馬可波羅（節錄） …… 102
史　得（小生姓高）
中年心事（節錄） …… 116
豬八戒遊香港（節錄） …… 130

易金
留住的夕陽（節錄）…… 151

司明
最佳特約（節錄）…… 168

金庸
倚天屠龍記（存目）…… 180

岳騫
瘟君夢（存目）…… 181

梁羽生
雲海玉弓緣（存目）…… 182

高旅
彩鳳…… 183

張續良
雨夜驚魂（節錄）…… 196

上湯文武
大嶼山恩仇記……220
依達
斷絃曲（節錄）……230
蒙妮坦日記（節錄）……240
俊人（萬人傑）
氣壯山河（節錄）……263
大人物與小人物……304
倪匡
妖火（節錄）……309
孟君
愛人（節錄）……324
楊天成
二世祖手記（節錄）……338
香港屋簷下（節錄）……353

簡而清

姊姊的來信 …… 383

西貝兒與剪刀 …… 386

傑　克

世界大情人（節錄） …… 388

雨　季（蔡浩泉）

天邊一朵雲（節錄） …… 408

南宮搏

朱元璋（節錄） …… 425

任護花

任護花遊世界（節錄） …… 443

亦　舒

失約 …… 469

作者簡介 …… 475

總序

陳國球

《香港文學大系》之編制體式，源自一九三五年到一九三六年出版的十冊《中國新文學大系》。兩者的關連，實在依違之間；前者第一輯的〈總序〉已有交代。[1] 其中最要重要的一個相同立意，是向歷史負責、為文學的歷史作證。《中國新文學大系》由趙家璧（一九〇八——一九九七）主編，目的是為由一九一七年開始的「新文學運動」作歷史定位，因為他發現「新文學」到了三十年代中期，面對的社會環境已經不同，他深恐「新文學運動」光輝不再；[2] 因此他設計的《新文學大系》由整體結構到每一冊的體式，綜之就是一種歷史書寫；這也是《香港文學大系》以之為模範的主

1 陳國球〈香港？香港文學？——《香港文學大系一九一九——一九四九》總序〉，載陳國球、陳智德等著《香港文學大系一九一九——一九四九．導言集》（香港：商務印書館（香港）有限公司，二〇一六），頁一——三九。

2 趙家璧後來在回憶文章指出當時幾個環境因素：一、一九三四年國民黨軍隊作第五次「圍剿」，又查禁書刊，成立「圖書雜誌審查會」；二、同年有推行舊傳統道德的「新生活運動」；三、湖南廣東等省實行尊孔讀經；三、「大眾語運動」批判五四以後的白話文為變「之乎者也」為「的那呢嗎」的「變相八股」；四、林語堂的《人間世》半月刊，「惡白話文而喜文言之白，故提倡語錄體」；五、上海圖書出版界大量翻印古書，社會上瀰漫復古之風。見趙家璧〈話說《中國新文學大系》〉，《新文學史料》一九八四年第一期（一月），頁一六三——一六四。

因。正如我們以「大系」的形體去抗拒香港文學之被遺棄，《中國新文學大系》的目標也明顯是對「遺忘」的戒懼，盼求「記憶」的保存。[3] 這意向的實踐又有多方向的指涉：保存「記憶」意味着對「過去」發生的情事之意義作出估量，而估量過程中也必然與「當下」的意識作協商，其作用就是開發「未來」的各種可能；這就是傳統智慧所講的「鑑往知來」。因此，以「大系」的體式向「歷史」負責，同時也是向「當下」、向「未來」負責。

---

3 趙家璧在《中國新文學大系》初編時說：「這十年間寶貴的材料，現在已散失得和百年前的古籍一樣；假如不趁早替它整理選輯，後世研究初期新文學運動史的人，也許會無從捉摸的。」見趙家璧〈編輯《中國新文學大系》緣起〉，原刊《中國新文學大系》宣傳用樣本（上海：良友圖書公司，一九三五），收入趙家璧《書比人長壽：編輯憶舊集外集》（北京：中華書局，二〇〇八），頁一〇六。他後來追憶《大系》的出版時，曾舉出兩個事例，一是劉半農編集《初期白話詩稿》時，女詩人陳衡哲的感慨：「那已是三代以上的事（了），我們都是三代以上的人了」；另一是阿英編《中國新文學運動史資料》時不過離「新文學運動」只短短二十年，但回想起來已有「渺茫」、「寥遠」之感，而且要搜集當時的文獻「真是大非易事」。見劉半農編《初期白話詩稿》（北平：星雲堂書店，一九三三；新北市：花木蘭文化出版社，二〇一六年影印），頁七—八；張若英（阿英）編《中國新文學運動史資料》（上海：光明書局，一九三四），頁一—二；趙家璧〈話說《中國新文學大系》〉，頁一六六—一六七。

一、《大系》的傳承與香港

從製作層面看，《中國新文學大系》可説成功達標，不少研究者都認同它在文學史建構的功績。[4]然而，當我們換一個角度去審視這一抵抗「遺忘」的製作之「生命史」，卻也見到其間別有一番掙扎浮沉。[5]於此我們不作詳細論述，只依據趙家璧的不同時期記憶，配合相關資料，以簡述《中國新文學大系》的「記憶」與「遺忘」的歷史，當中香港的影子也夾纏其中，頗堪玩味：

一、一九五七年三月，趙家璧在《人民日報》發表〈編輯憶舊〉連載文章，提到當年《新文學大系》「先後經過兩年時間（案：即一九三五年到一九三六年），衝破了國民黨審查會的鬼門關才算全部出版。」[6]

4 參考溫儒敏〈論《中國新文學大系》的學科史價值〉，《文學評論》，二〇〇一年第三期（五月），頁五四—六一；羅崗〈解釋歷史的力量：現代文學的確立與《中國新文學大系一九一七—一九二七》的出版〉，《開放月刊》，二〇〇一年第五期（五月），頁六六—七六；黃子平〈「新文學大系」與文學史〉，《上海文化》，二〇一〇年第二期（三月），頁四—一二。

5 這是捷克結構主義者伏迪契卡（Felix Vodička）的文學史觀念之借用。伏迪契卡認為文學的過程並非終結於文學作品創製完工的時候；文學的「生命史」在於以後不同世代的閱讀；參考陳國球《文學史書寫形態與文化政治》（北京：北京大學出版社，二〇〇四），頁三三六—三四六。

6 趙家璧〈編輯憶舊．關於中國新文學大系〉，原刊《人民日報》，一九五七年三月十九日；重刊於《新文學史料》，一九七八年第三期（三月），頁一七三。

二、趙家璧在後來追記，《大系》出版後，原出版公司「良友」的編輯部，因應蔡元培和茅盾的鼓勵，曾考慮續編「新文學」的第二個、第三個十年。[7]不久抗戰爆發，此議遂停。

三、一九四五年春日本戰敗的跡象已明顯，他再想起續編的計劃，和全國文協負責人討論先編第三輯「抗戰八年文學大系」，因為抗戰時的材料，「都是土紙印的，很難長久保存；而兵荒馬亂，散失更多」，要先啟動。可惜戰後良友公司停業，計劃流產。[8]

四、趙家璧在一九五七年的連載文章說：「解放後，很多人建議把《中國新文學大系》重印。我認為原版重印，似無必要。」文中的解說是可以另行編輯他早年的構想——《五四以來文學名著百種》。[9]然而，他後來的文章說這是「違心之論」。[10]

---

7 蔡元培在《中國新文學大系．總序》結尾時說：「對於第一個十年先作一總審查，使吾人有以鑑既往而策將來，希望第二個十年與第三個十年時，有中國的拉飛爾與中國的莎士比亞等應運而生呵！」載胡適編《中國新文學大系：建設理論集》（上海：良友圖書公司，一九三五），頁九。茅盾為《中國新文學大系》的宣傳樣本寫〈編選感想〉也說：「現在良友公司印行《中國新文學大系》第一輯」；趙家璧認為他意指以後應有「第二輯」、「第三輯」。見趙家璧〈話說《中國新文學大系》〉，頁一七一。

8 參考趙家璧〈編輯憶舊．關於中國新文學大系〉，原刊《人民日報》，一九五七年三月廿一日，重刊於《新文學史料》，一九七八年第一期（一月），頁六一；趙家璧〈話說《中國新文學大系》〉，頁一八六－一八八。

9 趙家璧〈編輯憶舊．關於中國新文學大系〉，頁六一。

10 趙家璧〈話說《中國新文學大系》〉，頁一六二－一六三。

五、趙家璧在八十年代的追記文章又說：「一九六二年，香港一家出版社已擅自翻印過一版。」[11]這家出版社是「香港文學研究社」，出版時有李輝英撰寫的〈重印緣起〉，文中引用了蔡元培〈總序〉「十年總審查」以後，還有接着的「第二個十年第三個十年」；李輝英又說：「第一個十年總結過了，留下來豐富的十集《大系》」，然而，「這豐碑式的《大系》，現在海外竟然變成了孤本和古董」，於是出版社「決定本諸傳播文化的宗旨，……重印《大系》，……使豐碑免於湮滅」。[12]這裏有幾個關鍵詞：「擅自」、「海外」、「湮滅」。

六、趙家璧同時又指出「翻印《大系》的那家香港出版社，於一九六八年又搞了一套《中國新文學大系．續編一九二八——一九三八》」，其〈總序〉「居然把上述蔡元培為一九三五年良友版《大系．總序》裏所表示的重要期望，接了過去，自稱為是蔡序《大系》的繼承者，在海外漢學界造成了混亂。……國內學者更不會輕易承認這種自命的繼承。」[13]事實上，香港文學研究社出版《大系．續編》的計劃，早在翻印十集《大系》不久就開始，到一九六八年全套出版；其卷前的〈出版前言〉提到《續編》（一九二八——一九三八）和《三編》（一九三八——一九四八）的構想；完成的話，「中國『新文學運動』的歷史大致完整了」。這個出版計劃不無商業的考慮，〈出版前言〉謂各集編

11 趙家璧〈話說《中國新文學大系》〉，頁一六三。

12 〈重印緣起〉，載胡適編《中國新文學大系：建設理論集》（香港：香港文學研究社，一九六二），卷前，頁一——二。

13 趙家璧〈話說《中國新文學大系》〉，頁一八一——一八二。

者「都是國內外知名人物」，分處東京、新加坡、香港三地，編成後在香港排印。[14] 然而，由後來的相關追述可知，其實編輯工作主要由北京的常君實承擔，再由香港的譚秀牧補漏；二人並無直接溝通協調，加上兩地各有不同的客觀限制，製作過程困難重重。[15] 無論如何，在所謂「正」與「續」之間，不難見到「斷裂」與「繼承」的複雜性。

七、與香港文學研究社編纂《中國新文學大系．續編一九二八—一九三八》差不多同時，李棪與李輝英也在構思一個「一九二七—一九三七年」的續編，並已列為「香港中文大學研究計劃」之一；其中小說、散文、戲劇部分已有四冊接近編成。主編者認為「新文學第二個十年」的編選，「實為必要的也是刻不容緩的工作」。值得注意的是，他們「搜求資料的主要對象」是英國、日本、美國各大圖書館，而不是中國內地。他們也知悉香港文學研究社的出版計劃，視之為「同道者」的「姊妹編」。[16] 可惜，這個計劃所留下的只是一份編選計劃書。

14 〈出版前言〉載《中國新文學大系．續編》（香港：香港文學研究社，一九六八），卷前，無頁碼。

15 參考譚秀牧：〈我與《中國新文學大系．續編》〉，《譚秀牧散文小說選集》（香港：天地圖書公司，一九九〇），頁二六二—二七五。譚秀牧在二〇一一年十二月到二〇一二年五月的個人網誌中，再交代《續編》的出版過程，以及回應常君實對《續編》編務的責難。見 http://tamsaumokgblog.blogspot.hk/2012/02/blog-post.html（檢索日期：二〇一九年六月二十一日）。

16 參考李棪、李輝英〈《中國新文學大系．續編》的編選計劃〉，《純文學》（香港），第十三期（一九六八年四月），頁一〇四—一一六；徐復觀〈略評《中國新文學大系續編》編選計劃〉，《華僑日報》，一九六八年三月三十一日。

八、一九七八年，《新文學史料》創刊，編輯約請趙家璧撰稿；趙家璧婉拒不成，只好提交一九五七年刊發於《人民日報》的文章，文章開首就宣明沒有必要重印《中國新文學大系》。[17]同年末，他知悉上海文藝出版社打算重印《大系》，卻表示「完全擁護」，並撰寫〈重印《中國新文學大系》有感〉。[18]至一九八二年《大系》十卷影印本出齊。

九、一九八三年十月，他寫成長篇追憶文章〈話說《中國新文學大系》〉，次年刊載於《新文學史料》一九八四年第一期。這是後來大部分《中國新文學大系》的研究論述之依據。

十、一九八四至一九八九年，上海文藝出版社由社長兼總編輯丁景唐主編，趙家璧作顧問，陸續出版《中國新文學大系一九二七—一九三七》共二十冊；一九九〇年再有孫顒、江曾培等主編《中國新文學大系一九三七—一九四九》二十冊；一九九七年馮牧、王蒙等主編《中國新文學大系一九四九—一九七六》二十冊；二〇〇九年王蒙、王元化總主編《中國新文學大系一九七六—二〇〇〇》三十冊。

---

17 趙家璧在《人民日報》發表的連載文章，原題作〈編輯憶舊〉，其中有關《中國新文學大系》的部分，刊於《人民日報》，一九五七年三月十九日及廿一日；後來重刊於《新文學史料》，一九七八年第一期（一月），頁六一—六二；及第三期（三月），頁一七二—一七三。

18 文章正式發表有所延後，見趙家璧〈重印《中國新文學大系》有感〉，《文匯報》，一九八一年三月廿三日。參考趙家璧〈話說《中國新文學大系》〉，頁一六三；趙修慧編〈趙家璧著譯年表〉，載趙家璧《書比人長壽：編輯憶舊集外集》，頁二六五。

以上的簡單撮述，目的不在於表現巧黠的「後見之明」，以月旦是非；而是借檢視「歷史承載體」的歷史，重新思考「歷史」的所謂傳承，以至「歷史」的存在與否，大抵是「記憶」與「反記憶」、「遺忘」與「反遺忘」的心與力的爭持。我們都明白，一九四九年之後，無論中國內地還是港英統治下的香港，政治與社會都有一個非常大規模的變易與轉移。以趙家璧的一人之身，歷經世變卻又似斷難斷，在大斷裂之後試圖由「記憶」出發以作歷史（文學史）連接，並且非常着意連接的合法性，而疏略其形神之異。他的舉措很能揭示「記憶」的黏合能力，同時也見到其偏狹的一面。[19] 如果論者想把這五輯《中國新文學大系》看成一個連續體，必須面對其間存在一個極大裂縫的問題：第一輯完成於一九三六年，第二輯開始出版於半個世紀之後的一九八四年；更不要說中間經歷天翻地覆的戰爭與政治社會的大變異，第一輯與後來四輯的編輯思想、製作方式與實際環境的千差萬別。考慮到種種因素，香港在上述過程中的參與角色，又透露了哪種意義？《香港文學大系》要作「續編」，又會遇上甚麼問題？都有待我們省思。

---

19 有關《中國新文學大系》第一輯與後來各輯的差異與區隔，可參考陳國球〈香港？香港文學？——《香港文學大系一九一九—一九四九》總序〉，頁十—十三。

二、「記憶之連續體」在香港

一九四九年以後，香港與中國之間有各種迴斡，其中文學與文化是兩邊關係的深層次展現。在五、六十年代期間，有一些文學現象可供思考。五十年代初從內地南下的馬朗（一九三三？—），在香港創辦《文藝新潮》，推動現代主義創作，引進西方文藝思潮，影響了香港一個世代的文學發展。《文藝新潮》的馬朗，在大崩裂的時刻意識到「遺忘」帶來歷史的流失。他在雜誌創刊不久的第二期就預告要編一個〈三十年來中國最佳短篇小說選〉的特輯。他的想法是：

> 中國新文學運動至今已卅餘年，其間不少演變，然而不論是貧乏還是豐饒，出版不下數萬種的小說倒底〔案：原文如此〕給三十年來的讀者群廣汎的影響，然而這些作品今日都在歷史的洪流裏湮沒了。目前海外人仕〔士〕即使想找一篇值得回味的小說，亦無可能。……〔我們〕借這個特輯來作一次回顧，讓大家看看中國有過甚麼出色的短篇小說，在文化淪亡無書可讀的今日，對於華僑青年，其意義又豈只是保存國粹而已。[20]

一九五六年五月《文藝新潮》第三期特輯正式刊出，收入沈從文〈蕭蕭〉、端木蕻良〈遙遠的風

---

20 《文藝新潮》，第一卷第二期（一九五六年四月），封底〈預告〉。

砂〉、師陀〈期待〉、鄭定文〈大姊〉、張天翼〈二十一個〉五篇。馬朗在〈選輯的話〉交代編選過程中遇到的困難：

> 中國新文學書籍湮沒的程度實在超乎意料，令人吃驚。譬如，曾經哄動一時的新感覺派奇才穆時英的〈Craven A〉、〈一個本埠新聞欄廢稿的故事〉、〈白金的女體塑像〉、〈公墓〉等等之中，似乎可以選擇一篇的，因為他首先迎接了時代尖端的潮流；還有直追梅里美擅寫心理的施蟄存，他的《將軍的頭》和《梅雨之夕》兩本書；以致〔至〕偽滿時代的「中國紀德」爵青，他的《歐陽家的人們》；再有蕭紅的〈手〉和〈牛車上〉，羅烽描寫瀋陽事變的〈第七個坑〉、萬迪鶴的〈劈刺〉、荒煤的《長江上》、戰後的路翎和豐村……。前者已永遠在中國書肆中消失了，後者卻在香港找不到。[21]

四十年代在上海主編《文潮》的馬朗，來到香港以後對現代小說的記憶，自然與他昔日的閱讀經驗有關。馬朗在《文潮》有個〈每月小說評介〉的欄目，當中就曾評論《文藝新潮》特輯的〈期待〉

---

21 〈選輯的話〉，《文藝新潮》，第三期（一九五六年五月），頁六九。

及〈大姊〉兩篇；也旁及荒煤的《長江上》和爵青《歐陽家的人們》。[22] 由此可見「香港」連結「中國」的軌跡之一，是「文學記憶」在空間（中國內地—香港），以及時間（四十年代—五十年代）上的傳承接駁。這個具體的例子說明，我們看到的不是「中華文化廣被四夷」；[23] 而是一種「記憶」的遷徙、搬動。因為這些文學風潮與作品，在原生地已經難得流通了。[24]

此外，六十年代又有一次更大型的「文學記憶」的連結工程。一九六四年七月廿四日《中國學生周報》創刊十二周年紀念，推出《五四．抗戰中國文藝新檢閱》專輯，前有編者的〈寫在專輯前面〉，羅列了一批當時香港讀者會感陌生的作家名字，如卞之琳、端木蕻良、駱賓基、穆時英、施蟄存、錢鍾書、無名氏、王辛笛、馮乃超、孫毓棠、艾青、馮至、王獨清等，指出「他們的聲名給『正統作家』們蓋過了，他們的作品被戰亂的烽火燒燬了。但是，他們對當代中國文藝的影響是永遠潛在的，他們的功績是不可磨滅的」；這個專輯的目標是：

22 蘆焚（師陀）〈期待〉的評論見馬博良（馬朗）〈每月小說評介〉，《文潮》，創刊號（一九四四年一月），頁七五。鄭定文〈大姊〉的評論見馬博良〈每月小說評介〉，《文潮》，第一卷第五期（一九四四年八月），頁九八—九九；當中提到爵青《歐陽家的人們》。再者，評論曉芒〈荒原〉時，曾以荒煤《長江上》作比較，見馬博良〈每月小說評介〉，《文潮》，第一卷第六期（一九四四年十月），頁九七—九八。

23 我們也留意到馬朗提到香港的年輕世代時，稱他們做「華僑青年」。

24 例如三十年代的「新感覺派」，在大斷裂之後，要到八十年代北京大學嚴家炎重新提出，並編成《新感覺派小說選》（北京：人民文學出版社，一九八五），內地的讀者才有機會與之重逢。相對之下，這份「記憶」卻搬移到香港，由五十年代開始一直在文藝界傳承。

分別從小說、散文、詩歌、戲劇、翻譯、批評方面，介紹文壇前衛作家們的成就。……希望能夠提醒今日的讀者們：不要忘記從五四到抗戰到現在這一份血緣！[25]

這個專輯與「現代文學美術協會」的幾位骨幹人物如崑南（一九三五—）、李英豪（一九四一—）、盧因（一九三五—）等關涉最多。例如盧因就以「陳寧實」和「朱喜樓」的筆名，分別討論端木蕻良的小說，和周作人以來的雜文和散文；崑南則談無名氏，同時翻譯辛笛的詩作為英文。至於詩論大將李英豪則以「余橫山」的筆名討論劉西渭和五四以來的文藝批評，更重要的一篇論述是以本名發表的〈從五四到現在〉：

時至今日，一些真有才華和創建性的作者，反而湮沒無聞；作品隨着戰火而被埋葬；……我們只以為，「五四」及抗戰時，中國只有寫實小說，或自然主義品，卻漠視了如以新感覺手法表現的穆時英，捕捉內在朦朧感覺的穆木天，打破沿襲語言辭格的駱賓基，追尋純美的何其芳，寫〈水仙辭〉的梁宗岱，和運用小說「對位法」與「同時性」的爵青。茅盾、巴金、丁玲等都受政治宣傳利用，論才華和穩實，都比不上駱賓基、端木

25 編者〈寫在專輯前面〉，《中國學生周報》，第六二七期（一九六四年七月廿四日）。文中所列舉作家（除了穆木天、艾青、馮至）大部分是當時內地的現代文學史罕有論及的。

藊良和李劼人；論狂放，更望塵不及無名氏。[26]

如果馬朗是搬動內陸的「文學記憶」到這個島與半島的文化人，李英豪卻是土生土長的本地「番書仔」，他的文化觸覺明顯與馬朗所傳遞的訊息有密切的關聯。但這並不表示李英豪一輩只是被動地接收單向的訊息。從文中可知他一樣看到由郭沫若到王瑤等傳揚的另一種文學史記述。換言之，李英豪等一輩人接收到內容有差異的訊息。顯然他們選擇相信文學的「過去」原本很豐富，但經歷滄桑歲月，「記憶」斷裂；精彩的作家和作品被「遺忘」。

由於對「遺忘」的戒懼，馬朗試圖將被隱蔽的「記憶」恢復。當他的私有「記憶」在易地以後成為一種論述，他高呼「人類靈魂的工程師，到我們的旗下來！」[27]當然是為了招集同道，發揮傳播的力量。至於論述的承受方，如崑南、盧因、李英豪一輩在本地成長的年輕人，緣此擴充了香港教育體制以外視野；[28]另一方面，在地的位置——作為面向世界的殖民地城市——也促使他們以更多元、多層次的思考，面對這些非他們固有的「文學記憶」；他們採取主動積極的態度，試

26 李英豪〈從五四到現在〉，《中國學生周報》，一九六四年七月廿四日。

27 新潮社〈發刊詞：人類靈魂的工程師，到我們的旗下來！〉，《文藝新潮》，第一卷第一期（一九五六年二月），頁二。

28 香港的文學教育並沒有提供這部分的知識，參考陳國球〈文學教育與經典的傳遞：中國現代文學在香港初中課程的承納初析〉，《現代中文文學學報》，第四期（二〇〇五年六月），頁九五—一一七。

圖建構可以上下連貫的文學史意識時，也在衡量當下自身的位置。所以文中說：

> 我們並不願意墨守他們的世界，亦不願盲從他們的步伐。中國現代文學應落眼於開創的一面——不斷的開創。我們不一定要有隻手闢天的本領，但我們必得肩負數千年來沈重的中國文化，高瞻遠矚的看看世界，默默的在個人追尋中求建立，自覺覺他。

文章的結尾，李英豪又說：

> 「現代」是「現代」，是不容逃避與否認的，而那必得是個人的、中國的「現代」。[29]

他們心中的「我們」，顯然是由當下的年輕一代的眾多「個人」組成；這一群「我們」為甚麼要「肩負」一個沉重的責任？如果用趙家璧的話來對照，他們「居然」、「擅自」、「自稱」是此一文學與文化記憶的「繼承者」，可謂不自量力地「情迷中國」（Obsession with China）。由馬朗到李英豪，「情迷中國」的基礎並不相同，但在五、六十年代香港共同構建了奇異卻璀爛的華語文化論述。

---

29 李英豪〈從五四到現在〉，《中國學生周報》，一九六四年七月廿四日。

正如香港出版的《民主評論》，在一九五八年元旦刊載了牟宗三、徐復觀、張君勱、唐君毅等四位流離於中國之外的儒學中人合撰的〈中國文化與世界——我們對中國學術研究及中國文化與世界文化前途之共同認識〉；[31]這些「新儒家們」的「文化記憶」在中國大地養成，他們的親身體驗，是支撐他們信念的依據。然而香港一個年輕人聚合的文藝團體，也在翌年（一九五九年）元旦發表他們的「文化宣言」。這個團體的主要成員是崑南（二十四歲）、王無邪（一九三六—，二十三歲）和葉維廉（一九三七—，二十二歲），組織名稱是「現代文學美術協會」；他們高呼：[30]

為了我們處於一個多難的時代，為了我們中華民族目前整體的流離，更為了我國半世紀以來文化思想的肢解，於是，在這決定的時刻中，我們都面臨着一個重大的問題；這個重大而不可抗拒的問題，迫使我們需要聯結每一個可能的力量，從面裏〔裏面〕發揮每一個人的勇敢，每一個人的信念，每一個人的抱負，共同堅忍地正視這個時代，共同表現中華民族應有的磅礴氣魄，共同創造我國文化思想的新生。……讓所有人，有共

30 參考陳國球〈情迷中國：香港五、六十年代現代主義文學的運動面向〉，《香港的抒情史》（香港：香港中文大學出版社，二〇一六），頁二六一—三二〇。

31 牟宗三、徐復觀、張君勱、唐君毅〈中國文化與世界——我們對中國學術研究及中國文化與世界文化前途之共同認識〉，《民主評論》，第九卷第一期（一九五八年一月），頁十二—二〇。

同善良的願望的年青人緊密地站在一起，站在一起肩負一個偉大而莊嚴的使命。[32]

由語言措辭以至思想方向看來，他們的想像其實源於南來知識分子的「文化記憶」，是這種「記憶」的承納與發揮。他們建構（虛擬）了一個超過本土的文化連續體，由是他們既能立意開新，又有歷史（上一輩的記憶）的厚重。千斤重擔兩肩挑。香港文學史的這一段，可說是最能大開大闔，最有歷史承擔的一段。[33]更重要的是：他們的確開拓了華語文學的新路，展示了內地環境所未及容納的文學之可能。當然，他們大概不能逆料其勇於承擔有可能遭逢「合法性」的質疑，而這正正是「歷史」之弔詭，與悲涼。

32 〈現代文學美術協會宣言〉，載崑南《打開文論的視窗》（香港：文星圖書公司，二〇〇三），頁一六三—一六四。

33 這是評斷香港文學文化為「淺薄」的外來學者所未及注意的一面。例如陳麗芬曾引用呂大樂指「香港意識」為「淺薄」的說法，普遍化為香港人就是「淺薄」；見陳麗芬〈普及文化與歷史記憶——李碧華的聯想〉，載陳國球編《文學香港與李碧華》（台北：麥田出版，二〇〇〇），頁一二三—一三〇。其實呂大樂之說是專指香港戰後嬰兒組成的「第二代人」自我發明的「香港意識」，是七十年期間快速發展起來的（自欺欺人的）神話，是無力的、排他的、淺薄的；其指涉有具體的範圍，與陳麗芬的想像有根本的差異。參考呂大樂《唔該埋單！——一個社會學家的香港筆記》（香港：閒人行有限公司，一九九七），頁一—三；二〇—三一。

三、歷史的崩裂與文學主體的更替

《香港文學大系》第一輯以一九四九年為編選內容的時期下限，現在第二輯在時間線上作承接，以一九五〇年到一九六九年為選輯範圍。然而，時間上雖然相互啣接，其間的「歷史」進程卻很難說是無縫的連續體。從現存資料看到，一九四五年二戰結束，港英政府從戰敗的日本收回香港，當時的人口約六十餘萬；一九四六年增至一百六十餘萬人；一九四九年一百八十六萬，一九五一年二百三十萬。[34] 由一九四九年到一九五一年兩三年間的人口增長約四十四萬，再計算雙向移動替代的實際情況和趨勢，這個歷史轉折時期香港人口變化極大，政治社會、經濟民生等面貌大有不同；尤其在文化理念或文學風尚，更是裂痕處處，前後不相連屬。

按照最通行的解說，自抗日戰爭結束，國共內戰展開，香港成為左翼文人的避風港，不少人更在此地主理重要報刊的編務，由是這個文化空間也轉變成左翼文化的宣傳基地。到一九四九年國民黨敗退台灣，大批內戰時期留港的文化人北上迎接新中國；而對社會主義政權心存抗拒的各式人等，又紛紛移居香港，或以之為中轉站，再謀定居之地。其中不少文化人在居停期間，書寫

34　參考湯建勛《一九五〇年香港指南》（香港：民華出版社，一九五〇；香港：心一堂，二〇一八年重印），頁八—九；華僑日報編《香港年鑑・第四回》（香港：華僑日報公司，一九五一），頁二；華僑日報編《香港年鑑・第五回》（香港：華僑日報公司，一九五二），頁二。

去國的鄉愁。一九五〇年韓戰爆發，緊接全球冷戰，美國大量資金流入香港，支持反共的宣傳；文藝界受益於「美援」，在應命的文字以外，也謀得一定的文學發揮空間。[35]若暫且依從極度簡約化的「左右對壘」觀念，我們可以說：在一九四九年以前，香港文學由左派思潮主導；一九五〇年以後，右派的影響大增。[36]準此而言，以連續發展為觀察對象的「文學史」，根本無從談起。

再細意的考察，可以《香港文學大系一九一九—一九四九》所載，時代較能相接的重要作家

35 相關論述最有代表性的是鄭樹森幾篇「港事港情」文章：〈遺忘的歷史．歷史的遺忘——五、六〇年代的香港文學〉（一九九六）、〈一九九七前香港在海峽兩岸間的文化中介〉（一九九七）、〈五、六〇年代的香港新詩〉（一九九八）、〈談四十年來香港文學的生存狀況——殖民主義、冷戰年代與邊緣空間〉（一九九四），均收入《縱目傳聲：鄭樹森自選集》（香港：天地圖書公司，二〇〇四），頁二一六—二二六；頁二二七—二五四；頁二五五—二六八；頁二六九—二七八。下文再會論及其中最重要的〈遺忘的歷史．歷史的遺忘〉一文。又參考王梅香《隱蔽權力：美援文藝體制下台港文學（一九五〇—一九六二）》（新竹：清華大學博士論文，二〇一五）；Chi-Kwan Mark, *Hong Kong and the Cold War: Anglo-American Relations, 1949-1957* (Oxford: Oxford UP, 2004); Priscilla Roberts and John M. Carroll, ed., *Hong Kong in the Cold War* (Hong Kong: Hong Kong University Press, 2016)。

36 部分親歷這個轉折期的文化人例如慕容羽軍、羅琅等，也各自有其憶述，他們的說法又與此宏觀圖像並不能完全吻合；大概當中添加了許多更複雜的人事轇轕的追憶，以及個別的遭際感懷。但究竟這些微觀經驗，是否比遠距離的觀察更可信？實在不易判定。參考慕容羽軍《為文學作證：親歷的香港文學史》（香港：普文社，二〇〇五）；羅琅《香港文化記憶》（香港：天地圖書公司，二〇一七）。

為論。《香港文學大系》第一輯所見表現精彩的詩人易椿年（一九一五—一九三七）、編輯兼作者梁之盤（一九一五—一九四一）、文藝理論家李南桌（一九一三—一九三八），均英年早逝；而曾在此地推動「詩與木刻」的戴隱郎又回到馬來亞參加戰鬥，無法在文藝活動上延續影響。至於在文壇非常活躍的「香港文藝協會」成員如李育中、劉火子、杜格靈，又如寫過「香港照像冊」系列的前衛詩人鷗外鷗，《中國詩壇》骨幹陳殘雲、黃寧嬰、黃雨，小說和散文作家黃谷柳、吳華胥、杜埃等，都相繼在一九五〇年後北上，在香港再沒有蕩漾餘波；更不要說奉命來港「工作」的文化人如茅盾、郭沫若、聶紺弩、樓適夷、邵荃麟、楊剛等，他們返國以後，再也不回頭。這些三、四十年代在香港有頻繁文學活動的作家選擇離開，各有其原因，不應究責；後來不少人更身陷困厄。值得注意的是：他們的作品從此幾乎在香港絕跡，不再流傳；換句話說，當初備受讚譽的作品，其「生命」卻未能在此地延續。

回到《大系》續編的問題。《香港文學大系一九一九—一九四九》及《香港文學大系一九五〇—一九六九》兩輯，年代相接；選入的作家理應有所重疊。但比對之下，結果令人驚訝。例如第一輯《新詩卷》收錄詩人五十六家，第二輯共兩卷收詩人七十一家。第一輯詩人在第二輯再次出現的僅有柳木下、何達、侶倫三人。侶倫擅寫的文類還有小說和散文，何達的詩歌創作生涯比較長；至於柳木下，到六十年代詩思開始枯竭。三人以外當然還有一些留港作家，如舒巷城、葉靈鳳、陳君葆等，仍然有在報刊撰文，以不同的文體見載《香港文學大系》第二輯；但相對於五十年代新近南移到香港的文人，以及在本土成長的新一代來說，這些香港前代作家的整體創作量和影響力遠遠不及。再者，新一代冒起的年輕文人如崑南、王無邪、西西、李英豪等，與三、四十年代香港作家的關係也不密切。[37]

這種前後不相連屬的崩裂情況，提醒文學史研究者重新審視歷史的「延續」問題；這又關乎「歷史」與「記憶」主體誰屬的問題。

四、「記憶」與「遺忘」的韻律

《香港文學大系一九五〇—一九六九》的選錄範圍是五、六十年代，正進行中的編纂過程有許多不容易解決的問題；不過，在這個時間範圍採集資料，我們得助於前人的工作甚多。在上世紀八十年代已見到從文學史眼光整理的五、六十年代資料出版，例如鄭慧明、鄧志成、馮偉才合編的《香港短篇小說選——五十年代至六十年代》。[38] 到九十年代香港另一個歷史轉折期前後，

37 在這個轉折時期，有更強韌力可以跨越時代，持續發展的是香港的通俗文學寫作人，如傑克、望雲、周白蘋、我是山人、高雄（三蘇）等；然而他們要應對的環境和寫作策略與前述者不同；在此暫不細論。

38 鄭慧明、鄧志成、馮偉才合編《香港短篇小說選——五十年代至六十年代》（香港：集力出版社，一九八五）。書中〈前言〉特別提到當時搜集資料工作之艱巨繁複。

也有劉以鬯和也斯的五、六十年代短篇小説選；[39]以及黃繼持、盧瑋鑾、鄭樹森三人更大規模的合作計劃。黃、盧、鄭三位從一九九四年開始合力整理香港文學的資料，最先面世的成果如《香港文學大事年表》、《香港小説選》、《香港散文選》、《香港新詩選》等，其年限都設定在一九四八年到一九六九年。[40]三位學者還有其他時段的資料陸續整理出版，決定先推出五、六十年代的部分，應該有深義在其中。[41]鄭樹森在一九九六年發表〈遺忘的歷史·歷史的遺忘——五、六十年

39 劉以鬯《香港短篇小説選：五十年代》（香港：天地圖書公司，一九九七）；也斯《香港短篇小説選：六十年代》（香港：天地圖書公司，一九九八）。

40 黃繼持、盧瑋鑾、鄭樹森合編《香港文學大事年表：一九四八—一九六九》（香港：香港中文大學人文學科研究所，一九九七）；《香港小説選：一九四八—一九六九》（香港：香港中文大學人文學科研究所，一九九七）；《香港散文選：一九四八—一九六九》（香港：香港中文大學人文學科研究所，一九九七）；《香港新詩選：一九四八—一九六九》（香港：香港中文大學人文學科研究所，一九九八）。

41 三人合編的其他香港文學資料還有：《早期香港新文學作品選：一九二七—一九四一》（香港：天地圖書公司，一九九八），《早期香港新文學資料選：一九二七—一九四一》（香港：天地圖書公司，一九九八），《國共內戰時期香港本地與南來文人作品選：一九四五—一九四九》（香港：天地圖書公司，一九九九），《國共內戰時期香港本地與南來文人資料選：一九四五—一九四九》（香港：天地圖書公司，一九九九），《香港新文學年表（一九五〇—一九六九年）》（香港：天地圖書公司，二〇〇〇）。

代的香港文學〉，可說是為其理念及這個階段的工作，作出綜合說明。[42]從題目可以見到「遺忘」也是三位前輩非常關心的問題。鄭樹森在文章結尾說：

五、六十年代的香港文學，雖是當時最不受干預的華文文學，但也是物質基礎最薄弱、生存條件最貧困的。而當時政府圖書館的不聞不問，完全可以理解，但對今日的文學研究者，史料的湮沒，不免造成歷史面貌的日益模糊。任何選集、資料冊和文學大事年表的整理工作，都不得不面對歷史被遺忘後的窘厄，但也不得不去努力重構。而在這過程中，過濾篩選，刪芟蕪雜，又在所難免。換言之，重新構築出來的圖表面貌，不論是有意或無意，不免是另一種歷史的遺忘。[43]

42 〈遺忘的歷史．歷史的遺忘——五、六十年代的香港文學〉一文先在《幼獅文藝》及《素葉文學》發表，也收入《香港文學大事年表》作為書〈序〉；後來三人合著的《追跡香港文學》，也以這一篇文章放在卷首，可見這篇文章的重要性。分見《幼獅文藝》，第八十三卷第七期（一九九六年七月），頁五八—六三；《素葉文學》，第六一期（一九九六年九月），頁三〇——三三；《香港文學大事年表：一九四八——一九六九》（香港：香港中文大學人文學科研究所香港文化研究計劃，一九九六），頁一—八；《追跡香港文學》（香港：牛津大學出版社，一九九八），頁一—九。

43 〈遺忘的歷史．歷史的遺忘——五、六十年代的香港文學〉，《素葉文學》，第六一期（一九九六年九月），頁三三。

鄭樹森提到兩種「遺忘」：一是「集體記憶」的遺落，政府無意保存，民間社會也沒有「記憶」的需求；另一是史家技藝的限制，無法呈現「完全」的「記憶」。後者其實是前者的逆反：因為不滿「記憶」的遺失，所以要填補這缺失；卻因為要勉力拯救所失，求全之心生出警覺之心，甚或憂心。我們循此方向再作深思，或者可以從「記憶」的本質出發。「記憶」本是存於私我的內心，私我要尋求「生命歷程」的意義時，「記憶」是重要的憑藉。「記憶」從來不會顯現完整的「過去」，因為「過去」的每一刻都是無限大、無窮盡的；「記憶」本就是零散經驗的提取，如果要將所經驗的「過去」轉化成有意義的記憶（**making sense of the past**），則編碼（**encoding**）過程不可缺少；於是「現在」與「過去」、「私我」和「公眾」就構成對話關係，過程中既內省、再玩味、更參酌比照，當中自然有選擇、有放下；「遺忘」與「記憶」就構成辯證的關係。[44] 鄭樹森念茲在茲，

44 有關「集體記憶」、「歷史」與「遺忘」，可參考 Maurice Halbwachs, *On Collective Memory*, ed. and trans. by Lewis A. Coser (Chicago: The University of Chicago Press, 1992); Peter Burke, "History as Social Memory," in *Memory*, ed. by T. Butler (Oxford: Blackwell, 1989), pp. 97-113; Patrick H. Hutton, *History as an Art of Memory* (Hanover, New Hampshire: University Press of New England, 1993); Jeffrey Andrew Barash, *Collective Memory and the Historical Past* (Chicago and London: University of Chicago Press, 2016); Guy Beiner, *Forgetful Remembrance: Social Forgetting and Vernacular Historiography of a Rebellion in Ulster* (Oxford: Oxford University Press, 2018)。在參閱這些論述時，我們也要注意歷史學的關懷與文學史學不完全相同，因為「文學」的本質就與美感經驗相關。

是「集體記憶」的公共意義，「歷史」不應被（政治力量或經濟力量）刻意「遺忘」；謹之慎之，是為重構「歷史」過程的成敗負上責任。這種態度是值得我們尊敬的。

然而，當我們要整合思考《香港文學大系》第一、二輯的關係時，要面對的「記憶」與「遺忘」卻埋藏在更複雜的歷史斷層之間。尤其「文化記憶」在兩輯之間的失傳，是否宣明「文學」無力抗衡「現實」？只要政治社會有大變動，文學所能承載的「記憶」是否就必然失效，就此湮滅無聞？

可是，當我們還未在「歷史現實」面前屈膝之前，就發現香港的五、六十年代文人，其實在奮力抗拒「遺忘」，正如前面提到馬朗為三十年代的文學亡靈招魂；李英豪等更大規模的重整文學記憶。這樣的超越時空界限的香港文學事件不一而足，例如：曹聚仁寫《文壇五十年》正續編（一九五四、一九五五）；[45] 趙聰寫《大陸文壇風景畫》（一九五八）、《五四文壇點滴》（一九六四）；[46] 李輝英寫《中國新文學二十年》（一九五七）；構思《中國新文學大系．續編》

45 曹聚仁《文壇五十年》（香港：新文化出版社，一九五四）；《文壇五十年續集》（香港：世界出版社，一九五五）。

46 趙聰《大陸文壇風景畫》（香港：友聯出版社，一九五八年）、《五四文壇點滴》（香港：友聯出版社，一九六四）。

（一九六八）；[47]力匡以新月派風格寫《燕語》的離散心聲（一九五二）；[48]侶倫調整他的浪漫風格，以《窮巷》繼續「五四」以來的現實主義（一九五二）；[49]宋淇借梁文星重現四十年代的詩學觀念（一九五五）；[50]葉維廉用心融會李金髮、戴望舒、卞之琳等的風格（一九五九）；[51]崑南盡意追慕無名氏的小說（一九六四）。[52]應該注意的是，他們刻意重尋的「記憶」，其典範並非源自本土；但這也不是簡單的「情迷」心結，而是將更悠長深遠的「記憶」與當下的生活體驗以至生命感懷作出斡旋與協商；其中文字在文化脈搏中生發的美感經驗，或許更是關鍵樞紐，由是生發出在地的、新鮮的「文學記憶」。至於發生在《大系》兩輯時限之間的斷裂，前後輩作家之不相聞問，的確是我們所關懷且惋惜的現象。不過，我們或許要再放寬視野，只要有能力在崎嶇不平、滿佈坑洞的「歷史」長廊走遠，就會發覺已遺落的「文學記憶」，會乘隙流注，在意想不到的時刻直奔眼前。例如八十年代中段，久失踪影的鷗外鷗翩然重臨，向隔代的本地同道傳遞添加了滄桑

47 林莽（李輝英）《中國新文學二十年》（香港：世界出版社，一九五七）；李棪、李輝英〈《中國新文學大系．續編》的編選計劃〉。

48 力匡《燕語》（香港：人人出版社，一九五二）。

49 侶倫《窮巷》（香港：文苑書店，一九五二）。

50 林以亮〈詩的創作與道路〉，《祖國周刊》，第十二卷第五期（一九五五年五月），頁二五—三〇。

51 葉維廉〈論現階段中國現代詩〉，《新思潮》，第二期（一九五九年十二月），頁五—八。

52 崑南〈淺談無名氏初稿三卷〉，《中國學生周報》，第六二七期，《五四．抗戰中國文藝新檢閱》專輯，一九六四年七月二十四日。

苦澀的「記憶」；以舊作新篇為年輕世代的文學冶煉助燃。[53]「歷史（文學史）」不僅形塑「過去」，它還會搖撼「未來」。

風物長宜放眼量。文學「記憶」與「遺忘」的往來遞謝，或者好比一種即興式的「時間韻律」（rhythmic temporality），時而共鳴交感，時而沉靜寂寞。[54]我們未必能按軌跡預計「記憶」何時重訪我們的意識世界，因為現世中有種種有形與無形的屏障或壓抑。然而文學——依仗文字與文化生發的美感經驗——就有種「反遺忘」的力量，在意識的海洋上下浮潛而汩汩不息，或者衣缽相傳，也可能隔世相逢。年來我們努力梳理五、六十年代香港文學的作品和相關資料，每每驚嘆初遇其實就是舊識；因為，彼此都存活在這塊土地上。

五、同構「記憶」的大眾文化

以上的論述主要從「遺忘」戒懼出發，也牽涉到主體的問題，究竟誰在「記憶」？誰要「遺忘」？簡約式的回應是：南下文人滿懷「山河有異」的感覺，以「文學風景」作為寄寓。至於本地

53 參考陳國球〈左翼詩學與感官世界：重讀「失踪詩人」鷗外鷗的三、四十年代詩作〉，《政大中文學報》，第廿六期（二〇一六年十二月），頁一四一—一八一。

54 這是英國學者 Ermarth 討論歷史時間的觀念之借用；見 Elizabeth Deeds Ermarth, *Sequel to History: Postmodernism and the Crisis of Representational Time* (London: Routledge, 2012)。

的年輕「番書仔」，卻以文化源頭的「想像」承接文壇長輩的「記憶」，來抗衡殖民統治下的種種壓抑，以及在「現代性」的苦悶狀態下尋找精神出路。「反遺忘」的對象，就是大環境的政治與社會氣候。這些「抗衡政治」的論述，比較能說明精英文化層面的心靈活動。然而，各種力量的交鋒在更寬廣的民間社會可能有不同的表現，其中顛覆的意義更不能忽略。《香港文學大系》以文字文本的「藝術表現、社會感應，與歷史意義」作為觀察對象，但編輯範圍並不會囿限在新詩、小說、散文、戲劇、文學評論等自「新文學運動」以來的「正統」文學類型。第一輯十二卷在上述文體以外，還包括通俗文學、舊體文學、兒童文學等；編輯團隊認為在香港的文化環境中，這些文學類型能夠提供「額外的」審視角度。相關的編輯理念已在《香港文學大系一九一九—一九四九》的〈總序〉作出解說。在這個基礎上，《香港文學大系一九五〇—一九六九》保持第一輯的各種文體類型，再添加粵語、國語歌詞，以及粵劇兩個部分。歌詞和粵劇的相關藝術形式是音樂和舞台的表演，但其中的文字文本仍然佔了一個相當重要的位置。當然更全面以文字表達的大眾文化體類可以舉出盛極一時的武俠小說與愛情流行小說，以及別具形態的「三毫子小說」。本輯《香港文學大系》兩卷《通俗文學》會適切地反映這個現象。在《香港文學大系一九五〇—一九六九》的架構中，新增的《粵劇卷》和《歌詞卷》有助我們從更全面了解不同類型的文字文本如何融會成大家認識的香港文化。

粵劇本是廣東珠江三角洲一帶開展出來的地方戲曲，其原始功能是作為民間酬神的一種儀式，娛神的作用不少於娛人。隨着二、三十年代省（省城，即廣州）港（香港）澳（澳門）的城市化發展，粵劇演出的空間與時間也相與呼應，重心漸漸從臨時戲棚轉到戲院舞台，並由季候性的農閒祭祀活動變成市民日常生活的文娛康樂；演出所本也由固定劇目、排場之程式化與即興混合，進展到文人參與編訂提綱以至劇本。由是，文字的作用愈加重要，文學性質經歷一個由隱至顯的歷程。於今回顧，可知粵劇的文學階段之成熟期正正發生在大崩裂時代的香港；而粵劇的整體藝術表現，也在五、六十年代進入最輝煌的時期。是時，粵劇是這個城市的重要文娛活動，與社會大眾同一呼吸；相對同時其他嶺南地區，香港更有可以迴轉的精神空間，在市廛喧鬧間讓文字的感應和創發力量得以發揮。市民社會本來就複雜多元，在現實困厄中謀存活，難免有保守功利的一面；然而大眾意識中也不乏向上提升、或者挑戰威權的想望。這時期香港粵劇界出現最有駕馭能力的編劇家，在娛樂消閒與藝術鍾煉之間游走；部分更蘊藏種種越界之思，乘間衝擊諸如生死、倫常、國族、階級等界限，暗中顛覆舊有的價值體系。[55]當中文字與現實的博弈，透過不同媒介如電台廣播、唱片，或電影改編等廣泛傳播，植入不同階層的民眾意識之中，成為香港的重要「文化記憶」，在往後世代滋潤了許多文學以至藝術創作。[56]

55 例如《牡丹亭驚夢》（唐滌生，一九五六）及《再世紅梅記》（唐滌生，一九五九）的跨越道德與生死界、《碧海狂僧》（陳冠卿，一九五一）以「老妻少夫」的情節質詢愛情之「常態」、《鳳閣恩仇未了情》（徐子郎，一九六二）以「胡漢戀」撼動國族的界限、《紫釵記》（唐滌生，一九五七）中郡主與歌妓的階級身份置換等等。

56 參考陳國球〈粵劇《帝女花》與香港文化政治想像〉，未刊稿。

由粵劇的劇曲衍生出「粵語小曲」，再而出現受「國語時代曲」感染的「粵語時代曲」，發展到更「現代化」的「粵語流行曲」（Cantopop），是香港文化的其中一條重要發展脈絡。五、六十年代流行文化中的粵語歌未算鼎盛；要到七十年代開始，「粵語流行曲」才成為香港最重要的「軟實力」之一，影響不止遍及華語世界，在整個東亞地區都有其耀眼的位置。《香港文學大系》第二輯開闢「歌詞」一體，其中一個考慮點是為以後各輯的《歌詞卷》先作鋪墊。此外，作為這個時期的文字力量之一，粵語歌詞還有不少可以細味的地方；尤其與當時的「國語時代曲」對照並觀，更能見出在地的語言風俗與各方交涉周旋的意義。「國語時代曲」的原生地應該在上海。一九四九年以後，「樂人南奔」，一大批上海歌手、作曲家、填詞人移居香港；重要的唱片製作人、大型唱片公司也由上海南下，帶來上海先進的歌曲製作技術，資金又充裕，一時間「滬上餘音」瀰漫香江。[57]

香港的語言環境原本以粵語為主，書面語基本上與其他華語地區相通；但歌曲唱詞發聲，以聽覺主導，「國語時代曲」（與「國語電影」）在五、六十年代香港居然可以引領風騷，比粵語歌曲（及「粵語電影」）有更高的社會位置；這是值得玩味的現象。在一定程度上，可以見到香港文化

57　參考黃奇智《時代曲的流光歲月：一九三〇——一九七〇》（香港：三聯書店（香港）有限公司，二〇〇〇）；沈冬〈《好地方》的滬上餘音——姚敏與戰後香港歌舞片音樂〉上、下，《音樂藝術（上海音樂學院學報）》，二〇一八年第一期（三月），頁一二七——一四二；二〇一八年第三期（九月），頁七八——九一。

有一種在殖民統治影響下的寬鬆彈性：有時是逆來順受，有時是兼容並包。若有所抗衡，會選擇比較迂迴或含蓄的方式。粵語歌曲同時經歷「國語時代曲」與「歐西流行曲」的衝擊，再由在地意識浸潤洗練，七十年代以後就能奮起搶佔鰲頭。另一方面，國語歌曲在當時香港的寬廣空間也得以茁壯成長，進入這一種歌唱體裁的黃金時期；這時「國語時代曲」的創作人不止於追詠〈南屏晚鐘〉（陳蝶衣，一九五八），也會欣賞地道的〈叉燒包〉（李雋青，一九五七），漸漸體會身處的〈好地方〉（易文，一九六二）。可見「國語時代曲」也能接地氣，成為五、六十年代本地文化的一環。

粵語、國語的歌詞合觀，可見其中還是以情歌最為大宗。談情說愛在現代社會幾乎是人生的必經歷程，普羅大眾最容易感應；這方面的書寫，在語言鍛煉（或者堆疊）上，可以上承《香奩》、《花間》，往返於風雲月露、鴛鴦蝴蝶，不難造就一種「文雅」的面相。反而其他內容的創作表達與市民接收，更值得注意。流行文化本質上要隨波逐流，寫大眾喜見樂聞，或者憂戚同感的情事。這時期的國粵語歌展示了社會的眾多面相，例如：對富貴或者美好生活的嚮往；[58] 又有為低下階層的勞動生活打氣；[59] 反映大眾的社會觀感、居住環境的差劣；[60] 以至世代轉變帶來的家

58 如〈月下定情〉（張金，一九五一）；〈馬票夢〉（韓棟，一九五五）；〈我要飛上青天〉（易文，一九五九）；〈財神到〉（梅天柱，一九六七）。

59 如〈擦鞋歌〉（司徒明，一九五六）；〈工廠妹萬歲〉（羅寶生，一九六九）。

60 如〈飛哥跌落坑渠〉（胡文森，一九五八）；〈扮靚仔〉，（胡文森，一九六一）；〈一家八口一張牀〉（陳蝶衣，一九五六）；〈蜜蜂箱〉（李雋青，一九五七）。

庭代溝、青春之鼓舞與躁動；[61] 甚至女性主體意識的釋放。[62]

《香港文學大系》這一輯統合香港國粵語歌曲的歌詞為一卷，更有助我們對照兩個語言表述傳統的異同，觀察二者在同一文化場域中如何周旋與互動，如何同構這個時段的「文化記憶」。再者，從整個《香港文學大系一九五〇——一九六九》的體系來看，我們也可以留心新增的《粵劇卷》和《歌詞卷》如何補足我們對香港文學文化的理解。

六、有關《香港文學大系一九五〇——一九六九》

《香港文學大系一九五〇——一九六九》共計有十六卷；《新詩》兩卷，卷一由陳智德主編，卷二葉輝、鄭政恆合編；《散文》兩卷，卷一樊善標主編，卷二危令敦主編；《小說》兩卷，卷一馮偉才主編，卷二黃淑嫻主編；《話劇卷》盧偉力主編；《粵劇卷》梁寶華主編；《歌詞卷》分兩部分，粵語歌詞黃志華、朱耀偉合編，國語歌詞吳月華、盧惠嫻合編；《舊體文學卷》程中山主編；《通俗文學》兩卷，卷一黃仲鳴主編，卷二陳惠英主編；《兒童文學卷》黃慶雲、周蜜蜜

61 如〈老古董〉（易文，一九五七）；〈青春樂〉（吳一嘯，一九五九）；〈莫負青春〉（蘇翁／羅寶生，一九六六）；〈我是個爵士鼓手〉（籥篁，一九六七）。

62 如〈哥仔靚〉（梁漁舫，一九五九），〈卡門〉（李雋青，一九六〇）。

合編；《評論》兩卷，卷一陳國球主編，卷二羅貴祥主編；《文學史料卷》馬輝洪主編。

編輯委員會成員有：黃子平、黃仲鳴、黃淑嫻、樊善標、危令敦、陳智德、陳國球。我們還邀請了李歐梵、王德威、陳平原、陳萬雄、許子東、周蕾擔任本輯《香港文學大系》的顧問。

《香港文學大系一九五〇——一九六九》編纂計劃很榮幸得到公私各方的襄助。其中李律仁先生再度捐贈啟動資金，香港藝術發展局先後撥出款項作為計劃的主要運作經費。在計劃醞釀期間，也得到香港藝術發展局文學藝術組全力支持，並提供寶貴的意見。出版方面，續得香港商務印書館高水平的專業支援，解決了不少編輯過程中的難題。中研院王汎森院士盛情鼓勵，為《大系》題籤。香港教育大學中國文學文化研究中心作為《大系》編輯的基地，各位同事和研究生們以最高熱忱協同編務。至於境內外文化界同道的熱心關懷，督促提點，在此不及一一。以上種種，我們都銘記在心，並以之為更大的推動力，盡所能以完成《大系》的工作。

在此還應該記下我對《大系》編輯團隊的無限感激。眾所周知，當下的學術環境並不鼓勵《香港文學大系》一類的工作，團隊同仁犧牲大量時間與精神參與編務，只說明我們認識的這個城市、這個地方，值得大家交付心與力。至於其中的意義，就看往後世間怎麼記載。

凡例

一、《香港文學大系一九五〇——一九六九》共十六卷，收錄一九五〇年（一月一日起）至一九六九年（十二月三十一日止）之香港文學作品，編纂方式沿用《中國新文學大系》的體裁分類，同時考慮香港文學不同類型文學之特色，定為新詩卷一、新詩卷二、散文卷一、散文卷二、小說卷一、小說卷二、話劇卷、粵劇卷、歌詞卷、舊體文學卷、通俗文學卷一、通俗文學卷二、兒童文學卷、評論卷一、評論卷二和文學史料卷。

二、作品排列是以作者或主題為單位，以作者為單位者，以入選作品發表日期先後為序，同一作者入選多於一篇者，以發表日期最早者為據。

三、入選作者均附作者簡介，每篇作品於篇末註明出處。如作品發表時所署筆名與作者通用之名不同，亦於篇末註出。

四、本書所收作品根據原始文獻資料，保留原文用字，避免不必要改動，如果原始文獻中有×或□，亦予保留。

五、個別明顯誤校、字粒倒錯，或因書寫習慣而出現之簡體字，均由編者逕改；個別異體字如無法顯示則以通用字替代，不另作註。

六、原件字跡模糊，須由編者推測者，在文字或標點外加上方括號作表示，如「不以為〔然〕」；

原件字跡太模糊，實無法辨認者，以圓括號代之，如「前赴（　）國」，每一組圓括號代表一個字。

七、本書經反覆校對，力求準確，部分文句用字異於今時者，是當時習慣寫法，或原件如此。

八、因篇幅所限或避免各卷內容重複，個別篇章以「存目」方式處理，只列題目而不收內文，各存目篇章之出處將清楚列明。

九、《香港文學大系一九五〇—一九六九》之編選原則詳見〈總序〉，各卷之編訂均經由編輯委員會審議，唯各卷主編對文獻之取捨仍具一定自主，詳見各卷〈導言〉。

十、本〈凡例〉通用於各卷，唯個別編者因應個別文體特定用字或格式所需，在〈導言〉內另作補充說明，或在〈導言〉後另以〈本卷編例〉加以補充說明。

導言

陳惠英

六十年代：新舊交替　中西雜匯

距今逾四分一世紀（一九九六年），香港藝術中心曾舉辦《香港六十年代》展覽並出版小冊子，綜合論說這年代的文化特色：中西交匯。這特點見諸視覺影像開始盛行——廣告、不同媒體的傳播，以及粵語流行曲興起（如〈行快的啦喂〉、〈一心想玉人〉[1]）、以至衣著的西化、文藝青

1　黃志華、朱耀偉《香港歌詞八十談》便提及香港踏入六十年代，經濟有所發展，「城市化和現代化的步伐也急促了，西方流行文化的影響力也更大」，但是時地位相對低微的部分粵語歌卻有新的因素致能異軍突起。見黃志華、朱耀偉《香港歌詞八十談》，香港：匯智出版有限公司，二〇一一。頁五。這裏提及的〈行快的啦〉，據網上資料，此曲源於星加坡（新加坡）的〈行快的啦喂〉，為馬來西亞華人上官流雲於一九六五年為披頭四 *Can't Buy Me Love* 重新填詞的粵語流行曲，其中有諷刺披頭四的歌詞：「佢學啲狂人（按：昔日又稱披頭四為「狂人」）披頭髮，一身污糟……」。此曲傳到香港，更見走紅。梁醒波、新馬仔、鄧寄塵、鄭君綿等十多個藝人均有翻唱。歌詞則時有改動。〈一心想玉人〉亦是改編曲，同是上官流雲所作，源自 *I Saw Her Standing There*。一九六六年朱江主演一齣電影《阿珍要嫁人》，電影海報便寫有：「行快啲啦喂，阿珍今日要嫁人啦。」其後許冠傑、許冠武、許冠英更曾以一身披頭四樂隊造型唱出〈行快的啦〉。

年的形成，在在顯示六十年代是香港文化的重要年代。[2] 以其中數樁大事為例：「披頭四」（The Beatles）訪港（一九六四）、六七暴動（一九六六年有天星小輪加價事件、一九六七年六月下旬有「聯合大罷工」）、無綫開台（電視廣播有限公司，一九六七年十一月十九日首播）、舉辦第一屆香港節（一九六九年十二月六至十五日）。六十年代可說是值得回顧的時代。

時代變動，催生新事物。其中的變化可往上追溯至前代人的種種經歷。黃仲鳴於《通俗文學卷（一九一九—一九四九）》編後感言[3] 曾描述二十世紀上半葉：「那是一個範兒輩出的時代。那是一個新人攻壘的時代。那是一個宿儒掙扎的時代。那是一個粵派樹幟的時代。那是一個『大雜燴』的時代。那是一個相容並包的時代。」此論說點出二十世紀前半葉的香港，是難以簡單說明歸類的「大雜燴」時代。及二十世紀結束前，由「大雜燴」進至「半唐番」[4]，同樣指出其不定於一尊的狀貌。「半唐番」與「大雜燴」不同的是，以「番」對「唐」，即西方事物已登堂入室，成為

2　顏淑芬編：《香港六十年代》，香港：香港藝術中心出版社，一九九四年。

3　黃仲鳴：〈眾聲喧嘩——《通俗文學卷》編後感言〉，載陳國球主編：《重遇文學香港》，香港：商務印書館（香港）有限公司，二〇一八年。頁一三三—一四二。

4　陳冠中：〈半唐番．美學筆記〉，《明報》，一九九七年十月十日及十一日。陳冠中在這裏指出，香港的文化是多元的屬「半唐番」的一種文化，早自黑白粵語片時代，香港已開始把外國電影橋段照搬，但這種情況卻沒有因為經濟條件改進和地位提升而「進化」成純洋種，他以為，「有強韌生命力的半唐番延續而起了質的變化，成為『香港風格』。」

時代特徵。所謂一代有一代的文學，回看二十世紀後半葉的香港，勾留於此的文人歷經「掙扎」、「攻壘」，漸成格局；新一代則乘時而起。有關六十年代，早有不少文化評論者不約而同歸納其時代文化面貌為：非二元、西方事物湧現、繁榮、現代化、有所開創。

《香港短篇小說選（六十年代）》[5]的編者也斯（梁秉鈞，一九四九—二〇一三）以〈六〇年代的香港文化與香港小說〉為題，指出六十年代有別於五十年代的是，「再難用二元對立的思考方式去作出分析」[6]，而「西方的思潮、西方的價值觀念、西方的生活方式，開始成為一種當時生活的思想的參照」[7]，其表現於文化方面的現象則是小說在形式及敍事角度等方面都有不少的嘗試。這方面於本大系「小說卷二」有更仔細的說明。

吳昊（吳振邦，一九四七—二〇一三）對於香港的六十年代亦作出歸納。吳昊既屬於學術界，亦是傳媒人，並深耕香港歷史風俗研究。他撰寫的《香港老花鏡》（一九八六）、《香港回望》（一九九〇）、《打拼歲月：走過六十年代香港》（二〇〇一），以及持續寫及關於「老香港」的各種著作，對於香港事物的關注顯而易見。悼念特刊《風再起時——吳昊留給我們的五六十年代香港》（二〇一五年三月二十七日至九月三十日於香港中文大學的大學圖書館展覽廳展出其收藏），便記

5 也斯編：《香港短篇小說選（六十年代）》，香港：天地圖書有限公司，一九九八年。
6 也斯編：《香港短篇小說選（六十年代）》。頁一。
7 也斯編：《香港短篇小說選（六十年代）》。頁七。

錄了他提及的六十年代。那是一個怎麼樣的年代？

- 香港經濟騰飛，開始從守舊的傳統社會邁向現代化大都會
- 繁榮背後是掩不住蒼涼和紛亂
- 這是理想主義年代，人口年輕化，戰後及解放後新生代成長，朝氣勃勃，勇於打拼，敢於捱苦，開創未來[8]

或可說，六十年代是繼「大雜燴」後邁向「現代化」、「西化」的轉接時代。於「荒涼」、「紛亂」中，以不同的方式探索，營構時代新面貌。早於六十年代，已相繼出現關於香港居不易的小說（如刊於一九六〇年六月二十三日至三十日《香港時報·快活谷》的謝家燕〈香港一層樓〉，傳神寫出小市民居不易苦況）。本卷收入稍後於同年九月二十四日至十月十二日刊於《星島晚報》劉以鬯的〈香港居〉，具體呈現了時代的「蒼涼和紛亂」。然而，同年史得（高德雄，一九一八——一九八一。其他筆名有：三蘇、高雄、小生姓高、經紀拉等）的〈中年心事〉卻寫出另一種生活形式，西方

8　香港中文大學圖書館：〈前言〉，載《風再起時——吳昊留給我們的五六十年代香港》。內文刊有不同年代的電影照，既有由任劍輝、羅艷卿主演的《抬轎姑爺》（一九六一），亦有由尹芳玲、苗嘉麗、鄧光榮主演的《紅燈綠燈》（一九六九），可一窺時代的演變。

事物及生活趣味逐漸進入常民生活，城市面目漸見更新，出現不同形貌。

一

城市發展衍生種種消閒娛樂事物。繼五十年代盛行的「三毫子小說」後有「四毫子小說」。吳昊更以「流行文化的海角奇葩」[9]稱之。「四毫子小說」所以廣受歡迎，與社會的發展相關。據吳昊所言：「香港適逢工業起飛，社會湧現大量職業女性（例如工廠女工），她們有獨立的消費意願，四毫子小說便應運而生，專向知識水平較低的婦女廉售愛情美夢，她們也樂意接受，在返工放工的巴士上渡輪上一口氣讀完，打發無聊時間。〔……〕有出版社每兩天出版一本，一年就一百八十本，稿費由一百至一百五十元[10]。那些寂寂無聞的小作者仍甘之如飴，一來始終要搵食活命，二來博取機會成名，例如著名的流行小說家楊天成（一九一九—一九六九）就是靠四毫子寫出名堂。」[11]

論者許定銘曾言：「三毫子小說」以其雙色印刷封面構圖細緻並附插圖，且內容多奇情驚險，

9 見吳昊：〈海角癡魂：論香港流行小說興盛（一九三〇—一九六〇）〉（《作家》第十九期，二〇〇三年一月）。頁十六。
10 另據許定銘所說：一本四萬字，稿費達三、四百元。
11 同註9。

故讀者眾多。其中「環球出版社」的《環球小說叢》出版眾多，甚而後來給歸入嚴肅作家羣的亦曾寫三毫子小說。[12]及後「四毫子小說」出現，更隨社會發展受大眾歡迎。「四毫子小說」實為六十年代通俗文學不可不關注一環。六〇年代有專欄[13]更曾寫及一有趣社會現象：「（讀者）十之八九是女性，因此小說內容，也極力迎合她們的口味，成為她們日常不可少的讀物。在渡海小輪上，在美容院裏，在牙科醫生的候診室中，不少女人拿了一本四毫子小說消磨時光了……有一個朋友，到醫院探未婚妻的病，不送鮮花，不送藥餌，只帶去一大疊四毫子小說；也有朋友送船送飛機，贈予遠行者的，也是一疊四毫子小說。〔……〕」由此可見當年「四毫子小說」之流行。

吳昊歸納「四毫子小說」的特色：

- 美麗吸引之封面和插圖
- 故事多以女主角開展
- 故事女人多是男性社會犧牲者，惹人同情
- 可歌可泣的愛情或男女間愛情小波折
- 女人寫得堅強，男人寫得軟弱

12 許定銘：〈三毫子小說〉，載《大公報》二〇一一年四月九日。

13 朱自鳴：《微悟集．四毫子小說》，香港：《天文台報》（一九六〇年代剪報）。

一如「三毫子小說」，後來給歸入嚴肅作家羣的亦曾寫「四毫子小說」。當年環球出版社獨領風騷，但也有獨立出版社加入競逐。許定銘言：「一九六〇年『明明出版社』崛起，其《星期小說文庫》作者陣容鼎盛，且執筆多是年輕作家，有西西、亦舒、梓人、馬婁（盧因）、杜紅（蔡炎培）、雨季（蔡浩泉）等。封面及內容插圖，均由蔡浩泉執筆。這種三十二開本，五十頁的四毫子小說，像三毫子小說一樣，也能刊四萬字，稿酬漲至三、四百元一本，是當年『窮作家』主要的生活來源。」[14]

當年「明明出版社」多「沙煲兄弟」[15]，不少日後已成名家，至今仍為人津津樂道。蔡浩泉（一九三九—二〇〇〇）去世後，眾友為他舉行追悼會，出版紀念冊，還出版了文集《天邊一朵雲》（香港素葉出版社，二〇〇一）。該書重點是《星期小說文庫》中的兩個中篇創作《天邊一朵雲》和《咖啡或茶》。[16]其中的《天邊一朵雲》，屬「四毫子小說」，作者署名雨季。內容有別當時流行的題材，雖亦寫男女愛情，但從男性視角敘述，故事背景設定在台灣，男女主角均是大學

14 許定銘：〈從三毫到四毫〉，載《大公報》二〇一一年四月二十三日。
15 許定銘有〈沙煲兄弟們的書〉文，述說當年「明明出版社」的出版端賴朋輩共同拼搏的狀況。《大公報》二〇一三年六月四日。
16 許定銘：〈復刻本兩種〉，載《大公報》二〇一三年六月二日。

生，情節平淡而富意味，甚是清新。

昔時嚴肅與通俗的文學類別劃分並不明顯，如西西所寫的「四毫子小說」《東城故事》，今已歸入文學類別，便是一例。回溯一九五〇及六〇年代香港的寫作人的生活面貌，他們大多要寫些通俗的大眾文學作品，才可以維持生活。許定銘舉例：像周白蘋（一九〇三？—一九七六）的《中國殺人王》，鄭慧的言情小說，龍驤的偵探驚險故事，三蘇的「三及第」怪論，劉以鬯娛樂他人的作品，詩人何達的談修養雜書都是。[17]此亦可說是城市五光十色所在。

二

六十年代通俗文學不能不提當年的影視世界。以邵氏五十年代至八十年代出版的官方刊物《南國電影》為例，讀者甚眾。一九六九年一月號第一三一期封面註明印數十五萬二千本，《明報》同一年的上半年銷量審核則為十萬五千六百四十四份[18]。六十年代報刊的發展十分蓬勃，據香港一九六七年的年報中文報章有四十四份、英文報章四份，一年後（一九六八年）中文報章已增至五十八份。查知當時香港人口約為三百八十六萬，對比人口，報刊數目可算甚多。至於《南國電

17 許定銘〈夏易的「信箱」〉，載《大公報》二〇一一年十二月十九日。

18 張圭陽《金庸與報業》，香港：明報出版社有限公司，二〇〇〇年，頁四一四。

影》讀者，約佔人口百分之四，是可觀的數字。該刊所刊載小說多一期完，間有分上下兩期完，如本卷所收一九六五年八至九月刊出的傑克（一八九九—一九八三）〈世界大情人〉便是。司明（馮元祥，一九一八—二〇〇六）專欄留下昔日上海人在港的生活足跡，本卷收入他於一九六一年三月《南國電影》所刊的小說〈最佳特約〉，內容寫及當年的影視世界，生動具體，讀來增添對昔日的了解。

此外，三十年代已出現的技擊小說，及至六十年代，仍佔席位。作者多是習武之人，情節一招一式皆有所本，且具文白夾雜、「三及第」特色。至於五十年代出現的新派武俠小說，於六十年代大放異彩。新派武俠小說因一場比武（「吳陳比武」，一九五四年）面世，《新晚報》隨後連載梁羽生（一九二六—二〇〇九）新派武俠小說《龍虎鬥京華》，各左派報紙競相倣效。金庸（查良鏞，一九二四—二〇一八）首個長篇武俠小說《書劍恩仇錄》亦於一九五五年刊於《新晚報》，寫出第一篇的過程相當有趣，據張圭陽的《金庸與報業》所載，當時由於缺稿，報館十萬火急催促趕寫一篇小說開頭，是以金庸在家趕寫，卻因從未寫過小說尤其是武俠小說而毫無頭緒，報館老工友於他家中等候，他靈機一觸，以辛棄疾「賀新郎」詞開頭，寫一個「精神矍鑠的老者，騎在馬上，滿懷感慨地低低哼着此詞……」小說中的老者，正是催等他交稿的老工友！小說刊出，大受歡迎。一九五九年查良鏞創辦《明報》，旨在以副刊吸引讀者。報紙於一九六〇年一月二十八日曾一口氣推出八篇小說，有武俠、冶艷、言情等題材，其中武俠佔三篇。報上重要位置多由連載武俠小說佔據。新派武俠小說之「新」，在於「反正統」，突破模式。除大俠、英雄的傳統形象外，更有心理糾結、人生抉擇等描寫，突破既定模式。一九六七年的社會衝擊，梁羽生言「目睹香港的公共秩序被破壞，無辜群眾的日常生活受干擾，信念一瞬間土崩瓦解。」惟有「躲進小樓成一統」，「從此只想跟武俠小說和象棋圍棋打交道。」[19]

新派武俠形成的兩大家——梁羽生、金庸，始於梁羽生於一九六六年化名佟碩之於《海光文藝》刊出〈新派武俠小說兩大名家　金庸梁羽生合論〉[20]，正式開展新派武俠之局面。梁羽生多年後在一次演講（「早期的新派武俠小說（整理稿）」）中提到：「金庸的《射鵰》越來越深入地着重於人性的刻劃（如郭靖、楊康、梅超風，尤其是後者的『邪中有正』），着重於表現歷史人物的真實（如成吉思汗），這就突破了善惡分明、大俠的『道德形象』等模式。」並提到自己的作品，「《白髮魔女傳》在卓一航與練霓裳之戀中，也是突破了上述的『俠士模式』與『愛情模式』的。」[21]「如果以『白髮魔女』作為『反正統』的標誌，則這個『反正統』，不單是反《二十四史》

19 渠誠〈導讀〉，載張初編：《香港當代作家作品選集：梁羽生卷》，香港：天地圖書有限公司，二〇一五。頁二四—二五。

20 佟碩之：〈新派至武俠小說兩大名家　金庸梁羽生合論〉（上、中、下篇），載《海光文藝》一九六六年一月號至三月號，香港：海光出版社。頁二—九、頁四—十、頁六—十三。

21 見〈附：早期的新派武俠小說（整理稿）〉，載張初編：《香港當代作家作品選集：梁羽生卷》，頁二一二。

之類的正統，也反『左派』『早期模式』的『正統』。」[22]

本卷收入金庸的《倚天屠龍記》（一九六一年七月六日至一九六三年九月二日連載於《明報》）及梁氏的《雲海玉弓緣》（一九六一年十月十二日至一九六三年八月九日連載於《新晚報》）（均存目）。

武俠小說成為當時不少市民每日的精神食糧，多年後更成為奇貨可居眾人競價的心頭好。有讀者把金庸於《明報》連載的《倚天屠龍記》一日不缺剪存下來，共七百多篇，合成九本小冊子。於二〇一八年以逾十一萬港元成交。當年閱讀武俠小說風氣之盛，可見一斑。據說當年小說經報紙刊出，即引來盜版。為了杜絕盜版，金庸且與盜版競快出書，報紙連載七天便印成「普及本」，全套共一百一十三本。[23]

三

新派武俠世界為六十年代吹送一片新風。在「四毫子小說」、「新派武俠」世界以外，西化事

22 見〈附：早期的新派武俠小說（整理稿）〉，載張初編：《香港當代作家作品選集：梁羽生卷》，頁二一三。

23 鄭明仁〈《倚天》剪報十三萬元成交〉，原刊《am730》二〇一八年七月十三日。文中指出該批小冊子以十一萬五千元拍賣售出，買家連佣金共計十三萬二千港元。

物走進市民日常此現況，成為新一代的關注點。新的城市面貌、新的社會制度、新的日常活動，甚而新的衝擊，新的路向。

六十年代的《中國學生周報》每見其就社會現象或其中產生的新事物，一再以不同方式報道。一九六四年十月十六日頭版〈彌敦道抒情〉（作者華蓋）道出對城市的觀感。把慢駛的巴士形容為「像一羣傲慢的鵝」；擠塞的汽車，動彈不得，「像一盤待吃的龍蝨」——有趣地不約而同以自然事物比喻城市。同年十二月二十五日〈一九六四．聖誕．島〉：「一九六四年聖誕的港島與九龍半島。燈火輝煌，旺角。燈火輝煌，北角。熙來攘往，土瓜灣。熙來攘往，銅鑼灣。聖善夜，荃灣。聖善夜，柴灣。月華如鍊〔練，後同〕的夏慤道。月華如鍊的龍翔道。行不盡的彌敦道。市膾〔儈，後同〕情調的維多利亞公園。市膾情調的奧林匹克公園。……」此外，更以「神經質」來形容聖誕的種種。一九六五年十一月十二日〈從鄉村到城市——談城市的起源和演變〉，其中提及都會的優點：「以都會之中心為圓心，以主要交通工具（如電車、巴士）走四十五分鐘的距離為半徑，作一圓，其所包含之面積即為此都會之範圍。因而，隨着交通工具的速度不斷提高，都會的範圍也越伸越廣。」一九六六年十一月四日〈香港獵影之七　大廈之內〉（作者黑王子），寫出香港大廈的混雜，「下面是某大廈的實例：有電影公司三間，公寓兩間，招待所一所，影音公司一所，醫務類營業單位兩個！×寓名者一、幼稚園一、武館一、男子宿舍、同鄉會等。其中某『淋巴』（按：應是 number 音譯）先後曾作『卡座』、『咖啡室』、『理髮店』，凡數變矣！」一九六八年二月二日第六版香港風情（四）有〈港島．我愛〉（作者張愛倫〔按：西西〕），寫及回憶，出現香港不少地方：漆咸道的樹、平安電影院、鶴鳴帽子店、伊利商店……回憶親人說過的話：「這是一個十分美麗的城，你說。」時代之新，於種種出現的城市景觀可見。青年一代寫及切身人事，比前代有更多城市印記。城市此場域，漸漸成為通俗文學書寫對象。

中學時代開始寫作的依達（葉敏爾，一九四三？—），十六歲寫成第一篇小說《小情人》（一九五九年發表的「三毫子小說」。後來改編成電影《儂．本多情》），所寫的青年男女愛情故事，便以城市為背景，且多涉及新穎的、時髦事物。依達不止瘋魔當年香港，更吸引了不少世界各地華文讀者。他於一九六三、六四年間寫成的分三部分的長篇《蒙妮坦日記》，是他的成名作，風靡了無數追求中產和洋化生活的男女讀者，小說再版了二十三次。自一九六三年至七十年代末，更有不少作品給改編拍成電影。論者鄧小宇（一九五一—）於二〇一八年書展講座中指出依達作品具有歷史意義及一定的趣味性，「記錄了一整代香港年輕人的心態、行為，生活方式，更凝住香港一段早已不復返的時空……」並稱依達可說是當年小說作者中最西化的一個，成名作《蒙妮坦日記》有一則宣傳語：「目前蒙妮坦形象已成為一般書院女學生的偶像。」與五十年代相比，六十年代新生活形態，有城市時髦玩意、荷李活式豪華住宅、流行事物，加添一些青春傷感，成為流行一時愛情小說典式。依達曾講及該作品：「故事描寫一個生長在富有家庭的女學生，從富有變貧窮，從多段愛情的衝擊，而終於找到一段真感情，講人性的逐漸成熟。」書中情節每寫讓人艷羨的生活：有泳池與花園的住所；出入有紅色跑車；主人翁遇上所愛……。

當年僅二十出頭的亦舒，亦寫新一代青年男女，但更多着墨於女性的自主，往後更成通俗小說名家。本卷收入的〈失約〉（一九六八）。小說仔細寫出一位女子等待男友的心情，男友終沒有來，小說寫女子心神恍惚，大多是心理描寫，沒有甚麼情節，神來之筆是結尾寫女子躲進房間，母親進房探看，她但覺「這慈悲的臉，在她此刻的眼中，竟變成一個鬼臉，青面獠牙。」如此結尾，深刻寫出女子「被關注」的不安與由此而有的氣忿——描述現代女子內心對私隱與獨立的維護與盼望。

四

陳冠中（一九五二—）以為，成就香港的是兩套並存的文化機制：

> 一是港人自發勞動再生產出來的半唐番——港式文化。
>
> 二是多元文化，即不同的元，能夠並存不相悖，甚至不一定「和」，而是各顧各的存在。[24]

24 陳冠中：〈半唐番．美學筆記〉，《明報》，一九九七年十月十日及十一日。

這種多元的「半唐番」式的文化有其矛盾的一面。王賡武於《香港史新編》[25]提到戰後出生的一代，同樣以亦中亦西這點着眼，認為生活於香港的人們（包括較接近中國事物及較願意向西方學習的兩者）的矛盾不在於身處望向東西兩面的夾縫中，而是：

> 兩批人都已經很舒服地處於掌握西方如何運作的位置上。他們感到矛盾的是他們轉向面對現在正推動中國現代化的力量時，他們要在多大程度上作出適應。[26]

王賡武言六十年代香港已出現了一批生於斯、長於斯的，沒有濃厚「故鄉」觀念的一代。當然「北望神州」的還大有人在，但和以前大部分居民都懷着過客心態的情況比較，實在相差很遠[27]。不能不提的是六十至七十年代的政制變遷[28]，「由『六七風暴』引致而出現了左右

25 王賡武主編：《香港史新編》（上冊），香港：三聯書店（香港）有限公司，一九九七年。

26 王賡武於一九九七年出席於香港舉行的環太平洋區論壇所發表的論文，論及香港自開埠以來，香港人面對現代化的四種矛盾態度。《明報》將原來以英文寫成的論文譯成中文，於一九九七年七月二日至四日分三天刊出。三天的題目依次是：〈香港充滿矛盾的現代化過程〉、〈矛盾激化與各走各路〉、〈戰後成長的一代〉。本段引文出自七月四日的〈戰後成長的一代〉。

27 王賡武主編：《香港史新編》（上冊）。頁二〇二。

28 鄭赤琰編寫：〈戰後香港政制的發展〉，載王賡武主編：《香港史新編》。頁一三一——一五五。

兩派群眾對峙的局面……可說是進入六十年代後第一次使港英政府感到還可維持在香港的統治。」[29]

社會變化，新一代出現，於既有的混雜中增添新的元素。高雅與通俗文學界線並不明顯，作者遊走於兩者間，例子不少。又昔日於大眾報章撰文的作者（如十三妹），今日可歸於文學類；反之如上述的亦舒於《中國學生周報》所寫的小說，或可同時歸入雅與俗類別。社會政制改變，重視新生代，影響新一代的成長。「六七暴動」後，《中國學生周報》多有關於青年政策的報道。計一九六八年二月至一九六九年八月，便有多則關於青年的專輯／報道，包括「青年茶座」、「香港是一條船　青年們能做些什麼？」、「本社十七年來的一貫目標　發展青年的潛在能力」等。[30]青年於六十年代，得到明顯的關注，這可從報刊所載專題得知，在此氛圍下，新世代漸漸模塑其特有的時代面貌。

新舊世代的更替，於發表園地亦可見端倪，報刊增多，文風漸盛，催生新一代的成長。樊善標的香港副刊研究，提到一九五〇至六〇年代的「香港的自我論述」，其中「學生園地」可說是一

29　鄭赤琰編寫：〈戰後香港政制的發展〉，載王賡武主編：《香港史新編》。頁一三七。文中提及繼而有戴麟趾（按：Trench, Sir David Clive Crosbie，港督任期：一九六四—一九七一）於退任的一九七一年作了不少經濟、社會與教育方面的建制工作，為繼任的麥理浩（MacLehose, Sir Crawford Murray，港督任期：一九七一—一九八二）任內的改革打下了更堅實的基礎。頁一三七—一三八。

30

《中國學生周報》頭版：

一九六八年二月二十三日「青年・青年・青年——港九街坊會青年組簡介」

一九六八年五月十日「社聯鍾麗娜女士談籌組青年議會現況」

一九六八年五月三十一日有一段引子「這個夏天，青年人有福了。幾乎所有的社會福利團體：官方的、社會的、官民合辦的、青年人自己搞的，都動員起來，舉辦各式各樣投青年人所好的活動。這裏，我們做了一個『暑期青年活動』的彙報，給讀友們參考」

一九六八年六月二十一日「鼓勵青年參與公共事務的九龍東區青年議會」

一九六八年七月十九日「青年茶座」

一九六八年七月二十六日「請為青年着想——報慶感言」

一九六八年八月十六日「這裏有快樂的泉源　義務輔導員工作簡介」

一九六八年八月二十三日「社會福利署辦　青年聚談會」

一九六八年九月二十七日「獅子山腳　舊居（　）（　）的新青年文化中心」

一九六八年十月十八日「時代火炬譚天榮」（青年人物介紹）

一九六八年十二月六日「香港是一條船　青年們能做些什麼？」

一九六九年一月三十一日「我們的年青人物　新『巴士佬』」

一九六九年七月二十五日「本社十七年來的一貫目標　發展青年的潛在能力」

一九六九年八月二十二日「無人知道的答案　黎家驊答本報關於香港前途的詢問」（其中有「目前對青年談歸屬感言之過早，只能談責任感（……）」句。）

種容許並且鼓勵輪替的社會機制。[31]

吳萱人的《香港六七十年代文社運動整理及研究》[32] 便提及報章雜誌向文社公開園地全況[33]，計在一九六三、四年間存有不少供青年發表的園地[34]；而在一九六五年二月間及其後為文

31 樊善標《諦聽雜音：報紙副刊與香港文學生產（一九三〇—一九六〇年代）》，北京：中華書局，二〇一九。「序論」節錄：「成年世界專欄作家一代新人換舊人之際，青年學生也躍躍欲試。《星島日報·學生園地》在去政治化之後，由一位體育版記者兼任編輯與學生分享權力，以『低度管理』的方式扶助青年實踐文學夢想，反應異常熱烈。」文中引用呂大樂所言「社會轉變的關鍵不在於人口年齡結構的變化」，而在於「社會是否已經建立一種容許並且鼓勵輪替的社會機制」。

32 吳萱人《香港六七十年代文社運動整理及研究》，香港：臨時市政局公共圖書館，一九九九年。

33 吳萱人《香港六七十年代文社運動整理及研究》，頁一七八—一八一。

34 計有《工商晚報》之「青年園地」版；《中西日報》之「青年園地」版；《真報》之「青年吼聲」版；《新民報》之「新聲」版；《青年文友》（綜合半月刊）之「學生園地」專頁；《學生文刊》、《青年文鋒》；及《學生之家》（《中國學生周報》社港島分社通訊部刊物）等。

社提供寫作園地的報章，更見增加不少[35]，右中左派的園地均有提供青年發表。文中又提及甚受青年關注的《中國學生周報》，雖曾於一九六四年及六五年間，分別推出專題面向文社，但效果不如理想。[36]

檢視六十年代的《中國學生周報》，除有不少有關青年政策的報道，從其登載的文章亦見隨城市形態變化出現新素材。一九六九年一月三十一日第一版專題是：「我們的年青人物　新『巴士佬』」；而第七版的「穗華」綠騎士的〈榮叔買票記〉附作者的話，說及作品一直拖着，猶疑

35 《中國學生周報》之「生活與思想」、「種籽」、「新苗」、「拓墾」、「詩之頁」及「快活谷」版，「藝叢」、「電影」及「英文」版少用文社稿。最高水準的文藝版「穗華」，則極罕見用文社稿；《青年樂園》的「萌芽」、「蓓蕾」、「科學」、「詩專頁」常見刊有文社稿，「沃土」版則偶有文社社員創作，但鮮見冠上文社社名。《星島日報》則有「青年園地」（前為「學生園地」）、「好少年世界」、「大專周刊」（後改「大學文藝」）等版面供文社投稿；《天天日報》有「學生藝文」及「學校通訊」版供文社投稿；《明燈日報》「學生園地」版；《華僑日報》「學生園地」版；《公教報》「青年園地」版；及《基督教周報》「青年園地」版，文社亦可投稿。刊物方面，則有：《少年旬刊》「少年園地」；《良友之聲》半月刊「良友園圃」；《青年知識》月刊「青年園地」；《好少年》半月刊「少年園地」；《海光》月刊「文藝園地」；《知識生活》半月刊「青春園地」；《大專月刊》；《大學生活》「十字路口」版；《學園》（《中國學生周報》社九龍總社通訊部刊物）；《展望》半月刊「青年號角」版，均可供文社投稿。

36 吳萱人《香港六七十年代文社運動整理及研究》，頁一七七—一七八。

是否可用上廣東話對話（「你說在對白中用廣東話效果怎樣？」）。「的細佬仔逐漸大咯」……「點樣辛苦都要慳的錢，至少要供到一兩個讀成書。唔好個個都做老粗，窮死一世。」……作品加入口語，透過勞叔買票帶兒子豬仔看電影的情節，描畫當時小市民的對話與生活面貌。穿膠花、聽原子粒收音機、看外國電影等，均呈現城市生活的日常。上述例子，或可藉此看出時代的轉變，「三及第」之普及至青年作者猶疑地在文中加入口語，可見雅與俗的漸次相互滲透與共融。

五

六十年代社會中的矛盾與日漸繁榮的現實並存。一九六五年楊天成《二世祖手記》刻劃十里洋場的聲色世界；稍後於一九六七年，作者寫出《香港屋簷下》，呈現多樣的社會面貌。同年，一代才子任護花（周白蘋）的《任護花遊世界》一方面寫出遨遊異域的識見，另方面反思香港的景況。簡而清（一九二七—二〇〇〇）雜文多寫日常事物，尤其多城中話題，其報刊專欄橫跨數世代。本卷收入簡氏兩篇雜文，以見是時專欄題材之多樣。

社會的繁榮並不能掩蓋沉藏的不安。小思於一九六九年十二月二十六日在《中國學生周報》第三版「生活．讀書．思想」版刊登〈樹猶如此〉，寫及她於十二月十三日當天路過皇后像廣場，依然看到她常看着浮想連翩的一排柳樹，但深夜再去，看到的是「那堆又陌生，又可怕的青年人面貌」、「花樹殘骸」、「浩劫現場」。小思有感而發：「也許有人認為我在大驚小怪，在狂歡的嘉「年華會中，踏折幾棵柳樹，抛鞋擲石，又有啥稀奇？往年滿街炸彈的暴動，不是一樣過去了嗎？」「如果不搞好社會風氣和教育制度，就是弄出一百個更多彩的香港節，也只不過給那羣青年人，多一百次放肆的機會，讓我們多一百次擔心。」此篇作品或讓我們看到六十年代所經歷的衝擊，如何在社會引來種種不安。報上專欄亦以不同方式寫出憂慮，本卷原擬收入《星島晚報》[37]於一九六七年六至九月間三篇雜文（李鳳〈也是童話〉、璇冰〈燈下瑣語〉、任不名（任畢明）〈烏鴉．紅太陽〉），以窺當時情況。然篇幅有限，只好作罷。

六

六十年代距今已超過半世紀。從前各領風騷的作者不少已作古。在六十年代，他們還多是壯

37 資深傳媒人李雪廬（一九六七年加入無綫電視，主管廣告及電視台業務發展）於其回憶錄中寫及當年晚報盛行，一九六五年一份供廣告商參考的調查報告，最多讀者的報章是《星島晚報》，前此，香煙汽水的廣告，一直以《東方》、《成報》為主導傳媒，報告一出，《星島晚報》才成為重點。「道理很顯淺，在沒有電視的年代，下班帶份晚報回家，不失為黃昏提供些娛樂。該報告亦指出八成成年人有收聽商台，六十年代初期，半導體收音機已被引入香港，而且愈賣愈平。到六十年代中期，數十塊錢就有一部。當時香港的製造業剛起步，大部分工廠容許女工們邊工作邊聽收音機，故聽眾以藍領居多，有趣現象是發現聽眾多是晚上收聽，此一習慣，直至六八年始給無綫打得粉碎，商台的黃金時間唯有改到白天去。」李雪廬：《李雪廬回憶錄》，香港：三聯書店（香港）有限公司，二〇一〇年。頁二九—三二。

年，正是意氣風發的年代。本卷收入二十餘家作品，可查年紀的大多時年三十至四十餘歲，其中不少於不同年代自中國大陸來港，也有由臺灣轉到香港，或自香港移居臺灣。年輕一代即時年二十多歲收入本卷的有雨季、依達和亦舒。事實上，六十年代受大眾注目的作家是開創一代通俗文學的功臣，自「大雜燴」漸漸無論是採用題材、表現手法以及內在觀念走向「西化」。前代有海、粵派之分，至此，派別之分已不明顯。

六十年代有的是早年在國內，來港後於報刊工作的寫作人。例如三十年代尚是文藝少年的董千里（千里、項莊。一九二一—二〇〇六），一九四九年來港，後於一九六二年在《明報》以副刊形式開設「自由談」——「自由談」三字沿襲上海《申報》同名副刊。他與金庸同是浙江人，比金庸年長三歲，《明報》創刊未久，已為《明報》寫專欄，一九六九至七四年更為《明報》寫社評，屬《明報》長期文膽之一。[38]他曾言：「我為《明報》撰寫社論，自始至終，沒有受到社方任何干預，但主要由於我的自律，而非他（金庸）的寬容。」[39]董氏的歷史小說《馬可波羅》（一九六〇）刊出時，年不過四十。

本卷所選與歷史人物相關的小說，尚有岳騫《瘟君夢》（一九六一）與南宮搏的《朱元璋》

38 張圭陽：《金庸與報業》，香港：明報出版社有限公司，頁一一二—一一三。此書第七章為「『自由談』的成功」。頁一一一—一二三。

39 張圭陽：《金庸與報業》，頁三四一。

（一九六七）。以出版年計，岳騫時年三十九，南宮搏則為四十三，皆屬少壯。

岳騫著有中國近代歷史小說多種，編有《東北抗日大畫史》及窮三十年之力網羅四千餘人的《民國名人生卒年表》等近二十多種。對每一個人物均考訂詳確，為研究民國歷史人物的重要參考資料。他一九四九年赴臺，五十年代後轉至香港。來港後從事文化工作，公餘寫作。曾任香港中國筆會會長、秘書長。其作《瘟君夢》正是以歷史手法寫及毛澤東一段事蹟。

南宮搏（一九二四——一九八三）。於一九四九年來港，除於六十年代短暫赴臺，任《中國時報》社長〔劉以鬯《香港文學作家傳略》〕外，長居香港）的《朱元璋》，寫出少時家人因疫症全歿，為皇國寺主持賞識，繼而出家，後外出化緣當行腳僧，走遍大江南北，其後聚合一班市井少年，終至登位事跡。本卷所收為前段出家及聚眾之事。

少年經歷艱辛，來港卓有成就的，倪匡（倪亦明。一九三五——二〇二二。筆名衛斯理、沙翁、岳川、魏力、衣其等）亦其一。倪氏第一篇以衛斯理為主角的科幻題材小說為《鑽石花》（一九六三年），本卷收入一九六四年的《妖火》，亦衛斯理系列，屬倪氏第一篇加入科幻元素（生物工程學、真菌繁殖元素）的小說。曾給改編成電視劇及廣播劇。

七

王德威在〈香港：一座城市的故事〉一文中，指出香港文學的弔詭性：

香港從不以文學馳名，但文學卻的確構成這座島嶼／城市的人文風景。歸根究底，東方之珠的曲折歷史，不正就是頁頁傳奇？在這樣繁華至極的物質主義環境裏，偏就有人蝸居高樓一角，街肆深處，從事字字句句的手工業，而且居然能串成一個傳統。這大約是香港文學最大的弔詭之一了。這座城市兼容並蓄，無奇不有，甚至連「本不該有」的文學活動，也可佔一隅之地。「文化沙漠」裏的小花，開得反而異常豔異。香港文學化不可能為可能，竟折射了香港本身開埠以來，無中生有的想像力與韌性。[40]

以史得（高雄）為例，他以小生姓高署名寫於一九六八年的《豬八戒遊香港》，以諧趣筆調開宗明義寫香港。他於一九四四年自廣州到港，其後以擅寫「三及第」聞名。所寫的艷情小說在日報稱「日日香」、晚報稱「晚晚新」。以三蘇筆名撰怪論時自言為「車衣工友」，指其日寫萬字（據稱最高紀錄為日寫二萬五千字）如車衣工人之效率。黃仲鳴論「三及第」及高雄的文字順暢淺白，極適合普羅大眾看，並謂他的通俗作品想不到寫出了風格，「為香港的通俗小說史添上了異采」，是「始料不及」的。[41]

40 王德威：〈香港：一座城市的故事〉，信報，書評版，一九九八年二月二十一日。文章為王德威在香港嶺南學院的同名講座（一九九八年二月二十四日）講辭首部分。

41 市政局公共圖書館編：《香港文化節研討會講稿匯編》。頁二一二。

齊辛（李怡，一九三六—）於一九七〇年出版《六十年代的回顧》一書[42]，序言稱六十年代為「歷史上最轟動的年代」（引述路透社述評。美聯社稱「大轉變」；美國《時代》周刊則稱「傳奇的年代」），記述從美國、蘇聯、英國至西歐、日本、拉美、中東等，均出現各種變化。六十年代的香港，亦見異於前代的局面。在吸收外來事物這方面，比前代更見明顯，故論者不約而同以為香港六十年代的特點在於中西匯合，於通俗文學作品中，亦見新觀念新形式的出現。六十年代影視產業發展迅速，引來新受眾，加上社會動亂，加速政制改變，新一代於新環境的條件下成長，如《中國學生周報》催生一代雅俗文學作家。新一代青年在六十年代冒出頭來，舊世代的混雜仍存，新一代卻以其時代聲色——如雨季的新感性、依達的西化時尚，亦舒的女性自主——勾劃出一座城市新的輪廓。此於繼後的七十年代，有更進一步的發展。

本卷着重説明時代變化，以見六十年代通俗文學反映了新舊中西交匯特色。有關通俗文學，歷來討論不斷，有以「嚴肅文學」與之相對，有以「高雅」相對，亦有從題材檢視其俗趣（如男女愛情題材便向為大眾所喜），也有從社會變化見其通行原因。三十年代的《星島日報》有短文論及「通俗文學」[43]，文中以「通」有推動意，指「我們要把文學，用個一般人看懂的方法，通到一般人去」；「俗」則是「一般」。「通俗文學」就是「和一般人打通，令一般人都能夠看懂的文學」。

42 齊辛：《六十年代的回顧》，香港：集思圖書公司，一九七〇年六月。
43 見鄭郁郎〈通俗文學〉，《星島日報．星座》，一九三九年七月三十一日。

歷來相關的討論涉及不同面向，題材、行文、發表場地、流通方式等以外，也有從文學角度把原於大眾流通的作品歸入文學類[44]，可見通俗文學實可從多個面向作取捨。雅俗／嚴肅通俗的界線於今更時見模糊，本卷初選作品不乏因已納入文學卷而另作他選，可見所言通俗文學，在題材、流通方式、發表場地等可期的分別以外，更有時代鑑賞的變化因素。在這樣的變化環境中，擇通俗文學之優者，實不容易。作品量多，作家各具風姿，選取過程歷經多番改動。學養所限，力有不逮，恐有負所託。惟望拋磚引玉，各方包涵、指正。總結選收作品之考慮，有如下數項：

一、廣受注意如作者成名作；

二、於時代中有開拓之功的作品；

三、反映昔日大眾閱讀趣味的作品。

盧瑋鑾教授曾為「舊夢須記」系列作序[45]，便言明五、六十年代文人於報刊撰文，作家「因時度勢，力求配合人事，寫成湊合一般讀者口味的文章」[46]。「湊合」一詞，雖有貶義，但符合是

44 一九九六年北京大學出版的《百年中國文學經典》（主編為謝冕、錢理群）便收入搖滾樂手崔健的兩首作品〈一無所有〉及〈這兒的空間〉。

45 盧瑋鑾：〈通俗的意思——為「舊夢須記」系列序〉，見熊志琴編：《異鄉猛步——司明專欄選》，香港：天地圖書有限公司，二〇一一。頁十五—十九。

46 盧瑋鑾：〈通俗的意思——為「舊夢須記」系列序〉，見熊志琴編：《異鄉猛步——司明專欄選》，頁十七。

時文壇生態。文中言「不如換個較易接受的用語，就是『通俗』」[47]。至於這些往昔的作品，今日讀來，對曾經活在當時情景的人來說，彷如前塵往事；對於年輕一代，則由此「知道」了一些似曾相識或完全陌生的香港人情世故，說不定感到「耳目一新」，「禁不住沿路追尋下去」[48]。這些「通俗」作品，多面向地勾勒出當年的社會面貌，讀來別有趣味。本卷所收，亦以盡量見出昔日人情面貌的作品為依據。

六十年代匯聚各方文人、傳媒旗手，他們於掙扎求存以外，力求創新致勝。留下來的作品，除了反映閃爍華美時代色彩，同時流露抑壓沉鬱。然而，於種種受限中，卻展現了「無中生有的想像力與韌性」，令人不禁一再回望。

47 盧瑋鑾：〈通俗的意思——為「舊夢須記」系列序〉，見熊志琴編：《異鄉猛步——司明專欄選》，頁十七。

48 盧瑋鑾：〈通俗的意思——為「舊夢須記」系列序〉，見熊志琴編：《異鄉猛步——司明專欄選》，頁十五。

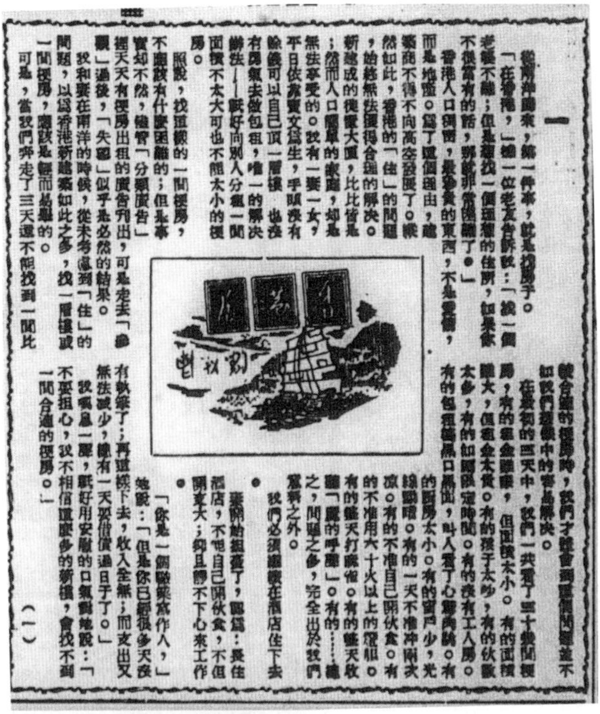

一

從南洋回來，第一件事，就是找房子。

「在香港，」一位老友告訴我：「找一個老婆不難；但是要找一個理想的住所，如果你不很富有的話，那就非常困難了。」

香港人口稠密，最珍貴的東西，不是黃金，而是地皮。為了這個理由，建築商不得不向高空發展了。雖然如此，香港的「住」的問題，始終無法獲得合理的解決。新建成的樓宇大廈，比比皆是；然而人口膨脹的速度，[illegible]是無法享受的。我有一妻一女，平日依賣文為生，手頭沒有餘錢可以自己頂一層樓，也沒有勇氣去做包租，唯一的解決辦法——祇好向別人分租一間面積不太大可也不能太小的樓房。

照說，找這樣的一間樓房，不應該有什麼困難的；但是事實卻不然，儘管「分類廣告」裏天天有樓房出租的廣告刊出，可是走去「參觀」過後，「失望」似乎是必然的結果。

我和妻在南洋的時候，從未考慮到「住」的問題，以為香港新建樓宇如此之多，找一層樓或一間樓房，應該是輕而易舉的。可是，當我們奔走了三天還不能找到一間比較合適的樓房時，我們才體會到這個問題並不如我們想像中的容易解決。

在最初的三天中，我們一共看了三十幾間樓房，有的租金嫌貴，但面積太小。有的面積略大，但租金太貴。有的孩子太吵，有的伙數太多，有的如廁限定時間。有的沒有工人房。有的包租婆黑口黑面，叫人看了心驚肉跳。有的廚房太小。有的窗戶少，光線黝暗。有的一天不准沖兩次涼。有的不准自己開伙食。有的不准用六十火以上的燈泡。有的整天打麻雀。有的整天收聽「麗的呼聲」。有的……總之，問題之多，完全出於我們意料之外。

●

我們必須繼續在酒店住下去[illegible]要開始租樓了，因為：長住酒店，不能自己開伙食，不但開支大；而且靜不下心來工作。

●

「你是一個職業寫作人，」妻說：「但是你已經很多天沒有執筆了；再這樣下去，收入全無；而支出又無法減少，總有一天要借債過日子了。」

我嘆息一聲，祇好用安慰的口氣對她說：「不要擔心，我不相信這麼多的新樓，會找不到一間合適的樓房。」

（一）

•（上）一九六〇年七月十七日《星島晚報．星晚》刊劉以鬯《香港居》第一回

•（下）一九六六年倪匡在《明報》副刊發表《原子空間》第一百零二回所用插圖

• 邵氏兄弟（香港）有限公司五十至八十年代出版的官方刊物《南國電影》，內刊多種名家小說，讀者甚眾

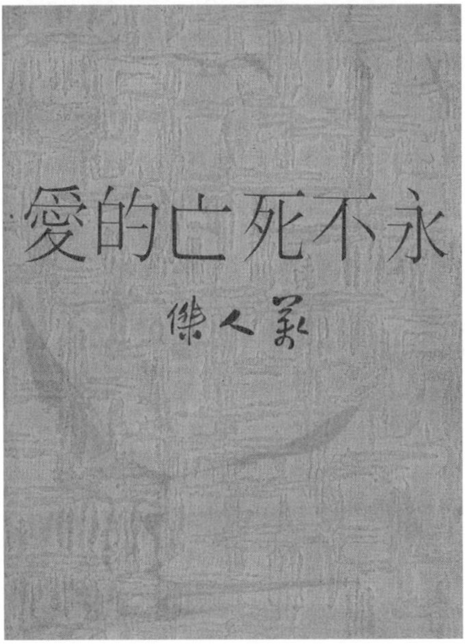

• 萬人傑（俊人，上圖左一）七十年代初參與女兒陳孝晶的婚禮後留影，翌年愛兒陳孝昌（上圖左二）病逝，著有《永不死亡的愛》作記錄，後改編成電影《永恆的愛》（丁善璽執導）獲第二十四屆亞太影展最佳劇情影片獎

雲海玉弓緣

梁羽生：文　雲君：圖

倚天屠龍記

金庸　雲君圖

八、獅王行踪

張無忌單身入闖

•（上）一九六一至一九六三年間在《新晚報．天方夜譚》連載的梁羽生作品《雲海玉弓緣》

•（下）一九六三年三月卅一日金庸在《明報》副刊發表《倚天屠龍記》第九十回

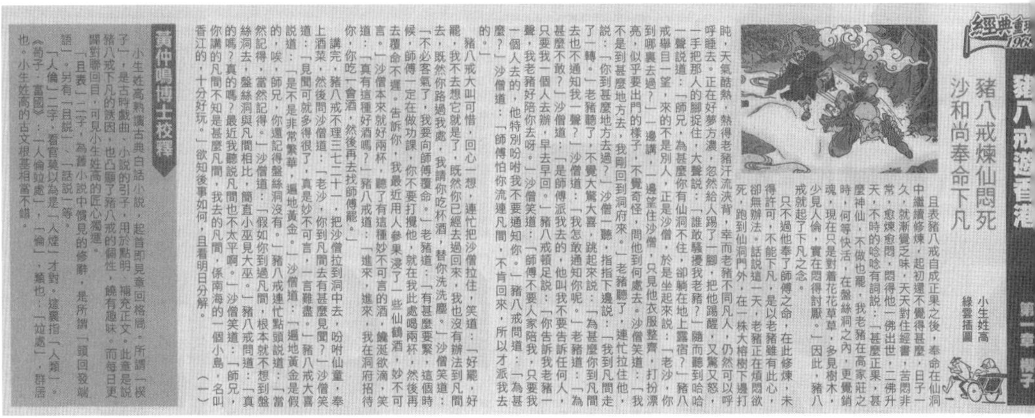

經典重現 1968

豬八戒遊香港

第一章 楔子

豬八戒煉仙悶死 沙和尚奉命下凡

小生姓高
綠雲插圖

且表豬八戒自成正果之後，奉命在仙洞中繼續修煉，起初還不覺得甚麼，日子一久，就漸覺乏味，天天對住經書，苦悶非常，愈煉愈悶，悶得他一佛出世，二佛升天，不時的唸唸有詞說：「甚麼正果，甚麼神仙，不做也罷，我老豬在高家莊之時，何等快活，在盤絲洞之內，更覺銷魂，現在只是對着花花草草，多見樹木，少見人倫，實在悶得討厭。」因此，豬八戒就起了下凡之念。

只不過他奉了師傅之命，在此修煉，未得許可，不能下凡，是以老豬雖有此心，卻無辦法。話說這一天，老豬正在煩悶欲死，跑到仙洞門外，在一株大榕樹下邊打盹，天氣酷熱，熱得老豬汗流浹背，幸而老豬不同凡人，仍然可以呼呼睡去。正在好夢方濃，忽然給人踢了一腳，把他踢醒，又驚又怒，一手把那人的腳捉住，大聲說：「誰敢騷擾我老豬？」隨而聽到哈哈一聲說道：「師兄，為甚麼你有仙洞不住，卻躺在地上露宿？」豬八戒舉目一望，來的不是別人，正是沙僧，於是坐起來說：「老沙，你到哪裏去過？」一邊講，一邊望住沙僧，只見他衣服整齊，打扮漂亮，似乎要出門的樣子，不覺奇怪，問他到何處去。沙僧笑道：「我不是到甚麼地方去，我剛回到洞府來。」老豬聽了，連忙拉住他，說：「你到甚麼地方去過？」沙僧一聽，指指下邊說：「我到凡間走了一轉。」老豬聽了，不覺大驚大喜，跳起來說：「為甚麼你到凡間去也不通知我一聲？」沙僧道：「我怎敢通知你呢。」老豬道：「為甚麼不敢？」沙僧道：「是師傅派我去的，他叫我不要告訴任何人，只要我一個人去辦，早去早回。」豬八戒頓足說：「你告訴我老豬一聲，我老豬好陪你去呀。」沙僧笑道：「師傅不要人家陪我，只要我一個人去的，他特別吩咐我不要通知你。」豬八戒問道：「為甚麼？」沙僧道：「師傅怕你流連凡間，不肯回來，所以才派我去的。」

豬八戒大叫可惜，回心一想，連忙把沙僧拉住，笑道：「好罷，好罷，我不去想它就是了，既然你已經去過回來，我也沒有辦法到凡間去，既然你路過我處，我請你吃杯酒，替你洗洗塵。」沙僧笑道：「不必客氣了，我要向師傅覆命。」老豬道：「有甚麼要緊，這個時候，師傅一定在做功課，你不要打擾他，就在我此處喝兩杯，然後再去覆命不遲。告訴你，我最近用人參果浸了一些仙鶴酒，妙不可言。」沙僧本來就好兩杯，聽了有這種妙不可言的酒，饞涎欲滴，笑道：「真有這種好酒嗎？」豬八戒道：「進來，進來，我在洞府招待你，你吃一會酒，然後再去找師傅罷。」

講完，豬八戒不理三七二十一，把沙僧拉到洞中去，吩咐仙童，奉上酒菜，然後問沙僧道：「老沙，你到凡間去有甚麼見聞？」沙僧笑道：「見聞可就多得很了，真是妙不可言，一言難盡。」豬八戒大喜說道：「是不是非常繁華，遍地黃金。」沙僧道：「遍地黃金是假的，唉，師兄，你還記得盤絲洞沒有。」豬八戒連忙點頭說道：「當然記得，當然記得。」沙僧道：「假如你到過凡間，根本就不想到盤絲洞去，盤絲洞與凡間相比，簡直小巫見大巫。」豬八戒問道：「真的嗎？真的嗎？最近我聽說凡間也不太平啊。」沙僧笑道：「師兄，你講的凡間不知是甚麼凡間，我去的凡間，係南海的一個小島，名叫香江的，十分好玩。」欲知後事如何，且看明日分解。（一）

黃仲鳴博士校釋

小生姓高熟讀古典白話小說，起首即見章回格局。所謂「楔子」，是古時戲曲、小說的引子，用於點明、補充正文。此章是說豬八戒下凡的誘因，也凸顯了豬八戒的個性，饒有趣味。而每日更鬬對聯回目，可見小生姓高的匠心獨運。

「且表」二字，為舊小說中慣見的修辭，是所謂「頭回發端語」。另有「且說」、「話說」等。

「人倫」二字，看官莫以為是「人煙」才對。這裏指「人類」。《荀子．富國》：「人倫竝處」，「倫」，類也；「竝處」，群居也。小生姓高的古文根基相當不錯。

• （上）現時偶爾在坊間流通的董千里小說《馬可波羅》，一九八三年台北遠景出版社出版（網上圖片）

• （下）一九六八年八月一日小生姓高在《成報》發表《豬八戒遊香港》，三十八年後同一天《成報》重刊該篇小說，為插圖着色，並附黃仲鳴博士的校釋

• （上）楊天成《二世祖手記》之八（攝於中文大學香港文學特藏）

• （下）一九六六年《任護花遊世界》一、二集，封面為影星紫葡萄（馮翠華，任護花之妻）

●（上）張續良的「四毫子小說」《雨夜驚魂》封面

●（下）（左圖）雨季（蔡浩泉）《天邊一朵雲》封面；（右圖）二〇〇一年素葉出版社為蔡浩泉重新排印該書（圖片由許定銘先生提供）

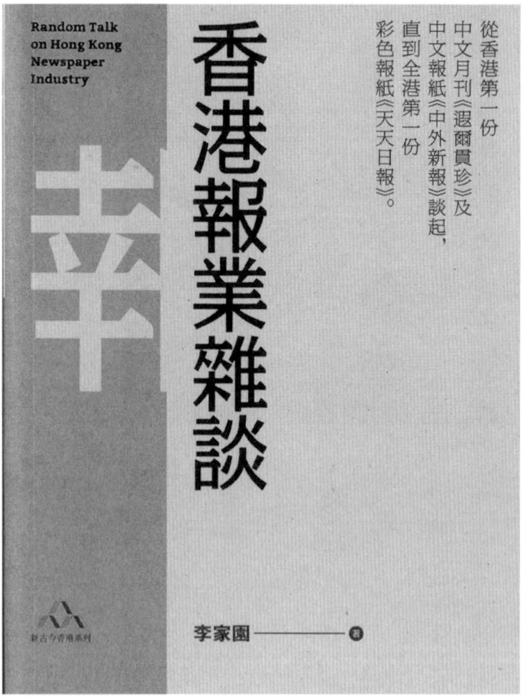

Random Talk on Hong Kong Newspaper Industry
香港報業雜談
從香港第一份中文月刊《遐邇貫珍》及中文報紙《中外新報》談起，直到全港第一份彩色報紙《天天日報》。
新古今香港系列
李家園著

● 李家園（上湯文武）《香港報業雜談》多有論及香港副刊及報載小說的發展，由香港三聯書店在一九八九年及二〇一九年出版

劉以鬯

香港居〔節錄〕

（略）

星期日上午來了不少睇房的人，多數因為不是梗房，所以不肯落定。其中有一家姓沈的，雖然願意接受我們的條件；但是妻覺得他們人口太多（老老小小共有八口），不肯收定。

到了星期二晚上，忽然來了一個裝束入時的職業女性，姓陳，名叫含英，在中環某進出口商行任職。

「樣樣都過得去，」她說：「就是這房間格得不好。」

我說：「釘兩條鐵線，掛一塊花布不就是了。」

陳含英低頭沉吟，尋思半晌，才幽幽地說：「祇要鄰房的房客能夠自重些，不掛花布也不要緊。」

然後打開手袋，取出五十元落定。

到了月底，趙氏夫婦遷出，陳含英搬來，一切都已恢復正常。含英是漂亮的女人，成天將自己打扮得如同花朵一般，男朋友之多，令人吃驚。含英雖在寫字樓做工，白天不大出街，而晚上則非玩到深夜過後不歸。關於這一點，我們實在百思不獲其解。還有，含英一入廁所，往往非半小時以上不可。麥剛，王榮與金玉花常常向我提出「抗議」，我聳聳肩，認為這是一個人的習慣，一時未必可以糾正過來。除此之外，大家倒也相安無事。麥王兩人依舊早出夜歸；玉花的「章先生」依舊每天來；莉莉進了附近的一家幼稚園；我的寫作產量也逐漸增加了。

這是好現象。

但是好現象並不能維持得很久，約莫過了兩個月光景，妻悄悄地告訴我一個秘密，我就產生了暴風雨即將來臨的預感。

妻說：「騎樓房的陳含英並不在中環寫字樓做事。」

我說：「你怎麼知道？也許她做的是夜班，我們不能胡亂猜測。」

「我問你，那一種寫字樓有晚上辦公的？」

我承認我想不出來。

妻說：「即使做夜班，打扮得那樣香噴噴的做什麼？你可曾見過這樣漂亮的女職員？」

她的話有理，但我還是說：「凡女人都愛美，這沒有什麼稀奇！」

「我也是女人，何曾打扮了？」

我說：「你是家庭主婦，自然不同。何況……」我有點慚愧。

「那不是經濟情況好不好的問題。」她一語道破，「我們無論如何總是二房東，陳含英只是個房客，我們還比她强些。」

「那末，你說是什麼原故？」

「我料定她是個……」

「什麼？」

「聽她和那些男朋友談話，大半是個舞女，或者是個交際花。」

我心理其實老早就這樣想，但是不願意說出來，這時仍然說：「不管她做什麼，反正不干我們的事，隨她去好了。而且，我們也無法斷定。」

「我是已經斷定了，而且覺得和我們很有相干。」

「怎麼……？」

「那對於莉莉不大好。」她皺眉說。

我大笑起來，說：「莉莉這麼小，什麼都不懂。如果再過十年，那才對她有影響。」

妻說：「你不要認為莉莉小，她什麼都懂得，那天還問我：『媽媽，陳小姐為什麼有這樣多的男朋友？』你說教我怎麼回答？」

「你怎麼回答？」我對此十分關切。

「我想不出，只不准她再問。」

這樣回答對莉莉仍然不好，但如果她問我，恐怕我也只能這樣說。

為了莉莉，我曾考慮請陳含英搬走，當然也僅僅止於考慮而已。現在有房難租，像這樣一間騎樓房，如果租給五口之家，可能多收一點房租，但勢必把整層樓搞得雞犬不寧，對於莉莉仍然不好。現在陳含英只有單身一人，房客之間可以減少摩擦，我這包租的也就省了很多麻煩。

接着，我終於證實了陳含英是個舞女。

自從聽了妻的猜測，我頓起好奇，這一晚陳含英前腳出門，我後腳就跟了出去。在大街上，她截了一架的士，向東駛去。我也截停一架，實行跟蹤。

還好，路並不遠，只花了我兩元車費。她走進一所屋子，門口有閃亮的霓虹燈，招牌叫做「桃花源」。桃花源本來是躲避暴政的一處地方，這家舞廳不知為什麼借用此名，難道跳舞就可以躲避暴政嗎？

我目送着陳含英進去，心中說不出是什麼感覺。她明知如果直說身份，我可能會不把房子租給她，所以才假稱在寫字樓打工。聽她的談吐也是個知識分子，如果真要找一個寫字樓工作，想必也不會很難。而終於做了舞女，是什麼使她這樣的呢？

老實說，我倒並沒有看不起舞女的意思，她們大多數都是出於不得已，除了少數幾個是為了物質上的虛榮心，誰甘心去做對人歡笑，背人垂淚的事情呢？

對於陳含英而論，她好像沒有什麼家庭負担，人品知識也都過得去，那一定是虛榮心特强的女人了。

但是那一個女人沒有虛榮心？有時連最賢惠的家庭主婦也難免。女人就是女人，她們彷彿就是為虛榮而活着，尤其在香港這個地方。所以我很快就原諒了陳含英，而且決定代她保守這個秘密，連妻也不讓知道，以免無意中失口，傷了她的自尊心。

回到家裡，妻問我跟蹤的結果怎樣。

我說：「在馬路上轉來轉去，忽然不見了陳含英，也不知道她跑進了什麼地方。那一帶並沒有舞廳，當然也沒有寫字樓，所以她的身份仍然是一個謎。」

妻也覺得奇怪，但她當然相信我的報導。

過了幾天，却發生了更嚴重的事情。

這一天，我半夜裡聽到一些聲音，起來查看。冷巷裡沒有點燈，只見一個黑影鬼鬼祟祟地閃過，一鑽就鑽到騎樓房裡去了。

我正要喊出聲來，但拚命忍住，因為這黑影非常熟悉，十分之九是麥剛。

麥剛為什麼跑到陳含英的房裡去，只有兩種解釋，一是他和含英有了曖昧；另一種是他睡眼朧矇，找金玉花原該向左轉，他却糊里糊塗的轉向右面去了。

我的身份是包租，並不是什麼風化警察，本來不必理會這種事。麥剛和金玉花偷偷摸摸已非一日，我向來隻眼開隻眼閉，從來不去理會。但現在不同，金玉花如果發現這事，說不定會和麥剛及含英拚命，鬧出什麼「六國大封相」的悲劇來，我這樣做包租的豈不惹上一身麻煩！

因此我決定管一管。

但是怎樣管法呢？衝進含英的房裡去，叫麥剛滾蛋？還是好言勸告，甚至哀求他們這樣呢？——這兩個辦法都行不通，而一時又想不出更好的，只得退回臥室，把妻叫醒。

她揉着眼坐起，說：「做什麼？」

我把所見的情形告訴了她。

「真下流！」她一拍枕頭，忘形地罵起來。

「輕點！」我連忙說：「你罵誰？」

「一屋子都下流，男也下流，女也下流。金玉花的生活靠章先生供給，她又勾搭了麥剛。麥剛和金玉花日久生情，猶有可說；現在陳含英搬來不久，他又和她好，那真教人——教人生氣！」

我笑起來說：「這種事談不到生氣不生氣，因為麥剛並不是我，金玉花也不是你。女人的天性使你同情金玉花了，對不對？」

她哼了一聲說：「我才不同情這種女人呢！」

「你聽我說，我們平心靜氣看一看這件事，不必用道德或感情的眼光，只談現實。」

「現實怎麼樣？」

「長此以往，」我說，「這些房客可能會打架，而且會一哄而散，那時就有麻煩了。」

「我倒寧可他們一哄而散。」

「話不是這樣說。現在房客難找，一個去一個來已是大傷腦筋，傾巢而出還了得！而且，他們爭吵打架，萬一鬧出血案，做包租的麻煩更多了。」

我的分析完全站在利害立場，妻聽了果然着急起來說：「那我們怎麼辦？」

「我們是一點辦法也沒有。最好馬上不做包租，那就再無麻煩。但事實上辦不到，所以我們只有步步小心，監視着他們，不使事情鬧大。」

「我們有什麼權利監視？再說他們把房門關起，要監視也監視不來。」

我說：「不是這一種監視……」

「那末怎樣監視？」

「使章先生不能發現金玉花和麥剛，使金玉花不能發現麥剛和陳含英。只要事情不鬧穿，我們做包租的就不會受累，那就隨他們去胡鬧吧！」

妻說：「這樣我們倒變成替他們做保護了」。

「除此還有什麼辦法？」我苦笑，「為了我們自己的利益打算，不願做的事情也只好做了。」

「你做吧！我可不做這種事！」

其實我也那裡願做，只是事情鬧穿了於我不利，明知無聊也沒有辦法。這就是做包租的難處。我不知道香港有多少包租人，是不是每一個都有我這種難處，如果是，那末包租這一行實在是可為而不可為的了。

正在這時，又聽到一聲門響，那是章先生走了。我連忙開門出去，正好遇見金玉花關上大門走回來。

她其實是一個不算太壞的女人，儘管她曾經給了我很多麻煩，此時我對她却有很多同情。一個女人，身為外室，那已經够痛苦了，因而愛上麥剛，那是無可厚非的。但如今麥剛就在她的眼皮底下和另一個女人好，這對她是一種很大的侮辱，教人為她不平。

我們招呼了一下。她徘徊着並沒有離開冷巷的模樣，看情形是在引起麥剛的注意。而麥剛並不在自己房中，他投入了另一個女人的懷抱，即使叫他也不會出來的。

我搭訕着說：「金小姐，秋涼了，你該多穿一件衣服。現在流行性感冒很多。」

「我不冷。」她扯了扯睡衣說，「今晚很靜，都還沒有回來吧？」

「陳小姐好像沒有出去，大概早早睡了。麥，王兩人想是還沒有回來。」我自覺撒謊的本領還算不錯，而且這幾句話說得很響，足够陳含英和麥剛聽見。

她笑笑說：「單身人就像野馬，總是視歸如死的。」說着慢慢走回自己房裡去了。

這一關，總由我隨機應變擋過去了。

第二天上午，金玉花和麥剛似乎在辦什麼交涉，一定是她在查問他昨晚的行蹤了。

我冷眼旁觀，看到麥剛鎮靜得若無其事，心裡對他佩服，同時也就更覺得這個人的狡詐可鄙。金玉花待他這樣好，可能倒轉給他錢用；而他却這樣對待她，甚至在內心也沒有感到一絲一毫的歉仄。

過了一會，金玉花跑進我的房裡來，說：「抱歉打斷你的工作，我只要十分鐘的時間。」

「不要緊，」我收起紙筆讓坐，「很歡迎你來，我的工作沒有什麼時間性，有時坐在這裡根本什麼也不做，很希望有個人談談。」

「你太太呢？」她周圍看了一眼說。

「送莉莉上學去，順便買菜，大概也就快回來了，你找她……？」

「我不是找她，我找你。」

我心想麻煩來了，故作鎮定地說：「有什麼可以效勞的麼？」

她說：「我們做鄰居很久了，大家不要客氣。我……我想請問你一件事。」

「什麼事呢？」我點烟，同時給她一支。

她慢條斯理地吐了一個烟圈，說：「打開天窗說亮話，我和麥剛的事情也瞞不了你，我實在是很愛他的，因為……你知道，我的生活很寂寞。」說到這裡，她慢慢低下頭去，滿腹幽怨都顯出來了。

我不好說什麼，只是點點頭。

「昨晚，」她說，「你可曾聽見麥剛回來？」

我搖頭，說：「沒有。我這人一睡下去只要幾分鐘就睡着，而且很少半夜醒來。麥剛有鑰匙，他又向來動作輕靈。我竟不知道他是什麼時候回來的。」

「真的沒有聽見？」

我一味搖頭，其實後來麥剛離開騎樓房，還在房門口和陳含英唧唧噥噥地說了半天，那時我根本沒有睡，什麼都聽見了。

金玉花嘆口氣說：「麥剛大概是天亮才回來。昨晚章先生來了，這對於他當然是個刺激，他就出去尋歡作樂，算是對我的一種報復。這個我也原諒他了，我們又不是夫妻，對不對？」

我苦笑說：「這種事只有看開些。如果認真起來，做人就只有煩惱了。」

金玉花說：「你講得很對。但昨晚章先生去後，我一直醒着等他回來，預備做宵夜給他吃，要他原諒我的苦衷。而整整一夜，他竟然故意留在外面。」

我皺眉，說：「剛纔你問他，他怎麼說？」

「他說兩點鐘就囘來了，見鬼！我又不曾睡着，而且我的聽覺最好。」

我險些笑出聲來，連忙忍住。

她又說：「我直到巴士出廠以後才睡着，他一定是天亮才囘來，整整胡混一夜。」

我不明白一夜和半夜有什麼不同；也許在女人看來是不同的，所以她這樣絮絮不休。

這時，妻買了菜囘來。

金玉花彷彿只願由我分担她的「閨怨」，和妻說了幾句閒話，就囘到自己房裡去了。

妻悄悄問我：「她說什麼？」

「自然是在發麥剛的牢騷了。但她想不到鬼就在家裡，還以為他整夜留在外面呢！」

「你告訴她了？」

「我怎麼會告訴她？我不着邊際地勸了她幾句，看她也沒有什麼大不了，大概只須麥剛向她陪個不是，她的氣就會平下來的，而且也不會和他怎樣吵鬧。因為她自己有一個章先生，沒有理由不許麥剛出去玩。」

妻忽然對她有了同情，嘆口氣說：「她也是個可憐人，其實所有的女人都可憐，幾千年來重男輕女，我們這一代看着好像平等，其實有苦難言。」

我笑起來說：「怎麼？要革命了？」

「當心你的房客們革命吧！我三十多歲的人了，對於革命兩字早已厭倦了。」她笑着走向廚房，回頭又加上一句：「今天有好菜，給你作為慰勞。」

我一笑回房，攤開稿紙，拿起筆來。

上午這一段時間很靜，本來是我最好的寫作時間，但今天不知怎的，坐了一會，竟有無從下筆之苦。

金玉花，麥剛，陳含英這三個人的影子像走馬燈似的在我眼前晃動，互相追逐，永遠碰不到一起。久而久之，我竟像構思小說情節似的為他們試作一種又一種的安排：一會兒麥剛和陳含英結婚，金玉花服毒自殺；一會兒又是金玉花和章先生鬧翻，要正式嫁麥剛，但麥剛的經濟力量又不够；第三種設想很動人，但也最荒唐，麥剛居然把兩個女人都放棄，而且遷離了這間屋子……

「篤篤……」有人在敲我的房門。

我頭也不回，沒好氣地說：「進來！」

門開了又關上，半晌沒有人出聲。我奇怪了，轉身說：「誰……？」完全出於意料之外，站在那裡的竟然是陳含英！

「打擾你了，」她細聲細氣地說，「真對不起。」

「請坐。」

她怯怯地坐下，好像一個闖了禍的孩子。

我又說：「陳小姐，有什麼事嗎？」

她頓了一頓，把眼光移向窗外，說：「我來向你坦白。」

「這話奇了！我們……」

她說：「不錯，我們是房東房客的關係，彼此用不上坦白這種字眼。但我覺得負疚，因為我說了謊話，這使我一直心裡難過。」

我想說「我早已查出你的底牌了！」但口中說的却是：「沒有關係，我們誰不在每天說謊呢！」

「但我的謊話却可能使你受到損害，所以……所以我現在來告訴你真話。」

我表示很有興趣聽她的真話。

她坐正，雙手放在膝上，緩慢，清晰而莊重地說：「我是一個舞女。」說完像挑戰似地望着我。

我力持鎮靜，說：「那也沒有什麼？」

「你對我的欺騙不感憤怒嗎？」

「我為什麼要憤怒？你住我的屋子，按期付房租，只要不給我太多的麻煩，我是不理你做什麼的。」

「但是現在麻煩來了。」

我仍作不解狀。

含英嚴肅地說：「金玉花和麥剛是否有一種特殊關係？這關係到了怎樣的地步？」

我覺得難於啟齒，想了想說：「金玉花和章先生並不是正式夫妻，所以她——她相當自由。」

她對我的答非所問先頗詫異，想了想說：「你對我說話不必那樣含蓄。我是一個舞女，什麼露骨的話都聽過都說過。男女關係在我們看來很平常。」

這使我越發不好意思明說，只向她笑笑。

她說：「老實告訴你，麥剛在追求我，換句話說便是想不花錢玩女人。昨晚他闖進我房裡來了……」

我有一點緊張，等候她說下去。

「只是麥剛的估計錯誤。」她冷笑，「我是做什麼的？為什麼白白讓他玩？如果我愛上一個男子，倒貼也可以；但我又根本不愛他。」

我有點尷尬，說：「陳小姐，你愛不愛麥剛，完全有你的自由，我是管不着的。」

「你當然管不着。」含英說，「但我要你明白，我完全不愛麥剛，所以如果發生什麼事，一切責任都該由他負。我雖然做舞女，但我對你也好，對別的房客們也好，可曾有過什麼輕佻的行為？」

她停住看着我。我只好說：「完全沒有。」

她感覺滿意，攤手一笑。

我忍不住說：「昨晚……？」

「昨晚我忘記鎖門。麥剛摸了進來，弄醒我。我問他有多少錢。他先還花言巧語，後來知道沒有指望了，想離開又不敢，直到三點以後才走。我這才看了出來，他是怕被金玉花撞到，駝子跌交兩頭空。」

原來昨晚麥剛並沒有得到甜頭，也虧他行動實在輕捷，回房時連我也沒有聽見。

「所以我來問你。」含英又說，「如果金玉花準備有一天要嫁給麥剛，倒要趁早勸勸她。」

我說：「男女間的事情很奇妙！湊合也沒用，勸阻也沒用，還是讓他們自然發展的好。」

「你的話也是。」她點頭，「但我實在恨極麥剛這種人，雖然不知金玉花為人如何，總不願見另一個女人上他的當。你們相處較久，你覺得她怎樣？」

「她很孤獨，很愛麥剛，真正有仰望終身的意思。那位章先生對她雖然不錯，終究不是原配，兩人心裡都明白，遲早要分手的。」

含英嘆口氣，說：「女人就是這樣吃虧，流轉風塵也好，做外室也好，心裡總是空空蕩蕩的；就像在大海裡游泳，不知什麼時候能見到陸地。」

我想說：「那你為什麼不結婚？」

她彷彿一眼就看出我的心思，苦笑道：「正式嫁人也難。一來是高不成低不就；二來就算湊上了，又不知將來怎樣。我親眼見過多少美滿姻緣，不久都成了話柄。所以我也不嫁人，混一天算一天。」

看不出陳含英倒是個很有心機的女子。我說：「做人不能顧慮那麼多，有一句老話叫做『因噎廢食』，你的想法也就是這樣，那豈不是什麼都不能做了？」

正說着，妻進來取東西，和含英攀談。

含英彷彿生來只會和男子說話，一見女人就有些期期艾艾，勉强對答了幾句便告辭走了。

妻目送含英出去，低聲笑着說：「怎麼？給包租公送秋波來了？」

我把含英告訴我的一切轉述給她聽。

她說：「如果麥剛真的沒有佔到便宜，我倒有點佩服陳含英了。她對金玉花關切，用心也好。」

「金玉花是不能勸的，你千萬別管！」

「我才不高興管這種事呢！陳含英既有這番好意，要說就讓她自己說去。只是我怕金玉花不但不見她的情，反而會咬她勾引麥剛的。」

我一拍大腿站起，說：「不錯，我們得阻止陳含英做這件傻事，不然吵起來又是我們吃虧。」

「你放心，陳含英到底不是傻瓜，怎會隨便亂說？」

我一想不錯，也就把這件事情擱下了。

三天平安過去，居然並沒有發生什麼事。

第四天上午，一場暴風雨突然而來。

中午時分，麥剛和王榮都出去了，屋子裡僅有我一個男子。妻在廚房裡，陳含英還未起床，金玉花突然在冷巷裡吵嚷起來。

我所寫的一篇小說正到了轉折的地方，被她一嚷，把思緒完全攪亂了。我搖着頭開門出去。冷巷裡只有金玉花獨自一個。她身穿睡衣，頭髮亂蓬蓬的，面黃眼紅，簡直像一個未亡人。

我嚇了一跳，說：「金小姐，怎麼了？」

「怎麼了？」她尖聲叫道，「我問你，天下的男人有沒有死光？為什麼這樣不要臉？」

我愕然半晌，說：「你問我？」

「我自然問你，不問你問誰去？」她把嗓子儘量提高，別說整座屋子，恐怕連左右鄰居都聽到了。

我恍然大悟，明白她是說給陳含英聽的。

「金小姐，」我好婉言相勸，「你這一陣面色不大好，最好不要生氣。有什麼事慢慢解釋，船到橋門自會直，天大的風波也會平下來的。」

「你倒說得輕鬆！」女人最注意自己的容貌，也明白憂能傷人的道理，她果然氣餒弱了。

我又說：「金小姐，到我們屋裡坐坐。我正有些事情想找你談，現在正好。」

她略微遲疑了一下，就隨我進房。

我仍讓房門打開着，招待她坐下，有一搭沒一搭地和她攀談，甚至稱讚她所穿的睡衣，問是從那裡買的。

她這人很單純，注意力漸漸移開了。

一切麻醉劑都有時限，我對金玉花的催眠工作終於失效，她像從夢裡突然醒來，凝視着我說：

「騎樓房的女人是做什麼的，你還不曾知道？」

我只好直認已知陳含英是個舞女。

「既然知道，為什麼還把房子租給她？」

「租房的時候並沒有發覺。」

「現在發覺了，叫她搬走也還來得及。」

這簡直是「干涉內政」的行為，但她在房客的三票中擁有兩票，我自是不敢得罪她，只好說：

「這話很難出口，因為舞女在香港是合法的職業。但我會想別的辦法使她搬走。我有辦法的。」

「你根本不想她搬走，對我打太極罷了。我現在告訴你，若在一個月內，她不搬我搬。」

難題目來了，我想了想說：「原則上以一個月為期，我盡我的力量去辦，只是限期方面不必訂得太死。並不是我打太極，只為事實上有困難。」

「我就是這兩句話，」她說，「已經通知你了，怎麼做都在你。」說完，頭也不回的去了。

她剛走，妻就閃身進來，向我作苦笑狀。

「你都聽見了？」我問。

「聽見了。你預備怎麼辦？」

「金玉花的理由正大，很不容易反駁。」

「但她實際上無非為了驅除情敵。」

「這個自然。」我想了想說，「其實她錯了，麥剛有兩隻腳，不管含英搬去那裡都沒有用。而且含英本來是厭惡麥剛的，這樣一來，反而會激得她去親近麥剛，作為對金玉花的報復。那時她連監視的機會也沒有了。」

「我們不管這些，只考慮包租和房客的關係就夠。」

「不，這兩個問題是糾纏在一起的。我們只有從男女關係上向金玉花分析利害，才能打消她的一意孤行，然後我這個包租人才能無為而治。」

妻想了一會說：「計是好計，只怕金玉花這樣性格的女人未必能夠依從。你要試就試。」

「不，我是男人，怎麼好同金玉花談這些？我看包租婆義不容辭，當然由你親自出馬。」

「我不高興。」她搖頭。

「我也知道你不高興，但為了大局，你只好勉為其難。好太太，你不想莉莉見她們打架吧？」

提到莉莉，她就有點軟化。我打蛇隨棍上，說：「機會湊巧，就是現在去吧！」

妻終於被我打動，向金玉花游說去了。

同時，我聽見陳含英起床走進了盥洗室。她自然聽到金玉花的吵嚷，而竟能不動聲色，可見她的涵養功夫要比金玉花好得多了。

現在可說是千鈞一髮，如果金玉花聞聲趕出，很可能肇成大禍。我揑着一把汗等候，直到含英哼着流行曲回房，總算沒有發生事故，才放下心來。可知妻的任務至少已有一部分見效，想來正在繼續大力說服中。

我呻了一口長氣，坐到寫字枱前，拿起筆來。糟了，剛纔已佈置得七七八八的情節，經此一鬧，變得無影無蹤，又要從頭想起了。但是情緒已壞，左想右想總覺得不對，坐了半天，結果一字不出。

這時妻回到房裡來了。

我說：「女大使春風滿面，大概交涉成功了！」

她看我一眼坐下，說：「出使辱命，請降三級調用！」

我吃了驚，連問怎樣。

她還沒回答，已經忍不住「咭咭」一笑。

我這才知道她是故意嚇我，笑笑說：「不要賣關子了，快告訴我，金玉花怎麼樣？」

「她恨死了陳含英，說如果我們不採取行動，她就每天辱罵，將含英罵走。」

「你向她分析利害了？」

「當然。而且我還添上一句，說萬一吵得不可開交時，恰巧章先生到來，那就非常尷尬。」

「好！」我拍案叫絕，「這一下，她應該軟化了。」

「她已心怯，但嘴裡仍然強硬。」

我想了想說：「你們談話時，有沒有聽到陳含英跑進盥洗室？那時我真担心金玉花衝出來！」

「自然聽見的了。我一直注意着金玉花的神氣，她開始好像頗有一拚的衝動，但那時她已聽我分析過利害關係，終於遏制了衝動。一直到含英離開盥洗室回房，我看她才鬆了一口氣，我也鬆了一口氣。」

「我也鬆了一口氣。」我說，「大概這幾天內，如果沒有特殊變化，想必是不會鬧起來的了。」

「這也難說。萬一兩人狹路相逢，金玉花稍有表示，陳含英是不會忍讓的，一吵開了頭，結果怎樣就誰也控制不了。所以，你這包租公這幾天要提高警惕，日夜守着她們，一聽見有什麼風吹草動，立刻出來調解。」

我說：「那未免太緊張了！」

她笑說：「誰叫你包租？包租的生活就是這樣！」

妻自然是用開玩笑的口吻說這些話，但事實上却有至理。從此以後，我真的像獵狗那樣守在房裡，準備一聞變故，立即跳出排解。

這種緊張的生活實在不好受，莫說寫作完全停頓連吃飯睡覺也不得安穩，真正是苦不堪言。表面上，妻把這個任務交給我負責，其實她自己也不輕鬆。她明白，當兩個女人的衝突到某一程度時，男子是不便插手的，所以她以後備軍自居，準備萬一發生事故，而我已束手無策時，便將挺身而出。

這樣，我們兩人全為此事而緊張，平靜的日常生活完全破壞了。

莉莉雖然只有四歲，小小年紀也覺出了空氣的不尋常，終於圓睜着眼睛問我：「爸爸，你們做什麼？」

「做什麼？不做什麼呀！」

小小的嘴唇一扁，說：「用不着瞞我，你以為我看不出來嗎？」

我抱起她放在膝上，說：「乖乖的，別胡思亂想！爸和媽沒有事情瞞你。」

「一定有的。」這小女孩固執得可驚，完全不像我們兩人中的任何一個。

我鬥不過她，只好說：「你要是不信，儘管問媽媽去，我是實在不知道。」

她笑了，說：「我已經問過媽媽。媽媽也說她不知道，叫我問你。」

「哪！我們都沒有騙你，是不是？」

她知道問不出什麼的了，從我膝上一溜而下，回頭做了個鬼臉，一蹦一跳地走了。

妻進來。我把這件事告訴她，表示担心。

她說：「我們一天做包租，就一天免不了有這種麻煩。我們自己倒也罷了，只希望莉莉不受影響，誰知竟然瞞她不過！」

「孟母三遷，為的就是擇鄰。」我說，「現在我們應該鄭重考慮，為了莉莉，是否應該放棄做包租。」

「不做包租，我們三個住一層樓？」

「把這層樓退回給業主，我們仍然租屋住。」

她說：「租屋住就沒有鄰居了嗎？能保證鄰居中就沒有金玉花和陳含英這種人了嗎？」

「自然不能保證，但我們可以選擇，不對就搬。」

「那只怕一年三遷還不夠！」她嘆息，「現在的香港人，孟母大概是一個也看不上眼的。」

心理上有了準備後，緊張的情緒也就因之鬆弛。不料，情緒剛放鬆，緊張的事情立即發生。

那是一個有風有雨的中午，麥剛和王榮早已去中環辦公，家裡靜悄悄的，我們正在吃飯。

騎樓房驀然響起一陣摔物聲，兩個女人像雞叫似的互相詆罵，你一句，我一句，各不示弱。

我們連忙放下碗筷，趕去勸解。

正當金玉花揪住陳含英的頭髮時，妻將金玉花拉了出來。陳含英顯然沒有玉花潑辣，受了委屈，竟跺跺腳，往沙發上一坐，雙手掩面，抽抽噎噎地哭泣起來，我問她：

「究竟是怎麼回事？」

她祇哭不語；但是客廳裡的金玉花只管吊高嗓子，繼續破口大罵，凡是別人不好意思說出口的話，她都罵了出來。

陳含英起先還能壓制自己，但是聽了幾句惡毒話語後，情感猶如脫繮之馬，怎樣也收不住。於是，霍然站起，怒不可遏地要走出去評理。我忙不迭將房門反背一鎖，說什麼也不讓她走出。她氣極了，歇斯底里地大聲咆哮：

「誰要搶她的麥剛？我陳含英才不稀罕咧！如果我要找男人，隨便中意那一個就揀那一個，不像她那麼下流，賠了身體，還要倒貼！」

這一番話，說得似刀似刺，使客廳裡的金玉花忽然變成了瘋人，跌跌撞撞地奔到門外，握緊雙拳，邊猛搥板門，邊罵：

「狐狸精！有胆就走出來！」

陳含英也不甘示弱，拍手跺腳的反問她：「誰是狐狸精？你說話清楚些！」

這樣，兩個女人就隔了一層夾板，互相對罵起來，像唱戲似的，越罵越響。

莉莉受不起驚嚇，「哇」的放聲大哭。

妻焦急萬分，在門外大聲喚她們「休戰」，認為有話可以坐下來談，何必一定要吵吵鬧鬧。

這一吆喝果然生效，兩個女人總算靜了下來。

我將陳含英拉出騎樓，好言好語地勸她平氣息怒，說是大家同屋居住，必須和睦相處。

但是陳含英說：「我與她井水不犯河水，她為什麼平白無故的走來罵人？」

「金玉花一定是誤會了，你應該原諒她一次。」

「誤會？」陳含英故意頓了頓，然後嗤鼻冷笑：「我本來對麥剛一點意思也沒有，不過，她既然無端端地走來冤枉我，就讓我跟她開開玩笑吧！」

陳含英既然在我面前說了這樣的話語，當然一定會做到的，至於什麼時候做；或者採取什麼方式，我就無法猜測了。但是，男女之間的關係越複雜；問題必定越多。我們這一層樓，分租出三間房間，結果却構成了一個微妙的三角關係，成天處在「冷戰」的氣氛中，叫我這個包租的，怎能安心寫作？

我就此事與妻商量，妻聽了，略加思索，便下了這樣的結論：

「我們不適宜做包租，還是把這層樓退回給業主吧！」

「退屋？」

「做包租需要另外一套本領，我們並不具備。」

「但是，我們搬來還沒有幾個月，單就間房和駁線這兩項來說，已經花去幾百塊錢了。」

「寧可吃虧一些，還是搬走的好。」

「你怕什麼？」

「不是怕，而是避免麻煩。」妻頓了頓，繼續作了這樣的解釋：「那陳含英是個舞女，對於男女間的事情一定看得很平常，萬一當真跟麥剛勾搭起來，這屋子還會有寧靜的日子嗎？你要知道，陳含英比金玉花年輕；而金玉花又比陳含英潑辣，再加上一個輕浮的麥剛，還愁沒有好戲可看？所以，依我的意思，不如趁早躲開的好。」

妻的建議當然也有道理，只是一動不如一靜，寧可再等待一個時期，希望陳含英的氣憤平息後，兩個女人間火藥味隨之消失。

我懷着「希望最好，準備最壞」的心情，靜候發展。在最初一個星期內，一切如常，空氣雖然有點緊張，但那是屬於心理的；表面上，大家倒也相安無事。

「看樣子，」我對妻說：「情形並不如我們想像中的可怕，陳含英不過是說了一句氣頭上的話，差點害了我們。」

然而妻的看法比我悲觀得多，她認為：「除非這三個人中間有一個搬出，緊張的局勢決不會緩和。至於目前的平靜，足以說明醞釀中的暴風雨即將來臨。」

我搖搖頭，不相信會有暴風雨。

當天晚上，我們睡得很早。第二天一清早就起身，走入客廳，竟發現金玉花兀自坐在沙發上，手掩臉頰。我頗感詫異，問她受了什麼委屈，她祇管聳肩啜泣，不答。我不便追問，也就走去盥洗。稍過些時，妻來了，說是金玉花發現麥剛昨夜沒有回來。

「這有什麼稀奇？」我說。

妻笑笑，故作神秘地答：「問題是：陳含英也徹夜不歸。」

「陳含英在外邊過夜，未必一定跟麥剛在一起。」

「但是金玉花絕對不肯這樣想的。」

金玉花認定陳含英與麥剛一起在外邊過夜，因此哭得非常哀慟，一會兒罵麥剛沒有良心；一會兒罵陳含英不要臉，像一頭剛學會幾句説話的鸚鵡，嘰嘰呱呱，嚷個不停。

妻對金玉花的自尋煩惱，絕不同情；但是站在包租婆的立場，縱然看不順眼，也得堆上笑臉，前去勸慰幾句。妻為人素來直率，除非不開口，否則就會毫不保留將心底話完全説出。

「你不應該把猜想當作事實，」她説：「麥剛在外過夜與陳含英的一夜不歸，也許是巧合，未必一定在一起，即使他們果真在一起的話，你也不能衹顧責備別人，而忘記了自己。你必須冷靜地想一想，就算陳含英做了什麼對不住你的事，你又何嘗對得住章先生呢？再説，麥剛對你毋需負担任何責任，喜歡跟誰在一起，就可以找誰。」

「但是，」金玉花説：「我待他這麼好，他不應該背着我跟那個賤貨偷偷來往。」

妻微微一笑，説了一句非常坦白的話語：

「章先生待你也不壞，你為什麼要背着他跟……？」

此話未免太重了一點，雖然沒有完全講出，可是金玉花心裡也已經很明白了，如果是平時，聽了這樣的話，一定會暴跳如雷的，然而今天不同，今天金玉花的心緒實在太亂。

她恨麥剛。

她恨陳含英。

她沒有辦法再憎恨第三個人。

惟其如此，儘管妻説了一些過分直率的話語，她也不生氣。

十點敲過，陳含英回來了，容顏略顯憔悴，但是依舊呈露着倨傲的神情，當她見到坐在客廳裡的金玉花時，立刻扁扁嘴，鄙夷不屑地瞅了她一眼；然後打開手袋，取出鑰匙，啟開房門，走進去，隨手又將門關上。

接着是接一連二的呵欠聲，很響。

金玉花霍然站起，三步兩腳地走到大門口，拉開大門，像一枝箭般匆匆下樓。

妻向我投來詢問的一瞥，我悄聲對她說：「很可能到樓下士多去借打電話了。」

「打給誰？」

「當然是麥剛。」

妻聽了我的話，若有所悟地「哦」了一聲，搖搖頭，感喟地嘆口氣，說：

「好戲還在後頭哩！」

下午五點一刻，章泉來了，照例被金玉花迎入尾房，關上門。

五點半，麥剛公畢回家，照例拿了毛巾去沖涼。

六點正，陳含英起身，懶洋洋地走出臥房，恰巧與麥剛在客廳裡相遇。

陳含英橫波一睞，對麥剛有會於心的笑笑。麥剛也露了笑容，只是沒有開口。

又過了半個鐘頭，金玉花從尾房走出，濃妝艷服，打扮得十分花枝招展，挽着章泉的手臂，狀極親暱。

毫無疑問，這突兀的舉動中含有「示威」性質。過去，章泉為了避人耳目，從不帶金玉花出街。今天，不知道金玉花用了些什麼手段，終於說服了章泉，居然雙雙出外遊樂。章泉未必是個傻瓜，衹是絕對想不到金玉花會別有用心。

妻悄悄的對我說：「這是序幕。」

到了七點半，正戲上演：麥剛毫無顧忌地挽着陳含英的手臂，出街拍拖。

這就證明陳含英蓄意要報復金玉花了。換一句話說：兩個女人的敵對姿態業已形成。

吃晚飯時，妻催我趁事情沒有發作，快些將這一層樓退還給業主。

我說：「退屋不是一件簡單的事。」

但是妻認為：「這三角關係發展下來，必定較退屋更麻煩。」

我同意妻的建議，為了避免麻煩，決定退屋，不過，時間上還有問題。我們是十號起租的，現在已經十二號了，向業主退屋，或要求房客遷出，皆須預早一個月通知。如果早三天作此決定，事情就不會像現在這麼複雜了。

「能不能將實際情形告知業主，請他體諒我們處境的困難，通融一下。」

「我們的業主是個精於打算盤的人，絕無情面可言。」

「不妨去試一試。」

「過幾天再說吧，也許情形並不如我們想像中的那麼麻煩。」

妻緊蹙眉尖，說是拖延不能解決問題。但是，在目前的情勢下，想在兩三天內做好退屋手續也是不可能的。所以，「拖延」與「不拖延」，從某種角度來看，實在是沒有什麼分別的。

這天晚上，我因為要替一家畫報趕寫短篇，所以睡得很遲。約莫十一點鐘左右，有人用鑰匙啟開大門，我以為是麥剛與陳含英，結果却發現尾房扭亮了電燈。

金玉花在哭；而且哭得很傷心。妻醒了，見我仍在寫作，悄聲問：

「誰在哭？」

「尾房的金玉花。」

「為什麼？」

「她剛從外邊回來，一進門，扭亮電燈，就哇的一聲哭了起來。」

「真討厭，半夜三更還要哭嚷，回頭吵醒了莉莉，多麻煩？你去勸勸她，有什麼委屈，等到明天再說。」

我擱下筆，站起身，走到尾房門口，叩門，未聞應聲。

「金小姐，你怎麼啦？」我問。

依舊沒有回答。

我只好回房，妻用詢問的目光對我一瞅。我聳聳肩，表示莫名其妙。幸而莉莉睡得很酣，沒有被她吵醒。我繼續執筆寫稿。妻翻個身，又睡着了。

約莫過了一個多鐘頭，尾房的哭聲已中止；有人用鑰匙開大門，立即傳來一男一女的哄笑聲。

麥剛與陳含英回來了。

接着，金玉花從尾房衝出，用裂帛似的聲音怒吼：「賤貨！你也太不要臉了！」

陳含英有麥剛撐腰，嗓子吊得很高，不顧一切地跟金玉花頂了起來：「誰不要臉？由得你胡說八道？」

話語剛說完，客廳裡就傳來了嘈雜的打架聲。我連忙擱下筆，走出去，扭亮客廳的電燈，發現兩個女人各自猛抓對方的頭髮，扭作一團，拳打腳踢。麥剛拚命想扯開她們，可是一個人的力量不够。我立即奔上前去，幫同麥剛，一人拉開一個。

兩個女人像兩隻受傷的野獸，一邊喘氣，一邊怒叱，嘩啦嘩啦，吵得不成個樣子。

王榮醒了。妻也醒了。莉莉在房內大哭大嚷。

陳含英的臉頰已被金玉花抓破，正在流血。金玉花完全像個潑婦，拍手跺腳，要跟陳含英拚個你死我活。麥剛夾在中間，表情很尷尬，狠狽得有點手足無措。

金玉花說了許多很不好聽的話語；陳含英也不甘示弱，口口聲聲要金玉花小心些。

在這種情形下，我做包租的人，唯有請他們停止爭吵，各自回房休息。我認為：有什麼心裡過不去的事，儘可到外邊去解決，絕對不能在家裡鬧出事來。

「否則，」我對她們說：「我衹好報告差館了！」

我將金玉花拉入尾房，不許她走出來與陳含英吵嘴。陳含英也被王榮拉入騎樓房，不再罵人。

一場風波暫告平息。麥剛早已溜入中間房，客廳裡衹有我和王榮兩人，賽若聯合國軍隊一般，監視兩個女人的行動。莉莉究竟是個小孩子，哭了幾聲又給妻哄睡了。

稍過些時，一切似已恢復正常。王榮坐在沙發上，眼圈紅紅的。時常用手背掩蓋嘴巴打呵欠。

我對他說：

「看樣子，今晚當可安然渡過。你明天還要上班，不如再去睡一回吧。」

王榮也實在相當累了，聽了我的話，立刻站起身，回房安睡。

時已深夜過後，我還有一千字要趕。為了不願對畫報編者失去信用。祇好回房繼續執筆。我的寫稿速度比一般要慢得多，別人二十分鐘可以寫一千字，我就沒有這種本領。特別是情緒不寧的時候，一千字至少要花一個鐘頭。所以，當我寫好這個短篇時，遠處已有雞啼傳來。我伸伸懶腰，再也沒有心思去考慮退屋的事了。

上床後，我做了一個夢，夢見自己中了秋季大馬票，收了一百多萬港紙，在淺水灣買一幢巨大的花園洋房，住得非常舒適。

一覺醒來，妻正在亂推我的肩膀。

「有什麼事嗎？」我在迷漫中問。

妻神色慌張，説話略帶口吃：「糟了，金玉花一早就出去，陳含英知道情勢不妙，立刻到樓下去打電話，找了幾個不三不四的人物來；現在——」

「現在怎樣？」

「章先生也帶來幾個人，氣勢洶洶，存心要找麻煩似的。看情形，弄得不好，可能會在家裡鬧出事來。快起來，動動腦筋，設法將大事化小，小事化無。」

聽了這一番話，我才從迷蒙意識渡到清醒，咂咂嘴，一骨碌翻身下床，沒有盥洗，就到尾房去找章泉。

章泉一見我，立刻擺出一副不好惹的嘴臉，一問我是否有人欺侮金玉花。我故意頓了頓，知道章某特地來尋事的，祇好陪上笑臉，說是芝蔴綠豆式的小事，何必如此認真。章泉的目的，無非想在金玉花面前顯顯威風，固未必真的有意演出「全武行」。如今既已有了落場勢，也就不再追逼了。

然後，我用同樣的方式對付了陳含英這幫人。緊張的情勢，終告和緩。

選自一九六〇年九月二十四日至十月十二日香港《星島晚報・星晚》

董千里

馬可波羅〔節錄〕

第四章　蘇州水城

在達魯花赤全力幫助之下，瑪竇波羅從蘇州選到了整整一百名美女。

他們來蘇州已近十天，大汗的限期將屆，不能再拖了。馬可與雪芝拉留戀蘇州的風景，捨不得就走。瑪竇只好先行回去。

達魯花赤和馬可成了朋友，每日辦完公務，便陪着他們遊山玩水，或則通宵飲宴，彼此無話不談。

這一晚，馬可飲酒半醉，把悶在心頭很久的一句話說了出來，道：「你們畏吾兒人在大汗國中做官的很多，爲什麼任令同族女子淪爲官妓？你可以向大汗請命的呀！」

達魯花赤停盃嘆道：「你責備得是，我心裏何嘗不這樣想？只是本朝例，除了蒙古本部十三翼是天生的主子，其餘人種儘可立功爲官，却依然是奴，譬如我一朝獲罪，合家老小立時成奴，妻女自然變做官奴。莫說是我，便貴爲中書，樞密也是一樣，除非受封那顏，才算脫了奴籍；但這樣的例只有成吉思汗所起兵時才有，自窩闊台汗以後就廢止了。」

馬可甚是不樂，道：「這樣說來，我若獲罪，雪芝拉和我都要貶入奴籍了？」

達魯花赤道：「那是當然。」

馬可擲盃而起，道：「那我們不如回去。威尼斯是自由國家……」說到這裏搖搖欲倒，竟是不能開步。

雪芝拉連忙扶住，柔聲說：「你醉了，馬可，去睡吧！」

達魯花赤手足無措，也說：「你眞是醉了，我們明天再喝。」

馬可搖了幾搖，掙脱雪芝拉的手，説：「不錯，我有點醉，但我心裏很明白。這些話，我醒時常想，正好乘醉說出來。我有製茫貢諾的大功，爲什麼不封那顏？」

雪芝拉又搶上扶住。

達魯花赤忙道：「不錯，你說得是。明日我們上一個奏章，要大汗封你做那顏。」

「千戶不够，我要做萬戶那顏，封地最好在蘇州。」

雪芝拉柔聲道：「大汗一定會答應你的。現在我們去睡吧！」

「如果大汗不肯，我立刻去大都見他。」

「現在是四月，大汗去了上都了。」

「上都也好，我就去上都。」

雪芝拉和達魯花赤兩人做好做歹，總算把他架回臥室。她伏侍他上床睡了，掩上門，忽然悲從中來，對燭垂淚。

馬可的醉語說中了她的痛苦，把這些日子來的苦汁一齊淘起。沒有一個人生來願意爲奴，尤其他們畏吾兒族，一向自由自在，過着神仙不殊的生活。但蒙古大軍幾次西征，畏吾兒族的牧地首當其衝，一戰而敗就投降了蒙古。以後出兵，出女人，出牛羊，應付蒙古統治者的無窮需索。幾十年來，已不知流了多少亡國的眼淚，死了多少青年男女。

她，原本認了命，總以為將在風塵中老死夠了，不料遇見馬可，救她出火坑。今天他醉後牢騷，才使她恍然憬悟，原來自己仍沒有完全逃離厄運，將來的日子不可逆諸。只有從地獄中出來的人才知道地獄的可怖，所以她不禁担憂。

馬可沉沉熟睡，面容安詳，彷彿全沒經過剛才的一場激動。在雪芝拉眼中，他的臉是一個孩子的臉，平安、無邪而滿足；齊頸的長髮敞在枕上，看來更增加幾分稚氣。

雪芝拉慢慢收淚，坐近床前。有這樣的男子，可以把終身付託，不應該再有遺憾的了。這是一個劇變的時代，人的命運不可捉摸，該爭取的只有眼前。這樣她就轉悲為喜，伸手輕撫他的頭髮，並為他拭去額上的微汗。

他在夢裏呼喚：「雪芝拉……」

她應道：「我在這裏，馬可，我在這裏。」淚因喜極而流，為自己活在他的夢裏，而且顯得那樣重要。

他停止了呼喚，露出滿足的笑容，大概在夢裏得到了所要的東西。這樣的笑容也是只有孩子才有，因為孩子容易滿足，而成人的過度欲望往往在夢裏失却。

她像母親那樣照顧着他，看着他，捨不得就睡。整日悶熱，這時灑下一天細雨。

涼濕爽滑雨絲從窗間飄入，吹得燭火搖搖，也吹去了身上的潮濕。她打了個呵欠，困倦驟至，就那樣和衣睡下了。

次日，馬可先醒。他完全忘記了昨晚的事，見雪芝拉睡在外床，連衣服也沒有脱，不禁奇怪，撐起半身來對着她的眼連連吹氣，一面低喚：「雪芝拉……」

她翻了個身，睡意仍濃，但突然睜眼坐起，說：「馬可，你怎麼了？」

「沒有什麼呀！天色大亮了，我們不該起身嗎？」

雪芝拉向週圍看了一眼，不禁啞然失笑。她自覺彷彿沒有睡着過，其實却足足睡了半夜，看見陽光照在窗子上，這才相信黑暗和風雨已成過去，又是一個麗日晴天了。

這一日預定遊覽太湖。達魯花赤有事不能同行，他們也不要別人陪伴，就是兩個人坐了一艘小船前往。

出胥江，入太湖，祇見烟波浩渺，一望無際。除了風帆與沙鷗，此外一切靜止——連湖水看來也是靜止不動的。

馬可歡喜道：「這是地中海——不，比我們的地中海要美！」

雪芝拉笑笑說：「你總是記着地中海，好像那是不可缺少的。我就不信地中海眞在地中，也不信它像你所說的那樣美。」

他急了，瞪着雙眼說：「你若不信，明天我們就回去……」

「回去得了嗎？」

他嗒然垂頭，半晌說不出話來。

她又有些不忍，按住他的肩頭說：「別難過，你終究是要回去的。不論多久，我會隨你回去，看看你的地中海。」

「你眞好！」他抬頭說，「雪芝拉，我也要到你們畏吾兒地方去看看，證明一事：畏吾兒女子是否個個都和你一樣美。」

「我是最醜的了。只有你才以爲我長得不錯，但誰知道你有沒有口是心非。」

馬可急得又要起誓。她笑着阻止他，滾在他懷中，這才逗得他笑了。

離岸漸遠，四面皆水，小船微微起伏。

馬可吩咐舟子，儘可能的駛遠，寧可當天回不去，就在船中過夜。舟子應了，趁着滿帆的東南風直向西北駛去。

太湖三萬六千頃，四望無涯，水與天接。小船浮在水中像一片樹葉，而舟中人就像爬在葉上的小蟲。他們驚喜、感慨、嘆息，把塵俗之事漸漸丢在腦後了。

一共三個舟子，掌舵的老人十分健談，滿面皺紋和粗糙大手畫出他的一生，依然晶亮的眸子閱盡世事滄桑。他彷彿全身全心都屬於太湖，而那兩個青年却不是。

馬可漸漸和他攀談起來，詢問湖中有多少水產，湖民有什麼特殊風俗。

老人一一說了，忽道：「你們有沒有聽說過西施和范大夫的故事？」不等他們回答，又說：「你們自然沒聽過，那是中國最動人的愛情故事，而且有一個餘意不盡的結局。」

馬可忙問：「怎樣？你說給我們聽聽！」

「那是很久很久以前，當時諸國分立，這地方屬於吳國，東面則是越國。吳越兩國世世不和，互相征伐，幾乎沒有一年不打仗。」

馬可一面轉述給雪芝拉聽，一面說：「我們西方則現在還是諸國分立的局面，總是統一不起來，這是什麼原故？」

老人笑道：「我不懂這些國家大事。我只會講故事和駕船、打魚。」

「好吧，老人家，你講你的故事。」

「有那麼一次，吳國終究把越國完全打敗了，一直打到越國的都城，把越王擒住。越國人民只好投降。」

馬可怔怔的道：「你說的全是打仗，我聽不出有什麼愛情在內。」

老人微笑說：「年輕人總是那麼性急。你聽我慢慢的說，就要說到愛情了。」

雪芝拉也教馬可不要打岔。兩人坐在艙中，手拉着手，抬頭細聽。

老人繼續說下去：「越國雖然打敗，但他們的國王和大臣很能忍辱負重，送了許多珍寶給吳王，自居藩屬。吳王覺得國仇已報，氣也出了，好處也得到了，就從越國撤兵。他以爲越王是個沒有志氣的人，對他毫不防備，甚至還有些可憐他。

「但越王實在是個大有心機的人。他自知國力太弱，人民的鬥志也不够，投降只是一種不得已的手段。自從吳兵退去，他從此夜裏睡在柴堆上，白天總要嘗幾次苦胆，以身作則，以激勵全國上下的鬥志。那在我們歷史上是有名的，叫做臥薪嘗胆。」

馬可頻頻點頭，說：「好一個臥薪嘗胆！有道理，有道理。」

老人說：「自然有道理。不但越王，他屬下的臣民也個個跟着學，尤其是兩個大臣，一個叫文種，還有一個就是范大夫，兩人輔佐越王，不但要報仇，而且要滅亡吳國。」

「吳國滅亡了沒有？」

「你別急，聽着。范大夫有個未婚妻子，那就是從古到今的第一美人——西施。他們本該結婚，爲了國難而拖延下來了。范大夫忽然起了個念頭，他要把西施送與吳王……」

「什麼？」馬可大叫起來。

雪芝拉問明了是怎麼一回事，也說：「那怎麼可以？范大夫對西施太殘忍了！」

老人說：「幾千年來大家都這樣說，但西施却不；她願意被送到吳國去，憑她的美貌和才智迷惑吳王，增加越國的報仇機會。」

「她去了嗎？」

「去了，」老人回答，「而且是范大夫親自送到吳王跟前的。即使最不好色的男人見了西施也要動心，難怪躭於淫樂的吳王爲之神魂顛倒了。他從此把國事拋在一邊，天天和西施喝酒，並且爲她殺了幾個進諫的大臣。」

馬可嘆道：「完了！吳國完了！」

「不錯，吳國完了！但這樣也拖了好幾年，一直等越國的兵來到姑蘇城下，吳王才猛然省起，只是已沒有肯爲他作戰的臣民，他變成一個獨夫，只有束手就擒。」

「西施呢？」雪芝拉聽完馬可的解釋，忍不住問道。

「西施立了大功，該受上賞。但越王現在成了戰勝者，他也有了享樂的慾望，一見西施的美貌，竟也有娶她的念頭。」

「她不是范大夫的未婚妻麼？」

「帝王是不管這些的，他若愛上一個女人，誰敢和他搶？」

「那末西施又嫁給越王了？」

「不，有人向越王進諫，說西施到了吳國，吳國滅亡，這是個不祥的女人，留之無益，不如把她殺了！」

「不公平呀！」雪芝拉叫道，「西施爲國家完成任務，怎麼倒是她錯了？」

老人慨然道：「從古到今，不公平的事多着呢！越王正要殺西施，范大夫出來反對了，他情願放棄功勳官位和一切應得的賞賜，只求把西施還給他，讓他們歸隱田園。」

「越王有沒有答應？」

「他起初不肯，定要殺了西施，終究因爲害怕能幹的范大夫造反，答應了他的請求，但提出一個條件：要他帶着西施遠走天涯，永遠不在吳越兩國境內出現，否則就要把兩人抓住殺却！」

「他們還有地方可去麼？」

「中國很大，吳越兩國只佔了一小塊地方，自然有去處。范大夫對國事灰心，對越王絕望，把所有的愛都給了西施，帶着她駕舟入太湖，從此不回故國。」

馬可嘆道：「他們還算有福氣，雖然分手幾年，到底還是重聚了。只是范大夫這樣有才能的人，教他從此不做事，恐怕會感到寂寞。」

「范大夫的才能是多方面的，他撇開了政治從事貿易，來往沿海各地，貿遷有無，不上幾年，成了世上最富有的人。」

馬可道：「他不但富有財產，而且在愛情領域中，恐怕也是最富有的人了。雪芝拉，你說是不是？」

「只是他失去了權力！」

「既有財富和愛情，有沒有權力就無所謂了……」說到這裏，馬可忽然發覺落入陷阱，而這個陷阱却是自己所佈置的。

雪芝拉望着他笑，說：「要放棄權力是不容易的，馬可，對不對？」

以後很長一段時間，馬可落在紛亂的沉默中。他思索着權力和名位等等，是不是應該完全放棄，還是等到稍有成就之後再說。雪芝拉的意思很明白，只要能夠日夜相聚，在太湖也好，在地中海也好，無論怎樣貧窮，怎樣默默無聞，她都能夠滿足。而自己呢？自己能夠滿足麼？

回答是——不能。

他們波羅一家在威尼斯並非名門望族，而馬可幼懷大志，要在他手中建立一個有勳位的門第。事情的發展頗合理想，波羅兄弟以一介商人，在偶然的機緣中獲識蒙古大汗，且因此得羅馬教皇的青睞，做了兩大之間的舌人。馬可少年英發，立功東方，受勳故鄉，那不但是既定的方針，而且前景在望了。

而現在雪芝拉却要他放棄一切，換取他們幾十年完整的愛。

「馬可，」她移身靠近，「你想什麼？」

「我不想什麼。我很高興。」

「不，你實在是不大高興。」

這教他再也沒話可說，只有對她苦笑。

「我永不勉强你，」她轉動一下，靠得他更緊。「我最大的快樂就是見你快樂。」

馬可緊緊的抱住她，覺得爭辯或解釋都已經是不必要的了，祇在她耳邊呼喚她的名字，輕微得只有她一個人能夠聽到。

船身緩緩移動，其實它很快，只爲在一個大的環境裏，天水一色，削弱了速度的感覺。他們的愛情也是這樣，一夜定情，數千里相從，只爲有天地日月的胸懷，也就不覺其進展之快了。」

兩個青年舟子都生得黑而茁壯，一遞一聲的唱起漁歌，顯示他們對生命的强烈的愛。

馬可只聽得懂一半，但完全能够領會聲音中的感情，嘆息道：「他們很快樂！」

「你不快樂嗎？」雪芝拉立刻問，「馬可，你不快樂嗎？」

「我的快樂和他們不同，只因有了你。他們却是單純而原始的。」

「那一種更快樂呢？」

「當然是我。」

「但你有羨慕的神色！」她凝視着他，凄然指出這一點。

「不錯，我羨慕他們。但那只爲我已經走過這一階段，不能回去了；正像他們也在羨慕我的走在前頭。這是人生道路上的必然境界。你看到小女孩的無邪悲喜，難道不曾有過那種感覺嗎？」

她點頭承認：「我有的。」又說：「他們唱的是什麼歌？很好聽。」

「讚美一個漁家少女，描寫她的頭髮怎樣，眼睛怎樣，腰和腿又怎樣……現在，他們向她求婚了。」

雪芝拉悠然神往，說：「他們的聲音裏有熱情，使我緊張得好像就是那個少女。」

東南水鄉的漁歌就有這點魔力，整個軟綿綿的情調，男歡女愛在其中，曲詞反祇是一種陪襯了。

這一晚他們眞的在船中渡宿，第二日黃昏才回到蘇州。一紙公文在等候着馬可，調取他速回揚州。

大汗頒下詔令，囑馬可波羅就地出海，巡視印度諸島，開闢海洋商路。另附密詔一封，要他調查諸島的地理，政制和風物，必須不厭求詳，回來後面奏大汗。

其時瑪竇波羅已帶着選定的兩百個美女北還，馬可只有和麻合謀商量，並猜測此行的眞正使命。兩個都是聰明人，不久就猜出這是個侵略的任務，蒙古鐵騎要自陸向海，故命人先作打探。

「我是不是該去，麻合謀？」

「爲什麼不去？任務完成，不世功業也完成，遂了你東來的願望。」

「你肯不肯和我同去？」

「我倒也想去，只是慶雲生長中土，不比雪芝拉反正是客地，如果她害怕入海，我不放心教她獨自留下。」

馬可向麻合謀打趣，笑他眞是個多情種子。「如果雪芝拉留下，」他一本正經地說，「我也會獨自去的。」

「你明知雪芝拉不會不去，就説風涼話了。我也不是多情，祗爲人生短促，我們要爭取的東西很多，往往不可兼得，應該選一樣自己最心愛的留下，是不是？」

馬可提議道：「你不妨問問慶雲，也許她願意去，我們四個人同行，有趣多了！」

「我也這樣希望，但一定白問。」

果然，慶雲倒肯離開揚州，只是不要飄洋過海。「若是你去大都或別的什麼地方，我自然跟你去。」她對麻合謀説，「但是我怕飄洋過海，去看那些野人。」

至於雪芝拉，飄蕩慣了，和馬可在一起就覺得有倚靠，不讓她去她也不會答應。何況他們私下商量，去時走海道，回來可以走陸路。白象國（註：越南）有路通南詔，大理（註：雲南），走大雪山更可北向西域再折而東行，那樣甚至可以經過雪芝拉的故鄉。只是這些現在都不能馬上決定，要看大汗以後的詔令和所定的限期。

等到秋後，西南貿易風停吹，龐大的船隊出發南征了。

其時行在（註：杭州）已下，元兵底定東南，所以就在福州飄海。

十艘現成的民船修葺一新，懸起蒙古大汗的旄纛，又加了一倍風帆和木槳。船底是商貨，除了原來的舟子每船載扮作商人的一百兵士，有漢人也有各種胡人，只是沒有蒙古人——因爲還沒有克服對水的恐懼。每船一人爲首，而以馬可爲統領，給他一種千戶的封號。

只有馬可這一船有女人，那是爲了雪芝拉打算，准許舟子和兵子攜帶妻女同行。這艘船特別大，設備和裝置也最好。

現在馬可躊躇滿志，因爲他終於得到獨當一面的機會了。這一個船隊如果放在地中海，就是最龐大的海盜隊伍也比不上。他從小醉心金羊毛的故事，如今這洋面還比地中海遼闊，那氣勢又比當年的希臘勇士更動人，更有男兒的氣概了。

頭三天，還望得見陸地和島嶼的影子。到第四天上，週圍只有茫茫海洋，偌大的船隊變成小河中的鴨羣了。

馬可每天都記着日記。

現在是第三天，天氣很好，微不足道的波浪一直推展到無盡遠，如一幅隨意鋪下的藍調，那些摺皺都是美。

馬可和雪芝拉坐在船邊，風吹衣袂，浸潤在一種特殊的秋氣中。這海上的秋意彷彿更濃更强烈，雖然沒有了樹木花草的枯凋作陪襯。

「雪芝拉，」他說，「畏吾兒的秋天怎樣？很可愛吧？」

「嗯，差不多。」

他有點奇怪，凝視着她說：「你好像不再懷念故國了，那爲什麼呢？」

「故國有故國的好處，但這裏也不差，因爲——這裏有你。」

「啊！雪芝拉……」

「你不覺得大海有情？」

「是的，我早就覺得，但一時弄不清楚，現在我明白了。」

心意互通，愛情到了一個新的境界，那眞是快樂。風帆飽滿，他們的心也飽滿，在柔軟的海面上毫不費力地滑進。

日子一天天的過去，氣候反而逐漸溫暖，深秋的中午猶如仲夏。

於是，他們抵達了航海的第一站——今日的澎湖列島。

三座主島荒無人跡，除了鳥類幾無其他生物。此時候鳥南飛，有的把這裏當作歇脚站——和他們的船隊一樣——，略停就繼續南飛；有的就在島上定居，等候明春北返。

船隊停泊取水。馬可堅要一同上去巡看。

選自一九六〇年十月三十一日至十一月十二日香港《香港時報·快活谷》

史得（小生姓高）

中年心事（節錄）

一

宴會散了。

這是一個小規模而氣氛極其熱烈的宴會。尤其在宴會過程中，林保生心中總洋溢着一種從來沒有過的情緒，這一份奇異的情緒叫林保生在宴會之後還坐在沙發裏沉思，他想分析一下，總說不出是個什麼味兒。不過有一點他是知道的，便是這一種情緒跟平常酬酢的興高彩烈完全不同。

說這是一個小型宴會是不大貼切的，這只是林保生拿表面的物質上的情形來跟他平常宴客的情景比較出來的說法。事實上賓主空氣的和諧和熱烈却有過之，而且，客人也並不少。只是「小」罷了。所謂「小」，爲了那些客人們都是少男少女們，尤其以少女爲多。不同於平常宴會只是說菜式少一些，一切都隨便一些，所以在他看來這是個小規模的宴會。

宴會的原因是：他的女兒眞眞的足十八歲生日。

眞眞在一家教會學校唸書，今年剛畢業。會考的成績很不錯，有兩科優異，三科良好，作爲父親的林保生非常滿意，因此決定在眞眞十八歲生辰那一天，破例地舉行一個生日宴會，叫眞眞請她的幾個投機的同學到家裏來玩一天。眞眞還說：

「外國的規矩是十七歲那一年生日請客的，爸却擺後了一年。」

是的，去年眞眞已經提出過這個主意，可是遭到林保生的反對，一來因爲眞眞還沒有畢業，二來爲了林保生治家一向很嚴，不叫孩子們學到奢侈的或者太時髦的習慣，甚而不讓他們隨便交朋友，所以他就用「畢業後再説」做藉口推掉了。這也是今年他舉行這個宴會的原因之一。

宴會裏一共來了九個女孩子，四個男孩子。他們並不能算是眞眞的男朋友，一些是女同學的哥哥，一些是林保生自己朋友的兒子，平日來往慣了的；還有一個是眞眞的遠房表弟。林保生一直不答應眞眞交男朋友，他認爲中學還未畢業就跟男孩子交際會影響學業，萬一發生戀愛，那更覺得太早了。所以這一個宴會，可以説全是招待女孩子的。

整間屋子是少女少男的歡笑聲，林保生起初覺得自己的存在很不調和，甚而會破壞了他們的歡樂氣氛，所以不時躲了開去，讓他們説着些很稚氣的説話。可是後來不知怎的，他却順理成章地加進了他們的集團，一起大聲説笑。不同的只是：孩子們手裏拿着的是汽水，他拿着的却是威士忌梳打而已。

宴會一直開到十點多，林保生覺得他們應該回家了，便好幾次的暗示眞眞叫他們離去，可是他們玩得眞高興，誰也不願意走，眞眞更對她父親説：

「讓他們多玩一會吧！我們眞開心！別叫人走。」

林保生覺得以一個「伯伯」的身份是不該對孩子們下逐客令的，而且也叫女兒的面子過不去，因此讓她們再鬧下去。他發覺青年人的精力眞是過人，從下午開始到深夜，似乎毫無倦容。

那氣氛，那些朝氣蓬勃的笑聲，在在給林保生一個反應：自己老了。眞的老了！

當宴會到了非散不可的時候，一些預料不到的小問題發生了。幾個女孩子非有人送她們回去不可。眞眞早已有了安排，有三個住在九龍的男孩子負責送五個女孩子到那邊，林保生自己開了汽車送他們到渡海碼頭，另外一個男孩子又送兩個女孩子到北角。這分配本來也不錯的，可是忽然發現有一位小姐沒有人送，她既不住在九龍，也不住在香港市區，她住在香港仔。這一來可麻煩了，誰送她回去呢？在這深夜十一點多的時候，林保生本來要雇一輛的士給她走，可是眞眞却反對，說不該讓一個女孩子自己跑長途，不但沒有禮貌，安全也着實可慮。林保生於是只有自己決定先送那幾個到了碼頭回來，再專程送她到香港仔去。

可是當他送了孩子們到碼頭再回到家裏來的時候，眞眞却告訴他說：

「棣思說不肯讓你送，我現在留她在家裏過夜。」

「這很好！」林保生看着那個十八九歲的女孩子笑說：「你們是好同學，就住在這裏吧，也好跟眞眞多談一會。倒不是我想省氣力，難得你來。」

「謝謝你，」那個有着圓臉孔大眼珠的女孩子，嫣然地笑着點頭，還加上一句「伯伯」。

眞眞把棣思帶到房間裏去，林保生一個人坐在客廳的安樂椅，點起一根煙，看着女傭人在收拾一塌胡塗的杯盤。他在出神，一時又忍不住失笑。他在想：自己是四十一歲的人，說老不老，說年輕自然不年輕，假如沒有這麼一個舉行十八歲生日宴會的女兒，沒有一屋子的「伯伯」的叫聲，自己是沒有想到老這一個字的，而現在，自己眞的是老了嗎？

抽完了香煙，他忍不住再去倒一杯酒的時候，忽地有人在叫他：

「伯伯，你來看看，眞眞說很不舒服。」

站在甬道近臥室門口向他說話的是那個李棣思。她穿了一套眞眞的睡衣，顯得不大稱身，爲了眞眞比她矮一些也瘦一些，她是一個成熟而豐滿的少女。

聽到她的話，林保生拿着酒瓶，吃驚地問：

「眞眞不舒服嗎？她覺得怎麼樣？」

「她說頭痛，又說有點頭暈，翻來覆去睡不着。」

林保生放下酒瓶走進她女兒的房間。眞眞躺在床上，閉着眼，皺着眉，臉孔紅紅的，林保生走到床沿坐下，摸一摸她的額，很燙手。眞眞張開眼，林保生問她覺得怎麼樣？眞眞說頭很不舒服，身子像發熱，但有時又覺得冷。林保生摸她的手脚，果然是冰冷的。

「沒有什麼，也許是着了涼，我給你吃兩片解熱藥，睡一覺，明天就沒有事了。」

「我睡不着，爸。」眞眞說：「胃裏很不舒服。」

林保生安慰她幾句，走出去拿藥，在門口向李棣思招招手，李棣思跟他走出去，到了浴室，林保生打開放成藥的小櫥，一邊微笑着說：

「李小姐，剛才她喝過酒沒有？」

「我只看見她喝了一點點菩提酒。」李棣思說：「你以爲她喝醉嗎？」

「我想是的。」林保生說：「不過一點點菩提酒未必會醉，說不定她喝了別的。也許剛才吃了沙律，胃裏不受用，你別擔心，不會有什麼事的。我看不會是感冒。無論如何，給她吃兩片鎮靜藥，便沒有事的了。」

李棣思倒了一杯水，拿了藥片進房間去，林保生站在門口，看眞眞吃了。李棣思坐在床沿陪着她。林保生說：

「李小姐，你也早點休息，假如她不舒服，你叫我。我的房間在那一邊。」

李棣思點點頭，跟伯伯道了晚安。林保生替她們關了門，走到廳子，仍然坐在安樂椅裏喝他的威士忌。他今天不想睡，似乎很興奮，有很多事要想，却又不知道要想什麼。

眞眞的房間裏沒有什麼聲息，她們都睡了吧。林保生想到這個李棣思，人長得很漂亮，態度很溫文，很少說話。今天晚上她常常坐在一個角落裏，看着那些少男女少在玩，在吵在笑，她總沒有加進去鬧，可是却一點也不冷淡，她用欣賞而同情的神氣在一邊笑，偶然有人問她什麼，她只說一兩句話，聲音也很輕。林保生跟她才第一次見面，而因爲她太沉靜的原故，要不是她留在家裏，可能一點印象也沒有。林保生今天所注意的却是另一個女孩子史絲麗。

史絲麗跟眞眞比較投機，常常到林保生家裏來玩，所以林保生跟她也熟了。可是這並不是說林保生喜歡這個女孩，剛剛相反，他是不大同意眞眞和她太接近的。史絲麗的父親是個銀行家，有點錢，但從史絲麗的態度和衣飾所給人的印象，她父親比傳說上還要有錢得多。她也像眞眞一樣，是個獨女，因此家裏驕縱慣了她，愛時髦打扮，愛作狀，愛玩愛鬧，愛跟男朋友來往。十八歲的女孩子給人家二十二三歲的感覺。林保生不喜歡她的作風，常常在眞眞面前表示不同意，可是真真却說：

「我也不同意她的態度，可是我們是好朋友。」

林保生有時跟真真談起她們幾個同學畢業之後的計劃，與及喜歡什麼工作，說到史絲麗，真真說：

「她希望做電影明星，要不就做空中小姐。」

林保生聽到女孩子要做電影明星，他就搖頭，甚而覺得許多女孩子希望做空中小姐侍應生也只是時髦的玩意。自然他不反對這是高尚職業，但他明白許多少女對這種職業的陶醉，無非爲了貪圖薪酬較高，以及可以飛來飛去的玩，絕沒有職業上的嚴肅意願。

與史絲麗不同的自然還有幾個真真的同學，不過林保生却難得跟她們接近，而這一個李棣思，在他的記憶裏似乎全沒會過面。她是那麼沉靜而温婉，使人覺得她在許多人的塲合裏根本不存在，而事實上她並沒有躲起來。這女孩子也很特別呢。

林保生也只是躺在床上睡不着的時候雜亂無章地想到這些而已。他掛念着真真，想去看看她，又爲了她房間裏有了一個棣思，不好意思走進去。他故意不關上門睡覺，好讓外邊發生什麼聲音時候容易聽得到。

可是這一晚非常寧靜，什麼聲音也沒有。

下一天是禮拜天，林保生本來照例起得晚一些，可是他在平常起床的時候——七點半——醒來的一刻，心裏念着真真，便再也睡不着了。在浴室梳洗過後走出廳子，正要問問傭人，可是却看到李棣思已經坐在廳裏，換好了衣服，正在看早報。

「你早！」林保生詫異地看着她：「李小姐。」

李棣思笑微微的站起來，叫了「伯伯您早」，便說：

「眞眞沒有什麼事，您別掛心。她還沒有醒過來。」

林保生請她坐下來，叫女傭人送早餐給李棣思，李棣思說已經吃過了。林保生問她爲什麼不多睡一忽，是不是眞眞叫她睡得不舒服？她搖搖頭說：

「我要走了。只等您起來，告訴您一聲。」

「你用不着這樣客氣。」林保生說：「不過你幹嗎這麼快就走，今天是禮拜天——再說，不，我也胡塗起來了，你們現在用不着上學，忙什麼呢？」

「怕家裏掛念。」李棣思說，又頓一頓：「我本來想等着眞眞起來以後才走的，我却想趕到禮拜堂去。」

「你是基督徒？」

「還沒有洗禮。」李棣思淡淡地笑着：「只是去慣了。禮拜天一早就記着這一件事。」

「你眞誠心。」林保生說：「倘若你眞要趕到禮拜堂，我們不敢留你。你什麼時候有空，到我這裏來玩。」

「謝謝您，」李棣思點點頭，站起來：「那我就不等眞眞起來了。回頭請您告訴她一聲，星期二我在家裏等她。」

「你們有了約？到外邊去玩？」林保生問。

「同學們說許久沒有到香港仔來了。恰巧有一個同學要到英國去唸護士，她想在未去之前，多玩幾天，所以昨晚大家說好禮拜二到香港仔，我住在那兒，自然我該做個嚮導。其實，」李棣思笑了笑：「香港仔也沒有什麼好玩。我想帶她們到鴨脷洲去，因爲她們從沒有到過那地方。」

「好的，這很有意思。」林保生說：「我告訴眞眞好了。」

李棣思再一次告辭，快要走到門口，她回頭說：

「伯伯，我想向您借一本書，行不行？」

「行行！」林保生忙道：「你要借什麼書，你說好了。」

「昨天我在您的書架上看到有一本達爾文的古貝格爾艦上的旅行的中譯本，我想借來看看。」

李棣思說：「我喜歡地理，也喜歡自然科學。」

「好的，我拿給你。」林保生說：「你喜歡看什麼書，我這裏有的，你都可以拿去看。可惜我沒有多少書，而且很雜，我不算是個讀書人，有時只不過爲了興趣買回來消遣罷了。」他一邊走進他的書房，一邊又回頭說：「你知道，眞眞的中文程度很差，愛看外國書，許多中文書她都看不下去。」

李棣思本來不想跟了他走的，在這情形之下，她跟着林保生到書房，他在書架裏檢出了那本達爾文的日記式的書，還問李棣思要什麼？她又再拿了一本近人葉林豐著的「香港方物志」。她說：

「昨天我偷偷看了好幾篇，這書很有趣味，文字又好。」

林保生把兩本書包起來，送李棣思到門口，李棣思又一次謝了他，說：

「我看完了馬上送回來給您。」

關上門，林保生忽然覺得有一份輕快的愉悅。就在這時候，聽到貞貞在房間叫着：

「棣思，棣思！」

林保生走進房間去，貞貞躺在床上還未起來。看到林保生，叫了一聲「爸爸你早」，便問：

「棣思呢？她跑到什麼地方？」

「走了。」林保生說：「她說要趕到禮拜堂。」

接着他把棣思的話告訴了女兒，又問貞貞今天覺得怎麼樣？貞貞說沒有什麼，只是有點疲倦，喉嚨乾燥，林保生摸一把她的額，微笑着說：

「你昨天晚上喝了多少酒？」

「沒多少。」貞貞沉吟着說：「不過偉國他們用杜松子酒摻進可口可樂裏，我喝了兩杯。」

「那你就喝醉了。」林保生笑着說：「你從來不喝酒的，怎麼可以喝杜松子酒？」

「喝的時候可不覺什麼，喝過了却不舒服。」

「你的年紀大了，喝一點也不要緊，只要不過量就是。」林保生說：「這也是一個教訓，以後你跟朋友出去玩，可不要貪好玩，給人灌醉了才好。」

「我到外邊不會喝酒的。」貞貞帶點嬌嗔地說：「還有，我更沒有機會跟男朋友到外面玩。」

林保生笑了笑，坐在床沿，看着女兒說：

「以後機會可能多起來了。你現在跟從前不同，年紀大了，中學畢了業，少不免要到外面交際。爸也不再會像從前那樣嚴厲的管束你。不過你自己得小心檢點，交友要謹慎。我雖然不約束，但我還是在一邊看着你的。」

「我不會的，爸。」眞眞搖搖頭：「我不像史絲麗。」

「對了，」林保生說：「我看偉國跟史絲麗很要好。」

「是的，」眞眞說：「我們都說偉國在追求她。不過偉國不會成功的，史絲麗有太多男朋友。」

「那也說不定，」林保生說：「不過我不大喜歡偉國這小孩子。」

「爲什麼？」眞眞忽然睜大了眼：「你說他不好？」

「我沒有說他不好，只是我不大喜歡這一型的人。」

「爸，我看你哪一型的人都不喜歡。可是？」眞眞說：「我的同學裏，沒有一個人你滿意的。」

眞眞說這話的時候，很有點不高興，自然這也是小孩子的脾氣。林保生笑着說：

「你說我對你的同學批評太多了，可是？我不過說說罷了。比方，那一個李棣思就不錯。」

「是的。她這人眞不錯，像是大姊姊一樣。」眞眞說：「不過很多人不喜歡她，說她不近人情。」

「不近人情？」林保生覺得有點稀奇。

「是呀！」眞眞說：「同學們都她不近人情，許多人跟她合不來，她不大愛說話，人家說了笑話，她在冷笑。人家在玩，她在一邊冷眼旁觀。」

「那只是她的個性使然，不能說她不近人情。」林保生笑說：「比方昨天晚上，你喝醉了酒，我看她很小心的照顧你，這還能夠說她不近人情？」

「所以我說她這人很好。」眞眞不能自圓其說的笑了。

眞眞起來梳洗，林保生在廳裏吃早餐，一邊看報，一會眞眞在房間裏聽到電話鈴聲，跑出來聽。林保生先聽了，向她笑着擺手，眞眞有點失望地回到房間裏。不久，電話又來了，眞眞再跑出來，這一個電話是找她的。林保生聽她在電話說話，知道她今天又約了朋友到外邊玩。他一邊看報一邊在想：女兒眞的大了。

最近一兩年來，林保生每一個禮拜天都和眞眞在一起過：一起吃早餐，一起到外邊散步，回來吃過中飯，到外面看一場電影或者到郊外去玩半天，夏天是游泳，冬天去爬山。除了極少數的例外，禮拜天林保生身邊一定帶了眞眞，朋友們都取笑他說：眞眞是他的星期日女朋友。大家都知道他的習慣，有什麼約會從不在禮拜天，可是近半年來，他這種習慣漸漸改變了，開始是爲了眞眞要趕功課參加中學會考，林保生只隔一個星期才帶她到外面一次。後來，那一次出去玩却用不着林保生做伴，通常是史絲麗她們和眞眞一起出去。後來，兩週玩一次的例也打破了，每個禮拜天她都到外邊，甚而有時連早餐也不跟林保生一起吃。林保生一早起來不見了女兒，直到晚上才等她回來吃晚飯。及至會考完了，那就不但禮拜天看不到女兒，平日眞眞也常常出去。林保生在寫字間往往接到眞眞的電話說：「我在什麼人家裏玩，吃了晚飯才回來。」每到這個時候，林保生就有一種可怕的預感：女兒要離開自己了。這種情形，越來越多，因此林保生有時在禮拜天也到朋友家裏去，打打小牌，談談天，喝喝茶，但他總先問過眞眞這一天有沒有事情？假如眞眞沒有約會，她仍然是他的星期日女朋友的。因爲有一次，林保生早就替女兒安排好了星期日的消遣節目：答應了朋友帶她去遊船河，可是當他告訴眞眞的時候，眞眞却說：

「我不去！我今天有事情！」

有什麼事情呢？眞眞起初不說，後來才發現她整天躲在家裏。根本沒有事！林保生一個人參加了游船河的約會回來問她：

「今天你爲什麼不跟我去？是不是不舒服？」

「爸，你沒有預先問過我就替我答應了約會，我不喜歡那些人，所以我不去！」

眞眞的話說得又坦白又乾脆，林保生暗暗吃了一驚。他並沒有責怪她，只是默默地走開。自從這一次之後，他不但不敢預先替她安排節目，甚而禮拜天想帶她出去，也先看看她有了約會沒有才好開口，省得女兒發起小姐脾氣來，弄出個不愉快的局面。

他自己曾經想過，這是不是太驕縱了她呢？結論是否定的。只爲了女兒大了，喜歡別人對她尊重，不再願意人家替她安排什麼，她有自己的主意，她要過獨立自主的生活。這是眞眞的年紀所必經的過程，也是她開始成熟的第一個階段。因此林保生也就不再勉强她的主意了。

眞眞打好了電話，對林保生說：

「爸，今天有幾個同學一起去游水，我不在家裏吃中飯。」

「到什麼地方游水？跟哪幾個同學一起去？」

「是偉國的一個好同學張文非，他家裏有一個泳棚，在新界十三咪，他請我們去玩，偉國和他的妹妹婉蘭，史絲麗她們都全去，很多人。」

「好吧，你自己小心一些就是了。」林保生點點頭。

眞眞忙着進去洗澡換衣服，林保生仍然看他的早報，心裏在想着今天到什麼地方去消遣？看一場電影還是找朋友聊天？還沒有想好，電話來了。

是陳樸君太太打來的，林保生一聽就聽出來。

「保生，今天要不要跟你的星期日女朋友出去？」陳太太笑着說：「假如她高興，你可以帶她到我家裏來。」

「有什麼事？」林保生笑說：「女朋友今天沒有空。」

「那就好極了。樸君來了兩個朋友，要找人打牌，天氣熱，許多人都游水去了，你來湊一脚，行不行？」

「好的。」林保生絕不考慮地答應：「什麼時候？」

「下午三點開始，那些朋友都是長途馬。」陳太太笑着：「你叫眞眞晚上來吃飯好了，要不她可以跟我們的孩子一起去看電影。」

「她早已有約了。」林保生笑說：「我準時來。」

掛了電話，眞眞就在房間裏問是誰，林保生說了。問她要不要到陳太家裏吃晚飯？眞眞說：「我們吃了晚飯才囘來的了，而且，我跟他們的孩子合不來，我吃了飯自己囘來就是了。」

半小時之後，眞眞在房間打扮好了出來，穿了一件花恤衫，一條淨色褲子，盈盈地笑着，是一個少女了。林保生笑着對她說：

「眞眞，你眞美！」

下邊有汽車的聲音，是史絲麗坐了車子來接眞眞，眞眞匆匆的跑下去。林保生在窗前伸頭出去看着她上車，眞眞還在門口向他擺手。車子開了，林保生轉過身來，忽然覺得一屋子都是寂寞。

他原想在家裏吃飯的，坐了一會，就不下去，換了衣服，不吃中飯就跑出來，到一間他們常常和同事們吃茶的茶室想找熟人談話，可是禮拜天連茶客都少了許多，熟人更碰不到一個，結果他一個人拿了兩份午報，草草的吃了飯，便索性提早跑到陳樸君家裏去了。

選自史得《中年心事》，香港：樂知出版社，一九六〇年十一月

豬八戒遊香港（節錄）

第一章　楔子

這一回：　豬八戒煉仙悶死
　　　　　沙和尚奉命下凡

且表豬八戒自成正果之後，奉命在仙洞中繼續修煉，起初還不覺得甚麼，日子一久，就漸覺乏味，天天對住經書，苦悶非常，越煉越悶，悶得他一佛出世，二佛昇天，不時的唸唸有詞說：「甚麼正果，甚麼神仙，不做也罷，我老豬在高家莊之時，何等快活，在盤絲洞之內，更覺銷魂，現在只是對着花花草草，多見樹木，少見人倫，實在悶得討厭。」因此，豬八戒就起了下凡之念。

只不過他奉了師傅之命，在此修煉，未得許可，不能下凡，是以老豬雖有此心，却無辦法。

話說這一天，老豬正在煩悶欲死，跑到仙洞門外，在一株大榕樹下邊打盹，天氣酷熱，熱得老豬汗流浹背，幸而老豬不同凡人，仍然可以呼呼睡去，正在好夢方濃，忽然給人踢了一脚，把他踢醒，又驚又怒，一手把那人的脚捉住，大聲說：「誰敢騷擾我老豬。」隨而聽到哈哈一聲說道：「師兄，爲甚麼你有仙洞不住，却躺在地上露宿。」豬八戒舉目一望，來的不是別人，正是沙僧，於是坐起來說：「老沙，你到那裏去過。」一邊講，一邊望住沙僧，只見他衣服整齊，打扮漂亮，似乎要出門的樣子，不覺奇怪，問他到何處去，沙僧笑道：「我不是到甚麼地方去，我剛回到洞府來。」老猪聽了，連忙拉住他，説：「你到甚麼地方去過？」沙僧一聽，指指下邊説：「我到凡間走了一轉。」老猪聽了，不覺大驚大喜，跳起來説：「爲甚麼你到凡間去也不通知我一聲？」沙僧道：「我怎敢通知你呢？」老猪道：「爲甚麼不敢？」沙僧道：「是師傅派我去的，他叫我不要告訴任何人，只要我一個人去辦，早去早回。」猪八戒頓足説：「你告訴我老猪一聲，我老猪好陪你去呀！」沙僧笑道：「師傅不要人家陪我，只要我一個人去的，他特別吩咐我不要通知你。」猪八戒問道：「爲甚麼？」沙僧道：「師傅怕你流連凡間，不肯回來，所以才派我去的。」

猪八戒大叫可惜，回心一想，連忙把沙僧拉住，笑道：「好罷，好罷，我不去想它就是了，既然你已經去過回來，我也沒有辦法到凡間去，既然你路過我處，我請你吃杯酒，替你洗洗塵。」沙僧笑道：「不必客氣了，我要向師傅覆命。」老猪道：「有甚麼要緊，這個時候，師傅一定在做功課，你不要打攪他，就在我此處喝兩杯，然後再去覆命不遲，告訴你，我最近用人參果浸了一些仙鶴酒，妙不可言。」沙僧本來就好兩杯，聽了有這種妙不可言的酒，饞涎欲滴，笑道：「眞有這種好酒嗎？」猪八戒道：「進來，進來，我在洞府招待你，你吃一會酒，然後再去找師傅罷。」

講完，猪八戒不理三七二十一，把沙僧拉到洞中去，吩咐仙童，奉上酒菜，然後問沙僧道：「老沙，你到凡間去有甚麼見聞？」沙僧笑道：「見聞可就多得很了，眞是妙不可言，一言難盡。」猪八戒大喜説道：「是不是非常繁華，遍地黃金？」沙僧道：「遍地黃金是假的，唉，師兄，你還記得盤絲洞沒有？」猪八戒連忙點頭説道：「當然記得，當然記得。」沙僧道：「假如你到過凡間，根本就不想到盤絲洞去，盤絲洞與凡間相比，簡直小巫見大巫。」猪八戒問道：「眞的嗎，眞的嗎

・最近我聽説凡間也不太平啊・」沙僧笑道・「師兄・你講的凡間不知是甚麼凡間・我去的凡間・係南海的一個小島・名叫香江的・十分好玩・」欲知後事如何・且看明日分解・

這一回：講香江眉飛色舞　思下界怒放心花

猪八戒道・「哦・原來是香江・非常繁華嗎・你到香江做甚麼・是不是師傅動了凡心・叫你到下邊去找些美女回來享樂・」沙僧搖頭説道・「不要亂講・師傅聽了・打你二十大板・」老猪聽了・笑道・「不是他叫你下去找美女・那末叫你辦甚麼事・」沙僧道・「師傅因爲聽説香江近來有許多新的經書出現・這些經是我們到西方所未找得到的・所以叫我到下邊去打聽打聽・」猪八戒道・「那末・你找到了沒有・」沙僧搖頭説・「我看不到有甚麼經・找不到・」猪八戒道・「那末你是空手回來了・」沙僧道・「是的・我只有向師傅覆命・」猪八戒道・「唉・你眞沒有用處・師傅叫你去找經・爲甚麼你找不到呢・看來你道行還未夠深・」沙僧搖頭道・「我的道行也不算淺・不過到了香江・却眞有點麻煩・」猪八戒道・「甚麼麻煩・」沙僧道・「慢慢再告訴你罷・總之這個地方不去爲好・」

猪八戒聽了沙僧講到香江的時候・眉飛色舞・但他却大搖其頭・叫自己不要去・這是甚麼道理・連忙追問下去・沙僧笑道・「猪八戒・我告訴你罷・香江下邊・妖魔鬼怪・魑魅魍魎・無所不齊・如果你下去・恐怕你粉身碎骨・」猪八戒笑道・「我不會下去・不過我想知道下邊有的是甚麼・

老沙・你到了下邊多久・」沙僧笑道・「不過兩個禮拜・我非走不可・」猪八戒道・「爲甚麼呢・」沙僧道・「你不知道的了・很易走火入魔・少點道行・也應付不了・而且花費很大・師傅給我的川資也少・不到兩三個回合・早已花得乾乾淨淨・」猪八戒道・「原來你把師傅給你的川資都花光了・所以不能不走・」沙僧道・「當然・在下邊沒有錢很麻煩的・如果不走・恐怕要坐牢了・」猪八戒笑道・「那末・你不會弄點法術・賺點錢回來嗎・」沙僧道・「師傅吩咐過我・不能取凡間分毫・所以我不敢・」猪八戒道・「罷了・罷了・老沙・我既然不能到凡間去・你就把凡間的情形・多告訴我一些・看看到底比盤絲洞好多少・比高家莊好多少・」沙僧笑道・「高家莊更不是這一皮・」

猪八戒聽了・不覺又勾起了心事・急忙向沙僧請教・沙僧拗他不過・只好把他在凡間的經歷・畧述一二・但是猪八戒聽來・早已心花怒放・不斷呼道・「竟有這種好地方嗎・竟有這種好地方嗎・那就非遊不可了・」沙僧道・「你不能下去的・不能隨便進去・」猪八戒道・「爲甚麼・」沙僧道・「你不知道・下邊對於出入關防・十分嚴密・你沒有証件・休想進去・」猪八戒笑道・「是嗎・是甚麼証件呢・」沙僧道・「他們的証件・名叫回港証・」猪八戒忙問回港証是甚麼東西・沙僧就在懷中拿出來・給猪八戒開眼界・猪八戒看過了・説道・「這張花綠紙頭・就可以走進去了嗎・那就容易得很・我變一張就行了・」沙僧笑道・「你變不出來的・」猪八戒道・「我爲什麼變不出來・它祇不過是一張花綠的紙頭罷了・」沙僧道・「你別小看它・因爲他們製造得很精細・怎樣可以僞造・給他們捉到・非同小可・」猪八戒道・「那末・你這張証件又從何而來・」沙僧道・「是師傅給我的・」猪八戒道・「師傅又從何而得來呢・」沙僧道・「這就不知道了・」猪八戒想一

想說，「一定是大師兄僞造的，大師兄甚麼東西都會做，他變出來給你到凡間去罷。」沙僧搖頭笑道，「這就不知道了。」

這一回：欲進關卡須證件　忽思着陸變飛機

豬八戒這時已經聽得心花怒放，再問沙僧除了有入境証，有甚麼辦法到凡間去，沙僧笑道，「沒有辦法，除非你變做浮屍。」豬八戒愕然說，「甚麼浮屍。」沙僧就把近日在凡間聽到關於浮屍的新聞，一一二二告訴豬八戒，豬八戒聽了，不覺心裏一動，笑道，「原來這樣，浮屍可以這樣進去，不必領証。」沙僧又笑道，「當然了，除此之外，也很難過得那個海關了，尤其是你，又肥又大，如果是大師兄，早已變了蒼蠅飛進去。」豬八戒笑道，「我不去的，我不去的，你放心。」沙僧笑道，「我告訴你，你千萬不要偷進香江，否則你給師傅知道了，一定吃板子。」豬八戒呵呵大笑道，「我不去，我不去，在天堂這樣快活，還要到凡間去嗎。」沙僧笑着把酒喝完，拱手稱謝道，「師兄，我現在要走了，改天再和你詳談罷。」豬八戒把他送出洞門之外，說道，「老沙，有功夫再到我處來，把下邊情形，再詳細告訴我，你聽得我心中躍躍欲動。」沙僧道，「你千萬不要偷偷下去啊。」講完，拱手而別，豬八戒回入洞府，越想越覺得心癢難抵，這一次顧不了這許多，他心裏想，我老猪還是偷偷到下邊去一次罷，反正近日師傅又沒有召見，大師兄又不知躲在何處，自己裝做閉門修行，到下邊去開開眼界也好的，當下，畧爲收拾一下，吩咐仙童，如有人到

訪·說自己閉門靜修·不接見任何人客·不要告訴任何人自己到外邊去·吩咐已畢·於是忽忽走出仙洞·跳上雲頭·

且說猪八戒在雲頭之上·喝一聲「疾」·雖然他沒有他的大師兄孫悟空那種一個觔斗可以打十萬八千里的本事·但是自從他成了正果之後·也學會了騰雲駕霧·所以一瞬間就到了香江的天空·向下一望·只見人烟稠密·雖然有烏烟瘴氣之感·倒也看到繁華境界·不同凡响·他在雲裏·一時間還不敢下來·因爲他不知道從甚麼地方下凡的好·他從沙僧口中·知道關於香江進出口手續·他身上甚麼証件也沒有·如果從關卡進去·一定會給人搜出來·他知道自己的法術·只能變大·不能變小·那末·他從甚麼地方入境好呢·倒是煞費躊躇的事·

在天空裏徘徊一下·發現了許多大鳥從天外飛來·冉冉下降·猪八戒聽沙僧講過·這種大鳥名叫飛機·他心裏一想·自己何不變作一隻飛機·降在跑道·但正要變時·忽然又想到飛機下降之後·如此龐然大物·如何進得關卡·再講·他不知道飛機降下有甚麼手續·因此他只好站在雲頭·低頭看看啓德機場的情況·再作道理·

過了一會·發現飛機下來之後·除了乘客魚貫而出·還有許多人把飛機圍着·不知弄甚麼·過了一會·又有人走到飛機客艙·飛機又飛走·如果自己變飛機下去·怎樣變得番一個人出來·飛機忽然失踪·豈非驚世駭俗·所以猪八戒想了一會·覺得要從天空這條路下去·又是走不通·而且自己身無証件·進到海關·給人搜出·也是麻煩·

猪八戒正在猶疑不決之際·忽然看得海面有些人浮着·心想·游水進去豈不是更好嗎·雖然

自己的泳術不精·總可以應付得來·只要游到附近山邊·爬了上去·神不知·鬼不覺·雖然猪八戒曾經想過·可以降落在渺無人跡的山上·然後進城·但又怕人生路不熟·不是好玩的事情·倒不如先到水裏·然後才爬到岸上·就沒有人知道自己是甚麼人物了·

第二章 偷渡

這一回：謀進口扮作浮屍
想潛逃誤投魚網

主意打定·猪八戒立即降下雲頭·却不敢在靠近海邊的地方下水·就在大海茫茫的地方·跳了下去·並且選擇海上有人浮着的地方·也好作伴兒·一同研究一下進口的情形·而且他發覺浮在海裏的人·似乎個個都向着港口進發·說不定這些人也是偷渡來的·

當猪八戒跳到海裏·看到附近有一個人非常肥大·好比他一樣·他心想·這個人正好是他的伴侶了·於是立刻游過去·把那人一推·想問他是甚麼人·爲甚麼在這裏游水·如何進口等等·不料把那人一翻·却發覺這個不是人·是個死屍·猪八戒不覺大吃一驚·繼而又恍然大悟·他自言自語道·「沙僧講得不錯·他雖說香江這個地方十分繁榮·沒有人餓死的·但近來海上却有浮屍·他們都是偷渡入口的·」他再細細研究一下·發現這個浮屍身上穿了一套短衫褲·人是死了多時了·猪八戒一想·自己的衣服實在不對·那個人的衣服·大抵是最摩登的·如果照自己這個

樣子游進去，恐怕給人認出來，沙僧又沒有説過香港的人穿甚麼衣服，真是糟糕，這樣一想，他主意想出來了，立即喝一聲「變」，把自己身上的衣服，變爲那個浮屍身上的一樣，然後把浮屍推開，自己往岸上游過去，他心想，浮屍可以進口，自己這一次可以入境了。

游了不久，海上有一隻船扒過來，猪八戒暗叫不好，恐妨給這船上的人看到，以爲自己是浮屍，或者自己是偷渡的人，那就不妙，當下，他往水中一鑽，準備在水中避過這一隻船，然後再説，不料，他剛鑽進水裏不久，却忽然身子往上一提，只見身邊完全是小魚大魚，不覺大爲驚奇，正在想爬起來看看，忽然却聽到有人喊道「撈到浮屍呀，撈到浮屍呀。」猪八戒偷偷張眼一望，原來自己身在魚網之中，與魚蝦同網，已經給掉到船上來，船上有許多人圍着魚網在看，有一個婦人在説，「這個人一定死了不久，你看，他喝飽了水，肥得這個樣子。」她身邊的另一個老頭子説，「唉喲，眞是多浮屍，又來一條了。」

猪八戒又暗叫不妙，心想，活生生的人給他們當作浮屍，這還了得，萬一給他們把自己送到殮房去，這倒不是玩的，他連忙就在魚網中爬起來，不料，他正在一爬，就聽到有人大聲叫道，「哦，原來是活生生的，是活人呀，不是死人。」這樣一叫，大家本來圍着他看的，就急急忙忙退後，猪八戒見狀，不覺又好笑，又奇怪，正想爬到船頭，往水上跳下去，忽然後邊有一個人向前一撲，把他攔腰抱住，可惜猪八戒肚皮太大，抱他不緊，那人拿了他的腿，往後一拖，猪八戒猝不及防，倒在船上，那個拉他的人，急忙把他壓住説，「你起來，你是甚麼人。」

這時候，那個婦人在後邊大聲叫道，「不要碰他，不要碰他，可能是屍變呢，可能是見鬼。」

那個拉他的是個三十來歲的漢子。他笑着說：「那裏會有鬼怪。這個人一定是偷渡的。」猪八戒聽了。暗暗吃驚。爲甚麼這個人知道自己偷渡。這時想使出法術。又怕太過嚇人。只好轉個身來。坐在船上說：「老哥。爲甚麼你說我是偷渡的。」那人指着他身上說：「你穿着這種衣服。當然是偷渡的了。」猪八戒聽了又是莫名其妙。他不明白那人指着自己所穿的衣服。就說是偷渡的。難道這種衣服是偷渡衣服嗎。當下不便細問。只好嘆一聲說：「是的。我是偷渡來的。」

這一回：猪八戒有酒有肉
　　　　老漁翁贈褲贈金

漢子道：「你是偷渡的人。我早已看出來了。你不要害怕。我們很同情你。不會傷害你的。你好好起來。我們給你酒食。你沒有損傷罷。」猪八戒聽到有酒食兩個字。心中一喜。暗想：香江的人也實在不錯。居然這樣招待自己。連忙稱謝。

這時候。大家知道他不是浮屍。是個活生生的人。不過是個偷渡的人。大家就圍攏上來。向他問長問短。他們問的事。猪八戒一句也聽不懂。人家問他從甚麼地方偷渡來的。他答不出來。只有連聲說：「天堂。天堂。」那些人聽了。說道：「是呀。是呀。這裏就是天堂了。如果不是天堂。你也用不着偷渡來了。」猪八戒只好裝做很衰弱的樣子。胡胡塗塗點頭了事。

這時候。有個老者走過來。看到猪八戒的神氣。非常同情。急忙吩咐衆人。把他帶到後艙。並且拿出一套短衫褲來。叫他換了。然後又叫人給他酒食。猪八戒見了有酒有肉。大爲高興。不理三七二十一·據案大嚼·老者在一邊陪他·一邊問道·「你姓甚名誰·」猪八戒只好認是姓朱的·名字却不說了·老者說道·「你在香江有沒有親戚朋友·」猪八戒搖搖頭·老者道·「你沒有親戚朋友·怎樣可以偷渡來呢·你偷渡來倚靠誰人呢·」猪八戒答不出來·老者身邊有一個婦人插咀說·「唉·現在有許多人偷渡·不管有沒有親戚朋友在這裏的了·他們都是到了這裏才作打算·再講·說不定他有親戚朋友·不過一時想不出來·或者不想講出來·」老者點點頭·說道·「是的·朱先生·你不要担心·我們把你暗中送到你相熟的人家去罷·你知道不知道·在這裏偷渡是犯法的·」猪八戒點點頭·那老者說·「那末·你現在打算到甚麼地方去·我們送你上岸罷·你說出地址·我們就送你到目的地·」

猪八戒想一想·答不出話·自己未到過香江·根本不知道有甚麼地方·再講·實際上他自己也沒有甚麼目的地·因此看着那個人搖搖頭說·「我不知道·因爲我的親戚住在那裏·我也一時忘記了·我只知道有個名叫高家莊的地方·」那老頭子聽了·問道·「高家莊嗎·高家莊在那裏·」旁邊的人搖頭說·「不知道·」其後一個婦人說·「不管他到甚麼地方去了·總之把他送到岸上·讓他自己走路罷·給人查出來·我們也成問題·」猪八戒道·「是的·我知道我沒有証件·恐防連累你·你不必替我担心·到了無人之處·你放我上岸·那就行了·」老者搖了搖頭說道·「這樣不好·」猪八戒道·「爲什麼不好·你把我放到岸上不就行了嗎·我在你們這裡·會牽累你們·我實在過意不去·」老者道·「不行·你這樣很容易給人捉着的·我問你·朱先生·你會不會游水·」猪八戒道·「我會·我會·剛才我是游水進來的·」老者道·「那就好·我現在給你一條游泳褲·

開到一個叫做淺水灣的地方·你就跳下海去·從海中一直游到岸上·那裏有許多人游水的·你混在人叢之中·自然就可以上岸·」其時身邊一個婦人又說·「他身上沒有錢·坐車子也沒有·」老者道·「那末·我就給你幾塊錢罷·」

猪八戒不知他們攪甚麼·但是既然說把他送上岸·自然歡喜不迭·老者從身上掏取幾塊錢來·交給他·並且把淺水灣的形勢講了一番·叫他游到岸上·態度要大大方方·自然就不會有人干涉他·

這一回：靚女嬌嗔斥非禮　老猪怕看比基尼

這時有個年輕的人又說·「對了·看你的樣子似乎是個大腹賈·沒有人敢問你的·這裏的人·見錢就拜·如果你裝成濶佬的樣子·他們對你就一定非常恭敬·」猪八戒道·「那就好·我本來是有錢的人·」老者聽了·不覺搖頭而笑·

當下老者吩咐船上的人·向前直駛·駛到淺水灣附近·指着淺水灣灘頭·對猪八戒講了一會·同時叫一個年輕的人拉了猪八戒到船艙裏去·叫他換游水褲·猪八戒看見那條游水褲·花花綠綠·不覺叫道·「你們攪錯了·這是女人的衣服·」那個少年說道·「不是·這是男人的·」猪八戒道·「男人那有穿這種褲子的·」那人說·「你是從內地來的人·你不知道這裏的規矩·這裏的男人·現在不論老少·都打扮得和女人差不多·我們不會戲弄你的·你儘管穿着這條褲·游到岸

上．自然合乎環境．」猪八戒不覺大搖其頭．但是入鄉隨俗．他想這個老者決不會愚弄自己．必是一番好意．於是依照少年的說話．把褲子穿在身上．自己看看．總覺得很不自然．

猪八戒走到老者面前．向他道謝．並且問了老者的姓名．說日後一定向他致謝救命之恩．老者道．「不必多講了．希望你好運氣．可以逃過耳目．找到你的親友．就在這個人間天堂留下來．」猪八戒道．「這裏就是天堂嗎．」老者笑道．「在你來說．這裏就是天堂了．」猪八戒胡裏胡塗．只好點頭．當下那個少年再向他指點一番．然後叫他跳下水去．猪八戒把身一躍．好比秤陀一樣．幾乎沉到海底．然後他在海底施展起潛水功夫．直往淺水灣頭進發．幸而猪八戒懂得法術．在水裏好比潛水艇一般．向前直駛．過了不久．就已經泅到海灘．他從水中冒出來．舉頭一望．吃了一驚．看見這個灘上花花綠綠的男女．不知凡幾．人如蟻隊．他看得呆了．心想．他們在這裏做甚麼呢．他記得船上的少年說．這些人在這裏游水．游水有甚麼好玩．但是事到如今．也不必細加查問．於是走上沙灘去．剛剛走到沙灘．就碰着了兩個穿了比基尼泳衣的女人走過來．猪八戒看見了她．連忙轉過身來．掩着了面孔．那兩個女人看見他這個樣子．其中一個不覺惱怒地說．「這個胖漢．眞不知規矩．竟然欺侮我們．」另一個說．「是的．去質問他．」於是一個女人就走到猪八戒面前問道．「你這算甚麼．掩着眼睛不看我們．是不是．」另一個說．「你沒有眼看我們嗎．你說我們不漂亮嗎．」猪八戒老是掩着眼睛不敢看．那個女子惱道．「你這樣算甚麼呢．」猪八戒道．「小姐．你們赤身露體．沒有穿好衣服．如果我看你．那是沒有規矩．」女人聽了．不覺哈哈大笑說．「你這個一定是鄉下佬．甚麼也不懂．這是游泳衣呀．你以為我們沒有穿衣服嗎・你儘管看好了・你如果不看・才是非禮・你看才是有禮・」猪八戒偷偷張眼一望・眞是把他看得三魂去二・七魄去五・心想・香江的女人爲甚麼這樣穿衣服的・乳房肚臍全部露了出來・這還成甚麼體統・他又想・自己看到那些女人已經掩着眼不敢看了・却反而給她斥責・說是非禮・這地方的女人眞是奇怪・要人儘管看她才是有禮・眞是莫名其妙・不過轉念之間・他又想到沙僧講的話・他說香江這個地方・比盤絲洞還要厲害・現在看起來一點不錯・他的說話完全沒有欺騙自己的了・大抵這裏的人個個都不穿衣服的罷・個個赤身露體・不以爲恥的罷・

這一回：有求不應非君子
　　　　無事可爲可煉仙

當下猪八戒不覺笑嘻嘻看着這兩個女郎・這兩個女郎也看着他・笑道・「你這樣看我・我們才覺高興極了・」猪八戒聽了・說道・「小姐・我不是說你不美麗・實在你們太漂亮了・我不敢看呢・」那兩個女人不覺笑起上來說・「你這人講說話却懂得幽默・看你不是想吊膀子的・」猪八戒連忙擺手道・「我不是想吊膀子・」其中那個肥肥胖胖的女人笑說・「你不要多講了・看你的樣子・在沙灘上徘徘徊徊・不是想吊膀子・是甚麼・來罷・你既然想吊膀子・就請我們去喝一杯啤酒罷・」猪八戒聽了・不覺詫異起來・心想香江的女人・眞是跟盤絲洞的一樣・見了陌生男人・就拉了人家去喝酒・那是甚麼話・不過・既然自己來了・而這個女人又叫自己請她吃啤酒・倒不如將計就計・跟她們喝一杯酒・打聽打聽這裏的行情・如何出去・也是好事・當下連忙點頭說道・

「不成問題•不成問題•我們去喝酒罷•」

那兩個女人•非常高興•就拉了猪八戒走•瘦的一個看看他說•「你貴姓•你跟甚麼人來玩•」猪八戒道•「我姓朱•我是一個人來的•」另一個說•「那就顯然是來吊膀子了•好罷•今天算你好運氣•我們兩個算給你吊着了•」猪八戒聽了•不覺笑起來說•「眞的嗎•你們兩個肯和我做朋友嗎•」當下請敎她們兩人的姓名•那一個肥肥胖胖的•年紀比較大•自己說道•「我叫做陳瑪利•」另一個比較年紀輕•身材苗條一點的•說•「我叫王玫瑰•」猪八戒連聲點頭行禮•

於是•由她們兩個帶着猪八戒走到一家茶廳去•坐下來•猪八戒舉目一望•茶廳裏的男男女女•個個都打扮得非常漂亮•有些穿了游泳衣•有些穿了花花綠綠的衣服•他望了一會•指着隣座一個人說•「陳小姐•這一個小姐長得沒有你們漂亮•」陳瑪利聽了•不覺哈哈地笑起來說•「你這人眞滑稽•這個人不是女人•是男人呀•」猪八戒聽了•不覺呆了一呆•他看到的那個人•頭髮顯然很長•跟女人沒有兩樣•身上穿了窄窄的花衣服•爲甚麼還說他是男人•眞是莫名其妙•

這時伙記過來•兩個女人要了啤酒•猪八戒也要了一杯•伙記走後•陳瑪利就問猪八戒道•「朱先生•你是做那一行業的•」

猪八戒聽了•想一想•說道•「我沒有甚麼事做•」陳瑪利聽了•不覺笑起來說•「怎麼沒有事做的•我問你做甚麼生意呀•」猪八戒笑嘻嘻地搖頭說•「我不會做生意•」王玫瑰笑道•「你在撒謊•人家問你做甚麼生意•你怕甚麼不講出來•」猪八戒搖頭說道•「我眞的不知道做甚麼生意•我不會做生意•」王玫瑰道•「那末你每天做甚麼事•」猪八戒想想•說道•「我煉仙•」兩

個女人聽了・不覺哈哈大笑起來・王玫瑰說・「朱先生・你眞會講笑話」猪八戒正色道・「我不是講笑話・我是講眞的・」陳瑪利笑道・「我知道了・你當然是煉仙了・你一定是有錢人家・錢財用之不盡・有許多地產收租・用不着你花甚麼血汗・所以你不必做事・不必返工・只會煉仙・」猪八戒又是笑嘻嘻說道・「有錢的人就煉仙嗎・」王玫瑰道・「當然了・俗語有講・做到皇帝想昇天・你們有錢的人・要甚麼有甚麼・只怕性命不保・壽元快盡・所以就要求長生不老之藥・便想煉仙了・」猪八戒看着她們兩個・只是笑個不停・

這一回：猪八戒初嘗啤酒
俏舞娘懇請晚餐

這時伙記送上啤酒來・猪八戒其實不懂甚麼是啤酒・她們叫甚麼就甚麼・一邊喝着・一邊覺得這裏的地方眞好・啤酒也好・難怪沙和尚說・香江才是天堂・自己從海上摸上沙灘來・就有兩個女人陪伴・這裏比盤絲洞更好・比高家莊更好了・這時候・兩個女人交換一下眼色・陳瑪利就笑對猪八戒說道・「朱先生・你眞是一個人來這裏游水的嗎・」猪八戒道・「是呀・我沒有朋友・自己一個人・」陳瑪利說・「那末・你陪伴我們好不好・」猪八戒道・「你們兩個也沒有其他人陪伴來的嗎・」陳瑪利道・「沒有・我們只是兩個人來游水・」王玫瑰說・「今天碰到你・我們很幸運・你請吃飯好了・」猪八戒道・「不成問題・不成問題・吃飯是小事情・」王玫瑰做出很風騷的樣子說道・「你眞是個好人・不過我們也不是壞人・你也不必担心・」猪八戒道・「我沒有說你們

是壞人，對了，你們是做甚麼事情的？」王玫瑰一笑，看看陳瑪利，陳瑪利笑道：「不瞞你說，我們是做小姐的。」猪八戒聽了，連忙拱手說道：「原來兩位是千金小姐。」兩個女人聽了，不覺哈哈大笑起來。

陳瑪利笑道：「我們不千金小姐，我們只是舞小姐，不過我們總是這樣說，說自己做小姐，不說自己做舞小姐的，這是口頭禪。」猪八戒道：「舞小姐嗎，甚麼是舞小姐？」王玫瑰道：「你眞的不知道，還是假不知道，你這個眞會裝傻。」猪八戒道：「我實在不知道，我是個大鄉里。」陳瑪利笑道：「罷了，罷了，看你的樣子一定不會是大鄉里，怎麼會是大鄉里呢，你是故意戲弄我們的。」猪八戒道：「不是呀，我說的是眞話。」王玫瑰道：「我們做舞小姐，就是陪人客跳舞的小姐，難道你沒有上過舞場嗎？」猪八戒搖頭道：「沒有。」王玫瑰笑道：「沒有，你不要呃我了，怎麼連舞場也沒有上過，我眞不相信。」猪八戒道：「我眞沒有上過舞場，我是說實話的。」王玫瑰不信，說他故意裝傻扮懵，陳瑪利對王玫瑰說：「玫瑰，這一種男人，最難對付，他裝做大鄉里，其實甚麼都懂的，你當心上當。」王玫瑰道：「我知道，他說沒有上過舞場，我才不相信他的話呢。」說完又吃吃地笑起來。

猪八戒越是裝大鄉里，她們兩個越是不相信，猪八戒講眞話，她們兩個更把他當做假話，大家說笑一番，猪八戒心想，這兩個做舞小姐的人，到底怎麼樣陪人跳舞，有機會倒不妨試一試，陳瑪利就對他說道：「游完水之後，你沒有別的地方去了罷，可以陪我們去吃飯罷。」猪八戒道：「可以，可以。」他心想，吃飯一定要花錢的，自己的錢從何而來呢，他回心一想，不要緊，到時

見機行事罷・而且那老頭子也給了自己幾個大銀幣・總可以應付得了罷・

王玫瑰這時又說道・「朱先生・我們這樣好不好・現在已經喝過了茶・大家都到海上游水一會・然後就出去吃飯・你認爲如何・」猪八戒道・「好的・」陳瑪利說・「你的汽車就停在外邊嗎・」猪八戒搖頭道・「我沒有汽車來的・」王玫瑰道・「眞的不眞・」猪八戒道・「眞是沒有・」王玫瑰道・「他是坐朋友的汽車來的罷・」猪八戒只是笑而不答・王玫瑰說道・「那末・我們現在可以去游水了・先行叫伙記來付賬罷・」王玫瑰講完・就叫伙記過來看賬・猪八戒聽了・心中忐忑不寧・

這一回：猪八戒無錢結賬
兩美女入帳更衣

伙記送上賬單來・兩個女人當然等猪八戒付賬・猪八戒在他的游水褲的小袋中一摸・摸出四塊錢來・可是伙記說要六塊半・猪八戒道・「我錢不夠・怎麼辦・」那伙記不覺呆了・王玫瑰笑道・「你錢在甚麼地方・」猪八戒道・「我的錢就在這裏・」王玫瑰不相信・笑道・「你的錢一定放在更衣室罷・」猪八戒有點狼狽・說道・「這裏不夠呀・那末・我只有去拿給你們了・你們在這裏等・」講完就站起身想走・可是陳瑪利連忙把他拉着說・「你不要走・罷了・罷了・我這裏有錢・我替你付了這些茶賬罷・」當下打開小銀包・拿出三塊錢來・補夠七塊錢・給了伙記・然後拉了猪八戒說・「你這個人眞是古怪・錢不要放在更衣室・」王玫瑰道・「他一定是很謹慎的人・錢不帶在身上呀・好罷・我們先去游水罷・」陳瑪利說道・「朱先生・你欠我三塊錢・回頭要還給我

的・」猪八戒笑嘻嘻說道・「那就不成問題了・」

兩個女人把猪八戒拖着・到了海上・浸在水裏・猪八戒無心游水・却有心看着她們兩個女人・只見她們兩個穿的游泳衣固然肉感非常・身材也好到絕頂・尤其是那個年輕的王玫瑰・細皮嫩肉・更是動人・陳瑪利的游水衣則特別肉感・似乎跟沒有穿衣服一樣・猪八戒從來沒有見過這樣的女人・和這些服裝・雖然在盤絲洞裏看到那些蜘蛛精手下・個個都風騷非常・但是比起這兩個女人來・似乎還差了一皮・最少她們的衣服比這兩個女人多・當下不禁暗暗嘆道・「這個地方眞是不錯・」

不過猪八戒心裏却有些疑問・他心想・在這裏碰到這兩個女人・對於自己・倒是一件好事・可以掩護自己登陸・但是自己眞的沒有錢・怎麼辦・想到這裏・暗暗笑道・「雖然師傅常常吩咐自己不要胡亂變法術・不過這一次也不能不變一下了・變到了錢・就和這些女人去吃飯罷・不過沙僧說・這裏掙錢也很容易・可惜自己沒有門路・否則一定可以賺錢・這事情・非慢慢向這兩個女人打聽一下不可・

猪八戒又想・自己赤身露體・穿了這條短褲・可以不可以去吃飯・也成問題・因此他在水中・就問陳瑪利道・「我們回頭到甚麼地方去吃飯・」陳瑪利說・「你歡喜到那地方・你講罷・」猪八戒道・「我不懂的・你們說去那裏就那裏・」陳瑪利說道・「好罷・我帶你到一個好的地方去玩・」猪八戒道・「我穿了這些衣服・可以不可以去的・」陳瑪利哈哈大笑起來說・「你的衣服到底放在甚麼地方・」王玫瑰道・「當然是在更衣室了・走罷・我們大家去換衣服・然後一起去吃飯罷・」

當下三人從海中走上來・兩個女人・本來租了一個帳幕・他們就把猪八戒帶到帳幕去・說道

·「你的衣服呢·帶到這裏來穿好了·」猪八戒只好唯唯否否·王玫瑰說·「我們先行換衣服·你換好衣服·就到這裏來·」猪八戒點頭道·「好的·」陳瑪利說·「你千萬不要走呀·你欠了我三塊錢呀·」猪八戒笑道·「回頭還給你·不過我現在有點着迷·不知道更衣室在甚麼地方·」王玫瑰笑道·「你到那邊小屋子去就是了·你這個人眞是裝傻裝得利害·」猪八戒笑一笑·和她們打個招呼·向她道別·然後走到更衣室去·他一邊走·一邊想·自己沒有衣服·怎麼辦·只好變化出來·否則就要偸人家的衣服了·

這一回：變來一身西服
無法付出車錢

猪八戒走到大路邊·看着路上的人·他看了一會·就發現從那些大汽車裏走下來的人穿的是怎麼樣子的衣服·他看中了一套·覺得很漂亮·於是就在地上拾了一些樹葉起來·然後口中唸唸有詞·喝一聲變·那些樹葉就立刻變了一套西服·於是他就在樹林中把衣服穿上·然後走出來·再走到帳幕那邊去找王玫瑰陳瑪利·兩個女人已經換好了衣服·看到他走過來·衣裳楚楚·好像一個大班的樣子·不覺笑道·「你這樣快就換好衣服嗎·」猪八戒道·「你看看我這一套衣服稱不稱身·可以不可以和你去吃飯·」兩個女人說道·「完全是個大班的模樣·」猪八戒不知甚麼是大班·又只好痴痴地笑了·

當下兩個女人·拖着他· 人一邊·走到大路·叫了一部的士·坐上去·由陳瑪利吩咐司機

・開到城中一間酒家去・

在車上・猪八戒和兩個女人談談笑笑・十分快活・王玫瑰和陳瑪利二人不斷向猪八戒打聽他做甚麼生意・猪八戒說是無事可爲・兩個女人對他有點奇怪・又有點懷疑・看他衣裳楚楚・自然不像沒有錢的人・可是聽他的口氣・又似乎是個無業遊民・難道他眞的有大把洋樓收租的嗎・還是老於此道的故意扮傻仔的傢伙・這兩個女人沒有機會討論猪八戒的爲人・不過兩人心中・都有一個觀念・認爲猪八戒一定不會是窮光蛋・他們知道在這裏有好多有錢的人・故意裝做沒有錢・以免上當・看來猪八戒就是這一類人了・

不久・他們在一家酒家門口停下來・車剛停好・陳瑪利就對猪八戒道・「車錢是四塊半・給他五塊錢・不要找續了・」猪八戒笑道・「坐車要給錢的嗎・」王玫瑰哈哈大笑說・「坐車不給錢・那有這種道理・」猪八戒一想・又成問題了・想起剛才連放在游水褲那四塊錢・也拿給她們找了茶賬了・自己身上沒有錢・怎麼辦・於是他就立刻對陳瑪利說・「陳小姐・你有散錢・請你給他・我回頭再還你・」陳瑪利說・「你眞的沒有錢嗎・」猪八戒嘻嘻笑道・「我不是沒有錢・不過沒有零錢・你先替我給他・行不行・」陳瑪利說道・「好罷・我先給他罷・回頭你要加倍還給我的・」猪八戒笑道・「不成問題・我就加倍還給你好了・」陳瑪利果然大大方方的付了車錢・

他們上了酒家・在一個卡位坐下來・陳瑪利叫了酒・點了菜・就向王玫瑰打個眼色說道・「玫瑰・你到不到洗手間去・」王玫瑰連忙點頭・她們兩個人走的時候・猪八戒問她們到甚麼地方去

・陳瑪利低聲道・「女人去的地方你也要問嗎・」猪八戒笑嘻嘻道・「我問去甚麼地方・是怕你一去不回・」王玫瑰道・「你放心・我們馬上回來的・叫了酒菜・難道我們不吃嗎・」猪八戒只好笑着・讓她們兩個去了・其實陳瑪利和王玫瑰兩個要到洗手間去・目的在於討論猪八戒這個人・到底他有錢無錢・爲甚麼連車錢也付不起・王玫瑰道・「瑪利・當心・這一個人恐怕是個窮光蛋・」陳瑪利道・「不會・不會・」王玫瑰道・「你還說不會・看他連幾塊錢的車錢也沒有・還不是個窮光蛋嗎・」陳瑪利道・「你放心・不會的・如果他是個窮光蛋・那有這身衣服・那敢陪我們出來吃飯・他沒有淺・一定害怕的・」王玫瑰道・「那末・爲甚麼他連車錢也沒有・」玫瑰說道・「可能他故意考驗我們・」陳瑪利道・「怎樣考驗・」

選自一九六八年八月一日至八月十日香港《成報》，署名小生姓高

易金

留住的夕陽〔節錄〕

救一時之急，我只有向家裏打電話。

「小關，你趕快帶一點錢坐車子來，我被困在餐室裏，走不得。」告訴她地點和餐室的名字後，我不說其他什麼，擱上了話筒。

二十分鐘內，小關趕來了。

看她喜氣洋洋的，我招呼她坐在對面的位置上，一點也不像主人與傭人，她穿得很樸素，像臨時換了的，如果挾了幾本書，十足是個還在求學的高中生。

「那個叫你偷跑了的？」她輕輕地責備主人。

「那咖啡煮好了嗎？」我扯到起因上去。

「我喝了！」她有點賭氣說。

「不能喝得太多，你在發孩子脾氣，是不是？」

她抬眼，無限怨意地看了我一下。

侍者第二次過來，站在桌子邊，他不是來催我付賬，那神態是詢問式的，因爲小關坐下後，並未要過什麼東西。

「你也來杯酒好不好？」我是敷衍她的。
可是我的天，她竟點點頭。
沒辦法，我只好也陪着她，向侍者要了兩杯葡萄酒。
酒送來以後，我有些惡意老看着她，使她抬不起頭，又說不成話。
半晌，她畢竟沉不住氣，這次却是瞪了我一眼，然後說：「在這裏，你可不能當我小關看待，再這樣冷冷冰冰，我要走了！」
趕忙舉起杯，誠誠摯摯地：「我敬你這酒！」
小關難得有那麼含蓄的一笑，同樣舉起了杯，而且豪爽地反而先飲了一口。
稍稍潤喉那樣，我的一口酒是皺了眉飲下的。
「家裏現在一個人也沒有。」她似乎催我歸去。
「既然你已來了，就坐一些時候，我們兩個人很少像今天這樣有逃有追，又終於被你追在一起的！」
「啊！」她沒出聲，那眼睛睜得大大，她不懂我的話，但似乎發出了反問的聲音。
「再坐一回，同車歸去。」我的解釋，改爲再簡單也沒有。
她好少說話，我就多多看着她，一種含羞的少女氣氛籠罩在她臉上，使我貪婪地看個不休。
這樣的美，到今天才爲我發現一樣，也許喝幾口酒的關係，我的心跳動的劇烈，有時甚至疑自己是頭野獸，竟想獸性發作，撲了過去。

「你在想什麼？」她忽然勇氣十足問了我。

「不想什麼。」我的手有些顫抖。

「看得出的，你有點不自在，」小關關切地還問了句：「可是有些不舒服？」

我看看自己的手，那手的確不爭氣，還是微微在顫動，像有幾根綫出自心房在牽動着它。

沒有作聲，我不敢再面向小關。

將錯就錯，她輕輕在徵詢主人同意：「既然酒後有病的樣子，早些回去吧！」

點點頭，不病也得裝幾分病，好逗這小女人高興。

於是，她招呼侍者過來，她付了賬，她扶我出了餐室，自然也是她揮手喚到了一輛計程車。

「眞的病了？」車子裏，她問得奇突，兩人貼肩坐着，她身上似散發着一股幽幽的清香。

「給你說得病了的。」我無意中碰了她的手。

「又是我不好？」

索性捉住了她的手，順着車子顫動，我在她耳邊說話：「你有幾次不好了？」

她掙脫了手，向前座的司機指指。

這個暗示，不是告訴了我：她是怕有人看到，並非拒絕了我感情的進攻。

回到了家，小關做起了一家之主的樣子，她不准我坐在客廳裏，也不許我握筆寫些什麼，却哄騙孩子似的，把我趕進了臥室。

她的手指指向床上：「請聽我一次話，你病了，太太跟我說定了的，你有病我要負責，病人不聽話，我也有責任處罰病人！現在，不管怎樣，你上床睡一下。」

「這孩子很會演戲！」我心裏在説，但完全服從了她，和衣倒向了床上。

想不到有意外收穫，小關第一次在我臥室裏做她不屬份內的事，蹲在床邊，替我脱下了皮鞋，而且還搬着我兩條小腿上床。

病人是不需千謝萬謝對待　個服侍病人的人，所以我一切非常聽命地由她擺佈，可能也是男子在某些環境裏有奴役異性的劣根性存在的關係。

「閉起眼睛，別想什麼了。」她打算離開我了，才這樣説的。

「我在想，我不是有病，是你要我生了病的。」我的眼睛睜得特別大，這可以阻止她溜跑。

小關伸手把我眼簾闔上，還溫柔地揉了幾揉，也在我耳邊細語：「乖乖地，先生，你睡一下吧！」

這一睡，出了事。

是白天，小關之外，這屋子裏沒有第二個人。

一個漂亮的大孩子，似懂又非懂，有情若無情，但是她不知環境是最易跌落的陷阱，或則她有勝人的能耐，已經知道了利用環境。

房門是她虛掩了的，她出去了一次，忽然又輕手輕脚溜了進來。

我像等待捉賊一樣，也是「虛掩」了眼簾，在假睡中，看她動靜。

自然她有準備了的措詞，可以在被此時是獨身的男主人發現時説，進房來看看這個被動的病人可曾聽話在睡了！

但是，小關掩進了我的臥室，第一眼看到我是閉了眼的，謝謝她善意，她似安心了許多，第二個動作却是回身輕輕把房門推上。然後，飄飄忽忽地到我床前。

我不能再留一綫光明看她如何了，眼睛癢癢地，只好閉了起來。意識上，她這時候又驚又喜，欲動又止，想説話又不敢啓齒，她在端相着我的臉？她的呼吸有些迫促？她的心在跳動？不會是她這次要病了？

是誰的安排？這光天化日之下，男主人的臥室裏站着一個情竇初開的俊俏女傭而不想跑開？此時此地，她會想些什麼？她需要些什麼？她敢有所需求嗎？

是我錯了，我比她年齡大，見識多，會得處理尷尬環境，爲什麼我還要裝假睡下去？不會是我太太故意要她來試我一下的？可是，我太太的計劃失敗了，不是小關已自己透露了感情，她沒有居於第三者那樣的理智來對待我，看得出，小關已是愛情考驗的當事人了。

這個家庭，建立得奇異，難道拆毀時也需出現一個古怪的故事不成？

怎麼，她老站着不動？莫非已偷偷又溜了出去？

裝作小睡醒來，我微微動下眼皮，慢慢揭開了舞台的幕布一樣……

小關百般羞態地看着我，她講不出話，也許是她口渴得厲害。

怕會驚走了她，我老練而大胆地，一伸手，就把她的手捉住了。一點也不反抗，她的臉這時候是緋紅的。

揉着她的手，搓着她的手，緊捏着磨擦着，又是手指交叉着手指，小關失了知覺，她的手屬於我了。

事情就出在她的手被我捉住後一點不加反抗。

到了不需用語言作爲情的表達時，動作多於一切，而且直截了當，反而沒有扭扭捏捏了。

無言的我把她的手放在我鼻子邊。

也許我只有武斷的嗅覺，這手是一點也沒有廚房中常聞到的油膩味。

小關的臉逐漸背着我，看不到女孩子面上的紅雲，與有早起習慣的山居之人不看朝陽一樣，是無上的損失。

我鬆了手坐起來，她走也不好，不走也不好，很快瞥了我一眼。

這更壯了我的胆，主人身份早失却，我的天地中，什麼都宣告死亡，只活了一個小關。

她沒有拒絕我並不沉着的吻，但那是一個全無情感反應的吻，她對這小小過程是如此不濟事，不過，臉與臉的接觸，使我的心却沸熱了。

緊握着小關的手，我以爲這比用不大合作的吻來傳達男女之情更見功效。

任何壞事開始，一半是環境造成。

合而爲一，我佔有了小關，而且在她生命史上記下了是第一個使她在經過痛苦的代價以後稍稍獲得驚惶的快感。

這在我是加重了精神上的負担，由於太太賜與我經驗，我認爲女人在到了足以發洩愛情的階段，她們必然已先失去什麼了。

事情不但壞透，進一步竟尷尬到極點，兩個人，一層樓，身份複雜，感情微妙，白天還維持一些尊嚴，晚上，這個畸形的家中，就像開到了千軍萬馬，演出了不少人類的鬧劇。

鵲巢鳩佔，小關搬進我的臥室，再也不在貼近廚房的地方安身立命了。

有了這樣關係，兩個人很少說話嗎？

不，話很多，不過很少是在白天高談闊論的。

「太太來了怎麼辦？」例如在晚上，小關已不是傭人身份，小鳥一樣睡在我懷裏，我就提過這樣一個問題。

「那要看你怎樣了！」她不是答得很得體嗎？

「事情發展下去，我有點怕。」這是我與她說了心對心的話。

「怕又解決不了事情的！」反而她來擁抱我，吻着我，像有男人氣概了。

當然，我們不止一個晚上談這些善後的事。

小關總是以得過且過的態度，鬆弛我的緊張。

偷偷摸摸的日子溜過了一個月，太太沒有歸來的消息。人總是有未曾消毒了的獸性不時潛發，羅清蓮不來，有小關在身邊，這獸性的想法，就一直盤旋在我腦海中，那是今天只顧今天，明天怎樣，不去計較了。

「太太有信給我的。」她却故意以這個影子來嚇唬我。

「說什麼嗎？」其實我也有信，做賊心虛，不能不如此發問。

「她說：你對先生管得嚴不嚴？」小關儼然眞有資格可以管束我了。

「還寫些什麼？」

「就是對你在外邊不放心，因爲，」小關頓一下說：「這不是我警戒範圍以內的事。」

「清蓮現在不會知道我們已經很好。」

「要是知道了呢？」她的眉目間依然很開朗，沒有愁雲慘霧。

我答得非常快：「到那時候再說。」

「這不是澈底辦法。」

「依你之見呢？」

「三人面對面公開這件事。」

聲音微弱的是我：「你要和我太太談判？」

「不要怕，只須你聽從我們，你太太會原諒你第一次的錯誤，我想她不會惱了我的，而且，她對我一說過，你要犯錯誤的話，也只許在我小關身上！」

對她的侃侃而談，我疑惑小關是另一個人，一個月前的她，絕不是這樣的。

「不相信嗎？」她不高興我不說話。

我高興她有薄薄的惱怒，所以，對她遠勝於語言的安慰不住作笑。

「你眞是幸福的，有這樣一個滿意的家！」不知小關所指，總之，她是這樣說了。

太太的歸期脫班，有人却亟於趕程而來。

午夜，我懷裏的小關說：「給我報喜訊，我們有孩子了！」

有驚有喜，我摟緊了她問：「眞的，你懷了孕？」

「就在這十天內，彷彿已決定了，不過一定還檢查不出。」

當又過些時候，連醫生也證實小關肚子裏有了孩子時，太太却回到了香港。

小別重聚，有些地方當然勝過新婚，羅清蓮畢竟不同於小關，她與這大孩子比，似又懂得太多了。

謹愼維持一種氣氛，又像彼此在製造機會，使這尷尬的局面不致面對面的爆發。

屬於互慰的必然措置，我與太太，太太和我，同意痛痛快快又毫不保留感情地在外面玩了三天！

第四天，有如蜜月歸來，小心翼翼，我的骯髒靈魂躲在太太腋下，怕冒頭出來。

小關却在打沉着的仗，一點也看不出她是根火藥綫，而且已經在頭上燃着了！

在三天暢聚中，我不止一次問太太，洪飛終究怎樣死的？他的遺產誰在處理，洪太太存身於何處？

「慢慢地再說，愉快中最好不提掃興事！」她又是這樣搪塞了我。

但看得出她的心情，對洪飛夫婦遭遇，還不大有悲切，至少她見過洪太太後，並未留下一個恐懼的反應。

東窗事發，想不到小關有無比勇氣，先在我太太面前自首，她說：「這不是先生一個人的責任，現在木已成舟，我肚子裏有了孩子，請太太公正無私處理這一件家務。」

羅清蓮流了眼淚看着我。

她使小關也出於意外，竟一句話也不說，淚中還有笑意，這氣度是做作不出的。

「都是我不好，小關沒有責任。」我眞想在太太前跪下求恕，事實上，雖沒有跪，膝蓋以下的肌肉早軟若無骨了！

「孩子幾個月了？」太太只有問問這些看似無關緊要的話。

我用眼睛看小關。

小關羞澀地回覆：「不到兩個半月。」

「這怎麼檢查得出？」

「醫生是肯定說有了孩子的。」

太太回過頭來對付我：「不是你千想萬想，要一個孩子嗎？我沒有成功，小關却如你願了！」

接着她並無諷刺之意地笑起來。

這不是談判，也非到了攤牌時候，但初步接觸的結果，每一個人都不是愁眉苦臉，反而像辦完一樁喜事，家庭中的氣氛又突然一變。

過了一個關，我現在有兩個人可以管束我，支配我，控制我，也都深深愛着我！

幸福嗎？這是要以後來的日子作結論了。

女人與女人，不，清蓮和小關，她們一天一天走上了莫逆之途，成爲形與影不可離。

——你做了件足以身敗名裂的事，你想不張揚出去嗎？

——你佔有了朋友的遺產，而這朋友是不明不白失蹤的，你知道有莫大嫌疑嗎？

——你與一個名伶合作寫小説，她死於非命，你却拿了她很大一筆稿費，這過程你應該自知，多多少少有不可告人的地方，對不對？

——你突然結了婚，太太的身世都未摸清，她能在經濟上支持你，你又有什麼能幫助她？

——你的小關又怎樣了？有了孩子，怎樣負起這三口之家的責任？不，那孩子來了還是三口嗎？

——你佔的便宜太多了，不是無條件的，你早已是犯罪的人，你要名譽嗎？曾經是個作家，你願意給世人知道：原來有學問的最會做出不文化的事來，現在你已無從抵賴了！

類似這樣的指責，我在這個充滿矛盾但又像很愉快的家庭裏，在她們兩人口中出於婉轉的語氣聽到。

愛，仍然維繫着。

這是什麼一種愛，則三個人中一個也答不出了。

我在自製的不規則愛的牢籠中，繼續玩弄着全是沙粒的感情。

當太太完全清楚我已不復有反抗環境的潛力時，她攤牌了。

她與我的對答一無拖泥帶水，而且等於很快簽下了生死合同。

「我到香港來，是佈置新據點，洪飛的第二位太太，你該知道，她也是幹這一行的。現在你必須參加我們的組織，小關的肚了作保證，我們不會出賣你！」

「事已如此，只有硬着頭皮幹。」

「你不是派在行動方面的，還是需要你寫小說，有掩護，也有在寫作上可利用的地方。」

「小關呢！」

「暫時撥給你，待生下孩子以後再派工作。」

「為什麼一夥的人時時有死亡？」

「貪心不足或半途想洗手的，都是這下場，我問你呢？」

「拿我的筆作保證，有思想的人，其實一定腦子裏先有毒的，過去不過有人性在掩護，到了剝去畫皮以後，獸性暴露無遺，我喜歡錢，喜歡女人，喜歡享受，為什麼躲躲閃閃再做一個假人？」

「不能後悔，有歸正的心，也是你命運結束的時候。」

我大聲說：「完全聽命於你，我沒有自己，早被這不公平的世界扼殺了！」

「但是，」太太在險坡上來一個急速轉彎：「我只是一個單位的負責者，另有其人也會恐懼我半途變志的。」

「你可以像我這樣對天立誓，總可取信他們了。」

「談何容易，一旦有了錢有了地位，誰都想洗手不幹，做太太平平的紳士？」

「終究你想變還是不變？」我滿腹狐疑問太太：「假如你準備脫離組織，那也不必拖我下水了！」

「看你經不起這樣考驗，」羅清蓮高聲喚着小關，當小關站在我們面前時，她才聲聲俱厲說：「你們也該面對面談一談，告訴他關於組織內幕的懲戒，他已經清楚這裏形勢，可是心還不堅定。」

「別嚇壞了我的寶貝！這件事交給我辦。」小關居然老練得如此，使人再也不信兩個月前她是個未經人道的大女孩子。

「我已是答應加入了，」指指太太，我在小關前訴苦似的：「她不相信，哄了我，其實這已不需考驗了，我知道離開你們將會一無所有，而且醜名四揚，做不得人，與其沒有面皮，不如沒有良心，別再看重我們這一流寫小說的人，在香港，賣小說與販毒差不了許多，都是在幹有害別人健康的勾當，我在沒有和洪飛的第一位太太有文字往還前，也早了解自己，出賣這樣的小說，要在香港生存下去，我想我的靈魂也永遠不會復活了！」

「誰要你在這時候清算自己？」小關恩威並施地：「只要當你爬到最高地位，萬人景仰你是大紳士，大作家，大實業家時候，不作急流勇退的想法，你就是這個國際性組織中的最忠實的老幹部了！」

「這需要多少時間，我能爬得這樣高？」

「錢有了，小說出版得多了，正當事業也成功了，五年十載，還怕做不成香港的頂兒尖兒的人？」小關自己年紀這樣輕，造成她有這樣的地位，必然是這個組織有龐大計劃，一切都從基本點着手。

太太偏又在這時候插話進來：「培植到你是香港的頂兒尖兒的人，對這國際性買賣組織也越有利，但是也眞的要躋身在大富貴人羣中去以娛晚年了！」

「不會不會，」我口口聲聲否認：「洪飛和他唱戲的太太如何下場，我是看清楚的。」

「小關，」羅清蓮又在吩咐：「趁在今天，你把所以需要他合作的道理，跟他講一講。」

「是。」懷了孕的小女人向我招招手。

堂而皇之，我隨小關進了臥室，太太大抵自己去煮咖啡，她也需要平靜一口氣了。

能跟我說些什麼呢？

小關把一個遠大計劃透露出來：第一步是製造我在香港的地位，從根做起，越往上爬，越於這個組織活動有利；第二，那是備而不用的，賣與報紙副刊的文章，利用香港的習慣，今天寫明天見報的一節，這每天一節的文字，只要動用少數幾個字，就可作爲發號施令的指示，相同於諜報工作的密碼；第三，這裏三個人是一個總據點，絕不與各階層人直接接觸，永不會被人懷疑，而且總目的在將來，這還是投資時期，化無限止的金錢來扶植一個文化人往上爬升，沒有雄厚資本與遠大眼光，不敢冒險。今天，集中在這裏的三個人，都有一手，那是從洪飛身上間接發現的，所以總機構很早着手要把這三個人合在一起，給這三個人機會自己發展，當一心一意決心幹了，這個三人小組就開始「成家立業」從頭做起了。

除了第二點我有意見認爲最好不利用外，第一第三兩點，實際就是一個遠大目標，完全在培植我這個傀儡做成功有地位的高等人物，我要演五年十載的戲，並且這個主角是十分享受的，一下子不會被關進牢獄，幸運與不幸運，待決於五年以後，我爲什麼不忠實執行她們交下的計劃呢？

小關也同意我第二點的建議，她說：「那是偶爾利用一二次，一旦需要報紙副刊作傳遞工具，那作者自然不能是你了，間接再間接，需要你去發掘一個無名之士來執筆才妥。」

「你也認得洪飛的？」我希望知道小關一些身世。

「羅清蓮在東京，你在香港，總之，我不是在這兩個地方才相識洪飛就是了！」

「他終究怎樣死的？」我指的是洪飛。

「這是組織內層的事，是死是活誰曉得，他們常常爲了掩護一個計劃的進行，活了的變死，死了的又活了轉來。」

「洪飛太太呢？」

「不清楚。」

「我們住在這個屋裏，不是好辦法，這是洪飛的房產。」

「絕對安全，至今沒有人對洪飛有過懷疑，但是，你的地位一天天在往上爬時，這地方當然也不適合我們住，要遷地爲宜的。」

現在我完全清楚了自己將是什麼樣的人了！

從來沒聽説過人類的靈魂能挽救自己；但偏偏在人性淪喪的時候，這靈魂還作最後一次過訪。

一切都是虛僞，不能再來騙自己了！去你的，我的主宰！

這也是忘我精神？爲好爲歹，不屑去計較了，這個社會中心的輪軸，要是守本份的推動，它是反應木然，連帶也沒有不等邊或畸形的發展，正因爲是一羣骯〔髒人操縱〕着，進步了，繁榮了，與有功焉的立地成佛，做了社會聞人，國際間聞人，地球上聞人，他的第一步，不也是先走錯了才發迹的？

我在名義上擁有一位太太，我在實惠上，還有一位身份不明的替我留下了不良的種籽。我的原始職業是寫作，現在，我要在兩個女人和一枝筆的運用中，開始我的新工作。

基金的基本數字一定相當可觀，正好一家小型工廠在鬧經濟恐慌，接近它的主腦人，初步計劃，有六個月由我在外面寫寫看看，自然而然以爲我有這點力量可以投資這家工廠，挽救它的命運了。

這是爲外人不所注意的表示已經發達起來的第一步。

當然這工廠以後是會被併吞在獨資經營名義下的。

不生勢利的眼睛，是摸不進文化圈的，一等大騙子，也產生於文化羣中，倒如我，一個五年十載以後的國際販毒機構的主持人，不也是先在文化圈中重打立足基礎嗎？

有文化的地方必然有高級品賞的女人，最先，我把自己太太和貪戀中的小關是當作不動產一樣未曾估計在內，但進行工作時，才知這不是屬於我的附件，必要時，她們也得在交際場中應酬試看，那一位紳士不有一位賢內助？而他們能爬得這樣高，也許太太正是做了墊脚石，樂於給人踐踏才可雞犬升天的！

黑暗快要統治這塊土地了，人與人在最後一綫光明中擠迫，可咀咒的時間，你留得住嗎？像夕陽一樣，給人類一個光明的回憶？

我，當然要墮落下去，但時間於一切罪惡者有利，這時候我正活在夕陽邊緣！非常諷刺，這生活是多彩多姿，就如霞光萬道，足以給有文化氣質的詩人們憑弔！

法律對我搖頭而去，它只能加於可以回頭的人身上施以懲罰！

選自一九六〇年十二月二十二日至十二月三十一日香港《香港時報·快活谷》

司明

最佳特約〔節錄〕

一

謝婉遷了家五天，還不曾擺過「進宅酒」，由於傢具與擺設猶未齊備：客廳裡的那具「身歷聲」設備的電唱機是專家根據環境而設計的，此刻還在試聲期中，工程師喬治說：必須有十分之六的地位聽來有身歷其境的感覺，要有百分之九十八．五的眞實感。許多雕刻玻璃器皿已自海外運到，經售的公司還要等一星期才能放到店堂中，但在此前二天一定送到謝家。另外，謝婉那幅人像還未給留法青年大師李郁繪就。作爲一個大牌電影明星，照片給拍得多了要換換口味，在她的客廳裡要掛出一幅油畫像來，當然不是那種像戈耶的「裸體的瑪耶」那種，而該如達芬奇的「蒙娜麗莎的微笑」那種，青年大師曾經說過：將來，就題名爲「約瑟芬的微笑」，這是李郁早期作品中的代表作之一——「約瑟芬」是謝婉的西名。

那天是星期三下午，剛敲過三點，謝婉將到李郁的畫室去，剛要出門，電話鈴響，女僕阿環去接聽，用電話筒向主人一指說聲「小姐的電話」，她皺着眉去接，是男人的聲氣：

「謝小姐：我是港聲日報的趙協華。」

「小趙，」謝婉叫了出來：「你怎麼知道這裡的電話？電話裝了不過三天，並且，公司方面也祇有極少數的人才知道。」

「因爲我是新聞記者，新聞記者感覺最靈敏。去年聖誕前夕我參加你的派對時候，有頂皇冠般的紙帽別人戴不上，我戴正好。我們的老總說我頂尖，頂尖善鑽，找新聞方便。我來訪問你，馬上就來。」

「我要出去，隔幾天我會請你們。」

「到時候大家都有新聞，我的新聞稿便沒有價值。謝小姐，在你的『暴雨梨花』上演後，我們的報紙上的影評裡有些文字你記得嗎？老張這樣寫着：『女主角刻劃她的仁慈極有深度』。現在，你私底下也給我一些仁慈好不好？」

「小趙：」謝婉有些被感動了：「坦白對你說：我家不曾佈置好，這像一部電影一樣，還不曾剪輯過，照例不能公開。我可以對你優待，在我招待新聞界的前一天，讓你先到這裡來。這樣，你的新聞比人快了。」

「人家接到請柬就知你的寓所，大家不會來訪問嗎？」

「我在招待的前一天把帖子送到報館，在招待的前二天的中午，你先打電話給我，我歡迎你來。我再告訴你：如果他們像你般知道我的新居而來訪問，我也關照傭人回說不在，並且，我以爲把不曾佈置好的家招待客人是失禮呢！」

「那末一言爲定，你賜給我以第一個發表府上的『豪華場面』的權利了。」

謝婉說聲「是」與他道別，收線出門。下樓，她望到那個鬼鬼祟祟的五十多歲的男子，他穿着舊西裝，蓬鬆着長髮，臉上鬍髭未刮。怎麼他也會在這裡蹀躞？使她感到有些意外。他是最近在片場中出現的「特約」老曹，與她合演「暴雨梨花」時還賣力，祇是他的國語太差。現在，她相信他可能來借錢，她認爲他也許吸毒呢！這是無法迴避的事，她祇得向停着私家車的街邊走去，他一邊迎前一邊叫着：

「謝小姐！」

「你是……」謝婉故意僞裝不大認識他。

「我是老曹，在『暴雨梨花』裡我有一角，」老曹笑得很濃，又似乎竭力企圖把他的國語講得正確：「謝小姐：今天天氣很好。」

「是的，今天有太陽。」

謝婉跨着大步走到汽車邊，老曹沒跟到她身邊，在老遠處向她揚手，她跳上汽車把掣開動，使它前進，在他身旁擦過。這事情使她惶惑：他是否懷着任何目的呢？還是住在附近？這裡是住宅區，不可能住一個「特約」，也許他從親友家中出來吧？但後來她又自譴：怎麼要這般關心他？天下偶然的事情很多，這不過是普通的偶然而已！

二

在謝婉辦末一次「進宅酒」時，所宴請的是不屬於高級的同業，酒與菜也較差，譬如本來的「扒翅」改爲「散翅」了。一共是兩桌，她坐在靠窗一桌那劇務胡松的身邊，這傢伙喝了些酒說話很多，後來談到「特約」上面的事，使主人想起那個老曹，便問他道：

「在『暴雨梨花』裡演我公公的那個老曹，以前是幹什麼的？好像不曾在戲裡見過。」

「謝小姐，你以爲他演得怎樣？」胡松手舉着杯子凝視着她。

「氣度倒很像有錢人家的老爺……」

「本來他有過些錢。」

「現在他潦倒了是受了時局的影响？」

「是的，他是我朋友的鄰居，常隨我的朋友來片場裡看拍戲。詳細情形我不詳細，有一天是劉大導演拍『花團錦簇』，其中鷄尾酒場面裡，佈景和道具都非常講究，痘皮劉自稱自贊說是荷里活的水準。誰知老曹把我叫到一邊，他說：『男主角那隻喝「白蘭地」的杯子用錯了，這是香檳杯，香檳杯裡不能由酒枱上給斟「白蘭地」。』我不以爲然，後來有天看西片，前面一家『白蘭地』廠做銀幕廣告，果然用的不是那種酒杯。我就知道他挺有豪華生活的經驗。」

「除了『特約』，他可有別的事情做？」

「我不大詳細，香港人的生活很神秘。即使以我們圈子裡來說，有位小生幾年不拍戲，也不上寫字樓。可是，他還比我們生活得更好呢。」

「可能他中了馬票！」攝影師殷立插嘴。

「一定他找到了老闆。」佈景師江山接着說：「他認識的女人多，這些是他的資本家。」

謝婉忙問是誰，座上另外九人，像喊口號的叫了出來：

「馮吉！」

謝婉不認識馮吉，但知道這個人，也見過他。她便說他們貪嘴薄舌，不該背後醜詆別人，此刻醜詆馮吉，在別人前便醜詆她了。於是，由胡松帶頭起着最凶最惡的誓，後來這位劇務又這樣說：

「止謗莫若自愛……」

「止謗莫若自修。」幕後編劇家四眼程立刻給他更正。

「我當然沒有你學問好。」胡松的臉本來給酒澆紅，聽到對方的話更紅了：「有你學問好我也編劇了。不過，你的學問雖好也沒用，怎麼片頭上我們從不見『編劇：程翼』這幾個大字？痘皮劉嘴裡唸，床『第』之私，你怎麼不敢給他更正？劇務是好欺的麼？」

「劇務王：我罰酒！」

四眼程便站起往後面的桌上取了那隻「三星白蘭地」瓶來給自己斟酒，然後乾了杯裡的酒。謝婉也舉起面前那隻一份酒加上九份的汽水的杯子向衆道：

「大家多用一杯！」

另九隻酒杯舉起。

電話鈴响，女傭忙去接了笑笑請小姐聽電話，謝婉根據女傭臉上的表情，知道是青年銀行家肥康打來的，去接果然。他問起去「金鳳」看表演如何？她告訴他今夜自己在作主人，分身乏術，要求他改明天，他道：

「你十二點來都來得及，客人又不會喝得過份遲。」

「他們總還要玩玩牌呢！」

胡松立刻離座到主人身邊與她耳語，要她答應去，不必招待他們，他們從天九到沙蟹，自己會像在家裡玩般不受拘束。因此她要肥康來接，青年銀行家却在電話中說：

「我們做生意的人對藝術界的人不會打交道，爲怕對大家失禮起見，我還是在十一點半把車子開到你門口，從此坐在汽車裡恭候大駕，謝小姐：你認爲怎樣？」

「就是這樣吧！」

謝婉收線返座，站起走向兩桌人告罪，說將出去一會。大家都說她太客氣，那有什麼問題呢？

謝婉十一時四十分跳上肥康的私家車自西而東。

私家車自東而西送謝婉上歸途時，街上沉寂而黑，肥康開了大燈，他身邊的謝婉看到老曹像頭老鼠般，一躍而過。這神秘的傢伙！她默默地開始對他詛咒了。他們落車以後，她捉住他的胳膊注意街上，不再見到那頭「老鼠」。他問她是怎麼一回事情？她也不便告訴他，由於這總是自己的同業。他送她到樓上門口，握別下樓。

謝婉急於找胡松，要問他老曹究是怎樣一個人？怎麼如此神秘？進門却知道胡松喝醉，早被四眼程送返，而四眼程已經在打沙蟹了。沙蟹枱上坐了九個人，另十一個都回去了，她看他們全神貫注的緊張樣子，便到自己房裡，卸裝穿上睡袍，她燃起一枝薄荷烟在床上靠着，她又想到那個青年銀行家，認爲除了肥些沒有什麼大缺點了，因此又開始思考：用什麼話使他會去進行減肥？如能減二十磅，就不大見得他的臃腫了。

三

一星期以後，胡松送了「隔岸桃花」這劇本來，她問他可曾遇到老曹？他說正要去找老曹，她問他是給予機會？他點點頭道：

「我同老曹沒有交情，我同一位姓陳的朋友是患難之交……。」

謝婉插嘴進去把兩次遇到這個神秘的男人事告訴胡松。他以爲必然老曹在這裡有親友，他是近年方淪落的人，有好親友是可能的，也許他是得到好親友的周濟方能生活得下去。她聽到這些話釋然了。

從此，謝婉不曾再在街邊遇到老曹。

「隔岸桃花」開鏡後不久將遇到「戲肉」了：女主角穿着內衣在自己臥室中，忽然教她鋼琴的朱教授闖入來對她「非禮」。當她知道演朱教授的是老曹後，她有些生氣的對胡松道：

「定是你的主意！」

「的確是我的主意，一共只有四場戲，我排他賺一百五十元。並且，他也會彈些鋼琴，別人可不會。導演說：無論如何要會彈些鋼琴。譬如最近有一張片子裡，女主角的那雙手不像會彈鋼琴的手，就給報紙上攻擊過。你總看到？」

「劇本上的朱教授有八場戲，他頂得住？」

「現在改爲四場了，片場裡拍戲，有幾部是照劇本拍的？寫劇本的人對於朱教授是根據『藍天使』裡的教授寫。謝小姐，他又不是男主角，差些就差些，不成問題。」

「他的國語太那個。」

「我已經關照他在學。萬一不好，可以配對白，主角另配對白的也多呢！」

「老曹究竟是你的什麼人？」

「謝小姐：請你相信我的話，是姓陳的朋友託我，我才介紹他先後共演過兩部戲，你下一部戲裡我不再叫他。」

「奇怪！我對他的確有些芥蒂的。」謝婉自言自語地。

「忘記他那種鬼鬼祟祟的樣子吧！」

（略）

在全場的視線集中下，他們正式演出了，謝婉感到老曹抱得她過於粗暴，這是充分利用了職務上的機會，她憤怒地用力掙脱，又更用力的揮着右手向他的左頰上摑去，在使她的手發痛。這同時，看到他口角的血涔涔下，又聽到有如碎石墮地的聲音，戲裡的朱教授掩着嘴巴逃，王導演叫着「卡脱」！胡松跟着老曹走，有人大聲嚷了出來：

「一顆牙齒掉下來了！」

於是全棚轟動，謝婉披上睡袍觳觫着，她感到自己太殘忍，哭着向化裝間奔，王導演把她追到拉住她的手道：

「謝小姐：你演得眞賣力！」

「我這樣做不對，不過……」

王導演送女主角到化裝間，她還是拭着眼淚道：

「你去看看老曹。」

「一隻牙齒，那有什麼關係？你們都賣力，我對老曹可以簽單多給九十元醫藥費。」

「給一百元吧王導演！」

「就一百元。」

胡松進來了，笑着對謝婉説：

「我找到老曹，他臉上腫了，可是他説那隻牙齒本來不大牢靠，現在血也不流了。他要我告訴謝小姐，他一點都沒關係。」

（略）

四

「隔岸桃花」拍完試A拷貝時，工作人員與公司方面的大員都把老曹譽為「最佳特約」，由於他在非禮那一場的精彩，雖然他並不在試片間。王導演説：

「如果他國語練好，可以成為性格演員。不過，奇怪的是：他只有在謝婉同場時出色。」

胡松叫惋惜的是「最佳特約」可能是祇此一部戲，由於他不會與謝婉再同場，為了他是自己介紹來的，也終於隱瞞了他對她有特別好感的話。

在謝婉方面，她担憂老曹會報復，使她欣喜的是從未在街頭再遇到他。有一天，胡松來告訴她道：

「祇有女明星自殺，現在男演員也自殺了……」

「是誰？」謝婉很着急。

「我們的『最佳特約』——老曹。」

「他怎麼會自殺？」

「他患着嚴重的關節炎，前幾天睡在床上，他服毒自殺了。報上登着的『徐懷德』，是他的眞姓名。今天我才知道他自殺過，是我的朋友來告訴我的。終於我借給他一百元……」

「後來沒有死？」

「是的，發覺才得慶更生。請你答應在你的下一部戲裡再有他份。否則，我的一百元很難扣還。」

謝婉答應。

明天，她接到一封奇怪的信：來自菲列賓，拆開，內附一封寄給她寫明「親啓」的信，另有一張字條這樣寫着：「舊友徐懷德忽自港地寄此函來，囑我在馬尼拉付郵寄港，不勝駭異，亦姑如其言耳。」却沒署名。她再拆開那另一封信，每個字都是潑刺的躍入她的眼簾：

「人之將死，其言也善。我是你的生父，你那個在大陸的生母，當年懷着身孕嫁與謝某，但你不是謝某生的。你的母親嫁與謝某是我所造成的，因爲我對不起她，也對不起你。關於詳細的情形，你可以問你的生母。你還可以告慰與她：你已代她重重的摑了我，連牙齒都掉下來了。那夜你摑我的時候我不感到痛楚，只覺得痛快，却也不過稍爲減却我對你們母女的罪愆而已，把我打死那就更好。

「我所得到的關節炎也是自作自受。我在自殺前陷於矛盾中，要讓你知道，又怕讓你知道，折衷的辦法是俟我草草成殮了才讓你知道，這是我所以要使這封絕書旅行的唯一原因。

「你從事第八藝術是有前途的，不過要小心翼翼，因為銀色的道路上也有許多陷阱。我要告訴你一件事情，我曾爲非作歹過多年。當然，也識得像我那樣的一種壞人。你的男朋友所謂青年銀行家肥康是我最爲你担心的人物，他本身是一個老千，如果不與他疏遠，你會吃虧。你找任何男朋友都可以，即使是個老實的年青的『特約』也好，但我反對你同肥康這種人來往。

「來港三年我能在異鄉遇到自己的親骨肉，今日雖死，亦瞑目矣。最後，請你代我向你的生母道歉。如果我的忠告對你有若干好的影响，該是我臨死對你唯一貢獻了。父懷德絕筆，十二月七日。」

謝婉看了一遍又一遍，幾乎已能完全背誦全信！她雙目潮濕的打電話找到胡松，要他立刻坐「的士」趕來。他在十分鐘後出現於她的臥室中，問他知道老曹住在那裡嗎？他說當然知道，由於與他的朋友同住，她要他馬上陪去找老曹，他皺眉道：

「這是怎麼一回事情？他住得很遠呢！」

「有沒有電話？」她問。

「沒有電話。」

她拖着他到私家車裡。途中，他問什麼她都不大開口，他怪她對老曹有成見，也不再問，要等看她搞些什麼。二十分鐘後，他們抵目的地，這是在一座土山邊的一幢平民屋。胡松看到小陳出來，便問起老曹，對方說：

「我原想來找你，他昨天出去了不曾回來。我怕他又去自殺，上次自殺他也說有絕命書。」

「快些找呀！」謝婉挽着胡松的胳膊，兩淚滂沱道：「我願花任何代價。」

在灰暗的天空中，兩個男人面面相覷！

選自一九六一年三月《南國電影》第三十七期

金庸

倚天屠龍記

〔存目〕

選自一九六一年七月六日至一九六三年九月二日香港《明報·副刊》

岳騫

瘟君夢

〔存目〕

選自岳騫《瘟君夢》，香港：友聯出版社，一九六一年九月

梁羽生

雲海玉弓緣

〔存目〕

選自一九六一年十月十二日至一九六三年八月九日香港《新晚報·天方夜譚》

高旅

彩鳳

姑娘，我不是自殺，可是也不想活了。

謝謝你安慰我。爲什麼不謝謝你呢？按實我該叫你聲姐姐，我才二十歲，可是我已經老了。這四年來，我折磨得夠了。現在又給鋸了兩條腿，傷成這個樣子！

我心裏有數，你們瞞着我也沒有用，我沒有幾天好活的。我有一肚子的話，沒有人好講，你不厭煩，就講些給你聽聽吧。不用怕我費精神，講些出來，心裏才覺得痛快些。

別信報紙上登的話，他們都不知道。他們同情我，可是說我喝醉了酒才自殺，我爲什麼殺呢？

剛才來看我的，是我的妹妹，男的是我的好朋友小沈。我完了，眞對不起他。

我的眞名叫吳美娟，那年我下海跳舞，才起了彩鳳這個名字。可是我本來也不姓吳。

當然，說起來是爲了生活，其實不是這個原因。

論家口也不多，只四個人。我爸，我媽，還有這個妹妹，她比我小四歲，還在讀書。

對了，我跳了兩年，就當上了歌星。

我們做了這麼多年鄰居，什麼你都看在眼裏。現在才知道你在這裏做護士。

就是還活着吧，我怎麼還能唱啊？夜總會？舞場？哪會再要我這鬼一樣的人？唱片公司也不成，看我年輕，長得還不錯，說實的，我自己也巴結，大家把我捧紅了，唱片公司覺得好賺錢，就叫你灌幾支歌。其實我都明白，我唱得很不好，人瘦弱，氣也不夠，只能拚着叫，師父叫我怎麼唱就怎麼唱。

起初，我在舞場裏，隨便上台唱唱，客人拍手叫好，捧我，我心裏也很高興。我爸也在那裏，他悄悄告訴我，說我唱得太死，應該搖擺着大腿，扭着屁股。我說：「爸，女兒今年十七歲了，怕羞啊。」爸說：「這你不開通了，沒看見外國電影明星，她們怎麼紅起來的？你學着點樣兒就準竄得起。」我果眞照着學，我想竄起，爸爸在下面拍手。回到家裏，他還指點我。他想法子叫我當個歌星。是啊！他年紀也不算大，才四十來歲，可是不做事，成天說：「娟，你爸老了，又沒兒子，就指望你女兒了。」媽也幫着說：「你妹妹又要讀書。」

十六歲下海，什麼也不懂，只知應該孝順着父母，妹妹呢？也該讓她受點教育。可是，我看人家四十來歲的人，都生龍活虎地在做事，才覺得有些不對路。他大學畢業，好歹做一份工，三百來塊錢也總有。話是這麼說，就是有了三百來塊錢，他哪裏夠花呢？

你說得對，媽總該特別疼着女兒的。可是她和爸一樣。

爸不做事，淨玩，養鳥又養狗，眼看我大起來，就和媽動我腦筋。

起初我唱歌的時候，爸怎麼也在舞場裏呢？哪個舞場他都熟，哪個大班他都認得。我陪着客人跳，他也叫了舞女玩，這樣的情形也有。我說：「爸，女兒掙錢也辛苦，別再在舞場玩了。」他說：「我要照顧你嘛，並不是來玩，你不知道舞場裏的許多路道。」

我下海的時候，就憑爸一句話。他對常坤說明了他的意思。常坤你可知道？他是五家大舞廳的老板，舞業界數一數二的大老板。他就對爸說：「這不成問題，老朋友，還有不照顧的？不過，大舞廳不好做，先叫她在小舞廳做起來，學點東西，然後再來，包你不會吃虧。」常坤一個電話，打給他的「馬仔」阿牛，阿牛在一個小舞廳——叫藍星舞廳——做大班。常坤有很多「馬仔」，大老板，誰不要拍他的馬屁？哪裏發現有漂亮的舞小姐，就往他那裏拉，先借些錢沒問題，他有資本，要幾千就幾千。……

啊！我說到哪裏去了。對了，我就到藍星。我早會跳的，爸很早就教會我，十零歲的時候，就帶我到夜總會去，還在那裏看脫衣舞，看的人都歡喜，喝彩，很熱烈，不久我就看慣了，也不覺得羞恥，反覺得那女人這樣受人歡迎，很了不起。爸說：「女人的美麗就是本錢，像一個金礦一樣，開不完，很容易發財。哪個女明星不發財？很容易，耍幾個媚眼，出個浴，拍了出來，觀衆喜歡，就賺大錢。」他還想法子要我當明星哩。因此，我也以爲自己很美麗，也可以賺很多的錢。我看了電影，覺得外國女明星那一套，沒有什麼難，我還偷偷地模仿她們。

我第一次坐客人枱子的時候，心裏卜卜跳，一坐下來，客人攔腰一抱，把我嚇壞了。我平時跳舞，爸，爸的朋友，我一點也不覺得什麼，可是這時不同了，我有些怕，發了急，就逃開了。阿牛知道了這件事，他去應付這客人，去打招呼；和顏悅色地對我說：「不用怕，慢慢來，有的客人壞，有的客人也很好，另外給你介紹客人好了。」他見得多了，一點不埋怨我，另外再介紹客人坐枱子。我當然提防着，提防自己，不要再像上次那樣慌張。可是跳舞的時候，腰裏給陌生人的手摟着，總覺得不自在。客人要緊緊地抱我，我又不肯，臉拉得直直的，客人不高興。一星期後「出糧」——我爸自己來結，——不過幾十塊錢。阿牛對爸說：「初出道，她對客人沒笑臉，這也難怪，慢慢會好起來。」這天回家，爸和媽對我訓了一頓，總之要我一天到晚裝笑臉。

我就學裝笑臉，向姐妹們學，隨便怎樣不耐煩，也笑臉，客人侮辱我，心裏一團火，也笑臉。啊！說不得你聽，眞是下流的地方。

自然而然，我倒習慣了。

半年裏，我「跳槽」三次，換了三家小舞廳，眞像常坤所說的，眞學會了不少東西。我那時有個希望，過些時到大舞廳裏，就會不同，那裏要高尚些。

枱鐘好起來了，我很勤力，準時「返工」，不遲到，老是得到老板的「金牌」。那沒有什麼，就靠裝笑臉。每星期「出糧」，一百幾，二百幾，小舞廳，淨坐枱鐘，能賺上千塊錢，這不容易了。結數總是爸來，我拿不到一個錢。可是我心裏還很高興，覺得我有「身價」，人家歡喜我，將來有辦法，年輕着哩。而且，爸又請老方教我唱「時代曲」，就是藍星的樂隊領班，一個月五十元。爸說：「我還要栽培你哩。」

我不時在舞場裏唱，爸又同我和銀光酒樓的交際主任說，到他們那裏去唱「音樂宵夜」，一個月給點兒車馬費，只一百五十塊錢。銀光酒樓指望我們帶客人去宵夜，有生意好做，哪裏是爲你唱得好？只要你唱得幾句就成。我可不能老纏着客人去宵夜，人家花錢，要有條件。爸就教我：「客人要去，就去；客人不說，不要纏他去。」反正不管有沒有客，我總上銀光唱。

這就唱開了頭，變成「歌舞雙棲」。後來就上常坤的黃金舞廳去，那是個大舞廳，不是嗎？我早想，大舞廳該高尚些，可是進去一看，就覺得這想法不對了。那裏和小舞廳一模一樣，不過那裏賣得貴，人客多數有些錢罷了。常坤說得不錯，在小舞廳裏學了些東西，果真在這裏用得着，他們都像張着嘴的狼一樣，隨時想吞我下去。

我不知道做了多少惡夢。於是我拚命學唱歌，眞的，我拚命唱，用盡了力氣叫，好像只有這樣，才能逃避那些狼，才不會把我吞下去。我下了決心，不願再「歌舞雙棲」下去，只是唱歌。爸本來也想要我當歌星，願意讓我花錢，買唱片，拜師父，一口氣學會了一百支英文歌，二百支時代曲，唱到吐血。我怕得厲害，請醫生檢查，才知不是肺病，而是喉頭出血。

這算藝術嗎？我也不懂。我只是想逃跑，可是沒有路，只有向着這條路拚命。以爲歌星總比舞女高一點。

那時有一個姐妹，叫蘇娜的，也在黃金舞廳跳，比我大兩歲，她同我一起學唱歌。她長得好看，看我「紮」起來了，專唱歌，又向我來學。

唱一個場子是五百元，淨唱。最忙的時候日夜唱四場子，錢都給爸。做歌星要多做衣服，爸說：「歌星要自己掏腰包做衣服，那還沒有出道，應酬一下客人，客人會送。」眞的，我去應酬客人，哪裏都去，我總是陪着笑臉，讓他們開心。

是的，有人追求我，那不消說。我一做舞女就有人追求，二十歲左右的小夥子，到六十歲左右的老太爺都有。爸說：「不能在歡場裏談戀愛，還年輕，慢慢找適當的對象，現在你已經竄紅了。」

其實我本來不在談什麼戀愛。

蘇娜說：「你有一個好爸爸指點你，你不會吃虧。」她還羨慕。她有一個老母親，兩個弟弟，自己又有一個才週歲的女兒。也不知道那孩子的爸是誰。她得負擔四口人的生活。她常來學唱歌。

爸告訴她許多對付客人的方法，說來跳舞場玩的人，有各色各樣，有各種不同的心理。他說：「譬如，有的人來消遣，跳幾隻，走了，這種人不多，也不肯花錢，別纏他；小白臉，沒有用，千萬不要上當，『失匙夾萬』，他沒錢，他來玩，好好對付，晚上，別隨便跟他出街；最多是那些有婦之夫，有錢，也有事業，他要玩，才是好主顧，可別嫌他年紀大，灌他迷湯，對他說，要就是嫁給你，我情願。這事他當然辦不到，最多另外置房子，每月給你多少家用，這可千萬不能接受。只是把他弔起來，他就會想辦法，總要先弄他一筆錢，才能談別的，這就是你的便宜。可不能動眞情，動眞情就吃虧。像你現在這樣子，莫名其妙地生了個孩子，不是你自己吃虧嗎？人家倒是活神仙。」

蘇娜竟聽得哭起來，只怪自己不會應付。

恰巧這個時候，有個客人來找我，他叫孫家寶，爸早叫我好好應付他。他一來，總是很歡迎。他走進門，正是蘇娜哭腫眼的時候，不料她拿起茶杯來摔他，又撲上去揪住他，要同他算賬。大家都嚇了一大跳。

我爸見他常常來，就注意他，把他的家庭都調查明白了。他的確是誠信洋行的少東，不是什麼「失匙夾萬」，而且是個老「玩家」，幾個大舞廳的舞女都認得他。却想不到他同蘇娜也有瓜葛。

爸和媽都上去勸開，爸拉了蘇娜，低聲問她：「你的孩子是不是他的？」蘇娜點點頭。又問：「你們怎麼了結的？老實告訴我，他出了錢沒有？」蘇娜說：「給了三千塊錢，就完了。」「三千塊？有這樣便宜？這件事我給你出頭！」

爸就把孫家寶拉到房裏，媽也在那裏，爸對他說：「孫先生，蘇娜是我的乾女兒，現在她要自殺，事情都出在你身上。不，早了結也不成，三千塊錢就完了嗎？你也常常來找我女兒，這沒什麼，大家是熟朋友了，今天不妨同你老實說，趁蘇娜在這裏。這女孩現在才滿週歲，她沒結過婚，却多了個累，外面也不好聽，她得嫁人啊，是不是？現在有兩個辦法：一是你娶了她，多一個住家，也沒有什麼不便吧？否則就把孩子領回去，她不要。你補回她撫養費。」

孫家寶有太太，他當然不願意幹，開頭還想抵賴，但是爸不放鬆他，向他表明，蘇娜說不定要出事。

孫家寶似乎不害怕，不過他一考慮，覺得這件事不能鬧大；他料不到爸會給蘇娜出頭。於是就談條件，爸說：「除此之外，沒有第三個辦法。」可是談來談去，結果孫家寶簽了張一萬元的支票，就此了結，大家講「信用」。孫家寶還說：「如果我娶一個兩頭住家，我也不要娶蘇娜，要娶你的女兒。」爸笑笑，說：「只要我女兒願意。」

以後孫家寶就來得更勤，他和爸也熟了。但是爸叫我格外提防他。他追得緊，我推說還年輕，不想嫁人，如果眞的愛我，希望他等我兩年。

這個藉口總算不錯，他也有幾分怕我爸，不能不防一着。他對我一家人都好，送禮不光送我一個人。

可是事情已經有了變化，我還一點不知道。

有一天下午，我回到家裏，只見妹妹一個人，她說：「媽和孫家寶出去了。」我也不在意。深夜兩點多鐘，我在夜總會唱完歌，回到家裏。照例，爸和媽還沒有睡，可是他們在打架，把花瓶、鳥籠、茶壺、茶杯、熱水瓶摔了一地，都摔爛了。

我嚇了一跳。媽就拉住我，指着爸說：

「現在阿娟回來了，趁早告訴阿娟，大家也用不着隱瞞。你說！你說！你說！」

爸又給她兩記耳光，兩個人又打起來。我勸也勸不開，急得直哭，只好由他們，讓他們自己停手。我問妹妹，妹妹也不清楚，她說：「爸聽説孫家寶和媽出去了，就和媽吵，媽說就是現在離婚，也沒有關係。媽又說爸和蘇娜在外面幹的什麼，誰都知道，只瞞着你女兒。我也不明白他們到底爲什麼。」

那時我怔住了，再要哭也哭不出了。是啊，你就住在對門，當然都聽得到。就是從那時候起，他們常常吵，半夜三更裏也會突然吵起來。

我怎能不難過？我覺得自己像一棵小草，一點力量也沒有；又像是一隻小船，在大海裏飄着，往哪裏去呢？一點也不知道。

他們沒離婚。他們不是不想離，就是離不掉，因爲有拆不開的糾葛。

孫家寶不到我家裏來了，我也不再理他，也不再理蘇娜。這樣的事，在舞場裏本來也不稀奇。可是我就想到，一個人爲什麼卑賤到這樣？我從來沒有見過一個人有眞眞實實的臉色。老實說，我這時的臉也假得厲害。心裏難過，哪一刻也沒有放鬆，可是儘裝笑臉，在台上唱歌，還賣弄風情，生怕不叫座。

不久，孫家寶又常到我家裏來，爸對他很客氣，還在我面前說他的好處。我想，一場風波，大概過去了。當然，我也得客氣一點。

我的錢還是爸來結去，我看開，他要錢，讓他拿去吧。可是我想到了愛情，我不知道一個好人家的女孩子是怎麼想的，能不能告訴我？如果有這樣的一個正派人家的男孩子，他能同情我，不嫌我，我就永遠愛他，死也愛他。可是，往哪裏去找呢？沒有。我已經掉在一個骯髒的坑裏，渾身髒了，不會有人看得起我，捧我的人，都是來玩的。

我要認認眞眞找一個男人，我反正也能自己找飯吃，合起來好好過生活，他也不用養我，我也不用養他。那時，就可以完全和爸媽脫離關係，隨他們怎樣。這幾年來，他們在我身上也賺得差不多，算算總數，也很不錯了。總算對得起他們。

那時黃金舞廳有個華克樂隊，領班就叫華克，有個打鼓的，就是剛才同我妹妹來的小沈，剛入行，一點沒有壞習氣，像個學生。他準時上班下班，不多同人說一句話，對我很和氣，見我上台，就很正派地同我招呼，一點不輕浮。他對我很好。

我想，嫁給樂隊裏的人，比較適合，跟着他四處走，不一定耽在香港，免得老是看那幾副骯髒臉。我們這樣接近，很容易彼此就了解，如果在我們這圈子外面就難。

不怕你見笑，我主動追求他，約會他。他還有些害臊哩。我不知怎麼說，或者可以說他是一個軟弱的人，比我還軟弱。這沒有關係，他人好，所以我不放鬆他，緊緊逼着他，我覺得我不能失掉他。可是他猶豫不決，只是糾纏着。但是我們還是純潔的朋友，這件事我沒有做錯。

我看到了一點頭緒，似有他有些不放心，有些看不起我，因爲我畢竟是個歡場女子。可是他眞的愛我，又知道我的確愛他，他有什麼拿把不定的呢？他心裏有矛盾，連打鼓的時候也垂頭喪氣，我完全看得出來。

我的關係還是那麼糾纏着，找不到一條路，我逼着他，這當然完全在他身上。我想，你這樣對待我，到後來可能會一輩子恨你呢。

當時的確是這樣想。現在我明白了，不是這麼一回事。

我有一次畢竟哭了起來，覺得如果這場戀愛不成功，那得再費更大的勁。他這麼說：

「我就是想這個，你爸不會放過你的，他們收了你，養到大，就指望在你身上掙錢。老實說，我們不會安逸的，他眞會把我殺了呢。」

我嚇了一大跳。怎麼說是「收」了我？我要問這個？這樣，事情就漸漸透了底。原來我媽是個舞女，爸是大班，那時他們還在上海，我是別人家的女兒，妹妹也是，直情是爲了要在我們身上弄錢。別人不知道，有幾個老大班都知道，而且他們也勸過小沈，不要惹上麻煩。

原來是這麼一回事！他們做的是這門生意，我半輩子耽在夢裏。怎會不相信這說法？因爲他們太不當我是人了，親爸媽這樣嗎？有些人氣味也不會這樣吧？我思量了好幾天，隨處留意，越來越覺得這說法太眞實了。沒有別的，我可以脱離他們，耽心的是我妹妹。如果留在這裏，那一定有麻煩，他們會不斷糾纏，只有走開，到別處去。我問小沈：

「你到底打算怎樣？」

「只有離開這裏，」他說，「我們到南洋去，別笑我軟弱，我不是靠着推撞別人才生活的人。我只想能安定地過日子罷了。」

他想的和我一樣，我高興極了。要是我不明白那一段糾葛，也許眞會笑他軟弱。這時才知道他眞對我好，他有他的難處，他膽子小。爸當然不會吃人，可是誰知道他們會使出什麼手段來？這樣我就定了心，覺得很平靜，而且，下月就有一個機會，我們可以走開，在他們前面，不動一點聲色。我們都很興奮，覺得彷彿重新做人。我很起勁地唱，他打鼓也有了精神。我還打算以後慢慢告訴妹妹。

所以，我現在倒是希望死了的好，否則會累他一生。他剛才見了我，裝着很快活的樣子，我却忍不住要哭。

現在快要講完了，用不到多説這些廢話。不是我説過了嗎？孫家寶常來，爸和媽給他說好話，說他願意娶我，置一頭外家，有房子，有汽車，他們聲明，並不强迫我，叫我不妨考慮。還說我們這種人家也只能如此，聽爸的話不會吃虧。我答應考慮，他們把我賣多少錢，我也不必去問，這時權且敷衍他們，我只想不動聲色，給他們一刀兩斷，一走了之，割斷了拉倒。

那一天我打夜總會回來，已經兩點多鐘，疲倦得要死，洗了一個臉，媽還勸我喝了些酒，我就回房去睡覺，剛上牀，哪知孫家寶躲在我房裏！我嚇得直跳起來，要想開門逃走，可是門在外面給鎖住了，我要叫，孫家寶拿出鑽石珠寶和鈔票來，又要用强，那傢伙眞無恥。我爸媽到底是什麼東西，你現在也該知道了吧？我喊救命，他一鬆手，我實在慌了，跳到了窗外的鐵花架上去，不知怎麼一晃，就站不住，跌了下去，……

還有什麼好說的呢？把這件事的眞相公開了，我的腿也不會長回來。當時那傢伙就溜走了。爸和媽哀求我不要講這件事，要同他談判賠償損失，他們會發一筆財，大約會得到幾萬塊錢。這又是一件好買賣！好吧，讓他們去做吧，最後一次了。他們說我喝醉了酒，對了，報上也照着他們的話登載，隨他們。我給自己爭什麼呢？沒有什麼爭的了，傷心也沒有用了。耽心的是妹妹，不用說，他們又會拿她來賣。

你一定比我明白，什麼叫做奴隸，什麼叫做人口販子，他們眞是快樂天使。我呢？還以爲應該孝順他們。別人看我們，不是一個很好的家庭嗎？不知幹的是這種行當，誰叫他們這樣幹的？上帝嗎？

我要救我的妹妹，不管成功不成功，這是我最後的機會，這也是一件買賣。我可以什麼也不說，讓孫家寶逍遙法外，讓爸媽得到一筆錢，在這個世界上，他們反正都是這樣的。可是我的妹妹要脫離他們。我把那些糾葛全盤托出，都說穿了。

他們的確出乎意外，也沒法抵賴。我說：

「你們無非爲了錢，可以，讓你們再賺一筆，孫家寶也願意給你們，他一向用金錢來掩蓋他的醜惡，這筆錢你們也夠了吧？我的兩條腿，一條命。我立誓不説，只讓妹妹脱離你們，要是不辦，我就説。你們同孫家寶去商量吧。」

他們商量來商量去，答應了，還向我哭，眞是卑鄙。他們去律師樓簽了字，和妹妹脱離關係。我把妹妹託給小沈，我還有幾千塊錢存款，也給了他們，對小沈説：

「你要是眞愛我，就照顧一下我的妹妹，當作親妹妹一樣，她已經長大了，不能再給他們出賣，不能再走我的老路，我一生就只有你這個朋友，也只有這一個妹妹，我的親人。」

他答應了。我不知道將來會怎樣，但是我已經盡了力，也不再有什麼話同妹妹説，她已經什麼都看到了。

附註：這故事是某女護士講給我聽的。彩鳳在第三天就死了。鋸了腿，也沒有挽回她的生命。報紙上第一天這樣説：「一個歌星，因爲愛情糾紛，借酒澆愁，在半夜裏喝醉了，跳樓自殺，傷勢嚴重。」

一九六一、二。

選自高旅《彩鳳集》，香港：上海書局，一九六二年三月

張續良

雨夜驚魂〔節錄〕

王靜嫻是於一月份開始作爲大名鼎鼎的女作家謝冰瑛的女秘書的。現在，她爲這位女作家已服務了有一個月零六天。她感覺到和她雖然已有一個月時間的密切接觸；但是實際上她還完全不瞭解她的僱主究竟是怎樣一個人。

她的工作除掉替這位女作家處理許多的信件以外，還得爲她接見來拜訪她的客人。但是，作爲一個銷數最高的著名女作家的私人女秘書時，她自然得知道這女作家更多的私生活情況。可是謝冰瑛小姐却像把她隔在一堵牆壁的障碍之後，使王靜嫻發覺她是完全困惑難明的。

謝冰瑛曾經在報上以H市公寓的地址刊登了一則聘請女秘書的廣告，徵求一個精通中英文、打字、速記工作能力高強，有經驗、有策劃能力的美貌女秘書、女管家兼女伴。

王靜嫻便是這樣獲得了這職位。謝冰瑛小姐曾經向她解釋說：這是一份整天廿四小時的工作。所以她特地在公寓裏騰出一間華麗臥房作爲她的居室。第二天，工作便這樣開始了。

在這份工作裏面，王靜嫻包括了撰覆大量的短函，起草簡明的電報，接聽電話，編定和訪客的約見時間以及當謝冰瑛不願意接見來拜訪她的客人時，設法爲她擋駕。

文藝界的人都在傳說謝冰瑛小姐現在正忙於撰寫另一本巨著；但王靜嫻却一點也看不出外傳

的究竟有什麼証據可以足資証明。

王靜嫻不單衹不瞭解謝冰瑛的背景；就是對她那本銷數最好的「擊倒那男人」巨著的性質，她也不太清楚。

「擊倒那男人」的故事內容，是說一個窮鄉僻壤的女孩子來到一個繁華的大城市中，去和她的命運搏鬥。結果她聽信了一個週末一起渡假的男伴的花言巧語，上了他的鈎，養成了一種吸毒的習慣。

但是，在非常偶然的情形下，她的美貌引起了當地一個巨賈的垂涎，那商人對她的迷戀很快便轉變强烈的愛慕——這愛慕的强烈和深切，使那商人發覺她不單需要立卽替她戒去毒癖，而且，假使繼續還有人把毒品供給她時，他就非揭發那非法組織不可。後來，這位受到海洛英荼毒的美人兒又吸引住當地一個對政治極具影响力的政治家。故事就在這樣的情形下展開來，情節複雜纏綿；但是，讀過這本書的人，幾乎沒有一個不懷疑書中那女人、那商人，和那政治家相戀背景的眞實性。

現在是星期五，王靜嫻正握着一支鉛筆和一本速記簿，準備記下謝冰瑛小姐的吩咐。她正坐在一張椅上，手裏握着一根長長的象牙長烟嘴。

「你每星期的開支要多少？靜嫻。」

「大約五十塊錢吧！」

謝冰瑛打開她的手袋，取出了一捲像她手腕般粗的鈔票，抽出三張一百塊錢面額的來，遞到王靜嫻的面前。「你先拿着這些。」

王靜嫻莫名其妙地接過那三百塊錢，帶點期望的神情等待着。

「我想要你代我去出席一個約會。」

「一個約會？」

「是的。一個約會。」謝冰瑛重覆了一遍，「有時候我眞不想把它賣電影版權。」

事實是外面正盛傳着她那本書已以廿七萬五千元的版權費賣給了一個電影界的人。

「那男人的名字叫做黎思海，」謝冰瑛小姐說：「你代我到高峯酒店去和他會面，這是前幾天我跟他約好了的事。

「你可以坐我的私家車去，我在高峯酒店有一個長期房間。那房間在每個週末都會爲我保留着，不論我去與不去，我都會每個月和酒店結一次賬，所以你可以不必理會酒店的賬單問題。到那裏後，你需要什麼，衹要簽字就行。

「黎思海會在你到達那兒的今晚來拜訪你。你可以對他解釋，說我因事無法來應約，而你則是我的秘書。然後聽聽他說些什麼——我猜他所談的大概總不離關於一本畫報的文章問題。」

「我該答覆他些什麼話？」王靜嫻問。

「利用你自己的判斷便是，」謝冰瑛說：「祇要那是有利於我那本書的銷路問題，都不妨一談。對於那本畫報，我曾經希望能得到一點好處。但是他們不願意，他們想一次過付給酬報。而我却想能做得合理一點。事情不過如此，希望你此去能爲我運用一點手段——但是，還有一件事，靜嫻！」

「什麼事？」

「那男人非常年輕。從電話對談裏面，我發覺他很可能有點輕佻。」

「我可以離得他遠一點，祇和他談些生意上的問題。」

「很好！」謝冰瑛說：「我祇不過想提醒你一下而已。」她頓了一頓接下去說，「還有一件事，禮拜天下午從那條路回來，車輛的擠迫程度可能達到保險槓碰保險槓的地步。但是那裏却有一條捷徑。地點是離開高峯酒店大約七英里以外之處。過後你得沿那條路走十里小路；不過路面並不一定頂壞。在我的寫字抬抽屜裏有一張小地圖，你拿來我告訴你怎麼走。」

王靜嫻走到寫字枱旁，打開抽屜，果然找到一張摺好的地圖，她把那張地圖遞給了謝冰瑛。

「但千萬別從這條路上山，」謝冰瑛警告她說：「那條路不但骯髒，而且經過昨天那場大風雨後，路面一定會泥濘不堪。但從山上下來便容易得多。現在，你可以把我所說的記下來。那方向是——從大路離開高峯酒店，在過了郵政局兩條馬路的地方向右轉，再駛過五條馬路後向左轉。那是一條雖狹而平的路，由此前進大約一里路後，轉向右面，開始繞下山來。在九又十分之七里那路碑旁時，你會來到一個交叉路口。但是你依然要向右轉。此後，一直在那條路上前進，直到你來到一條大路上爲止。但是你不能轉入那條大路，你仍舊得駛過大路，直向前走。你會覺得那是一條很平坦的路，祇不過稍狹而已，再經過三里路後，你便可以來到通往H市的公路。」

謝冰瑛把那張地圖交還給了王靜嫻。「把它放回到抽屜裏去。」

靜嫻依言把它放回到抽屜裏。

「下午三點鐘，你便可以啓程，直到星期日晚上才回來，小心你的鑰匙。但是千萬別在六點鐘以前啓程，」謝冰瑛叮囑她。

「你可以駕我的私家車前往，我已經把它送到車行去檢查機件、輪胎和加油了。週末那兩天我會離開這裏。如果有人打電話來，就說叫他星期一打來好了，因爲我可能離開這兒一陣的。現在，你可以去做一點你自己要做的事，然後啓行。祝你有一個愉快的週末，靜嫻。」

靜嫻依言去做了一切她所必需做的事情。當她再次回來時，她發覺那張用速記記下的方向紙已經不知被誰從她那本速記簿上撕走。

謝冰瑛小姐已經出去了。靜嫻不明白究竟是誰和那人爲什麼要把她用速記記下的那張紙撕走。幸而她還沒有把她要會見的那個黎思海的名字忘記。但是從山上下來那條捷徑的方向却是個問題。於是她走到寫字枱旁打開抽屜，去找尋那張地圖。她發覺地圖上祇有在第二個分叉路口上才註有記號，有一個箭嘴指在那上面。這不禁使她對謝冰瑛剛才指示的一切連帶地引起一陣迷惑，特別是爲什麼謝冰瑛要給她三百塊錢和囑咐她非逗留到星期日下午六點鐘以前，不要離開兩點。

週末的天氣非常的好。黎思海果然是個年輕英俊的青年。靜嫻的假期過得十分愉快，因此她在星期日晚上吃過晚飯之後，才離開高峯酒店。

天上濃雲滿佈，下午四點鐘便已經開始飄雪。靜嫻知道她非小心一點，千萬不能發生交通意外。

雪越下越大，而且更間雜着大雨。回程時，在她駕駛到第二個交叉路口時，她不禁猶豫起來。

她記得謝冰瑛告訴她，要她在這兒向右轉；但地圖上的箭嘴却分明指向左面。經過一陣遲疑難決後，她決定依照地圖上的指示向左轉。

暴風狂雨比剛才更厲害。在駛過最初的一里後，路面忽然變得奇壞起來，那簡直是一條泥濘曲折的羊腸小徑。

王靜嫻開始懷疑地圖上所指示的方向是不是會有錯誤的，她開始覺得她實在應該向右轉才對。她極力思索，想記起謝冰瑛所說的究竟是向右還是向左；但是她無法能記憶得起。

不論怎樣，現在她已陷入進退維谷的地步了，在那伸手不見五指的黑夜和那迂迴的狹徑中，她根本已無法把汽車掉頭了。

最初，她非常害怕會在那狹路上碰着什麼人。現在她却開始希望能碰着一個人。對於在這麼一個星月無光，寒風呼號的雨夜獨自一人駕着一輛車在這樣荒蕪的山徑上駛進，她的恐懼無法不越來越深。

車頭燈光照過處，前面出現了一個銳急的右轉彎。當她轉進那彎角時，發覺那彎角的急銳使她朦朧到完全無法看到右邊，而左面的車頭燈却又整個被吞進了那峽谷的黑暗中。就在那地方，她的車頭驀然劇烈地顛簸了一下後竟告停住。她直覺地想到她的前車輪一定是掉進了一個泥洞中。但是她仍舊突然放盡力氣踏足油門。

機器發出了一陣猛烈的响動，車輪在泥洞中拚命地飛轉；但車身一點也不向前去。她開始知道她已處於絕望的境地。她讓機器依然發動着，打開車門走下車來察看。

在這樣的黑夜中，是非常難以看出周遭環境的。唯一可以使她知道的便是她的後輪已經掉入一處鬆軟的泥洞中。

靜嫻知道要在如此黑暗中倒退駛出那銳彎是十分危險的事；但是她還是嘗試做了。她的車開始緩慢地向後移動。可是，當前輪退出第一個泥洞駛進後輪的泥洞時，她的車子既不能退後，也更不能向前駛進去了。

離開H市時，她沒有攜帶電筒，沒有電筒，她知道根本沒有可能把自己從這地方拯救出來。她所能做到的衹有等待天亮和有車經過時，才請別人幫她忙。

她把車頭燈關上，回到車上坐得舒服了一點。但是半小時後，她開始感到奇冷無比起來。這使她無法不把事情重新估計一下。最後，她發覺嘗試下車走走，無論如何總比呆着挨冷要高明得多。

小路的底下是個峽谷；峽谷底下，急流淙鏘，狂風暴雨打得叢林簌簌作响；但却一點汽車聲都聽不到。靜嫻第一次開始感到高度的恐怖來。

驀地，在顛躓的步行中，她的呼吸被抓住了。她發覺前面的暗角中閃爍着微光，那微光是從不遠的樹林中透射出來的。她想叫，想跑；但代替了這些，她抑止住自己更提高警覺地朝前走去。

當她到達那小屋時，她已經混身濕透。她發覺剛才看到的微光便是從一扇沒有窗簾的窗戶旁的燈泡所發出來的。她猜想裏面大概總會有人的吧！

她急促地敲起門來。「喂！喂！裏面有人沒有？請幫我忙行不行？」

有一個肩膀寬濶而有一頭波浪式頭髮的男人走來開了門。那男人年紀看來很輕；但聲調却帶着不友好而顯明的疑惑口氣。「怎麼樣？」他說：「有什麼事嗎？」

「我走錯了路，我是從高峯酒店那面來的。在離開這兒兩三百碼的地方，我的車子陷入了一個泥洞，沒法再把它開動。」

那男人猶疑了很長一段時間，最後才說：「好吧！進來吧！至少裏面要比外面暖和一點。」小屋裏雖然溫暖得多；但却烟霧騰騰。

「站到那火爐旁邊去吧！」那男人說：「你的衣服都濕光了。」

她對他笑笑。「也許你太太——」

他搖了搖頭。「我沒有太太，我是一個人在這裏的。」

「噢！」她對他仔細地打量了一下。他是一個廿八、九歲的男人，鼻樑很直。

「這兒有電話沒有？」她問。

「沒有。」

靜嫻感覺到一點意外。「是這樣的，」她說：「我今晚得趕回H市。你能不能——」她的話爲他的直截了當搖頭所打斷。

「除非等到天亮，是沒有辦法把你的車子拖出來的。」

「那麼這兒有沒有別的車？」

「沒有車。」

「沒有車你怎麼能住在這裏的？」

「小姐，這是我私人問題，」他說，「正如我不明白爲什麼你會在這麼大的風雪天時來到這兒的理由一樣。」

「我不是告訴你我走錯路線了嗎？」

「從山上下來的路都走錯了嗎？」

「我本來是準備走一條捷徑的。」

「爲什麼你會轉到這裏來的？」

「因爲有人告訴我該朝這面轉。」

他的眼光似乎露出了一陣勝利的光彩。「所以你才轉錯了路口？請問我可以問一下是誰給你這個方向的？」

她笑笑說：「這也是我私人的問題。」

他爲她這句話引得露出了微笑。過後，他說：「老實告訴你，你在這兒出現，實在是一樁非常不方便的事。小姐，請問你貴姓？」

「你呢？」

「叫我約翰好了。」

「姓什麼？」

「我沒有姓的。」

「好吧！」她說：「我叫做王靜嫻。」當他在室內走動時，靜嫻發覺他很像是個訓練有素的運動家。

「我是否得在這兒坐到天亮？」她問。

「這兒有兩間臥房，」他說：「另外還有一間浴室，有熱水的。如果你高興的話，可以去洗個澡暖和一下。」

靜嫻身上衣服的濕光，使她完全同意了那男人的建議。她攷慮了一下，也顧不了那麼多了，終於點點頭。

她匆匆地走進浴室，洗了一個熱水浴，但是當她洗完之後，她開始攷慮究竟該把濕衣穿回，還是裹一條氈子。最後，她決定還是裹一條氈子的好。她關上浴室門，回進了客廳。那男人已經不知道在什麼時候離開了。

（略）

× × ×

大律師梅生的女秘書戴娜說：「外面有一位非常激動，滿身是泥而年輕的小姐，說有要緊的事需要立刻見你。」

梅生抬起眼眉。

「她說她叫做王靜嫻，是著名作家謝冰瑛的女秘書。」

梅生奇怪地問：「你說她滿身是泥？」

「是的。她大約有二十二、三歲的樣子，人長得頂漂亮，——」

「帶她進來！」梅生說。

梅生一眼便發現王靜嫻有一臉憂急。「可以簡潔地把你要說的話告訴我嗎？」

靜嫻喘息未定地休息了一會。過後她迅速地追述了昨晚的一段離奇的遭遇。

「我打開房門之後，發覺有一個男人已經死在地下。」

「就是昨晚你所見到的那男人嗎？」梅生問。

她搖搖頭。「不是的，是另外一個人，我從來沒有見過他。」她頓了一頓接下去說：「後來我便狂奔到山上，發覺我的車子不但已經駛出了那泥洞，而且還已經掉了頭。」

「你怎麼知道那男人已經死掉？」

「因爲我曾經摸過那男人的脈搏。」

「後來呢？」

「後來我便駕車趕回謝小姐的公館。」她說：「謝小姐沒在家；但是，房間裏的抽屜却被翻得很亂，盥洗室裏也東一堆西一堆東西，廢紙丟滿了一地。」

「爲什麼你不去報警？」

「因爲我發覺自己的地位非常危險。我根本不知道那個名叫約翰的人究竟是誰，但這椿命案無疑已聯繫到我身上。」

當她把所有的經過儘可能詳細地告訴大律師梅生，他攷慮了一會說：「讓戴娜——我的秘書先給你找一套衣服來換掉，然後趕快回到謝小姐家裏去。」

「是的。謝小姐曾經告訴過我，說她今天早上會有一件很重要的事要親自去辦。」

梅生握起電話，把那小屋中發現一具屍體的事告訴了警察總部專查謀殺案的屈能探長。

「是誰告訴你的？」屈能在電話裏問。

「我的一個當事人。」

「你的當事人怎會知道這件事的？」

「這個恕我不能告訴你。」梅生說。

屈能探長禁不住起了一陣納悶；但是他很清楚這位大律師的脾氣，想了一會後，他說：「好吧！我立刻就去調查。」

梅生回過頭來對靜嫻說：「現在你可以立刻回去報案，如果他們問到你是怎麼的一回事時，就說你回來便看到是這樣的好了，千萬別說你曾經到過什麼地方。」

「假使警方一定要追問的話呢？」

「那你就說在你見到謝小姐以前，不能先作任何報告。你可以說週末那兩天你是奉命去爲謝小姐辦理一樁機密的事。如果他們還追問的話，就說他們此時此地不宜詢問就是。」

「連我曾經到過高峯酒店或者那樁命案的事也不提？」

「一點不能提！」梅生沉默了一會說：「別以爲那一定是一樁謀殺命案，那可能是自殺而非謀殺也說不定！」

當天下午，屈能探長突然闖進了梅生的辦公室。

「我眞希望能見見你的當事人，」屈能探長開門見山說。

「我有好幾個當事人，我不知道你想見的是那一個？」

「警察的工作是非常困難的，」屈能探長嘆口氣說：「譬如以女作家謝冰瑛女秘書王靜嫻這椿案子來說吧——。」

梅生面部毫無表情地。「王靜嫻這件案子？」

「多滑稽的事！」屈能探長苦笑一下說：「她替一個女作家做事。週末她渡假回來，竟發覺她僱主的住宅裏曾經被人大肆搜索過。」

「後來呢？」

「她說她週末曾經爲謝小姐去辦一件重要的公事，」屈能說：「經過我們的調查後，發覺王靜嫻本來應該在昨天晚上便回來的，可是她直到今天早上九點鐘才回到這兒。」

梅生全神貫注地聽着，不發一言。

「警方曾經在那裏詳細檢查和錄取指模，發覺那祇不過是一椿爆竊案。但是當警方問到王靜嫻曾經到那裏去而她不允透露時，警方最後在那公寓地下的車房調查到謝小姐所駕的一輛小房車，曾經作過一次大檢查，說是要到高峯酒店去。至於高峯酒店那面也說她是昨晚吃過飯後才離開的。對於這椿爆竊案，警方當然詢問了許多必要的問題。而在此的同時，松井峽谷那面却發生了一椿謀殺案。王靜嫻後來承認她曾經企圖從高峯酒店回來時，取道一條捷徑而行。很明顯的，這椿爆竊案和那椿謀殺案很可能有聯繫。我們曾經檢查了王靜嫻的衣服，那上面全沒有血跡；但是，我們發覺那套衣服却並不是她的，那很可能是戴娜小姐借給她的衣服。」

「原來如此，」梅生不表意見地說。

「所以我們很想知道爲什麼戴娜小姐要把她的衣服借給王靜嫻的理由。」屈能探長望望戴娜，「梅生先生曾經報告我們一椿謀殺案，他說那是他的一個當事人所看見的，所以當我們發覺他的一個當事人所穿的衣服正是他的秘書所有時，我們開始把兩椿案件合而爲一了。」

電話鈴忽然响起，戴娜握起電話接聽後，把電話筒遞給屈能探長說：「是你的，幫辦。」

屈能探長湊近寫字枱一點，接過電話。「是的，……已經做了嗎？……什麼時候？很好，謝謝你。」

屈能掛上電話，面向戴娜說：「他們已經檢查了王靜嫻的衣服，你可以在他們檢查完畢後取回那套衣服。當然，他們可能在那上面找到點什麼的。」

歇了一會，屈能改變了一個姿勢後說：「現在你是否願意告訴我，王靜嫻是不是就是你所說的松林峽谷發覺那椿謀殺案的當事人？」

「因爲她借了戴娜一套衣服，便使她成爲那椿謀殺案的兇手了嗎？」梅生問。

屈能露出牙齒笑笑。「現在是你一跳便把問題跳到了結論上去了，梅生先生。我並沒有這樣說過。但是當化驗室化驗過那套衣服之後，一定會使你吃一大驚的。」

屈能說完後，離座告辭而去。梅生和戴娜互相交換了一個眼色。

「我們是不是得到王靜嫻那裏去再問問她？」戴娜說。

梅生搖搖頭。「不必了。無疑地，她現在一定已被關進羈留所裏。在他們能夠對她落案控訴某一項罪名前，他們是不會讓她和她的律師取得接觸的。」他攷慮了一下。「現在快替我接馬德利偵探社的電話，請馬德利馬上到我這裏來。」

戴娜把電話掛上後不久，馬德利便已經來到。

「這次是怎麼一回事？梅生，」馬德利問。

梅生扼要地把事情的經過重覆地說了一遍。

「松林峽谷？」馬德利想了想說：「我是知道那地方的。」

「昨晚那樁謀殺案就是發生在那裏。我想你去找出你所能找到的線索；同時，再調查一下謝冰瑛小姐的背景。」

「這個我倒知道一點。而且外間盛傳她那本暢銷的小說曾經令到本市一個大亨感到很不愉快。」

「是怎樣一個大亨？」

「一個律師。」馬德利說。

「據說她裏面所寫的一個販賣海洛英毒品的人便是影射那個律師。」

「他專辦那一類案件的？」

「投資類的案件。」

「那一類的投資案件？」

「或者可以說那律師的當事人是從賭博、出版甚至小量的走私賺到了大錢的那一類。」他說：「我得問你一個問題。譬如說某一個人賺到了這許多錢以後，他能怎麼樣？他不過祇能在化費上用出更多一點而已。」

「但是，政府會要他抽出大量入息稅的，」梅生說。

「問題的焦點就在這裏了，梅生。一個人假使非法賺到了逾百萬金錢而無意納稅給政府時，他既已違法賺了一百萬元在先，當然就會再違法保護他的資產在後了。」

梅生把這問題想了一分鐘後說：「但對於謝冰瑛小姐說來，那就不難找出她的入息的。」

馬德利指指電話。「你有沒有用這簡捷的方法去查過？」

梅生說：「她於星期六下午便失了踪。」

過後梅生把當前的形勢作了一番攷慮，回頭對戴娜說：「我猜馬德利是說得對。立刻替我接謝冰瑛公寓的電話，告訴接線生說謝冰瑛小姐一回家便請她立刻打電話到這兒來，並且要强調這是一樁越快越好的要緊事。」

戴娜把電話接通了，過後她興奮地叫起來說：「梅先生，那接線生說她剛回來五分鐘。現在他正在駁通她公寓的電話。」她連忙把電話遞給梅生。

「是謝冰瑛小姐嗎？」梅生說：「我是梅生律師，現在我很希望能見你。」

電話裏有一個粗亢的女人聲音。「我正也想見你，梅先生。」

「好極了！我現在就可以過來。但是，我希望你在見到我以前，暫時不接聽任何打進來的電話。」對方有一段很短時間的沉靜。過後，她說：「好吧！我通知公寓的接線生說我不接見任何人便是。」

梅生掛斷電話，看看腕錶說：「我得儘快趕到那裏。戴娜，你負責把辦公室鎖好；馬德利最好隨時能和我取得聯絡。」

「我會在寫字間的，」馬德利說。

「我也不會離開這裏的，」戴娜說：「我等你回來好了。」

梅生依址找到了謝冰瑛的公寓，按了門鈴。稍稍歇了一會，有人來替他開了門。那是一個有一頭美麗黑髮，身穿一件黑色絲質睡袍，左手上夾着一支象牙長烟嘴的女人。

「請進來吧！梅先生，究竟警方把我的秘書捉去有多久了？」

梅生就座後點上一根香烟。「我想知道那究竟是怎麼一回事？」

「我祇是叫她到高峯酒店去會晤一個叫黎思海的人，叫她用我的車，並且還給了她三百塊錢。」

「你並且還曾叫她取道一條捷徑回來嗎？」

「是的。因爲那條路可以使她不致在路上受阻。」謝冰瑛說。

「你知道發生什麼事了嗎？」梅生急忙問。

「不太多。公寓的經理告訴我，說她走錯了路，在一間小屋中渡宿了一宵，並且發現了一具屍體，大概那就是警方指控她的罪名了吧！」

「你怎麼會發現那條捷徑的？」梅生問。

代替了回答梅生這問題，她說：「我相信我現在該先有一個律師。靜嫻現在已遭遇了麻煩，而且和你取得了聯繫。」

「你這話是什麼意思？」

「她是不是你的當事人？」

梅生點點頭。

「那就對了。當你已代表了她以後，你當然不能再代表另一個可能和她發生衝突，或者是相反利益的人。」

（略）

× × ×

在劉正直法官的主持下，對王靜嫻控以謀殺罪名的初步偵訊終於展開，主控本案的是年輕的何飛檢察官。「現在，」他說：「現場的小屋，是屬於一個叫莫能的男子所有。幾個月以前，有人肯出三百塊錢一個月租金的價錢，租用這所房子。後來莫能把它租出後，每個月的第一天，他總會收到三百塊錢的上期租金，這所房子是租給一個叫查麗文的人所住。在租出之前，那個人是在電話裏和莫能接洽好的。」

「當時莫能有沒有那人的地址？」梅生問。

「信封上有地址的，但那是一個廣告的地址。」

「你有沒有查過那地方？」梅生問。

「警方調查過，但我看不出那有什麼重要性。」

「我以爲該請那位莫能先生出庭來作供。」梅生說：「因爲這可以調查出究竟是誰租住了那房子。」

莫能被召出庭，他是一個中年男子。

梅生站起來說：「你知道那個叫查麗文的住客是一個男人還是女人？」

莫能說：「是一個女人。」

「你以爲你這所房子的租出是不是很例外的？」

「是的。」

「爲什麼你要這樣做？」

「因爲那所房子在外面，最多祇值一百塊錢一個月。現在有人願每月付出三百塊錢租金，這當然是使我非常滿意的。」

「你每個月都收到房租的嗎？」

「是的。」

「是支票？」

「不是的，那總是三張一百元面額的鈔票，另外附有一張白紙，上面用中文打字機打明所付的是由那天到那天的租金。」

「你有把那些證物帶來嗎？請把它交給法庭作爲證物之一。」

當莫能把證物交給法庭書記官時，梅生借着這機會低聲對坐在他旁邊的馬德利說：「趕快去找你的打字機專家，讓他檢查一下那紙上的字，是那一種打字機。」

梅生站直一點，面向證人說：「你有沒有聽過被告人的談話？」

莫能遲疑了一陣後說：「聽過的。」

「她的聲音是不是你在電話裏聽到的那個人？」

「不是的。」

「很好，」梅生回身向着法官說：「在這樣的情形下，我以爲應該讓這位證人聽幾個人的聲音，看看究竟有那一個人的聲音是他曾經聽到過的。」過後，梅生繼續盤問證人：「你還被安排聽過誰的聲音？」

「謝冰瑛小姐的。」

「還有呢？」

「孟烈太太。」

「還有其他的嗎？」

「沒有了，就這兩位。」

「認出什麼了沒有？」

他答：「認不出任何一種聲音。」

「有沒有那一個人的聲音是比較相似的？」

「有的。」

「是誰？」

「謝小姐。」

「就是自認是查麗文的那個女人嗎？」

「我無法確實地說是。」

梅生表示盤問終結坐下。

「第二個證人，」檢察官何飛漲紅着臉，「傳孟烈太太上證人台。」

孟烈太太被庭警引領到證人台上，依言宣誓。

「你就是孟烈先生的未亡人？」何飛問。

「是的。」

「你的丈夫已經死了嗎？」

證人點點頭。

「你最後看到你丈夫在生的時候是那一天？」

「本月四日。」

「後來你看到他遺體的那一天？」

「本星期二。」

控方問到這裏後停止再盤問下去，由梅生加以盤問。

「你曾經告訴我，說你丈夫是到M城去了的？」梅生從椅上站起，面對證人問。

「是的。」

「你是否知道他不在M城？」

「我相信他是在M城的。」

「你以爲什麼他會在那小屋出現？」

「這不是我所能知道的事，」她說。

「沒有其他問題了，」梅生對法官說。

下一個證人是李富奇醫官。李富奇醫官指出死者是被人用一把點二二口徑的長程來福槍所擊斃，槍彈從左太陽穴打進去，相信死亡的時間大概是在星期一清晨三點鐘左右。

（略）

× × ×

梅生，戴娜和馬德利，圍坐在梅生辦公室那張巨大的寫字枱前。

「老梅，」馬德利問：「講出來聽聽你到底是怎樣進行這樁案件的？」

「我也不知道的，」梅生說：「我祇不過對這樁案件產生極大的懷疑而已。」

「怎會有這懷疑的？」

「還記得我收到一封信附有一張地圖的事，從這件事，我推想到搜索謝冰瑛寓所的人一定便是寄給我那張地圖的人。

「後來當我們到孟烈家裏去的時候，記得他太太說她正在打掃房間嗎？當時她戴着一副橡皮手套，但隔了一會她便把手套脫下，她的手指染有着黑色。現在，你可以想想，假使一個人戴着橡皮手套在打掃房間時，她的手指怎麼會被弄黑？那時候我已經看到了，不過澈悟出事情的眞相，還是不久以前的剛才。」

「你的意思是說她的手指是被打字機帶弄黑的嗎？」戴娜問。

「一點不錯。我正是這意思，」梅生說：「還記得嗎？當時孟太太曾經對我們說『請進來呢！我正在清理爐子。』後來她便脫下了她的手套，和我，你以及馬德利三個人分別握手。」

「對了，」戴娜沉思着，似乎在極力回想當時的情形，「她當時好像還頗不自然似的。」

「你的記憶力始終還是受我讚賞的。」

「後來——後來她又做了些什麼？」

「她曾經在和我們握手時看到她自己的右手，發覺她的拇指，食指和中指的指尖都有點黑色。於是她假意地笑了起來，同時在和我們握完手之後的立刻便再次把手套戴上。」

戴娜眼睛看住梅生，一言不發。

梅生對她笑笑，接下去說：「那時候我已經注意到這事。不過澈悟事情的眞相，還是不久前的剛才。另一點便是寄那封信給我的人，無疑是試圖能把謝冰瑛牽入進來。那張地圖是她由謝冰瑛那裏偷來的，而包在那條絲巾裏的子彈放到那咖啡罐裏的目的，也是想使人以爲兇手便是謝冰瑛的。事實是那條絲巾也是她從謝冰瑛的住宅裏偷來的。

「後來我仔細地體會後，發覺孟烈太太實在是一個有高度工作能力的女人，我以爲在她結婚以前，很可能是一個工作效率高超的女秘書，但是在年輕，美貌和身材方面，她却不能和孟烈比較。由於她丈夫行動的詭秘，使她引起了懷疑。她開始跟踪她的丈夫，跟踪到孟烈另外租賃的那間公寓，跟踪到松林峽谷，最後，她看到了謝冰瑛在那裏出現。孟太太發現這事後，一直在家裏等着，她可能已知道她丈夫下次到那小屋去時，會是週末的午夜以後。於是她預先帶好了一支來福槍在那小屋二、三十碼以外的地方伺伏着。結果她丈夫在臥室裏出現了，當時窗戶是開着的。她開槍打死了他，把槍上的指模揩掉，然後通過窗口把那支槍放在地上，這才回家。她以爲這樣便會把那椿謀殺嫁禍給謝冰瑛了。誰知道她的手指替她全部洩漏了。其實，那裏會有一椿有動機的謀殺案是沒有破綻的！」

選自《雨夜驚魂》，香港：環球圖書出版社，一九六二年八月

上湯文武

大嶼山恩仇記

星期日那天晚上，陸文佳踉蹌的跑去找他的族兄陸平，一見了他便說：「平哥：如果今天和你一起到大嶼山旅行便好了。」陸平笑着對文佳說：「我素來就不喜歡旅行，別說去大嶼山那末遠，就算去太平山頂，我也沒有興趣的。難得禮拜天放假，在家讀讀書，睡睡覺，不是更有意思嗎？」文佳搶着說：「平哥：我知道你的個性是好靜的，所以每次旅行，我都不來邀你參加，祇是今天，如果你也去大嶼山那就好了。」陸平迷惘的問：「爲什麼？」文佳興奮的說：「平哥：如果你今天去大嶼山，便可以不費吹灰之力報仇了。……」

「報仇？」陸平摸摸腦袋，詫然的說：「我沒有仇人吖！」

「哼，平哥：」文佳着急的說：「你不記得陳子秋那傢伙嗎？」

「陳子秋？」陸平神色緊張的說：「我永遠都記得他……」

「他不就是你的仇人嗎？」

「文佳，」陸平沒有答覆族弟那個問題，却說：「你爲什麼會突然提起他來？」

「我就是見着他。」文佳接着補充的道：「今天在大嶼山碰見他！」

「他來了香港？」陸平神色顯得有點緊張。

文佳把烟蒂擲在痰盂裏，把碰見陳子秋的經過說出：

「今天早上，我和十餘個朋友到大嶼山旅行，他們都是雙雙對對，不是夫婦，就是情侶，祇有我一個人是『獨身男子』，到了大嶼山後，他們都化整爲零，或找地方談心，或者拍照，我則獨自跑到海旁去。」文佳說到這裏，忽然提高嗓子，說：「啊，平哥：你說世事多奇！正當我瀏覽海景之際，驀地有一個黑影閃入我的眼簾，原來，我眼前的那個石洞，竟躲着一個穿黑色衣褲的男子，當時，我覺得很奇怪。暗想：這個人爲什麼躲在石洞呢？哼，難道他是匪徒，要截劫遊客不成？我恃着附近都有我的朋友，祇要我大呼一聲，他們便會聞聲來救，因此，我跑上前去看個究竟，如果那人眞的是歹徒，便想辦法對付，替行旅除害。于是，我昂然的走上前去。那時，我看見那個男子面露張皇之色，半晌，他忽然走出山洞，拔足便走，但走不了多遠，便彎着身子走不動了。我追上前去，把他捉住，覺得那個男子很面善，他也頻頻眨着眼睛，好像想什麼，也好像想說什麼似的。最後，他戰抖的說：『先生：你，你不是陸先生？……』我聽了他的口音，啊，我想起來了。他，他就是陳子秋呀！……」

「他就是陳子秋？」陸平搶着說：「他爲什麼會躲在那裏？」

「我把他放了。」陸文佳繼續打開話匣：「我就是問他爲什麼跑到這兒。據陳子秋說：他是上個月跑到前山，偷了一隻小舟，逃到澳門，昨天才乘搭蛇船來港，不料那艘蛇船，駛到這兒附近，竟因風浪太大沉沒了，幸而我熟水性，而且又抓到一塊木板，才不致被溺斃，不過，同船的廿餘人，相信都葬身魚腹了。陳子秋又繼續告訴我。他也不曉這是什麼地方，想看看這兒有沒有民居，請他們收留時，又看見男男女女的走來，他害怕給人發覺而被捕，所以匿在山洞裏，打算入夜時候才再作打算；……」陸文佳說到這裏時，眉飛色舞的說：「平哥：我當時就想告發他偷渡入境，等警員捉了他，遞解他出境。但後來一想，覺得這樣太便宜了他……」

「爲什麼？」陸平聽聞文佳這樣說，也有點詫然。

「哼，平哥：你還不明白我的用意？」文佳激動的說：「陳子秋是你的仇人，你給他累到坐了三年監，而今他落難逃來香港。如果衹告發他屈蛇來港而把他解出境便算，這不是太便宜了他嗎？」

「唔……」陸平頻點着頭，鼻孔發出沉重的聲音，半晌，才說：「文佳：你想怎辦呢？」

「哼，這個無賴，……」文佳憤憤不平的說：「我認爲先由你把他痛毆一頓，打到他跪在你的面前認錯，然後才拉他到警署去……」

「……」陸平沉思了一會之後，說：「怎樣可以找到陳子秋？」

「那容易極了！」文佳興奮的說：「陳子秋一定不敢逃往別處去的，就算是明天吧，他一定還躲在大嶼山裏，衹要我們到那裏跑一趟，便可以尋到他了！」

陸平沉着氣，沒有做聲。

「平哥：你考慮怎樣懲戒他嗎？」文佳咬牙切齒的說：「哼，陳子秋而今已皮黃骨瘦，走也走不動了，衹要打他幾拳，他便倒地，再踏幾腳，他便氣絕了。」文佳接着又說：「在大嶼山這個荒島，就算打死了他，也沒有人知道呀！」

陸平聽了文佳這話，突地把頭靠在沙發背上，闔上眼睛，這時，往事一幕一幕的掠過他的眼簾，浮上他的腦海了：

那是七年前的事了，一天晚上，陸平從工廠拖着疲倦的身體跑回家來，和衣倒在床上喘氣，不久，他沉沉睡着了。突地敲門聲把他從夢中驚醒，陸平沒精打彩的問是誰人敲門。那是回答說：「陸平：是我呀！」陸平起身開了門，打了一個呵欠之後，才說：

「啊，魏子祥；到那裏來呀？」

「喂，平哥：我是專誠來找你的，」那個魏子祥是個青年伙子，與陸平認識了多年，交情也相當的好。他說話時，神色有點張皇，聲音很輕。

「有什麼指教？」

「呀，平哥：大家是自己人，你竟然和我客氣起來了。」魏子祥接着附在陸平的耳邊說：「平哥：我有辦法到香港去……」

陸平瞪着魏子祥，眼睛發射出狐疑與驚奇的光芒。過了好一會才說：「什麼？你有辦法到香港？」接着，噓一口氣說：「領離境證難如登天，就算你有辦法去香港，未必有辦法取到離境證呀！……」

「哈，哈，」魏子祥發出得意的笑聲，說：「我所謂有辦法去香港，就是說有辦法取得離境證。」

「你有辦法取得離境證？……」陸平更加詫然，好像不相信似的。

「我已帮過幾位親屬的忙。」魏子祥得意的笑了笑，說：「他們都已安然離境，而且都到了香港了。」這時，魏子祥從袋裏取出一張沒有填寫過的離境證出來，說：「祇要填上誰人的名字，誰便可以離境了。」

陸平持着那張離境證觀看，心裏有說不出的喜悅，暗想：假如自己可以獲得這張離境證，那就再好也沒有了。過了一會，陸平輕聲的問：「子祥：你在那裏得來？」

「平哥：站在道義上，我不能告訴你來源的。不過，我可以向你負責，這是眞的離境證，你可以和其他的離境證對一對。而且，你也可以獲得一張……」

「我可以獲得？」

「當然。」魏子祥說：「我今晚來找你，就是爲了這事。」

陸平持着這張離境證，不忍釋手。

「平哥：如果你想要這一張……」魏子祥邊說邊望着陸平，說：「本來，每張要五百元，但是，如果你要，我就和我的朋友說說，就收你兩百塊錢吧！」

陸平持着這張離境證，看了又看，最後，用哀求的音調說：「子祥：你可以替我再找多一張嗎？」

「誰人要？……」魏子祥面有難色的問。

「……」陸平不想把那人的姓名告訴他，祇是說：「我的朋友。」

「平哥：如果是你的親信朋友，非要帮助他不可，那麼我想想辦法，不然的話，便不要理這麼多管閑事了。」魏子祥認眞的說：「雖然多賣一張，我的朋友總有點好處。但這樣子的賤價出售，也即是要我的朋友損失吧了。因爲現在發離境證限制很嚴，賤價發出去，等於減少收入呀！」

「我知道，」陸平說：「不過，我這個朋友非要和我一起赴港不可的，請你帮帮忙，替我多找一張吧！」

魏子祥考慮一會後，答應了。

這晚，陸平跑去找他愛人沈夢筠，告訴她這個好消息，並決定拿到離境證後便馬上前往香港。

一個星期後，陸平花了四百元，從魏子祥手裏拿過兩張單程證。他倆歡喜得什麼似的，便在翌晨踏上火車，朝着向香港之路進發了，正當他倆走下深圳時，陸平與沈夢筠看看前邊的深圳河和羅湖橋，心裏有説不出的喜悅，陸平用挽着行李的手，碰一碰沈夢筠的肘，笑說：「夢筠：前邊就是羅湖橋了，啊，我們渴望多年的夢想，終於達到了。」陸平說到這裏，深深的吐了一口氣，好像把多年來的烏氣吐了出來似的，接着又說：「夢筠：等會兒經過羅湖橋時，我們要慢慢的行，因為我們等了許久才等到有今天的日子，我要站在羅湖橋上，回轉身來，吐一口沫……」

「不，」夢筠搶着說：「我們要快些跑過去，一口氣的跑到香港去！……」

正當他倆談得眉飛色舞之際，驀地有兩個共軍跑到陸平的身邊，問道：

「兩位打算去那裏？」

「香港。」陸平與沈夢筠異口同聲，得意的説。

「離境證呢？」其中一個共軍，伸出手來。

陸平與沈夢筠從袋裏掏出單程證出來，遞給那個共軍看。那兩名共軍互相交換看過一會之後，馬上沉着臉孔，其中一個喝道：「跟我回去！」

「同志。」陸平看見那兩個共軍的樣子和聽聞他這冷得像冰雪似的說話，不禁戰抖起來，震聲的說：「同志：我們趕着出去香港的呀，如果有什麼指教，就在這裏說好嗎？」

「哼！」那個共軍把鼻子一皺，發出沉重的聲音，接着說道：「你們竟敢僞冒證件出境。」那個共軍說畢，伸出手來，執住陸平的衣領，推着他，喝道：「走，回去再說。」而另一個共軍捉着沈夢筠的臂膀，這樣一來，嚇得陸平與沈夢筠魂不附體，極力否認。

但，這有什麼用呢？

陸平與沈夢筠的自由之夢碎了，他們從深圳解回廣州去，結果，陸平被控僞冒出境證，企圖偷渡出境，被判「勞改」三年，而沈夢筠則幸告無事。到了後來，她與陸平才明白，原來這次魏子祥的兜售出境證和陸平等在深圳被捕，沈夢筠未被判入獄，完全是陳子秋佈下的陷阱，他以爲這樣一來，便可以把陸平調離廣州，而好讓他向沈夢筠追求。

但，眞正的愛情，就好像眞金一樣，它不會因惡勢力而變化的。

陳子秋的毒辣手段，不特不獲得沈夢筠的愛情，而且還因此而揭發他的陰謀。這事是魏子祥與陳子秋鬧翻之後告訴沈夢筠知道的。

陸平與沈夢筠捱盡了不少苦楚，他倆更加了解，更加相愛，而且終於結成夫婦了。同時，他倆的自由之夢也終於實現了。那是一九六二年五月，廣州市民都聽聞一項耳語：「啊，共產黨放人出境呀！……這幾天，就有千多人逃到香港那邊去！……眞的，深圳方面的共軍好像網開一面似的，對於偷渡赴港的人完全不過問的呀！……現在有幾千人已逃到香港去了！……」

這些耳語，越傳越廣，初時，說話的人還有的提心吊胆，但漸漸，竟然成爲公開的秘密，大家都在通衢大街，公共廣塲高談闊論了。

陸平與沈夢筠，就是在這次「難民逃亡潮」中從深圳泅水越過深圳河，攀過華山坳，露宿山頭三日而逃到香港來的。

陸平想起往事，唏噓不已，睜開眼睛凝視着族弟陸文佳，半晌才說：「文佳：你明天上午九時在統一碼頭等我，我和你一起去找陳子秋。」翌晨，陸平和沈夢筠一早便起來，夢筠心想：「就算自己不能揍他一頓，但看看他被淩辱，也可稍洩胸中積憤，因爲過去被他累得幾乎家散人亡，而且還幾乎被他恃强污辱了。」所以，她昨晚聽了陸文佳所說，巴不得的立刻跑到大嶼山找着他算賬。

陸平依時到了統一碼頭，看見文佳和六個大漢正坐在碼頭內椅上談話，當時，他還以爲文佳碰着朋友，坐在一起聊天吧了，誰知文佳看見陸平伉儷來了，興奮地站起身來替他們介紹，並說：「平哥：我今天特地邀了這幾位拳師和我們一起去大嶼山。……」他說到這裏得意的笑了笑說：「哼，陳子秋末日來臨了！」

他們一行到了大嶼山，陸文佳一馬領先，帶領各人跑到昨日發現陳子秋的那個山洞，不料洞內空無一人。文佳目瞪口呆的再找尋一會，詫然的說：「啊，奇了，那傢伙跑到那兒去呢？……」接着又說：「他不會跑到那兒去的，讓我們到和尚寺裏去看看，問一下主持們有沒有見過這傢伙。」文佳跟着飛步的跑到一家寺門去。他找着了主持；問道：

「大師：你有沒有見過一個穿黑衣褲的人到你們這裏來？」

那和尚想了一想，問道：「是不是三十餘歲，面目黧黑，身材瘦削的那個？」

「像了，他現在去了那裏？」陸文佳搶着問。

「昨天傍晚，他曾跑到寒寺來，要了點菜飯，吃了便走了。」

陸文佳不得要領，於是對各大漢説：「各位手足，我相信那傢伙不會走到別處去的。我們分散人馬，到各處找尋吧。等會兒，我們大家在這裏集合，誰碰見了那傢伙，便把他拉到這兒來。……」

那六名大漢應了一聲，磨拳擦掌的分別走了。正在這個時候，陸平對大家説：「各位先生：如果各位找着了那個男子，請你們先帶他到這兒來……。」

「是呀！」文佳附和的説：「拉到了他，等平哥先揍他一頓，然後再由我們對付他。」

半小時後，其中一名大漢終於把一個氣如游絲的男子帶到陸平的身前，説：「平哥：剛才我在海灘看見他想跳海，馬上把他捉住了。平哥：他是不是你要找尋的那個男子呀？」

那男子看見了陸平夫婦，馬上跪下地來，哀求道：「陸先生：我過去對你們不起，都是一時之錯！……」

其中一個大漢，大聲喝道：「就是他呀，揍他啦，這樣的無賴，還對他客氣什麼？」

正當大家磨拳擦掌的時候，陸平突地彎下身子把陳子秋扶起身來，並對他説：

「子秋：我今天到這兒來，不是爲了尋仇，而是想來尋你，看看我有什麼要帮助你的！……」

陸平這話，不特使陳子秋大爲詫異，就是連他的太太沈夢筠和弟弟陸文佳，也十分出奇，而同來的那六名大漢更感覺到莫名其妙，面面相覷，不知陸平兄弟弄什麼玄虛。這時，陳子秋感動得流下淚來，說：「啊，陸先生：你不追究我的罪惡，我已經喜出望外，更那敢再希望你帮助我！陸先生：我活着也沒有用了，還是讓我去跳海吧。死在這裏，我也瞑目了。」

「子秋：我就是怕你在走投無路之際會尋短見，所以趕來看你。」陸平慈祥的說：「子秋：跟我們一起回去吧！」陸平看見大家都好像不贊成他這以德報怨的舉動，于是向他們說：「子秋過去雖然對我不起，但他今天也逃到這兒來，已證明他已知錯懺悔。我們對知錯的人應該原諒與扶助，何況，寃寃相報也不是辦法，因爲這祇有更促成仇恨吧了。」

這時，大家都爲陸平的偉大精神所感動，冒帶人非法入境之險，將陳子秋帶返香港，而陳子秋更感動得流下淚來了！

選自一九六三年三月七日《星島周報》第五九一期

依達

斷絃曲〔節錄〕

一

我看不見什麼，因爲淚水阻擋了我的視線，我寫不出什麼，因爲我抓着筆的手在顫抖——然而我必須寫下去，我要告訴你一個眞實的故事。

我不知道我該從哪兒說起，那似乎是十七歲生日的那天，是的，我十七歲的那年，那天的生日晚會令我難忘……

二

「好了！照照鏡子看看，」媽媽將梳子放下，掠一掠我腦後的長馬尾笑着對我說。

我望了鏡內母親爲我梳的髮型，回頭向她一笑。

「來了多少人？媽媽？」我問。

「客廳裡全坐滿了，都是保羅的朋友，」媽媽說：「你哥哥也眞是，妳的生日，却擁來一批他的朋友，他們還說要跳舞呢！」

「有……有男孩子在外面？」我怔了一怔，「怎麼哥哥沒跟我說？」

「十七歲了，美芝，」媽媽拉正我那白紗晚服的衣領，在我臉上拍一拍，「別太怕難爲情，保羅已經把蛋糕上的蠟燭點着了，出去吧。」

我從梳粧枱前站起來，想了一想，我拉開臥室的房門。我由走廊步向客廳，我聽見人聲、音樂聲，我看見那陰黯的猩紅色的燈光。

我猶疑了一會，終於縮進一口氣步進客廳。一下子所有的人聲全部低靜了，我看見黑暗中人們向我注視的眼睛。

「公主來了！——」我聽見哥哥保羅的聲音。

電燈在這一剎那轉亮，四周的來賓全部站起鼓着掌，哥哥走到我身邊，牽過我的手。傭人由一旁推上盛着生日餅的輪車，生日餅上的燭光搖幌着，令人眼炫。

「唱 Happy Birthday！」保羅在我的身邊叫着。

有人在客廳一角彈起鋼琴，人聲立即充滿了整個客廳。那是一段這樣短的歌，這樣地古老，又這樣地親切，我望一望站在一旁正看着我微笑的母親，向她微微點一點頭。

我等待着他們唱完最後的一句，我在夢裡也能背出了這一句歌詞，這應該是——「Happy Birthday To MaNzi, Happy Birthday To You.」

然而突然在人聲中一陣響亮的聲線在這樣地唱：「Happy Birthday To Little Darling, Happy Birthday To You!」

那聲音是那樣地响，我聽見人們在笑了；我向那歌聲望去，我驟然看見那高大的影子。他是那樣地黝黑，眼白在泛着明亮的反光，他那潔白的牙齒與那膚色對襯着——我猶疑地看他一眼，他笑了。

歌聲靜止，我取起切餅刀切開蛋糕。女傭上前替我將蛋糕分成小塊，客人們紛紛上前取餅，我發覺那些年青人是對我完全陌生的，於是我獨自要了一塊，退向客廳邊的露台。

我在露台那向海的軟椅上坐下，用叉子攪着蛋糕上的奶油；我忽然感到害怕應酬，我看一看手錶，我想小湄可能不會來了。

一陣搖幌的燭光吸引了我的視線，我轉過頭去，看見露台邊那寬濶的背影。他背着我靠在露台的欄杆旁，他的餐碟放在欄杆上，碟內的蛋糕上是我的生日蠟燭，正在微風中幽幽地放光。我記得那身型——是剛才高唱生日歌的青年。

他突然轉過頭來，我來不及將眼移開，他笑了一笑。

「妳不覺得寂寞？」他在黑暗中用英語問。

我搖一搖頭。

「妳不覺得冷？」他仍用英語問。

我笑了一笑。

他提起欄杆上的餐碟向我走來。燭光照着他的臉，我看見他睫毛特長的眼睛，我驀地發覺他不是中國人！

「別這樣牢看着我，」他低聲地說，「我是混血的。」

我垂下頭去攪動蛋糕上的奶油，我覺得我的手有點抖；我從沒讓男孩子這樣靠近我，這是第一次。

「我母親是菲律賓人，我父親是華僑，他們住在英國，」他凝視着我，「——爲什麼不說話？」

我笑了。「因爲我是啞的。」

「妳的英語說得很好。」他又牢牢地注視着我，忽然沒有了聲音。

他向我牢視着，他的眸子在燭光下閃光；我伸起手，在他臉前幌一幌，他很久才察覺。

「我喜歡妳的髮型。」他突然說。

「是媽媽替我梳的。」我望一望他的餐碟，「你不吃蛋糕？」

他吹熄了那枝紅色的小蠟燭，將它從蛋糕上拔起，握在手中。他看一看我。「我很幸運，我的蛋糕有妳的蠟燭。」

我莫名地望着他，他將蠟燭在我臉前一揚。「這枝蠟燭代表一年——於是我得到了妳兩年。」

「我不明白。」我搖搖頭。

「我拿到這枝蠟燭，妳將爲我快樂一年，再爲我傷心一年，」他認眞地說：「所以我說我得到了妳一生中的兩年——明白嗎？」

「我不相信，誰說的？」

「我說的。」他指一指鼻尖。我覺得他很可愛，他似乎很成熟，又似乎很稚氣；我喜歡這種男孩子，我喜歡他，我這樣告訴自己，但永不會讓他知道。

「妳叫美芝，是嗎？」他說：「我是妳哥哥的朋友，他從來不讓我到他的家來，除了今天。」

「爲什麼他不讓你來？」

「怕妳愛上我。」他毫不在意地說。

我猛地楞住，我睜着眼發呆。

「別瞪着眼，」他笑着說，「我知道妳很多，妳在一間教會女校讀書，妳從來沒有男朋友；妳爸爸管得妳很嚴，放學上學要司機送妳；妳跟女同學出去看戲回家要交出票根，妳一定要在深夜十一點前回家，否則妳父親一定到處打電話找妳……」

「你……你怎麼知道的？」我張着嘴楞了。

「保羅說的，我還見過妳的照片，抱着一隻狗，是不是？」他笑一笑說：「我喜歡妳那張照片，於是我告訴保羅我喜歡——他從此不讓我到這兒來，他怕妳愛上我。」

「他這麼說？」我詫異地問。

「他沒有這麼說，但是我知道。」他說：「我很有直覺，我知道當我遇見妳的時候我很容易愛上妳，妳也很容易愛上我。」

他那奇異而怪誕的說話令我愕然了，我看着他，他那清澈的眼白在他黝黑的膚色中發亮，他那筆挺的鼻樑、齊整的牙齒似乎在我的夢中見過——但是這怎麼可能？這怎麼可能像他所說的我一見到他便會愛上他？

「妳要知道我的名字嗎？」他說道：「叫我史提芬。」

客廳裡幽幽的傳來了音樂聲，我向內一望，燈全熄了，來賓們一對對地起舞着，保羅也在人羣跟一個女孩子起舞。

他伸出手來，將他寬厚的手掌攤在我面前，他是那樣地無聲，但是我知道他的意思。

「我不會跳舞。」我低聲說。

「在這兒沒人看得見妳。」他回答。

我緩緩的站起，我發覺我的腿在發軟，他拉過我的手，然後他向我靠近。我聞到他身上的青春氣息，我忽然像在懸崖上顫抖。

「把左手搭在我肩頭。」他輕聲說。

我將左手搭在他的肩膊，他靠得更近了，他的眼睛直視着我，令我不得不離開身去。

「靠近來，美芝。」他柔聲說。

我像中了魔，向他靠近。

「再靠近來。」他又說。

我再靠近一點，他用勁將我的身子一拉，我的臉伏在他的胸膛上。我驚惶地抬起頭來，看見他溫柔的微笑，溫柔的臉。他的手輕貼在我背後，我忽然覺得一切是那樣的平靜、安寧……

音樂如烟如霧地傳來，似乎是那首 For Sentimental Reasons。我愛那首歌，在無人的夜裡我總愛抓一本書坐在燈下靜聽着它，每當我靜聽的時候，我總覺得有一個人在我的身旁；他看着我，向我微笑，向我低聲傾訴着……

現在，一切成眞了，是那樣地眞切。我忽然覺得那是夢。

「妳的手在抖，美芝，」我聽見他低息的聲音，「我知道妳在怕。爲什麼要怕我？我吃不了妳。」

我驚懼而又無聲地抬起頭來，我看見了他的臉；他似乎是那樣地强硬而堅定，我感到他英俊得有如古代的大衛。我在書籍中看過大衛的彫像，高大、堅强、俊朗，但是他——這個陌生的人，他似乎比大衛更完美，更溫柔，更令人迷醉。我失神地仰頭牢望着他，他的眸子對正着我。

「閉上眼睛，美芝。」他低聲說。

我緩緩的閉上眼睛，我看不見一切；但我能感覺到，他的炙熱的臉貼在我臉旁，他的睫毛磨擦着我的臉，在微微的跳動。我忽然像在雲端，我的脚踏着那浮游着的白雲，在虛空中飄盪着，飄盪着……

「這兒有後門嗎？」我聽見他的聲音在問。

我睜開眼，詫異地點頭。「——爲什麼要問？」

「從後門溜出去，美芝。」他笑一笑，「我的車子泊在外面，我帶妳到一個地方去，那地方妳一定喜歡。」

「不，我不能出去，這兒不能沒有我……」我猛搖着頭。

「看，人那麼多，他們正忙着跳舞，誰知道？」他拉一拉我的手，「走吧。」

「我去拿我的外套。」我想一想。

「要是妳冷，穿我的外套。」

我終於帶着他進廳，穿過那正在黑黯中跳舞的人羣，我走進厨房。女傭正進了洗手間，我向他招一招手，兩人溜出後門。

外面是一個星夜，他拉着我的手繞過花園圍牆，我看見他那架停在路邊的紅色跑車。他開了車門，讓我坐進去，然後他翻起衣領，坐進駕駛座。

車向路面直衝，祇留下了一陣烟塵。我張嘴想問他上哪兒？然而迎面的烈風令我開不了嘴。街燈在一排排地後退，一切的景物驟然混亂起來，我看着他呆望路面的眸子，突地恐懼起來。

「——你上哪兒？」我急問。

他沒有回答，風聲、汽車引擎聲更响了。

「你上哪兒？」我狂叫着。

他咬着唇，車像箭似的直衝，我忽然覺得想嘔，我的四肢開始顫抖了——我突地對他害怕了，他是那樣地陌生、那樣地瘋狂、那樣地粗暴！

「停車！史提芬！停車！」我斷聲劇叫。

車身猛烈地一側，轉了一個彎，車煞住了。風聲無踪了，引擎聲消失了，一切是死靜的一片——我掩着臉，喘息着。

「——妳在害怕什麼？在怕我？」我在死寂中聽見他悦耳而低息的聲音。

我垂着臉，他伸過手來，拉開了我那掩着臉的雙手。

「看，美芝，這是什麼地方？」他向前一指。

我抬起頭來，那是一個斜坡，我們的車停在斜坡旁，前面是海，是山，還有隱沒在黑暗中的天空。空中的星光在閃爍，海港的燈光也在閃爍，像鑽石，又像寶石⋯⋯

我回過頭來，他的眸子凝視着我，像那星光，那燈色。他緩緩的握住我的手，讓我的臉旁在他身旁。

「這是屬於我的地方，」他低聲說：「我永遠是單獨到這兒來的，除了今晚。」

「爲什麼要帶我到這兒來？」

「因爲這也是妳的地方。」

我抬起眼凝視着他，他輕聲對我說：「生辰快樂，美芝。」

我靜止了，我忽然想哭；我不能相信他的聲音，不能相信他的話，然而一切是眞的！是眞的！

「我送了一件禮物給妳，妳猜不到那是什麼，」他說，「回家後妳可以撕開來看看。」

「那是什麼？」

「一件妳看見會令妳記起我的東西。」他問：「明天妳會想念我嗎？」

「爲什麼衹說『明天』？」我笑一笑問。

「要是明天妳沒有想念我，後天妳會忘記我了。」他說：「大後天妳可能不知道史提芬是誰。」

「我會記得你，」我笑了，「你說我會爲你快樂一年，再會爲你傷心一年，不是嗎？」

「我會令妳快樂兩年，但不會令妳傷心一天。」他回答。

「我——」

「妳知道我的感覺嗎？」他突然截斷我的話說：「我知道妳一定會感到我們相遇得很突然，我也有一樣的感覺。我知道妳有一點怕我，但我知道我有一點愛妳。」

「你——？」

「妳聽着，美芝，」他說，「我知道妳會愛我的，由現在起妳會愛我的。今天或許愛我很少，明天可能多一點，後天也許會更多——但是別說妳恨我，否則我會去死的。」

我愣然地望着他，他有點粗野，而且有着原始性的狂野。他的眼睛在閃光，像野獸擄獲了牠的愛物。

我覺得他像火，能給人溫暖，也能炙傷別人。然而我正受着他溫暖，即使他會炙傷我，我仍然願意。

他伸起手來，用手指輕沾着我的嘴唇，我的唇開始顫抖……

他漸漸向我移近，我看見他逐漸擴大的雙唇；他將唇停留在我唇前，他微笑了一下。

「妳的唇沒有被人吻過？」他低聲問我，

我失神地微搖一下頭。

「那麼讓我吻妳。」他柔聲說。

「不，你不能吻我。」我立即說。

「爲什麼？」他問。

「因爲沒有人吻過我。」我無聲地說。

他笑了，似乎在笑我的幼稚。

「閉上眼睛。」他最後說。

我輕輕的閉上眼，眼前是烏黑的一片，我看不見他，望不到一切；但是我的唇被接觸了，他的唇是軟弱的，溫和的，那令我迷醉。

選自依達《斷絃曲》，香港：環球圖書雜誌出版社，一九六三年四月

蒙妮坦日記〔節錄〕

×月×日

他又是今天早上回來。

晝和夜對他像是顛倒的，晚上別人睡覺他出去，早上別人起來他睡覺。他是幹什麼的？我真越來越奇怪。吃了早餐，我看看日曆，原來是禮拜。我想起安妮今早一定會在家，於是打電話給她，接電話的果然是她，我立即說：

「安妮，聽我說，妳立即到我這兒來。」

「嘩！——」她吃一驚，叫起來，「到妳這兒？那得了？那麼遠，又要費『的士』錢！」

「車錢算我的，」我對電話叫，「來，妳現在立卽來，下午就到了。」

「不行，」她在聽筒內高聲嚷着，「我已經約好了歐理德，他說請我去看戲。」

「推掉他！推掉他！」我急急說：「安妮，跟妳這樣好的老朋友，叫妳來一次也不肯？」

「哎，妳這人！」安妮想一想，立卽問：「噯，可不可以叫歐理德一起來，妳看怎麼樣？」

「不，不，」我立卽說：「下次再請他，今天不行！」

「妳在搞什麼鬼？這樣需要我？」她狐疑着。

「別多問，叫妳做私家偵探，」我低聲說：「現在不多講，來了再說！快來！」

我不等她再說話就扔下聽筒，我想一想，笑一笑，我知道她的脾性，她一定立卽會來。

果然，才吃了午飯，她已經到了，我在花園的露天酒吧旁邊招待她。

「妳呀，」她一見就罵，「眞的想拆散鴛鴦？——歐理德戲票也買了，他不生氣才怪。」

「不會的，明天他一定會打電話給妳，別太把男朋友放在心上。」我拍一拍她的手，立卽說：

「安妮，妳一向聰明，妳替我研究研究，他每天晚上到底上哪兒？」

「妳在說什麼？蒙妮坦？」她叫了起來，「誰是他？」

「洛力，」我指一指屋子，「他還在睡覺，每天晚上出去，早上回來，不肯透露他去的地方，你說他每晚出去幹什麼？」

「那容易，他是吸血殭屍，」安妮抬一抬眉，「祇有吸血殭屍是這樣。」

「別胡鬧！」我瞪她一眼。

「噢，知道了，」她拍一下手，「一定他暗地有一個女朋友，每天晚上溜出去跟她幽會了。」

「不會的，」我搖搖頭，「這兒又沒人管他，他大可每晚把女朋友帶回來，何必每晚開車子出去？」

「唔，」安妮思索一會，忽然問：「妳看他會不會每天晚上到市區去鬼混？」

「也不會，」我立即說：「他的車子開得不遠，怎會到市區去？」

「妳怎麼知道？」

「我看過他的咪錶，」我說：「他每晚去的地方一定在附近。」

「唔——」安妮的眼珠一轉，「這兒附近有一個墳場，那兒全是死屍，他一定是……」

「別嚇我！安妮！」我尖聲叫起來，打了一個冷顫。

「好吧，」她站起來，思索一下，又問我，「妳爲什麼一定要查他的行踪？蒙妮坦？」

「爲了好奇。」

「一定不祗這些，」她瞥我一眼，「還是快點講出來。」

「好吧，」我點點頭，「告訴妳，那天我查他的汽車，他知道了，罵我一頓，叫我少管閒事，而且他說我越要知道，他就偏偏不說——但是妳知道，安妮，他越不說，我就越要知道。」

「所以妳跟他鬥法了？」她看我一眼。

「唔，」我點點頭，「我一定會用自己的方法去查出來，讓他看看我的厲害！」

「那倒很有趣，」她咬一咬指甲，「那麼妳想怎麼辦？」

「很簡單，弄一架車子——跟踪！」我將手指一搭，發出「答」的一聲。

「妳哪來車子？」

「叫一輛的士！」我笑一笑，「他明知我不會開車，絕對不會懷疑我在跟他，妳説是不是？」

她點點頭。「那麼什麼時候去跟踪他？」

「今晚。」我指一指她的胸口，「要妳做我的助手！」

「我？」她高叫起來，「見妳的鬼！我明早還要上課，難道妳不知道？」

「我都想好了，」我拍一拍她的臉，「妳今晚在這兒住，明天請假別上學，我替妳寫請假單，還有打電話去通知妳媽媽！」

「怎麼行？……」

「別行與不行的，」我閉住她的嘴説：「妳立了功，我就請妳和歐理德吃大餐！」

安妮給我説了兩句，果然乖乖的聽我的話，做我的助手。剛商量好一切，看見洛力披着一件外套走出花園來，他看見安妮，很快的走向泳池，向我們打招呼。

「嗨，安妮，」他在日光椅上坐下，伸了一伸腿，「想不到妳會來，來陪蒙妮坦？」

「唔。」安妮點點頭。

「蒙妮坦在這兒一點也不寂寞，」他用手遮一遮臉上的太陽，告訴安妮，「因爲她有我作陪。」

我奇怪他會這樣説，安妮看看我，向我伸一伸舌頭。

「你可從來沒有陪過我，洛力。」我説。

「我想陪妳，那次我不是叫妳去開車兜風？但是——」他想一想，看看安妮，又看看我，突然說：「噯，我們現在去兜風，今天有太陽！」

我望望安妮，安妮拍手跳了起來。洛力將他的汽車從車房開出來，又帶了他的照相機。我與安妮坐進車子，他一手扯住我，要我坐在駕駛座的旁邊。

車子沿着湖邊開出去，洛力一手駛車，另一手搭在我的肩上。我不喜歡他這樣子，但是這令我想起法蘭基，也令我想起范尼。

我忽然很想念他們，法蘭基的傷勢怎樣了？范尼仍在酒吧中調酒？

「看這間屋子！多大！」安妮在後座突然尖叫起來。

我望出車窗去，公路旁是一條斜路，斜路頂端是一座大得驚人的古老屋子，很華麗，牆上全是攀籐植物。那屋子是法國型式的，起碼有二三十年的年齡。

「這是什麼別墅？洛力？」我問洛力，「怎麼樣子那樣古老？」

「這是附近最華麗的屋子了。」洛力看一眼告訴我。

「停一停車，洛力，」安妮嚷着說：「讓我們到屋子前去拍一張照。」

「不！」他突然說。

「爲什麼不？」我奇詫地問。

「那邊……」洛力指一指前面，「前面有更好的風景。」

他並沒有把車子停下，相反地，他一踏油門，車像箭一樣地向前直衝。

我回頭看那屋子一眼，安妮忽然跟我打了一個眼色。我楞一楞，突地發覺洛力的神態可疑，我同時又聯想到他車子上的「行程表」，我立卽回頭再看那屋子一眼。

那難道是洛力每晚來的地方？那眞的就是？

我轉頭注視安妮一眼，她向我笑一笑。我忽然覺得自己像做起間諜來了，我心中暗暗好笑。

洛力將車子駛到海邊，然後拉着我的手爬海旁的岩石去，我一回頭，發覺把安妮扔在後面，於是伸手給她，將她拉上岩石來。

「原來你們兩個叫我來做陪客。」她瞪我與洛力一眼說。

我覺得安妮的話好笑，她一定認為我與洛力之間發生了一些什麼，其實，他衹能做我的弟弟。洛力替我與安妮拍了許多張照片，我們兩人在岩石上，大作其「狀」。

作了「狀」，洛力要安妮替他拍一張，安妮拿着照相機，他却走向我身邊來。

「來吧。」他蹲下身子，俯身在我臉上突然偷吻一下，我立卽將他推開，但安妮眼快，已經一手拍了一張。

我將洛力推下岩石去，他跌在地上呻吟，我叉叉腰，算給他一點「教訓」。

我們在海旁談心，直搞到黃昏才回；最高興的是安妮，在歸途的車上還滔滔不絕地講着她與歐理德的「羅曼史」。

洛力又將他的手臂放到我的肩上來，我感到很累，將頭枕在他臂上。他緩緩駛着車，公路變成一片紅色，在夕陽光下他俯眼看着我。

我們都沒有去聽安妮的「羅曼史」，我們讓她獨自講着，講着……

「累了？」他俯下臉來問。

我點點頭。

「快到家了。」他輕聲說。

他扭開了汽車上的收音機，在悠和的音樂裏，我在他臂彎中迷醉。我的情緒有一點混亂，我留戀那種情調，我像正躺在自己親人的臂彎中，他像我的弟弟，像法蘭基，像范尼……

車子很快地回到別墅，我的夢也很快地醒了——洛力變回了洛力，我變回了自己。我感到錯愕，我懷疑自己心中所留下的夢痕……

我很快的回到房中，獨自坐在床上發呆。安妮洗了臉，在鏡前梳頭。

「蒙妮坦，」她邊照鏡邊說：「我今天發現了一點妳的秘密。」

「什麼秘密？」我轉過臉去問她。

「妳又戀愛了，」她笑着說：「這次跟洛力。」

「見妳個鬼！」我幾乎跳起來。

「別賴賬，」她一言中心地說：「我早已經看出來了，尤其是剛才在車上——妳將頭枕在他的手臂上……」

「將頭枕在男孩子手臂上就叫做愛？」我反問。

「我也知道妳不會承認，何必呢？」她調皮地呶一呶嘴，「我知道妳也喜歡他，是不是？」

「從哪兒見得我喜歡他？」

「如果妳不喜歡他，妳就不會關心他；不關心他，又何必千方百計的去偵查他晚上的行踪？」她一口氣說：「所以妳還是乖乖的承認吧！」

「妳！……」我氣得跳了起來，她笑瞇瞇的看住我，還以爲自己聰明。我想一想，斷然說：「好吧，晚上不去了！」

「別小姐脾氣，」她過來拉我的手，「現在妳不去，我也得去，來，我們查電話簿召一輛的士，別讓洛力曉得。」

晚上我們果然實行我們的計劃。

吃了晚飯我與安妮匆匆上樓，並與洛力道了晚安。其實我們躲在樓梯角落裏，趁洛力進房換衣服的時候，我與安妮躡手躡足走下樓來，一溜烟似的奔出花園。

才走出門口，我們已經看見那輛預約的營業車停在湖邊，我們立即竄上車去。

「先將車駛到樹後躲着，」我吩咐司機，「等一會有一輛汽車從湖邊駛出來，你便跟着它，不要太近，但要跟得牢。」

汽車司機看我一眼，又看安妮一會，莫名其妙地問：「爲什麼？」

「她是跟踪她丈夫捉姦去的，你管那許多？」安妮瞪那司機一眼，「我們給錢的！」

司機無奈地將車子泊到大樹後面，我們靜等了一會，果然洛力的車子像風一般地從湖邊直駛出來。

「快跟！」我說。

於是兩架汽車一前一後的在黑暗的公路上飛馳，我有一點心焦，緊抓着安妮的手。

「看，他果然走這條路！」安妮低叫着，「就是今天下午我們經過的那一條。」

「看住他，別讓他跑了，」我緊張地說：「看他上哪兒！」

汽車在公路上兜着，轉了幾個彎，我們的車子停了，在黑暗裏我嚇了一跳。

「怎麼了？」我忙問司機。

「那輛車子停了，泊在前面。」司機低聲說。

我與安妮望出車窗去，我們頓時縮了一口氣——他的車子果然泊在斜路上那座古老而華麗的別墅門口，同時門口已泊上了好幾輛別人的車子。那日裏死氣沉沉的巨屋，晚上燈火通明，在黑黯中充滿了神秘。

我們吩咐司機等候，安妮與我一先一後地悄悄躦出車子。遠遠的，我看見洛力正在走向門邊，舉手在按鈴。

不久，門開了，一位年老的男僕迎他進屋。我與安妮面面相覷，她向我揮一揮手，我們寬步向別墅走去。走到門外，我停住腳步。

「安妮，」我猶疑着，向安妮問：「按了鈴，我們說找誰？」

「讓我來！我才不怕！」安妮挺一挺胸，用力按一下門鈴，「妳看我怎樣應付。」

我的心在突突亂跳，不久門開了，開門的仍是剛才那個年老男僕，他左手開門，右手還托着一個銀質托盤，上面全是一杯杯鷄尾酒。

「妳們……找誰？」他狐疑地望着我們。

「老伯伯……你們在開宴會？」安妮笑一笑問。

「妳們兩位——找誰？」他顯得很不耐煩。

「噢——我們是路過的，」安妮立即說：「我們的車子剛駛到這兒，汽油用完了，附近沒有電油站，所以——」

「是的，那邊就是我們的車子。」我慌忙應着，伸手往黑暗的遠處一指，「可不可以帮一個忙，給我們一點汽油？」

「是的，不然我們要在郊外過夜了。」安妮哭喪着臉。

「妳們兩個小孩兒眞是……」他點點頭，「好吧，等一會，送了酒拿給妳們。」

他將門虛掩一下轉身走了，安妮跟我裝個鬼臉，立即推門走進屋子。老傭人在前面蹣跚而行，我們在後面跟踪着，那屋子大得驚人，走廊上吊滿了燦爛的琉璃水晶燈，不一會，我們聽到喧嚷的人聲。

男僕走進一個房間去，我與安妮急急掩近門邊向內一看，我們同時嚇了一跳。

裏面是一個巨大的客廳，烟霧騰騰的堆滿了紳士淑女，人聲笑聲响得囂耳，一堆堆的人都圍着桌子。

「這是什麼？」安妮奇怪地問：「他們堆在裏面做什麼？」

我正奇詫，我聽見輪盤的聲音，立卽一大群人在喧嘩大叫「中了！」

我退後一步，我低叫出來：

「這是賭局！」

「看，那是洛力！」安妮向內一指。

我看見洛力在人群中坐下，一下子就有人遞上香烟，他含着烟，歪着頭，一伸手便取過一副「撲克」，很快地洗着牌。

一切在剎那間恍然大悟，他曾說過自己花錢的地方比玩舞女更壞，原來他在賭！他的開支入不敷出；他常常去當東西，原來他在賭！

「讓我們走！」我氣忿地對安妮說。

我們像風一般地溜出屋子，坐上車子，我氣得說不出話來。

「原來他在賭錢！」我狠狠的對安妮說：「這孩子，怎麼這樣壞？」

「難怪他晚晚都出去，原來是出來賭錢的，眞要不得。」安妮托着臉搖搖頭，「賭錢會上癮的，妳要他不賭，除非斬了他的手指！」

汽車沿着來路飛馳回去，我在路上默默無聲地想着。

難道沒有辦法改變他？不，我不相信，我一定要試試。

×月×日

安妮在我這兒吃了阿秀做的午餐後就走了，我送她上車，回到屋子時，猛然看見洛力坐在那軟椅上在輕撫他的「結他」。

「安妮走了？」他彈一下琴問我；顯然他根本想不到我已經知道了他的「秘密」。

「走了。」我點點頭，沒有再說什麼。

「噯，」他望我一眼叫起來，「妳怎麼了？今天好像很不開心，爲什麼？」

「你今天好像很開心，爲什麼？」我坐在他對面的椅上，毫不在意地問：「今天開心，是不是昨晚贏了？」

「什麼——妳……」他陡然怔住，結他幾乎跌在地下。他睜着眼問：「妳在說什麼？」

「在問你昨天是不是贏了，」我說：「每晚出去賭，有時候總應該贏贏的。」

「蒙妮坦——妳……」

「你說我永遠不會知道，但是我終於知道了，這一次你吃了敗仗。」我笑一笑。

他想一想，叫了起來：「原來——那跟住我的車子是妳的！」

「是又怎麼樣？」我說：「從今天開始你已經沒有秘密了。」

「妳！妳爲什麼要跟踪我？」他想一想，沉下臉高聲叱喝，「爲什麼要跟踪我？我不要妳管我的事，妳爲什麼偏要管？爲什麼？爲什麼？」

他狂叫着，我望着他什麼都不說，當他靜止的時候，我淡淡的笑了一笑。

「你已經沒有希望了，洛力，」我搖搖頭，「我可以看到你的將來，總有一天，天冷地寒，你冷得連掩體的破毡都沒有一塊，你又餓又冷，你央求別人，別人祇會唾棄你，你將會倒在窮街陋巷裏，你會慢慢的死亡，却沒有一個人對你有一點點的同情……」

他的眸子在一剎那失神了，他抬着眼木然地看着我，喉間的喉核在移動着。

「你會失去這間屋子，這溫暖的地方，你會甚至連睡覺的床也沒有一張，」我毫不留情的說：「你看看，你會被賭博困死的，還有你自己的生命……」

「不！不！不准這樣說！」他猛地站起，怒喝着，「妳在恫嚇，妳以爲我會相信？去妳的！」

「好的，你不信，你就不必信。但又何必欺騙自己？」我淺淺的笑一笑，「你已經中了毒，你永遠不能擺脫，卽使切了你的手指，你還是會去賭。」

「不，我要去，我衹是自己想去，」他揮一揮拳，「我沒有中毒，我可以隨時不去！妳胡說！」

「好吧，」我點一點頭，「你可以試一試，你以爲你可以不去，那麼看今晚。現在你可以告訴自己不去，但是晚上，你非去不可！」

「好，妳看着！」他低叫着。

我暗自笑了一笑，轉身上樓。孩子究竟是孩子，果然被我一氣，立卽中計，我衹希望他會有一點志氣，否則我便會失敗了。

吃了晚飯我立卽上樓，我坐在露台上俯望花園的跑道，我在暗禱着，希望他不會去賭，希望他會有一點志氣。然而，很快地，我聽見他的汽車聲。

我失望地站了起來，我看見他那黑暗中的車燈光芒。

——他改變不了，他永遠改變不了，他像陷在泥潭中，越埋越深。

我有一點黯然，我緩緩的走下樓來。我在想：像他這樣年青的青年，他應該有許多事情去做，然而他却染上了賭癮，那將毀滅他一生。

我在客廳坐下，客廳內黑得沒有一絲光線，我忽然想起安妮的話，有一次，她說：

「蒙妮坦，有一天妳會失去所有的情人……」

我有一點感慨，目前，我的生活過得那麼地單獨與寂寞，唯一能令我有一點生氣的人就是洛力。我喜歡他那種率直的說話，那種清純的微笑——但是他却被賭博剝奪，連他也離我而去。

我想起許許多多的人，那些能令我回憶的人。

但尼、艾迪、森美、法蘭基，還有范尼……他們都離我而去，他們怎麼了？

我閉上眼睛，隱約地我聽見一陣汽車馬達駛回來的聲音；我以爲在做夢，然而，馬達聲靜止了。

我坐在椅上睜着眼，寧靜中，客廳的門開了，一個黑影從外面直走進來。

「誰——？」我驚懼地問。

那影子沒有回答，他掩上門，一手按亮了電燈。我看得那麼地清晰，那是洛力！他回來了！

「我回來了，蒙妮坦，」他低聲說，他的臉上充滿了光采。

他緩緩的走過來，拉住我的手。他吻着我的手，充滿了熱烈和眞誠。

「我害怕，我一直在害怕……」他顫着聲音說：「我每天告訴自己：『別去了，不能再去了……』——但是這每晚我還是去了。我像跌在流沙裏永遠爬不起來。可是，今天晚上，我的車子從這兒駛出去，我忽然想起妳——於是我回來了。」

「洛力，你……你不知道我是多麼地高興？」我喜悅地狂叫，「你不知道，你一定不會知道！」

「我需要妳，蒙妮坦，我眞的需要妳。」他急促地說。

「我在這兒。」我用手撫着他的臉，像姊姊慰藉她的弟弟。

「我輸了很多錢，很多很多——」他內疚地說。

「不要再去管它，」我對他說：「以後不去，你就不會再輸。」

「我——我要怎樣才能把錢弄回來？」他抬起眼迷惘地問。

「好好的學一些東西，將來賺錢來補償，對不對？」我問他。

「我聽妳的，我一切聽你的，」他想一想，「但是我怕——明天……我怕我又會……」

「不會的，絕對不會的，洛力，」我堅定地說：「你今天堅強了，明天你就會更堅強。我在你旁邊，我陪你消磨時光，那樣你便不會再賭。」

他點點頭，溫柔得像一個孩子。我開始感恩，感恩於我的祈禱。

選自依達《蒙妮坦日記之二》，香港：環球圖書雜誌出版社，一九六四年六月

×月×日

上班之前，我去爲施明買了一份禮物，那是一盒油彩，還有幾枝畫筆。這是他昨天的生日禮物。

我的心情轉變得非常的愉快，我對每一位來借書的人迎着笑臉，還能靜靜的坐在一角看上一個鐘頭的翻譯小說——這是以前我很少做得到的。

我的心很平靜，我的耐性極好，因爲我知道一到下班的時候施明一定會按時地來接我。

果然，他在我下班前的十分鐘來了。

「這是我給你的生日禮。」我將那盒包束得很美麗的禮物放在他面前。

「今天不是我的生日。」他笑着說。

「是補昨天的。」我說：「拆開來看看是什麼。」他俯下頭去拉開紙包，不久，他興奮地抬起頭來。

「看樣子你很喜歡，是嗎？」我問他。

「我正要去買油彩和畫筆，」他說：「妳好像知道我心裏要什麼。」

「你的『秋逝』畫得怎麼了？」我問。

「現在不能給妳看，我會給妳一個驚奇。」他對我說：「我們一起去吃飯好嗎？」

「很好，假如你肯講。」

於是我們沿着馬路走到附近的餐室去，我們又吃咖喱。

「記得後天嗎？」他在餐室內問我，「後天晚上有聚餐，妳忘記沒有？」

「噢，是的！我差點忘了！」我叫起來。

「還有，妳的節目呢？」他問我，「妳忘記了？他們不是推妳做代表表演一個節目嗎？」

我猛搖着頭，說：「不，我是無論如何不會表演的！」

「那我會很失望。」

「我沒有表演的天才。」我說。

「假如是我要求妳表演，」他想一想問我，「妳會肯答應表演嗎？」

我思索了好一會，我問他：「你想要我表演些什麼？」

「隨便表演什麼，」他說：『一首詩或者是一支歌。」

「你喜歡什麼歌？」我問。

「英國的民歌，」他問：「妳會唱 Danny Boy 嗎？」

我想一想又問：「你喜歡誰的詩？」

「泰戈爾，或者是莎士比亞。」他說：「妳有他們的詩嗎？」

「我可以去找找，」我說：「不過我的聲音會嚇跑人，我會丟了班上那些同學的臉。」

「我不相信。」

我暗自思量一下，我實在不敢拿歌喉去出醜，也許我眞的能朗誦一首詩。

「好吧，」我笑一笑，「我試試看。」

「妳答應了這件事，」他說：「我還要妳答應我另一件事。」

「——是什麼？」我錯愕地問。

「我已經帶妳去參觀過我的家，」他望着我說：「現在我想——妳也許該帶我去參觀妳的家了。」

我怔了一怔，呆了。

「我沒有家，施明。」我低聲說：「我住在我姨媽的家中，你是知道的。」

「我知道，」他點點頭，「那麼帶我去參觀妳姨媽的家。」

「但是——」我哽咽住了，我想起貝姨那副嘴臉，我的心裏就是一陣冷。

他看了我很久，他低聲問：「妳不喜歡我到妳的家去？」

「不，不。」我搖着頭。

「那很好，我們吃了飯去，怎麼樣？」他問。

「噢，不……」我搖搖頭，「你明天來好嗎？我今天下午想睡覺。」

「那好吧，明天什麼時候？下午？」他一連串地問。

「唔。」我胡亂地點着頭。

他很高興，付了賬送我回家。我的心頭開始混亂起來，我深知貝姨的脾性，她爲了比比已經對我滿肚子的氣，假如她見了施明，一定會有話教我聽。

我不知道怎樣去應付這件事，假如我不讓施明來，他一定會覺得難過。

我一路走着，施明在我身旁說了些什麼，我一點也聽不清楚。他送我到門口，跟我說了「晚上見」，我仍然想不出一個辦法。

我開了門，赫然發現安妮等在廳內，我立卽奔到她身邊去。

「糟了，糟了！」我跟安妮說：「這回糟了！」

「什麼糟了？」她莫名其妙地問。

「告訴妳，安妮，」我說：「昨天施明生日請我到他家去吃麵，今天他說明天下午要到我這兒來，妳說怎麼辦！」

安妮睜着眼。「那麼讓他來好了。」

「不行，妳難道不知道貝姨？」我壓低聲音說：「妳不是不知道她的！」

「怕什麼，」安妮抬一抬眉，「看我，什麼也不怕，現在不是快要結婚了？告訴妳，胆子小就成不了事！」

安妮的口氣大得驚人，她似乎忘記她要不是苦臉來求我，她才結不了婚。我差點想笑出來。

「告訴我，妳是不是很喜歡施明？」她問我，「老實說！」

我點點頭。她說：「那麼怕什麼妳的貝姨，告訴她施明是妳的男朋友好了！」

安妮雖然這樣說，但總令我感到有一點不安。我第一次覺得這樣沒有主意，眞是糟糕。

「我是來告訴妳一個好消息的，妳不要聽嗎？」安妮挽着我的手說：「我來告訴妳，我和歐理德決定下個月結婚了。」

「眞的？在哪一天？」我興奮地叫。

「下個月第二個星期六。」她說：「妳一定要來參加我的婚禮，妳做我的伴娘，我替妳訂了伴娘的衣服。」

「眞的？」我意外地問。

「我到這兒來找妳，是去跟妳試身的，」安妮望一望我，笑着問：「妳猜猜誰是歐理德的伴郎？」

「誰？」

「施教授！歐理德在請他。」安妮喜悅地問：「高興不高興？」

「爲什麼要請施明？」我詫異地問。

「他跟歐理德最談得來，請施教授做伴郎是最適合的，對嗎？」

「我永遠想不到我是那樣地幸福！」安妮急急地拉了我出門，召了一輛車，將我載到服裝公司。

那是一間很名貴的公司，我不明白安妮怎麼會這樣肯花錢，後來才知道那套伴娘衣服是她母親出私蓄送給我的。

我很感動，那個女裁剪師替我將白紗禮服穿上我身上的時候，我在鏡子內看到了自己。我的頭上有一朵白色的玫瑰，那些透明的白紗披在肩上像被風吹動着的白雲。我望了自己好一會，我好像結婚的是我自己。

「怎麼樣？我替妳揀的樣子怎麼樣？」安妮在身旁問。

她問了兩次我還沒有聽見，安妮用手拍了我的肩膀一下。

「怎麼了？」她問：「妳呆了？」

「噢，太美了，太美了！」我回過頭來微笑着說：「是不是很貴？」

「我知道妳在想什麼，妳一定在想什麼時候能做新娘，對嗎？」安妮動一動她的圓眼睛，「嗳，我有一個很好的辦法！」

「什麼辦法？」

「省錢的辦法，」她說：「這次我結婚，我把我和歐理德的禮服收藏着，妳和施明也把婚伴的衣服收着。下次妳結婚的時候，我和歐理德穿你們的禮服，你們穿我們的婚服，這樣不是很好嗎？」

「噢——這樣我們的禮服公司要關門了。」替我度身的女裁剪說。

「妳忘了，安妮，」我説：「妳結了婚，也就失去做伴娘的資格了。」

「那麼讓我的女兒做妳的伴娘吧！」她立卽說。

「那時候我也該老了。」我立卽答。

我們說說笑笑的經過了一個下午，我送了安妮回家，我才回家。

晚上我在繪畫班上繪水彩，眞不運氣，打翻了一杯水，剛瀉在站在我身後看我繪畫的施明脚上。他的襪子和褲子都濕了，我嘩然大叫起來。

他聳聳肩走開，我看見全班同學都牢看着我。我發現其中有些眼光很奇特，我不知道他們之中發生了什麼。

那些眼光似乎含着一些某一種的意識，我直覺到他們也許在背後說我些什麼——但是這又沒有可能。

下了課，我和施明沿着馬路散步，今晚月光很好，把我們的影子拉得長長的。

我們走了一段路，他忽然問：「歐理德和安妮下個月結婚了，妳知道嗎？」

我點點頭。「安妮下午來找過我。」

「要請妳做伴娘？」他問。

「是的。」我笑一笑。

「歐理德也來找過我，」他告訴我，「他請我做伴郎。」

「你答應了？」我問。

「是的。」他看着我。

「我也答應了。」我說着，微笑了。他也微笑了，我們拉着手，像在婚禮中。

「妳喜歡婚禮嗎？」他問我。

「這是女孩子最喜歡的事情。」我說。

他回過頭來，他動一動他的眸子。「妳什麼時候結婚？」

「當我的愛人要跟我結婚的時候。」我回答得巧妙。

他點點頭，沉默了。在沉默中，我開始想到自己，我現在沒有家，沒有親人，也沒有能照顧我的人，我孤獨——我需要着被愛的溫暖，我也需要被照顧的幸福，這些我現在都沒有得到。

現在，我默默地愛着我身旁同行的人，他握着我的手，他能給我幸福，能給我溫暖——我要保存這一份享受的權利，我能嗎？

我無聲地望着月亮，那藍月在頭頂照耀，我問着自己。

我能結婚嗎？我能愛嗎？我能得到我的幸福和溫暖嗎？

月亮仍然無聲地照耀着，它沒有回答。

「妳爲什麼靜默？」他回頭問我說。

「我在想東西。」我答。

「想什麼？」

「想自己。」

他笑了，拍了拍我的手背。他說：「妳想得太多了。」

——他說得那樣溫柔，那樣關切。我要的就是這些，這已經令我滿足。

回到家，我想起他要求我的節目，我到處找尋着我的詩篇。

終於我找到了這一段，我坐在我的床上輕唸。

「——我暫時忘記了我自己，所以我來了。

但請你抬起你的眼睛，讓我看你的眼睛是否還殘留在往日的影子；像天邊那片被奪去了雨珠的蒼白色的雲。

請暫時容忍我，

若是我忘記了自己。

…………」

我低唸着這一段，我低唸着。我像聽到了天使的歌聲，像看見了黎明的曙光——我感覺到愛情像一首歌，那是一首既使我流淚又使我歡笑的詩歌。

我要祝福我自己，接受吧，我的愛。

選自依達《蒙妮坦日記之三》，香港：環球圖書雜誌出版社，一九六四年十二月

俊人（萬人傑）

氣壯山河（節錄）

一

當中國抗戰進入第二個年頭，戰雲烽火，從華北、華中而蔓延到華南。五羊淪陷，嶺南變色。至此，廣東人才眞眞實實的身受到戰爭的慘痛。

當初一般人觀察，認爲倘使日軍進侵，汕頭將是進攻的第一個目標，所以，汕頭一直作着戰鬥的部署，到處可以看到準備作巷戰的碉堡，荷槍實彈的警士，逡巡街頭，嚴肅緊張，呈現一片戰時景象。

尤其晚上，午夜過後，娘兒們的歌聲停竭了，寬濶馬路上，車輛行人絕跡，只有可怕的沉寂。風刮着道傍楓樹，沙沙作响；警士們莊嚴的步聲，都可清晰地聽到。

時局雖已相當緊張，但一般人大致都有一個相同的觀念，認爲汕頭既能偏安到現在，也許能一直維持現狀，安全過下去。

他們仍放心地去尋他們的好夢，這時候，都在甜蜜的夢鄉中徜徉；祇有負責治安警備的軍警人員，才片刻不敢疏忽職守。

「砰……砰……」忽地，沉寂的週遭，給兩聲槍响劃破；跟着又回復原來的沉寂。

槍聲從二馬路中段發出的，附近酣睡中的居民，雖未嘗因這兩聲短促的槍响而驚醒，但維護戰時治安的警察們，都不禁爲之驚愕。

循槍聲尋查，發覺肇事地點是一間新建的華麗小洋房。這洋房相當精緻，除塗上灰黑的防空色素外，還在屋頂搭了幾層竹架，可見主人何等愛惜他的房子，千方百計求其安全。房子四週，環築着矮矮的圍牆，前面數弓之地，雜莳花卉，是個簡單而幽雅的小花園，地方雖不大，却有可愛的情趣。

洋房中人杜仲宜，是汕頭著名鉅商，規模最大的益隆辦莊，是他經營的。提到他的名字，住在汕頭的人，很少不知道。他的力量，居然可以操縱整個市場；在商界中，可說是重要人物。他的私邸中，深夜發出這神秘的槍聲，確是奇怪的事。在附近站崗的警察聽到了，那敢怠慢？立即趕去查看究竟。

這時，雲迷霧厚，大地一片昏沉；更洒下毛毛雨絲，遠處景物，都看得不大清楚。

警察走到杜公館門前，看見屋內燈光明亮，人聲離沓，顯然發生了意外事情。

他急忙按電鈴，好半晌，一個女用人打扮的中年婦人開了門，面上抑不住那恐懼緊張的神色。一邊開門，一邊在結襟頭鈕扣，她是在睡夢中給這意外變故驚醒了的，這時儘在發抖，全沒主意。見警察來了，她失神地拉着他，往內就走，瞪着恐怖的眼睛，似自語，又似告訴那警察，喃喃地說：

「不好了！老爺……被人謀殺！……兇手……開槍……」

她雖說得語無倫次，警察從她這副神色，及屋內的凌亂情形，知道事情嚴重，不說什麼，跟着女用人急步跑到樓上。

對着梯口是個書房，側面寢室，房門敞開，裡面傳出一片哭聲。

警察進去察看，見房內陳設簡單精緻，床的對面，一排落地玻璃門，門外是個小陽台，紫藤攀沿到陽台的欄干，像一塊天然綠屏風。

臥室中央，仆臥着一個中年男子，面朝地，傷痕在背，鮮血汩汩而流，地毯給染得鮮紅一片，他已絲毫不能動彈。

屍體之旁，蹲着一個女子，掩面號啕大哭，見警察來了，稍抑其悲。

警察認出死者是這房子的主人杜仲宜；女人是他的繼室。

警察看見發生命案，情形嚴重，不敢作主，察勘一會，馬上搖電話回警局報告。不一刻，偵探帶了驗屍官和警察等一行，趕到現場，仔細查察結果，發覺玻璃門上有一個彈孔，週圍裂痕作蛛網狀，由此可以斷定，行刺杜仲宜的兇手，是在露台外邊用槍向他射擊的。

在陽台四週搜索一會，沒發現什麼，最後在後牆附近，看到鮮明的足印；足印在牆邊泥濘中，後邊圍牆上，也同樣留着泥濘印跡，這表示事件發生前，有人爬過這圍牆進來。

不用說，爬過圍牆的人，一定跟命案有關；再細心研究，發覺爬牆的人是赤足的，從那痕跡細看，又發現一個特點，他左足足趾，第一個跟第二個疊起來的。

偵探把這特點默誌心上，回到廳上，詢問杜妻口供。那女人哭啼啼的，把杜仲宜被刺經過詳述一遍。那天晚上，杜仲宜邀了幾個朋友回家吃飯，到晚上十點多，客人始散，杜仲宜照例獨個兒在書房核算一會賬目。十二點敲過，才回寢室睡覺。當他換衣服時，突然砰砰兩聲槍响，杜仲宜應聲倒下，受傷身亡。

「肇事時你在那裡？」探員問。

「吃飯時我因多喝了酒，頭有點昏，沒等他，就先睡了。」女人說：「矇朧間，聽見槍响，醒過來時，他已經……」

「他今晚邀請的客人是誰？」

「一共四個人：一個是胡邦，從前做過什麼官的；一個劉澤如，是米商；一個呂超然，做出入口生意的；還有一個經紀，姓吳，名字不曉得，祇知人們叫他的渾號是烟楨竹。」

「胡邦？」偵探若有所觸的問：「是不是新近從香港來的？」

「不錯。」

偵探點點頭，正要說話，忽然外邊傳來喧嘩的人聲，不由楞住，沒法說下去。

警察牽着一個人進來，是瘦條子，穿一件破舊黑色衣服，跣足，一副可憐相。

他受了過度恐懼，雙眼流露可怕的光芒，不住在叫：「不關我的事啊！不關我的事啊！」

警察不理他，把他拖到偵探跟前。

女人見了他，狠狠的罵道：「原來是你！」說着，作勢向他撲擊，又嚷着：「你這强盜！你這狠毒的殺才！我跟你拚命！」

男子一味驚惶呼寃，鬧成一片，偵探忙把他們喝住。

「究竟是怎麼回事？」偵探問。

警察把經過向他報告：他當值時，突然聽到槍聲，細察槍聲來源，知道在這邊，但當時月黑星稀，並無所見。正感納罕，忽然發覺小巷裡走出一條黑影，鬼鬼祟祟的，向兩邊張望了一會，才敢發足而行；一邊走，又一邊回頭瞧望，顯然担心有人在後面跟蹤，他却沒看到正向他眈視的警察。這副張惶的神色，引起警察的懷疑，不由跟蹤着要看個究竟。

走了一段路，他發覺背後有人追蹤，不由着了慌，加快脚步；警察當然不放鬆，他心虛起來，竟發足狂奔，這一來，無異承認是幹了虧心事，警察那肯放過？結果把他抓回來。初時還以爲他不過是個穿窬小竊之輩，想不到竟發生這麼嚴重的案件。

偵探聽了報告，仔細打量那人一會，沉思着，再留心看那人的左足，果然，兩個足趾疊起，正與後牆的足印相符。

「阿牛！」那女人含淚切齒說：「就算你叔父對不起你，也不該用這毒辣手段對付他！」

阿牛面上一陣青，一陣白，連話都說不出。

偵探瞧他一眼，回頭問那女人：「你認識他的？他是誰？」

「他是仲宜的侄子杜牛。」

「你說杜仲宜對不起他，究竟是什麼事？」

「哼！」女人瞪目說：「對不起？有什麼對不起，不過是借錢的事罷了。」

「這事經過情形，你詳細告訴我罷。」

女人把當天發生的事，一五一十說出來。

杜牛的父親，和杜仲宜是堂兄弟，晚年在生意上，也掙得幾個錢，死後留落杜牛毛上，他本可不愁吃着。

但杜牛是個先天不足的低能兒，雖不是衹會花錢的二世祖；但對這份遺產，却沒保守的能力。結交了一些不三不四的朋友，慫恿他辦什麼礦務生意，他對這種生意門路，本是一竅不通，聽人家說利錢好，就一股腦兒把家產變賣清光，投資到朋友的公司，滿以爲不久就可成爲百萬富翁，不料朋友席捲本錢，逃得無影無蹤。

杜牛本是個神經質的人，受了這刺激，更是書空咄咄，變得終日癡癡呆呆，家道從此中落。父親遺留下的家財，給人騙的騙，自己花的花，不到三幾年，已所餘無多；更不幸惡運交臨，僅餘的一幢古舊祖屋，也招了回祿之災，從此，他的生活過得更苦了。

他是個不事生產的人，到這田地，眞有饔飧不繼之虞，想在朋友身上想辦法，可是這時朋友們已反眼若不相識，無不避之若浼；親戚方面，除他堂叔杜仲宜外，沒誰可以照顧他的。

所以，他近來的生活，大部份是靠着向杜仲宜挪借維持。爲了借錢，已不知受盡多少閒氣，幾番發誓不再和他堂叔見面，可是拗不過窮，沒辦法時，又不得不低首下心，厚顏走一遭。

杜仲宜因他畢竟是堂侄，也敷衍他幾次，但漸漸感到長貧難顧，後來便諸多推搪，今回，杜牛因妻子有了身孕，快將臨盆，一個窮人遇到這樣的事，倍覺頭痛；沒辦法，祇得又走杜仲宜的路。

這天，他到杜公館來，剛巧杜仲宜跟幾個客人在廳中密談，杜牛不敢冒昧闖進，央用人給他通傳。

聽得杜仲宜在裡面不悦地責罵那用人：「你怎麼讓他進來？」

「不是我讓他進來，是他自己進來。」用人怯怯道：「他說……一定要見老爺！」

「你爲什麼不告訴他我不在家？」

「但……他已看見老爺在家了。」

「叫他等着吧！」杜仲宜着惱地揮手叫用人退出。

杜牛瑟縮地在走廊上等了半天，才見杜仲宜傲然而出；他忙笑臉相迎。

「阿牛，你又來了？」杜仲宜見了他，面色沉下來，冷冷的說。

「是。我……」杜牛忙陪笑說。

「不用說了，又是來借錢？」杜仲宜不待他說下去，冷然打斷他的話頭。

杜牛看見他一派嚴肅的神色，怯了三分，囁囁嚅嚅的，好半晌不敢啓齒。

「是是……」他陪笑說：「我本不敢再麻煩你老人家，只因你侄婦臨盆在邇，現在連請隱婆的錢都沒有，倘若一旦分娩，將無從應付，所以不得不跟二叔商量商量，暫時挪借點錢，渡過這難關！」

杜仲宜不耐煩聽他的話，半嘲半責的說：「前兒借錢時，你不是說侄婦病了？」

「當然，當然……難道我會對你扯謊？前兒她因有了身孕，所以不舒服……這兩天，恐怕孩子要出生了。二叔，請帮忙，救救我吧！」

「救你？」杜仲宜面孔還是鐵青般冷，雙眉一皺，說：「你這樣拉拉借借過活，究竟不行的呀！我又不是銅山，銅山鑿多了，也會完！」

「二叔說笑話了，誰不知道你是汕頭首富？我需要的又不是大數目，在二叔眼中，猶如九牛之一毛，一定可以給我想個辦法。」

「你這麼想就錯了！現在打仗時候，烽火所至，災鴻遍地，我們做生意的人正交了惡運，這仗若再多打兩年，我這辦莊恐怕非關門不可！」

杜牛心裡想：聽說打仗以來，他賺了幾十萬，就是他這辦莊，也是在戰事發生後才逐漸擴張的，現在還在詛咒打仗，這人未免太狡獪！

但現在對他正有所求，不便搶白，便說：「話雖如此，俗語說得好，破船有三斤釘，二叔這樣有面子有地位的人，比我易想辦法的；只要肯帮忙，沒有想不通的。」

「不見得！」杜仲宜冷冷哼了一聲，說：「你雖窮，極其量不過身上不名一文；而我，表面看來，是益隆辦莊的大老板，有洋房有汽車，以爲我比你好得多；其實我負人的債，超出我現有家財數倍，賣了洋房，賣了汽車還不夠抵償，豈不是我比你還窮？」

杜牛明知他言不由衷，說出這樣的話，表示他沒有誠意帮忙，再說千百遍，也不可能說轉他的心意。但想到快將分娩的妻子，又覺彷徨無主。

他腦子裡引起可怕的幻覺，想到妻子狼狽分娩，沒得到隱婆照料，因難產而痛苦呻吟；最後因過度痛楚而氣絕。想到難過處，不忍再想。

爲了挽救妻子，爲了挽救小生命，一時的委屈，總應該忍受。這麼想着，又用哀懇的語調對杜仲宜說：

「二叔，你說的話誠然是對，不過，我若有辦法，不會來打擾你，現在已到山窮水盡的地步，而且事情這麼急逼，你不給我帮忙，眼看我的妻，我的孩子，都會犧牲，你也不忍心吧？……」

說到這裡，不禁悲從中來，眼眶濕潤了。

杜仲宜沉吟着，杜牛懷了最後希望，怔望着他，等待他說話，決定他的命運。

杜仲宜的面色似不像先前的冷酷，有了點轉機。半晌，慢吞吞的說：「你要多少錢才夠？」

杜牛心中一喜，忙陪笑說：「二叔肯救我，眞是沒齒不忘！只要有五十塊錢，什麼都可以解決了。」

「好，你等一等。」杜仲宜點點頭說：「我給你想想辦法。」

他說着，往樓上去。杜牛滿心歡喜，盤算着這五十塊錢到手後，太太生孩子也許用不了，可把剩下的經營小本買賣，若賴此可解決今後的生活，再不用向杜仲宜伸手，那最好不過了。想到興奮處，又覺前途一片光明。

過了十五分鐘，聽得樓梯聲響，杜仲宜下樓來，手裡拿着一疊東西，杜牛陡覺精神振奮，這不是鈔票是什麼！

連忙迎上前，從心坎中爆出愉快的歡笑，杜仲宜面上也露出不自然的笑容，走到他身邊，在他肩上輕輕拍了拍。

「阿牛，你叔父這幾年環境也很艱難，尤其是戰事爆發後，生意受了影响，自顧不暇，那有力量帮助別人？不過，你既是我的親侄兒，我只好替你想想辦法……」

「是，難得二叔這樣了解我，我決不白拿你的錢，一定從此發奮做人，報答你的大恩！」

「咳，不要說這些廢話！我們是叔侄倆，有什麼報答不報答的？現在，言歸正傳，實不相瞞對你說，這些日子，不但你窮，我也極困難，需要頭寸週轉，比你還急。現在既然我們大家等錢用，爲解決我們的共同困難，我倒有個好辦法……」

說着，把手裡那叠東西交給杜牛，繼續說：「這是這房子的契據，我建築時，連地皮上蓋，總共化了二萬多塊，現在一切工資物料都漲價，應該值三萬元以上，我想暫時把它押點錢，或者乾脆賣掉，拿這筆現欵，就可解決我們的困難。爲了急用，一萬五千元也願放手了，你可找朋友商量商量，成功了，除你應得的佣金外，還可另外借點錢給你，不知你願意不願意？」

聽了這番話，杜牛熱烘烘的心，頓時降到零點。暗罵他變卦得這麼的快，剛才答應了，又故弄這玄虛！轉念他也許眞是誠意相助，未敢魯莽搶白他，陪笑說：

「別跟我開玩笑！像我這個窮光蛋，怎找得到濶朋友買得起一幢房子呢？就是要買房子的人，也不會信任我。可不是？」

杜仲宜的面孔勃然變色，好似從晴朗中變成陰霾漫天。

「誰有工夫跟你開玩笑！你明白這道理就好極了！我憑契據尚且押不到錢，沒人信任；那你憑什麼信用跟我借錢？」

杜牛給他這不客氣的搶白，頓時變了幾分鐘啞子。青筋繃到額角，好容易才掙出一句：「不借便罷，何必兜這麼大圈子，還不過要奚落我、侮辱我！我們畢竟是叔侄，用不着這樣呵！」

「叔侄？」杜仲宜鄙夷地望了他一眼。「請別再攀親認戚！其實，你這個不事生產的流氓崽子，認了姓杜，我也蒙羞！」

杜牛給他一激，眞是腦袋冒火，七竅生烟，幾乎無法按制心頭的忿怒，戟指罵道：「你不認我爲侄，難道我一定要認你爲叔？反正我現在爛命一條，挺多跟你拚了！等着瞧罷，你這奢華生活雖然好，恐怕沒命過得多久的！」

杜仲宜一陣冷笑，回頭招招手，說：「來人！快給我把這傢伙趕出去！」

下人們那敢怠慢？連聲應着，立即上前，一把揪住杜牛的衣領，牽鷄似的把他拖出門外。

杜牛雖憤火中燒，無奈一雙瘦不盈握的臂膀，如何敵得過悍僕？一路狠命叫罵，直到把他逐出門外，砰的關上大門，他才無可奈何，垂頭喪氣的走了。

杜仲宜把杜牛逐走後，忙斂了怒容，立刻換上一張笑臉，回到客廳。

「累各位久候了！」杜仲宜向座中四位客人抱歉。

大家連說不要緊。坐在沙發上的胖漢子，拔出咬在口中的雪茄，問：「剛才外邊吵的什麼？累你老人家那般生氣？」

「有什麼呢。」杜仲宜搖搖頭，嘆口氣說：「那不長進的小鬼，又來向我討錢，我回絕他，他老羞成怒，吵了起來。其實，我若借給他，反而誤他一輩子罷了。」

穿着黑縐紗長衫，正在踱步的瘦條子也說：「可不是？現在年青人多是不長進的，這樣討錢過活，怎是辦法？借給他，他有了依賴心，更不想做事了。」

他們把話題討論到「青年問題」來；那邊沉默已久，鑲着一對老虎形金牙的矮個子，都相繼發表宏論，大家一致認爲，這輩青年都是冥頑不靈，沒辦法，前途悲觀。

「我們言歸正傳吧！」最後杜仲宜結束了這問題的討論。「超然兄，你對我剛才提出的，有什麼意見？」

那矮個子叫呂超然，見問，不假思索的說：「我自然贊同！只要你保證能把這批東西運去，不發生什麼麻煩就成。」

「杜老板辦事不會不妥當的。」長條子走到跟前來，搶先說：「你看上星期跟老朱辦的一批，不是已安全到達韶關麼？這你還用顧慮什麼？」

杜仲宜也說：「只要你贊同，一切包在我身上。」

「不是我信不過你，杜老板。」呂超然揑着下巴說：「躭心的是萬一露出破綻，本錢掉了不打緊；恐怕性命都逃不掉就太糟了。」

「你太多慮啦！」杜仲宜笑說：「我們已有多次經驗，儘可作爲穩當的保證。」

「好罷，我們先辦這一批看，有了成績，以後就可放心的幹。」

杜仲宜笑嘻嘻的，把一叠文件遞給他，說：「這一張訂單，請你簽一簽吧。」

呂超然接過來，看一遍，然後在上面署了名。

沙發上的胖漢子，一伸懶腰道：「你們的事辦好，我該跟澤如兄商量我們的了。」

「對了，對了，我差些忘記你們的事。」杜仲宜說：「兩位都是我的深交，彼此既已認識，儘可直接細談。」

這胖漢子叫胡邦，從香港來了不久；那老虎頭金牙齒的就是劉澤如。

二人開始談判他們的生意經。劉澤如是米商，當然生意範圍不出米字之外。本來，買賣是光明正大的，可是劉澤如多方考慮，未有切實答覆。

他說，不放心的是在將貨交到買家之前，會不會遇到意外損失。除非在汕頭交易，由他們負責自運，這問題把胡邦難倒了。

他請教杜仲宜，杜仲宜想了一會，跟他咬了半天耳朵，胡邦不禁露出一絲兒笑容，拍拍杜仲宜的肩膀，說：「怪不得人家叫你小諸葛，果然妙計不凡呢！」

又把杜仲宜的計劃，附耳跟劉澤如說了；劉澤如當即表示贊同，這宗生意，就談成功了。

衆人聊了一會，杜仲宜留他們吃晚飯，算是給胡邦餞行的，因爲他打算明天早晨便回香港。

這夜吃喝盡歡，直到夜深才散。

各人走後，杜仲宜的太太也睡了，杜仲宜，小心的把定單文件鎖在保險箱裡，正想更衣就寢，不料兩聲槍响，結果了他的性命。

爲了日間杜仲宜和杜牛發生過爭吵，家裡的人和胡邦、劉澤如、呂超然等都知道了這回事；

而杜牛瀕行時又對他説過恐嚇的話；肇事之際更在後巷被捉住，他行刺杜仲宜的嫌疑，更是無可洗脱。

探員約畧問過口供，斷定杜牛是案中要犯，把一干人帶回警察局，經過仔細研訊，認爲杜牛最可能是兇手，由政府主控官向法院提出控訴。

杜牛身繫囹圄，雖極力呼寃，然而百口難辯，他的罪名，實不容易洗脱。

杜仲宜被刺與杜牛受嫌的新聞，連日在報紙上連篇累牘的刊載，引起社會人士密切注意。他是社會知名人物，他的横死，關係重大。

二

那天，是法院開審之期，旁聽席上，人山人海，反映着社會人士對此案的重視。

審過幾件零星小案後，萬人矚目的殺人嫌疑犯杜牛，被押上法庭。他本來是個瘦弱得可憐的人，再經過幾天獄中生活的磨折，以及精神上所受的刺激，更使他憔悴不堪。憂慮使他在幾日間把頭髮變成灰白，兩目無神。法庭上每個人目光都集中在他身上，使他感覺得好像千百張利刃，向他直刺，令他驚惶恐懼，不敢看每一個人，不敢跟每一個人的冷酷目光接觸，只低垂着頭，接受這無言的譴責。

嘈雜的人聲，在法官肅穆的法鎚下靜止。首先由主控官申述案發情形，特別指出幾點，證明杜牛無可置疑是謀殺杜仲宜的兇手。

最後，他說：「被告杜牛，因借不遂，竟蔑視法紀，行兇殺人，證據確鑿，罪無可逭，望憲台秉公辦理，處被告人應得之罪！」

接着，法官傳訊各證人，除胡邦之外，劉澤如、呂超然和杜仲宜的繼室，及家中的僕役等，一一詳詢口供。按他們所述，經過情形，大致相同，大家都認為杜仲宜的橫死，必是他行刺無疑。

杜牛在犯人檻內，儘在索索打抖，法官一副冷冰冰的面孔，向他打量一會，然後嚴肅地問：「你為什麼要殺死你叔叔杜仲宜？」

「大人在上！」杜牛惴惴的說：「小的寃枉！杜仲宜實在並不是我殺死的。」

「你還想狡辯嗎？」主控官面孔一沉，說：「人證俱在，要是他們預先安排，也不會這般湊合，你有什麼話好說？還是爽爽快快招供罷，再辯也是無益。」

「小人一點也不敢說假話。」杜牛戰戰兢兢的說：「我雖沒有讀過很多書，到底是循規蹈矩，知法守法的人，這等事決不敢幹。」

「你那天到底有沒有向杜仲宜借錢？」

「有的。」

「他拒絕你，你瀕行對他說了恐嚇的話，對不對？」

「我說過的，不過只是一時性起，忍無可忍，才會說出那樣的話；其實，我決不會幹出犯法的事。」

「這叫人怎能相信？你恐嚇杜仲宜的話，還可說是出於無心；但倘不是有殺人的動機，晚上鬼鬼祟祟跑到杜公館去，又是爲了什麼？」

杜牛仍在發抖，半天說不出話；最後，訥訥的道：「我到那裡……不過爲……」

他抬起可憐的雙眼。「不見得這樣就是我殺人啊！」

「照你所供，你曾向杜仲宜借過錢，他拒絕了你，你又曾恐嚇他；在這天晚上，杜仲宜被人殺死了，而你又恰巧在這時間，出現於杜公館附近，犯了嫌疑被捉。經過是這樣，你的殺人原因，殺人動機和殺人行爲，已完全清楚，無異自己供認是殺死杜仲宜的兇手，現在否認，也掩不住事實。」

「我認罪……」杜牛額上汗珠直流。「可是，我發誓沒有殺過人！」

「這更笑話！你若沒有殺人，認什麼罪？」

「事情至此，我沒法再隱瞞了。」杜牛顫聲的說：「那夜我往杜公館去，目的是想……」頓了一頓，又怯懦地往下說：「那天我向二叔借不到錢，還給他氣弄一頓，心裡又恨又惱，老不舒服。回到家中，傍晚妻子說肚子不妥，孩子快要出生，我急得沒法，打算硬着頭皮去幹一遭。可是到了杜公館，爬過矮牆，突然聽得兩聲槍响，把我嚇得魂不附體，以爲給警察發覺，開槍向我射殺，急忙逃命，不料給抓住了，硬指我殺死杜仲宜，眞教我有口難辯啊！」

法官沉吟着，對他這番話還是不置信。

「這也不能作爲你卸罪的理由。」主控官仍不放過的說：「你深夜跑到杜公館去，是偷東西抑行刺，只有你自己才知道，說不定你殺死他；事發了，就諉稱爲偷，希圖減輕罪名。」

「我的話一點不假，句句是眞，希望大人明察！」杜牛一味呼冤枉說。

審訊了半天，仍然沒得到結果。這案子雖然沒有直接證據，但觀察情理，一切都十分可信，因此斷定杜牛確是殺死杜仲宜的罪犯，判處他十五年有期徒刑。

宣判時，旁聽席上，突然「哇」的一聲，有人哭叫起來。

在沉靜肅穆的空氣中，突然來了這哭叫聲，使法庭內每個人都爲之錯愕，尤其判刑的法官，和被判刑的杜牛。

杜牛給這稔熟的聲音楞住，急忙向人叢中瞧望，看見旁聽席上後排有一個穿黑綢衣服，約莫廿六七歲的婦人，正伏在那兒痛哭，這女人就是杜牛之妻。

那夜，她腹痛將臨盆，杜牛只顧去籌錢，深夜不歸，把她急壞。眼看孩子快要出世了，杜牛依然不見蹤影；她呻吟床上，沒了主意。後來同居女人看不過眼，頓起同情之心，出錢僱了一部黃包車，把她送進一家教會辦的醫院；醫院中人憐憫她，收容了她，且免費給她接生了孩子。

孩子出生後，她才聽到杜牛被捕消息，痛不欲生，幾番尋死，同屋的女人再三向她勸慰始已。因爲生活上種種不方便，她把孩子送了給人家撫養，現在又聽得丈夫被判徒刑，不禁悲從中來，忍不住哀號起來。

杜牛看見自己的妻子那麼哀傷，也忍不住掛下兩行熱淚；從此，他和愛妻將要睽別十五個年頭，妻子還年輕，能不能爲他守候十五年？這十五年期間，她的生活又將怎麼過呢？

想到那孩子，他更傷心，這可憐的小生命，甫踏入這個世界，就遭遇惡劣悲慘的命運。嚴肅的法庭，頓成他們夫婦倆的泣別長亭，眞叫人聞之心酸。

後來經法警制止，杜牛的妻子才盡力斂住悲懷。

他們夫婦倆這樣悲哀的一哭，竟使一個人大大的受了感動。這人坐在旁聽席第三排近路邊的座位上，是個年約三十一二歲的青年，生得潤臉濃眉，鼻直口方，紫淡膚色，黑中泛紅，身穿灰布中山裝，身裁壯碩，看得出是個精壯健康的人。

他對這次審訊，起初還極力忍耐住衝動的情感，漸漸想到，這可憐的婦人，當她丈夫被關進牢獄後，生活將怎樣維持下去？

倘她不堪刺激，由此悲觀自殺，悲劇豈不是由自己一手造成？

杜牛判刑，將要在牢獄中過十五年悠長的日子，這是多麼痛苦？倒霉並不是他的罪過，不能因爲他倒霉，就給予他這樣的懲罰。

愈想愈覺難過，也愈想愈慚愧。若讓悲劇再演下去，豈不使我的罪過更加深重？想到這裡，良心難過，深深追悔，不能再忍耐了，霍的站起來。

坐在他身邊的是個二十來歲的青年，身穿藍西褲、白襯衫，也是個粗壯强健的人；見他的朋友忽然站起來，覺得奇怪，心知不妙，趕忙牽着他的衣袖，要制止他的愚蠢行徑，可是，已經來不及了。

「法官，請別寃枉好人！」那人亢聲說：「殺杜仲宜者在此，現在特來自首！」

這話一出，全場爲之寂然。

一分鐘前，除了杜牛和這自首者外，任誰都已認定杜牛是謀殺杜仲宜的兇手；現在他的一句話，把前案完全推翻，不特一般旁聽者大出意料，連被判處徒刑的杜牛，也想不到絕處逢此轉機，爲之又驚又喜。

那人慢慢走上前，走到被告席上，以極鎮定的態度說：「法官大人！這位朋友的嫌疑，完全由誤會而起，其實兇手並不是他。杜仲宜是我親手殺死的，只有我一個人應當受到刑罰。希望憲台秉公辦理，釋放這位無辜的朋友，我甘願受任何應得之罪。」

法官驚詫之餘，不得不以審愼態度處理這事。

他先問明白自首者姓名，據說他姓方名烈，是潮安人，卅二歲，沒有職業。

他說：「那天晚上，我一個人爬過矮牆，攀上露台，在外邊窺伺了幾個鐘頭，才得到機會，乘杜仲宜背着外面更衣之際，隔着玻璃門對準他連轟兩槍，看着他倒地，不再動彈，才從容退出。」

他描述得繪影繪聲，絕不把這行徑當是犯罪行爲似的。

「你爲什麼要殺死他？」法官聽畢，問道：「你跟他有什麼仇怨？」

「說我和他有仇怨也可；說沒仇怨也未嘗不可。」方烈微笑着。「殺死他的原因，恕我不能在這時公開。但，我可以坦率對你說一句：我殺死杜仲宜，一點都不後悔；我自首，是因爲不願把這罪牽涉到別人身上，一人作事一人當，我願接受任何裁判。」

他說完這話不再作聲；不管法官怎樣詢問，他也不肯把行刺杜仲宜的原因供出。法官無奈，只得下令把他扣押起來，再行研訊。

經過多次審訊，方烈始終不肯說；一方面又因杜牛行刺的正面證據，確然不足，結果，把他釋放，方烈則被判十年有期徒刑。

這事告一段落後，社會人士，莫不引爲談資。尤其因爲方烈不肯供出行刺原因，更引起許多揣測。大家都覺得，他的行動有點神秘性，又是個有義氣的人，倒有幾分像古代的俠客行徑，對他不由景仰；但，這其中的關係，他們不會知道的。

爲了社會人士矚目，報紙上不但把事情經過，詳細紀載，還把杜仲宜、杜牛和方烈的相片，也鑄版刊出，成爲汕頭轟動一時的大新聞。

三

在香港銅鑼灣區，一所小洋房的二樓，一個頭髮斑白的老婦，架了一副老花眼鏡，正坐在安樂椅上讀報。

這小廳子佈置雖然簡單，却還幽雅，看得出是個快樂的小家庭。

老婦人有點憔悴，但眉宇間顯出她的和藹慈祥。這時，她正全神貫注地讀報上一則新聞；讀完了，又閉目遐想，在追憶着一樁令她感慨的往事。

她的眼眶漸漸起了紅暈，無力地把報紙放下，眉頭皺上，遊目顧盼，注視着壁上一張照片——一張家庭照片，一雙中年夫婦，膝下是個十二三歲的孩子；女人手裡抱了個未及週歲的嬰兒。

老婦從這張照片憶想着過去他們有着一個多麼甜蜜快樂的家庭；可是，自此之後，叫她老人家傷心的事太多了。

再看書案上，擺着另一張照片，一個二十歲左右的少女，臉蛋兒構成美麗的輪廓，剪水似的雙瞳，流露着內蘊的聰明。

照片中的少女對着老婦微笑，她凄愴的心境，似得到一點兒安慰，慢慢扶起身子，挪到桌前，雙手捧起相架，凝望着照片，雙唇翕動，像有許多話要向相片中人訴說；畫中人始終微笑，像在溫言慰解她：不要太傷心了！

這時已近中午，紅日滿窗；但簾幔低垂，室內顯得一片幽暗。

忽然，聽得緩慢的步履聲，從房間懶洋洋地走出來，老婦的思潮給打斷，急忙放下相架，暗暗用手背揩拭濕潤的淚痕。她斂住憂鬱的情緒，勉强湧出一絲兒笑容。

抬頭看，一個身段窈窕的女郎，映入她昏濛的老眼中。女郎年紀很青，才廿一二歲光景，穿着花綢睡袍，方在繫着腰間帶子。

把帶子結了蝴蝶花，五個纖指，輕輕掩着小巧的唇兒，打了個呵欠。

「薇，怎麼這末早便起來？」老婦微笑説。

「不早了。」女郎抬頭瞧瞧壁鐘，已十一點二十分。

「你每晚差不多要天亮才睡，休息時間太少，當心弄出毛病來啊！」

「不會的，習慣了便不覺得苦。」

老婦不説什麼，回頭高聲喚着：「阿彩！」外邊有人應了。半晌，一個婢女進來，老婦吩咐倒水給小姐洗漱；完了之後，老婦又命婢女開飯。

「媽，原來你不曾吃飯？」

「我不餓，所以等你一起吃。」

母女吃着飯，女郎覺得今天菜色比平日豐盛，而且每一味都是她平時愛吃的，不由納罕的問：

「今天爲什麼……」

「你忘了麼？今天是你生日嘛。」

「媽，你眞好！」女郎愛嬌地說；話才出口，看見母親面色不對，訝道：「你怎麼……忽然又哭起來？」

「我沒哭。」老婦忍着心說。

「那你爲什麼流淚？」

「我太歡喜、太興奮，所以禁不住流淚。」

「不，你騙我！」女郎放下碗箸，凝視着母親。

「好孩子，母親從來不騙你的。」

「我看得出你一定有不開心的事，看你雙眼都哭腫了，還瞞得過我嗎？媽，你心裡有什麼事，該對女兒說明白啊，爲什麼要老鬱在肚子裡呢？你不快樂，女兒怎麼會快樂呢？」

老婦本想極力按捺住心內的悲愴，可是給女兒道破了，反勾惹起滿腔心事，再忍不住，老淚像斷了線的珍珠，簌簌落下。

女郎着了慌，忙問：「媽……怎麼的？」

老婦拉了袖管，拭着雙眼，索落地流淚。

女郎見她忽然這樣傷心，雖然一時猜不透她是爲了什麼原故，鼻子却不由一酸，陪她流下淚來。又怕因此增加她的傷感，盡力忍住眼淚。

「媽，」她撫慰她說：「別再傷心，你哭，我的心也要給你哭碎了！媽的心事我知道，這些日子，做女兒的不能叫你過得豐豐裕裕、快快樂樂，心裡着實難過。我常常許下心願，要努力多掙錢，使你過得和以前一樣舒服，那我的心事就可放下。媽，你忍耐些，縱然覺得難過，也是暫時的，請相信女兒，一定有這能力的！」

老婦抬起一雙淚眼瞧着女郎道：「你這麼說，更叫我痛心了！我怎能把這麼重的責任放在你肩上呢？要不是遭遇了重重厄運，你該進大學念書的；現在，却要幹着給人瞧不起的勾當，不簡直是我負累你？其實，我暗裡也有一個心願，寧願過更簡單的生活，盡我的能力，繼續給人車衣，都不願你拋頭露面！」

女郎放下碗箸，走到老婦身邊，在她座椅扶手上靠着身子，懇切的說：「媽，難道你也不了解你的女兒？舞女雖是給人賤視的職業，可是女兒在外邊倒能潔身自愛，規行矩步，從來沒做過不名譽的事情。再說，一般舞女，也不像人們想像那麼壞，她們幹這營生，無非爲了解決生活吧了。」

「我不是不相信你，但不能不爲你的前途設想。我不願你繼續這種生活，試想，一個女人的最後歸宿，還是要嫁人的，你幹這個，決不是長久之計，而且會影響你最後歸宿的選擇——不只我這麼想，昨天跟東秀談起，他也在替你躭心！」

「他又到這兒來麼？」女郎粉臉上一陣泛紅。「眞討厭！」

「咳！你倆眞太孩子氣！畢竟爲什麼又鬧翻了？你老是避着不肯見他，叫他那麼難過，老實說，我也難過的。」

「其實沒有鬧翻不鬧翻，他不該常常到這兒打擾我。」

「東秀這人本來不錯，而且他眞是十分關心你；何況，你們又有多年同窗關係，怎好這樣冷落人家？說句衷心話，我歡喜他這種人，靠得住，有前途。」

老婦偸眼瞧了女郎一下，看她面色似稍受了些感動，沒說話；老婦收斂了悲傷，勉强露出笑容說：「吃飯罷！今天該是高興的日子，爲什麼要提起不快的事情？」

女郎回到自己座位，拿起碗箸，繼續吃飯，可是那有心情？她想，母親今天的態度實在奇怪：剛才她爲什麼無緣無故悲傷起來？爲什麼忽又提到東秀？本來，我並不特別討厭他，但不知怎的，見了他心裡就覺得不安，滿懷忐忑，他誠懇的態度，只有使我難過。我所以毅然下海伴舞，是拚着犧牲個人，使母親的生活過得豐裕舒適點，若依他的話，不幹這個，豈不要她老人家爲生活吃苦？過去的日子，她艱苦工作，賺錢養活，讓我念完中學，現在我已長大，有能力了，不該再叫她捱苦的。

雖然，想到個人的前途，未免感到徬徨。如果不趁着青春年華，找尋對象，物色配偶，恐怕再過幾年，便有人老珠黃不值錢的悲劇。

東秀曾對我表示過，願終身相伴；可是他家境窮困，這是最大難題，婚後我當然不再拋頭露面，伴舞爲生，生活只有靠他，母親更非靠他不可。

他在公司裡，不過是個低級職員，薪水微薄，怎能維持一家的生活？雖然，爲了愛情，我可跟他捱苦，但不忍見老母在人生最後一段旅程中，還要吃苦。我選擇對象，最重要的是有錢，其他都是次要問題。

不過，她幹了這事情後，每每看見許多同事姊妹，也都持着自己同樣的宗旨，到後來，落得悲劇收場，感情缺裂的也有；被遺棄的也有，這不能不使她心存警惕。沒有愛情的結合，終究不會長久的。

這時，她正徘徊歧道，進退維谷，苦悶的心情，無處可以申訴。

她又想：假如現在還過着以往快樂安定的日子，爸爸和哥哥都同在一塊兒，怎會落到今天這彷徨無主的境地呢？

現在，一切責任都落在我身上，這就是困難的關鍵。想到這些，她不由深深嘆了口氣。

「若是哥哥有一天回來就好了！我相信他一定能使你過着更快樂的日子！」

她不說還好，老婦聽了這話，忍不住悲從中來，一眶熱淚，再抑制不住，簌簌的落下來；女郎看了這情形，不由一驚。

「媽，你怎麼又哭了？儘管女兒說錯話，你也得包涵啊，我只不過這麼想，並沒立意卸下責任的。」

「不，我不會怪你……」老婦一味搖頭，難過了好一會才說：「但……我恐怕你哥哥……不會回來了。」

「你……怎的……這麼說？」

老婦不答話，回身在小几上拿了報紙，遞給女郎道：「你看吧！」

女郎看報紙，却找不到一段值得令她母親如此悲傷的新聞，一時莫名其妙，楞視着母親。

「我不明白你的意思呀！」

「你讀讀這新聞罷！」她指着報紙的頭欄說。

「杜仲宜被刺案眞相大白——眞兇方烈自首——判處有期徒刑十年——嫌疑犯杜牛無罪獲釋。」女郎讀着報上的大字標題。

此外，報上還刋出死者杜仲宜和兇手方烈的照片。

女郎看了，還是不明白，迷惑的說：「我想不出這段新聞爲什麼會使你這般傷心，死者跟我們絕沒關係的。」

「沒關係？」老婦說：「我在懷疑，這兇手方烈，就是你的哥哥。」

女郎聞言，愕然半晌，但她不相信的說：「怎會有這個道理？他姓方，我們姓趙，根本沒相關，你怎會懷疑他是我哥哥？」

「這難怪你不知道。」老婦忍住悲懷，向她解釋說：「那時你年紀尚輕，我一向又沒把事情詳細告訴你。你可知道這個死者杜仲宜，就是當日陷害你爸爸的杜二嗎？爲了這個關係，我才料定這方烈，就是你失蹤的哥哥趙達恩的化名。我看這照片，和他很相肖，他堅強鎮定的個性，跟他孩子時一模一樣，沒有改變。薇，我相信這料想是不會錯的。」

女郎這才明白她意思，沉思一會說：「媽顧慮的雖然有理，可也未免太神經過敏。不能因爲他殺死爸爸的仇人杜仲宜，就斷定他是我哥哥。杜仲宜這人作惡多端，不祇陷害爸爸，可能跟別人也結怨，他被刺難保不另有原因，兇手另有其人。再說，假如方烈就是我哥哥，他殺死杜仲宜，怎不可以堂堂正正，指他的罪惡，說明殺死他的動機；爲什麼始終不肯供出行刺原因？媽，你這推測可能有錯，想是爲了你對他思念過甚的原故罷了。別過份爲這事牽掛，你已等待十五年；十五年悠長歲月都捱過了，該可以再忍耐下去，或者有一天他會突然回來見你。」

「是，他一定會回來見我……」她喃喃地說：「或者再等十年，他的刑期滿了之後……唉，那時我怕沒命再等了！十年……太遙長了啊！」

女郎再拿起報紙，從頭迄尾細讀一遍，也覺得母親的推想，甚有可能；但不能不盡力安慰她。

「只要能見他一面，我的心事，就可放下，胸中積鬱，也可消除。」老婦說：「他果是達恩最好，我見他一面，死亦瞑目；不然的話，我的希望，仍然未絕，可以繼續等待，過得像往日一樣愉快。」

我也這麼想。見他一面，是眞是假，就可判明，用不着再憑空揣測……可是，困難的是，你老人家怎能老遠跑到汕頭？而且目前那兒情勢正告吃緊，你去，更不方便。」

「我難過的，正爲了如此！恐怕我此生都再沒有和他見面的機會了。可憐，他爸爸死得慘，而他，又要在獄中過悠長的十年，恐怕最後的結果，比他爸爸還慘！」

她說着，忍不住又老淚縱橫。

「何必這樣悲傷？」女郎連忙撫慰她說：「現在這方烈是不是哥哥還未能確定，你不過枉流了眼淚。」

老人家怎會因她三言兩語的安慰，就止住悲懷？還是哭得像淚人兒一般。

「媽，我想出一個辦法來了。」女郎沉思有頃，說：「媽雖然無法跋涉遠行，我儘可去走一遭。我替你去探明眞相，回來告訴你，你就可以放心。你認爲這辦法好不好？」

「好是好，不過我不放心你去。」老婦沉吟一會說：「他離家時，你還不過六歲，現在事隔十五年，他固然不會認得你，你也不認得他，恐怕此行得不到什麼結果。」

「我挑起了他的情感，他會記得起我的。」女郎天眞的說：「我還記得小時候，他每晚臨睡時給我唱的歌兒。」

老婦念子心切，對她這提議，到底沒反對。

這女郎姓趙，名小薇，老婦錢氏，是她母親。十五年前，她們本來有一個美滿的家庭，趙小薇的父親趙伯衡，是個安份商人，在香港開設錢莊，業務還穩當，一妻一子一女，四口之家，生活樂融融的。

趙伯衡健康一向不大好，年紀大了，店裡的事，漸漸不再親力親爲。店中有一個夥計叫杜二，從小在店裡當小廝，善解人意，很得趙伯衡寵信，後來把他擢升助櫃，再由助櫃晉升司理。趙伯衡很少回店，把店中大權，交付在他手上，自己閒在家中休養，有時慰妻弄兒，生活倒過得十分寫意。一月之中，只回店中視察一兩回。

杜二大權在握，氣勢和昔日便大有不同；當着趙伯衡的面，雖還像從前那般勤謹和順，暗裡却懷了鬼胎，立下不良之心。趙伯衡擁有幾十萬家財，事業全握在他手中，只要一旦發生變卦，就順順利利滾進他口袋裡。

他立下這主意，終於，事情就發生了。

一天早上，趙伯衡突然被捕，罪名是僞造鈔票。原來在他的錢莊裡，搜出幾千塊僞鈔，當局懷疑他是製造僞鈔，把他扣押起來，細加研訊。

要是別人或者還受得了，可憐趙伯衡本是本是有病之人，店子裡怎會鬧出這亂子，他一點都不知情，憂忿之餘，竟病倒獄中。

就在這時，杜二突告失蹤，後來一查，他已席捲了現欵近十萬元，不知跑到那兒去了。

趙伯衡聽了此事，一氣非同小可，病益加劇。後來雖然查明僞鈔的事，實際與他無關，乃是杜二插贓嫁禍，可是他未及開釋，已病死獄中了。

既破了產，趙伯衡也死了，只剩下孤兒寡婦，生活頓成問題。

那時，趙達恩才十六歲，在初中畢了業，聞此噩耗，怒眥欲裂；他本有着剛强的個性，遇了此事，如何能按捺得住？發誓要找着杜二報仇。

還是錢氏盡力勸住：「現在他既已逃跑，天涯海角，不知下落何處，要找他可不知從何處找起。再說，事既至此，就算找着他，把他切成肉糜，也不可能叫你爸爸復生，財產復得；而且你年紀尚輕，找着也奈何他不得，報仇大事，不是說說那麼容易，你還是忍耐，如有報仇之志，等到長大成人，有能力時，再想辦法爲是。」

趙達恩雖然不敢違拗母親之意，唯唯應了，其實他心中另有打算。一天晚上，悄悄出走，遺書告訴他母親說：「此行務要找着杜二，報那殺父之仇，不論將來結果如何，一定回來見母親的，望您不要惦掛！」

錢氏爲了此事，哭了幾天，又打發人到處追尋，都沒結果。直到現在，足足十五個年頭，這事在她老人家心中，始終是苦惱的泉源。使她稍感寬慰的，是她還有一個純孝的女兒趙小薇。

趙達恩離家時，趙小薇還是一個不大懂事的小孩子，錢氏以女紅度活，把她養大成人，盡力使她念完中學。當日父親被人陷害的事，趙小薇印象雖然很模糊，但間常聽母親述及，也了解到是怎麼回事，哥哥的出走，也從母親口中聽到了。

前年，錢氏因操勞過度病倒，趙小薇覺得不該再讓她老人家繼續捱苦，決意把家庭的重責，担負在自己身上。

她剛從學校出來，年紀尚輕，要找事不容易；她曾打算當女教員，然而因爲待遇太過菲薄，僅可維持個人，又覺此路不通，心裡不免彷徨。

她想：單靠薪水收入維持，衹有使母親過着刻苦生活，不可能有舒適的日子；後來悄悄瞞住母親，先去學習跳舞，數月後，舞步嫻熟，就到金陵舞廳當舞女，這是趙小薇伴舞生涯的開始。

那年她二十歲，是個早熟的女子，更在舞廳中經過一番磨練，逐漸就學得應付男子的三昧。論她的姿色，實在不俗，少女的溫柔，使男士們深深爲她陶醉。不久，她就走紅起來。

一晚，舞廳裡正當熱鬧之際，趙小薇發覺角落沙發間，有一個青年獨坐一隅，目不轉瞬地注視她。對於目灼灼的客人，趙小薇本是司空慣見，並不覺得奇怪，可是不知怎的，今回却感到怦然心動。因爲，她覺得這青年很面善，但一時記不起他是誰，在什麼地方見過。

他不知什麼時候來的，趙小薇發覺他後，過了一個鐘頭，仍見他獨自在那裡，既不走，又不跳舞。每次當音樂響時，他都想到舞池來，可惜座位離得遠些，未及出來，趙小薇已給別人的客人拉去跳舞。

趙小薇覺得這人行動有點奇怪，更加注意他。後來，趙小薇給客人請去坐枱，他更沒機會。趙小薇再向他瞧望時，則已離去了。

趙小薇打烊回家後，對這青年仍不能忘懷；過了幾天，不再見他再到舞廳，才漸漸沒放在心上。

星期六晚上，舞廳顯得特別熱鬧，在輕快的樂曲中，人們把一切憂思苦惱都拋開，盡情歡樂。這時，音樂台上正奏着悠揚的一曲「過眼雲烟」，趙小薇忽然發覺一個青年走到她跟前，向她請舞。趙小薇未及細看，便盈盈而起，和他共舞。

他們迴旋舞池中，舞步翩翩，他的舞術，還算輕盈嫻熟；只因他是陌生客人，趙小薇沒跟他交談。

忽然，青年在她耳畔低聲說：「小薇，你怎麼總不跟我說一句話？」

趙小薇聽說，芳心怦然。原來，自從她伴舞後，已改了一個藝名叫做多莉，小薇這名字，沒有一個舞客知道的。

她稍退一步，打量她的舞伴，認得正是那夜獨坐一隅，一直注視她的神秘少年。

「你……是誰？」她詫異的問。

「你不認得我了？」

「恕我健忘，一時記不起了。」

「十年了，難怪你不記得。」少年微笑着說：「你記得一個叫江東秀的嗎？」

趙小薇這才想起，十年前在小學念書時，有個鄰居而又是同學的小朋友，名字叫江東秀。他們每天一起回學校上課，放學又一塊兒回家。當時感情不錯，小學畢業後，他隨家遷居上海，從此就沒再見面。十年濶別，現在彼此都已長成，自然不再認得。

她覺得自己落到這田地，深感自慚，粉臉赧然，一時訥訥的說不出話。

音樂停了，江東秀說：「請到那邊細談好嗎？」

趙小薇芳心已亂，微微點頭，不由自主的跟他走到那邊，和他並肩兒坐下，要了飲品。

「小薇，你長得更漂亮了！」他怔怔望趙小薇一會兒說。

「你不說，我也認不得你。」趙小薇說：「世事變化眞大，想不到我們一別十年，又有重見的一天。」

「我眞想不到你會在這裡。」

「我落到這田地，你一定覺得很奇怪。」

「我們分別後，你遭遇的變故，我都知道。」

趙小薇幽怨地瞧他一眼，江東秀見她心情鬱鬱，便轉了話題說：「我第一次再見你時，雖沒機會跟你交談，但心裡却已感到說不出的高興；現在，我們已恢復十年前的情感，興奮的心情，更非言語所能表達呢！」

趙小薇低徊往事，心又一陣怙惙，只有極力抑制住惆悵的心情。

「你幾時回來的？」

「回來三個多月了。」

「打算在這兒久留嗎？」

「我在中華運輸公司做事。」

「那麼我們可以常常見面了。」

「以前，我們每天都在一起；希望現在又可和從前一樣。」

「可是，」趙小薇悄然道：「現在和從前不同了，你也不要常到這些地方來。」

「我來這裡，就可見到你。」

趙小薇默然。閒談間，又跳了幾支舞。江東秀看錶，已十二點半，要走了。趙小薇也不留他，道了晚安而別。

一連幾晚，江東秀都到舞廳，有人跟趙小薇跳舞時，他就靜坐一隅；沒人時，他就跟她跳，每晚總是在舞廳裡流連到很遲才離去。

有一次，直到舞場打烊，他約趙小薇同去宵夜，趙小薇無法推却，勉强答應，和他離開舞場。

他們上了的士，車行中，趙小薇偷看江東秀的神色，他默默不語，像在想着什麼。

一會兒，車到了中環，他們在華人行門前下車。江東秀携了趙小薇同上九樓大華在靠窗一角，相對坐下，談了一些無關重要的閒話，江東秀像心情恍惚，答非所問。

「你今天神不守舍的，爲什麼？」趙小薇忍不住問。

「這幾天工作太忙，睡得遲，所以精神不大好。」江東秀訕訕的說。

「你睡得遲，跟工作有什麼關係呢。」趙小薇不由笑起來說：「你的時間，不過在舞場上。」

江東秀啞然。趙小薇忽正色說：「我看，你像有什麼話要跟我說的；要說就說，這樣吞吞吐吐。」

「小薇，」江東秀囁嚅半晌說：「你覺得現在的生活怎麼樣？」

趙小薇聳聳肩膀，瞧着他說：「我不很明白你的意思。」

「我是說，你覺得伴舞生涯怎麼樣？」

「不覺得怎樣，這只爲了吃飯的緣故。」

「不，這十多天來，我仔細觀察，你雖貌爲歡笑，其實是內心痛苦難過，我很了解你，但你爲什麼不設法擺脱這痛苦？」

趙小薇內心一陣刺痛，沉默半晌，說：「這就是你不了解我的地方。我對自己的處境比你清楚，我已坦率告訴你，我過這種生活，全是爲了要吃飯的緣故。」

「如果你感覺得這種生涯令你精神苦惱，我願意給你解除它。」江東秀懇摯的說。

趙小薇一雙妙目，不由蘊着晶瑩的淚珠兒。江東秀看了，吃驚道：「小薇，你生氣嗎？請原諒我說話太過坦率，只因我在這一個多星期來，看到你的生活……我眞的可憐你、同情你，像你這麼一個年青女子，怎好把大好青春，埋葬在燈紅酒綠的舞場中？」

趙小薇聽了，淚珠兒再控制不住，一顆一顆的淌下來；江東秀忙抽出襟袋中的手絹兒，遞給她，讓她揩乾淚痕。

「我感謝你的好意，」趙小薇盡力抑住悲懷說：「可是……爲了我母親……太清苦的生活是過不下去的。」

「一個女人本來不一定要找事情做的，永遠的歸宿，該是一個美滿的家庭。」

趙小薇不語；江東秀繼續說：「儘管你爲了解決生活，所以下海伴舞，但，你可有想到，一個女人的青春，能夠保持多久？當你的青春消逝，人老珠黃，就不能再在歡場裡立足了；到那時，你會追悔誤了青春。可是，那太遲了。如果你珍惜青春，一定獲得快樂美滿的家庭，過永久歡愉的日子。」

趙小薇明白江東秀這話的眞正涵意，其實，她何嘗不早也有此感覺？何嘗不在選擇她的對象中？不過她對江東秀却另有一種心情。

他的家世，趙小薇相當清楚，他是個苦學生，有奮發的精神，前途原是有希望的；但目前他不過是運輸公司裡的一個小職員，做王老五還可以，結了婚生活怎樣維持？

追求她的，當中不少達官貴人、經理老板，優裕的生活，她唾手可得，所欠缺的，祇是中間聯繫的愛情。在這兩者之間，孰捨孰取？正是她不易解決的一樁心事。

「多謝你的指示，」她想着，幽幽的說：「目前，我還沒有考慮到這問題。」

江東秀聽她這麼說，知道她對自己還未有深刻的印象，便不再說什麼。

麵點用畢，趙小薇要回家了，江東秀祇好送她到希雲街，道了晚安而別。

這夜，趙小薇自然惹起了許多思緒，一夜沒有好睡。

第二晚，不見江東秀再到舞場，趙小薇心想，他大概惱了我了；可是他未免太過孩子氣。

一連幾晚不見他來，趙小薇心內不安，有點追悔，爲了這事，心緒忐忑不寧。

一天中午，江東秀忽然到她家裡來，買了點吃的東西，孝敬她母親錢氏。錢氏初不認得他，經趙小薇介紹，才記憶起，高興得什麼似的，和他絮絮話舊，並留他吃飯，江東秀也不推辭。

晚上，趙小薇回舞場上班，江東秀親自相陪。他在舞場中流連不去，趙小薇不知怎的，心裡頗感不安，更有點討厭他。

在一次共舞中，冷然對他說：「你可聽到剛才人家說你什麼話？」

「不知道，我沒聽見。」

「她們在竊竊私議，說你是我的拖車。」

拖車是舞場的流行語，指舞女相好的男人，多是生得漂亮，舞術高妙，花舞女的鈔票，跳免費的舞，整天追隨着舞女的人。

江東秀聞言笑道：「要是她們知道我和你是十年的老同學，一定不會這般猜想。」

「但你要知道，這對我會有影响的。」

「你怕這些無聊的流言嗎？」

「雖然不是怕，但犯不着給人家一個不好的印象。」趙小薇不安的説：「你必須保持舞客與舞女的一定地位，不能太過親熱。」

這時音樂告畢，江東秀回座；第二個音樂起時，他出到舞池，趙小薇已給一個胖子拉去跳了。江東秀見了他，似感非常驚奇。趙小薇跳着舞，瞥見他這獃獃的樣兒，暗自窃笑；江東秀退回座中，還目不轉瞬地怔望着他們。

胖子跟趙小薇似很親熱，邊舞着，邊喁喁談心，趙小薇偶然嬌憨地笑。胖子的年紀已四十過外，滿下巴是刮得青青的髫鬚根，腦袋光秃發亮，穿一套淡灰間條薄絨西裝，結着一條紅花領帶，大肚皮，跳起舞來，顯得有點累贅。

一舞既罷，胖子便把她領去坐枱子。趙小薇因爲江東秀苦苦相纏，早想捉弄他一下子，故意裝做沒看見他，和胖子談得很親蜜。

過了半個鐘頭光景，偶然回頭望去，已失了江東秀的所在，心裡想，他眞的吃起醋來？可憐孩子，太幻想了，他心裡不曉得多麼的難過！想着又覺得不忍。

舞塲打烊後，趙小薇叫一輛黃包車，從舞廳回家；忽然，昏暗的行人道上，閃出一個人，喚了一聲：「小薇！」

趙小薇一楞，看清楚原來是剛才給她氣走的江東秀，才定了心。

「我以爲你早走了，原來在這兒等着？」趙小薇淡然說。

「上面空氣太壞。」

「我就生活在那太壞的空氣裡。」

「不要誤會，我的意思是指眞正的空氣。」

趙小薇笑而不語；江東秀說：「我有話想跟你談談。」

「現在不早了，有話明天說罷。」

「如果不妨碍你，希望你能給我幾分鐘時間。」

「你一定要現在說，我也不便拒絕。」

「那末，我們一邊走，一邊談，好不好？」說着，輕挽她的玉臂。

走了幾步，他鼓起勇氣問：「小薇，剛才跟你跳舞的那胖漢是誰？」

趙小薇心裡想：他眞的吃起乾醋來了。「你怎的這麼關心那胖漢子？」她淡然說。

「我彷彿認得他。」江東秀說：「告訴我，他叫什麼名字？」

「他叫胡邦。」

「你認識他嗎？」

「不認識怎會知道他的名字？」

「我的意思是：以前你是否認識他？」

「唔，你這態度，好像是個查案的偵探。」

「我不是開玩笑，很需要知道這個。」

「老實告訴你，我認識他已差不多三個月，他是我最得力的捧場者之一。」

「怎麼我來了這許多次，今晚才第一次見到他？」

「前些兒他到汕頭去了，昨天才回來。」

江東秀沉吟了一會，又問：「他跟你的感情很好吧？」

「還不壞。」趙小薇說：「我想不該對任何一個舞客太冷淡的，你說是不是？」

她偷眼瞧江東秀，見他並無慍色，笑說：「其實，我也不見得和他感情特別好，我來只把他當做一個有趣的人物。」

「我願意聽聽關於他的故事。」

「他在我身上花了近萬塊錢，在別的舞客，一定存了某種冀求；但他却不然，始終以一個長者的態度對我，這不是很奇怪嗎？」

「他是什麼人，花得起這麼多的錢？」

「這却不清楚了。」趙小薇道：「聽人家說，他在陳烱明時代當過大官，那時候，積了很多錢，現在儘可以放心花用。」

「他來的時候，是獨個兒嗎？」

「不，他總是三幾個人一起。常常和他同來的，有一個叫井先生的，人更有趣，他的話，我一半聽不懂，花起錢來，比胡胖子更濶綽。」

「井先生是他的什麼人？」

「大概是朋友。不過胡胖子看來很有點怕他，什麼都逢迎他的意。」

江東秀沉吟着，趙小薇不由納罕問：「你這樣注意他，是爲了什麼？」

「因爲我覺得你和他的感情不錯。」江東秀笑笑說。

「他簡直是個老怪物，你以我會歡喜他？」

這時，已不經不覺走到中央戲院，夜已深，路上行人寥落。

「小薇，你走累了？」江東秀問。

「累倒不十分，只覺得有點眼困了。」她微微打了個呵欠。

「那我們坐車回去吧。」於是上了停在路邊的一輛的士。

那天，趙小薇聽母親提起十五年前失蹤的哥哥，竟懷疑那殺人犯方烈就是他，心裡雖並不完全相信，也希望由此可獲悉他的下落，以慰老人家創痛的心，因此決意到汕頭走一遭，看有沒有結果。

她回到舞場，打算向司理請幾天假，却先遇了胡邦；他的神色有點反常，往日見了趙小薇，總是張開嘴巴，笑嘻嘻的；今天却變得十分嚴肅。

首先，他叫侍者請趙小薇坐枱子，談話間，幾番想跟她談什麼，却又說不出。

最後趙小薇忍不住問他：「什麼事使你不開心嗎？」

「沒有什麼不開心的；我是……有話要告訴你。」

「什麼事？」

「明天，我要到汕頭去一趟。」

「才回來幾天，又要去？」

「不能不去，有事要辦。」

「去多久？」

「三五天便回來。」

「我有一個要求，你能答應嗎？」

「什麼要求？」

「我跟你一齊去，可以嗎？」

「你也去？爲什麼？」

「我想去玩玩。」

「你不怕空襲嗎？聽說這幾天很緊張。」

「那你爲什麼不怕？」

「我有要緊的事，非去不可。」

「我也正因爲有要緊的事，非去不可。」

「你眞是孩子氣！」胡邦笑説：「既然你也要去，我和你一起好了；不過，你若受驚，可不要埋怨我！」

「什麼時候動身？」

「明天下午，新海門開行，我打算趁那一班船。」

二人約定見面地點而別。

這夜，江東秀沒來，趙小薇却有點滿肚子的話想和他説，見他不着，頗感惆悵。

第二天，趙小薇把這事告訴母親，錢氏雖不放心，但念兒心切，到底也沒有反對趙小薇此行。她收拾了幾件衣服，携了簡單行李，依時到德忌利士碼頭。胡邦已先到，在那兒等着她，他訂了兩個頭等艙鋪位，替她把行李安頓好。趙小薇不慣出門，得他這樣照料，心裡倒是感激。

選自俊人《氣壯山河》，香港：俊人書店，一九六三年十二月十日

大人物與小人物

往往，從名片看得出那一個是大人物，凡大人物，名片每每跟其人的大小成正比例。我見過

一張最大的名片，大到像餐單一樣，要摺起來，正面是他的大名，裏面是他的銜頭。妙就妙在這些銜頭有新有舊，有現任某社團理事，某某公司董事；也有前某某會董事，簡直是一張履歷表。

我見過一位新進作家，名片上印上他的幾種著作名稱。我想，假如是馬森亮說的那種「猪乸作家」（多產之講），也像這位新進作家一樣，將作品都印在名片上，他的名片豈不大過上述那位大人物嗎？

也有人在名片上將學歷全部晒出，英國甚麼大學學士，美國甚麼大學碩士，加拿大甚麼大學博士等等，十年窗下，不過爲了這兩個字，原未可厚非；但眞正有學問的人，並未將這些榮銜印上，原因是如要印上，用巨型名片也無法「盡錄」。據説胡適有三十幾個博士銜頭，如果他也淺薄到全部晒出，在「名片奇觀」中當可佔一席位。

日本人最喜歡交換名片，小西猛任日本商事斡旋所所長，老萬曾被邀參加過多次日本商人訪港的宴會，他們互相交換名片，弄得老萬尷尬非常。因爲我數十年來沒有印名片的習慣，我有種感覺，自己既沒有令人另眼相看的榮銜，印名片沒有甚麼作用，反不如不印爽快些。我名片都沒有，日本人會覺得我有違交際常規。

平心而論，交換名片是好習慣。在宴會上，雖然介紹，記憶力最好的人，也多只能記得對方的姓，人太多時，就連乜先生都沒有印象。交換名片，既可加深印象，也可把名片存下來，幫助記憶，跟乜先生有過一面之緣。

新近在日本貨的店子裏買了幾本「名刺」册子，每册可放三百張名片，每頁三張，用透明紙裝好，把歷年收到的名片，分門別類，找起來非常便利。但遭遇到一點小麻煩。原因是日本人的名片，不論其爲大人物也好，小人物也好，差不多同一晒士，剛好適合放在這冊子的小格裏；可是遇到本港大人物的名片，就大傷腦筋，非把它裁小，沒法放得下。

但名片上擠滿銜頭，裁無可裁；要另買個特製的大人物名片冊子，又不可得，再三思維，唯有忍痛將他們一部份榮銜裁去，以適應冊子尺碼；其中有些認眞威水、架勢之人，每一榮銜都夠斤兩，裁小了對不起他們，索性一分爲二，以求削足就履。

經過交際上的種種不便，老萬終於打破幾十年不印名片的習慣，既沒有可以驕人的榮銜，又沒有學位，更非著作家，寫些不三不四的雜文混飯吃，當然不能在名片上印上全部著作，因此只向雜誌社借用簽名式的小電版，加上電話號碼及地址。這一來，即使遇到交換換名片的場合，也不會出現以前的尷尬情形。

不過，名片並非有百利而無一害。有位惡作劇的朋友。專門收集名片，上到舞苑、浴室、酒帘之類的地方，和撈女打交道後，將別人的名片給她，叫她：「有空打電話給我，我們再謀良敍。」撈女得了甜頭，當然死釘，電話打到朋友辦公室或家裏，簡直煽風點火，累到人家夫婦冷戰熱戰，他卻引以爲樂。

爲了提防別人拿名片去招搖撞騙，有些大人物還在名片上「套紅」，加印上「閣下注意：持有此名片者僅作專誠拜謁，不作別用」字様；背後英文部份，也印上"Warning: The Holder of this Card has no authority to act on behalf of or represent in any way the person named below"這一

張名片，在我收集的逾千名片中，可說是最特出的，普通也有加印上「專誠拜謁，餘事不用」的字樣，這種人，當然很有地位——至少他自己以爲如此。如果是老萬的名片，極其量拿出去找撈女尋開心，在錢銀上招搖撞騙沒有可能的，因此這種 Warning 在我的名片中不需要。

名片的大小，既有表現其人爲「大人物」的作用，因此有地位的人，競向「大」的方面發展。在老萬的「名刺」册子中，遭到「分尸」之厄的名片愈來愈多。

我有位極富幽默感的朋友彭先生，本來也和老萬一樣，沒有印名片的習慣，最近他到台灣經商，台灣人也像日本人一樣，見了面就交換名片，爲適應這種習慣，老彭也被迫印了名片。可是他的名片設計，與一般的剛好相反——或者是他的標新立異吧，他的名片只有普通的四分之一的面積，名片上用六號字（比本書內文的新五號字還小，和報紙用的鉛字相同），且楷書鉛字看起來比老宋體的還要小。

交換名片後，對方總是感到詫異，有些年紀老邁的，看六號字十分吃力，看來看去看不清楚，愈看不清楚愈要看，索性掏出老花眼鏡戴上，才看出他的大名，印象特別深刻。

一位倚老賣老的朋友忍不住對他說：「彭先生，你的名片爲甚麼要用這麼小的字？」

「因爲我是『小人物』嘛。」

不過，小人物而肯自承爲小人物的，我也只見過老彭一個；許多小人物的名片，驟看之下，可能把你嚇了一跳。

我看過一張名片是這樣的：「某國駐港總領事……」如果不看下面四個字，確是威水；看下去卻是「私人厨師」，他並不是總領事，而是總領事的私人厨子大司務而已。

小人物而甘稱小人物的，能有幾人？

選自萬人傑《人海百態之一：大人物與小人物》，香港：湘濤出版社，一九六九年十一月

倪匡

妖火〔節錄〕

一：一個神秘的大花瓶

我從來也未曾到過這樣奇怪的一個地方。

到目前爲止，所發生的一切，都像是一篇小説，而不像是現實生活中所應該發生的。但是，它却又偏偏在我身上發生了。

我必須從頭講起：那是一個農曆年的大除夕。

每年大年三十晚上，我總喜歡化整個下午和晚上的時光，在幾條熱鬧的街道上擠來擠去，看着匆匆忙忙購買年貨的人，這比大年初一更能領略到深一層的過年滋味。因爲在大年初一，只能領略到歡樂，而在除夕，却還可以看到愁苦。

那一年，我也溜到了天黑，紅紅綠綠的霓虹燈，令得街頭行人的面色，忽紅忽綠，十分有趣。而我，則停在一家專售舊瓷器的店家面前，望着橱窗中陳列的各種瓷器。

我已看中了店堂中紅木架子上的那一隻凸花龍泉膽瓶，那隻膽瓶，瓷色青瑩可愛，而且還在青色之中，帶點翠色，使得整個顏色，看起來有着一股春天的生氣。我對於瓷器是外行，但是這隻瓶，即使是假貨，它的本身，也是有其價值的，因此，我決定去將它買下來。

我推門走了進去，可是，我剛一進門，便看到店員已將那隻花瓶，從架上小心翼翼地捧了下來。

我心中不禁愣了一愣，暗忖難道那店員竟能看穿我的心意麼？事實上當然不是如此，因爲那店員，將這隻瓶，捧到了一位老先生的面前。

那老先生將這隻瓶小心地敲着、摸着、看着。我因爲並不喜歡其他的花瓶，所以，便在那老先生的身邊，停了下來，準備那老先生買不成功，我就可以將它買了下來。

那老先生足看了十多分鐘，才抬頭道：「哥窰的？」龍泉瓷器，是宋時張姓兄弟的妙作，兄長所製的，在瓷史上，便稱爲「哥窰」，那位老先生這樣問法，顯出他是內行。

那店員忙道：「正是！正是，你老好眼光！」

想不到他馬屁，倒拍在馬脚上，那老先生面色一沉，道：「虧你講得出口！」一個轉身，扶着手杖，便向外走去。

我正希望他買不成功。因爲我十分喜歡那隻花瓶，因此，我連忙對着發愣的店員道：「伙記，這花瓶多少錢？」那店員還未曾回答，已推門欲出的老先生，忽然轉過身來，喝道：「別買！」

我轉過身去，他的手杖幾乎碰到了我的鼻子！

老年人和小孩子一樣，有時不免會有些奇怪的，難以解釋的行爲。

但是，我却從來也未曾見過一個一身皆是十分有教養的老年人，竟會做出這種怪誕的舉動來。一時間，我不禁呆住了難以出聲。

正在這時候，一個肥胖的中年人走了出來，滿面笑容，道：「老先生，什麼事？」那老先生

「哼」地一聲，道：「不成，我不准你們賣這花瓶！」他的話，説得十分認眞，一點也沒有開玩笑的意味在內。

二：他揮手杖擊花瓶

那胖子的面色，也十分難看，道：「老先生，我們是做生意的——」

我想不到因爲買一隻花瓶，而會碰上這樣一個尷尬的局面；正當我要勸那老先生幾句的時候，那老頭子，突然氣呼呼地舉起手杖來，向店伙手中的那隻花瓶，敲了過去！在那片刻間，店伙和那胖子兩個人，都驚得面無人色，幸而我就在旁邊，立即一揚手臂，向那根手杖格去。

「拍」地一聲響，老先生的手杖，打在我的手臂上，我自然不覺得什麼疼痛，反而將那柄手杖，格得向上，直飛了起來，「乒乓」一聲，打碎了一盞燈。

那胖子滿頭大汗，喘着氣，叫道：「報警！報警！」

我連忙道：「不必了，花瓶又沒有壞。」

那胖子面上，猶有餘悸，道：「壞了還得了，我只好跳海死給你們看了！」

我微微一笑，道：「那麼嚴重？這花瓶到底值多少？」我在説這句話的時候，是準備他一説出這花瓶的價錢，便立即將之買下來的，而且付現鈔。

那胖子打量了我一眼，説出了一個數目字。

霎時之間，輪到我來尷尬了，那數字之大，實足令得我吃了一驚。當然，我不是買不起，但要我以可以買一隻盡善盡美遊艇的價錢，去買一隻花瓶，我却不肯。

我忙道：「噢，原來那麼貴。」胖子面色的難看就別提了，冷冷地道：「本來嘛！」我拉了老先生的手臂，從地上拾起手杖，走出了這家店子，拉了老先生轉過了街角，背後才不致有如針芒在刺一樣地難受。

我停了下來，道：「老先生，幸而你不曾打爛他的花瓶，要不然就麻煩了……」

我只當那老先生會有同感的。因爲看那位老先生的情形，可能是千萬富翁，但是我還未曾見過一個肯這樣用錢的千萬富翁。

怎知那老先生却冷冷地道：「打爛了又怎樣，大不了賠一個給他，我還有一隻，和這個一模一樣的，它們原來是一對。」

我越聽越覺得奇怪，道：「你說，店裡的那隻花瓶原來是你的？」老先生「哼」地一聲，道：「若不是祖上在龍泉縣做過官，誰家中能有那麼好的青瓷？」我一聽得他如此說法，心中有一點明白了。

那一定是這位老先生，原來的家境，十分優裕，但是如今却已漸漸中落，以致連心愛的花瓶，也賣給了人家，所以，觸景生情，神經才不十分正常。

然而，我繼而一想，却又覺得不十分對。因爲他剛才說，家中還有一隻同樣的花瓶，照時價來說，如果將之變賣了，也足可以令他渡過一個十分快樂的晚年了。可能他是另有心事。

我被這個舉止奇怪的老年人引起了好奇心，笑着問道：「老先生，那你剛才在店中，爲什麼要打爛那隻花瓶？」

老先生望着街上的車輛行人，道：「我也不明白為什麼——」

三：機密事情亟待相商

老者講到這裡，便突然停止，瞪了我一眼，道：「你是什麼人，我憑什麼要對你講我的事情？」

我笑道：「有時候，相識數十年，未必能成知己，但有緣起來，才一相識，便成莫逆了，我覺得老先生的為人很值得欽佩，所以才冒昧發問的。」

「高帽子」送了過去，對方連連點頭，道：「對了，譬如我，就連自己的兒子，也不了解……」

我心中又自作聰明地想道：「原來老頭子有一個敗家子，所以才這樣傷神。」

那老先生道：「我們向前走走吧，我還沒有請教你的高姓大名啦。」

我和他一齊向前走着，我知道，從每個人的身上，都可能發掘出一段曲折動人的故事來的，但從這位老先生的身上，所發掘出來的事，可能比一般的更其動人，更其曲折。

我聽他問起我的姓名，便道：「不敢，小姓衞。」那老先生顯然是一個性子很急的人，連忙道：「姓衞？嗯，我聽得人説起，你們本家，有一個名叫衞斯理的，十分了得。」

我不禁笑了笑，道：「衞斯理就是我，了得倒只怕未必。」

那老先生立即站住，向我望來，面上突然現出了一種急切的神情來，一伸手，抓住了我的手，我覺得他的手臂，在微微發抖。

我不知道他何以在剎那之間，如此激動，忙道：「老先生，你怎麼啦？」

他道：「好！好！我本來正要去找你，却不料就在這裡遇上了，巧極，巧極！」

我聽了他的話，嚇了老大一跳，他的口氣，像是要找我報仇，苦於不知我的行蹤，但是却恰好狹路相逢一樣！我忙道：「老先生，你要找我，有什麼事？」我一面說，一面已經準備運力震脫他的手臂。

老先生忽然嘆了一口氣，道：「老頭子一生沒有求過人，所以幾次想來見你，都不好意思登門，如今既然遇上了你，那我可得說一說了。」

我鬆了一口氣，心想原來他是有求於我！忙道：「那麼，你請說吧。」

老先生道：「請到舍下長談如何？」

今天是年三十晚，本來，我已準備和白素兩人，在一起渡過這一晚上的。但是我聽出那老先生的語言，十分焦慮，像是除了我以外，沒有其他人可以幫助他一樣。所以我只是略想了一想，便道：「好的。」

老先生站住了身子，揮了揮手杖，只見一輛「勞司來司」轎車，駛了過來，在他的面前停下，那輛名貴的車子，原來早就跟在我們的後面了。

穿制服的司機，下車打開車門，我看了車牌號碼，再打量了那老先生一眼，突然覺得他十分面熟，這是時時在報上不經意地看到過的臉孔，我只是略想了一想，道：「原來是 × 先生！」

我這裡用「× 先生」代替當時我對這位老先生的稱呼，以後，我用「張海龍」三個字，代表他的姓名。我是不能將他的眞姓名照實寫出來的，因爲這是一個很多人知道的名字。

十四：紫色火焰從天而降

我略想了一想，便記了起來，「啊」的一聲，道：「對了，去年除夕，有一個外國遊客，在此過夜，結果暴斃的，是不是？」

張海龍點頭道：「你的記憶力眞不錯。」我道：「當時我不在本地，如果在的話，我一定要調查一下死者的身份。那死者不是遊客，而是有着特殊身份的，是不是？」

張海龍聽得我如此說，以一種極其佩服的眼光看着我，從他的眼光中，我知道我已經猜中了。我實在並不是什麼難事。以前，我和我的朋友曾討論過這件事情，因爲這個暴斃的遊客，是死在一個著名的富豪的別墅中的。這種事，照例應該大肆轟動才是道理。

然而，報上却只是輕描淡寫地當作小新聞來處理。那當然是記者得不到進一步消息的關係。凡是應當轟動的新聞，却得不到詳盡的報導，那一定是有着不可告人的內幕。

張海龍望了我片刻，道：「你猜得不錯，他是某國極負盛名的一個機構中的高級人員。」

張海龍當時，自然是將這個機構的名稱，和那個國家的名字，講了出來的。我如今記述這件怪異到幾乎難以想像的事情之際，覺得不便將這個機構的名稱如實寫出，反正世界各大國，警探諜報機構，舉世聞名的，寥寥可數，不寫出來，也無關宏旨。

當時，我不禁奇道：「遠離重洋，他是特地來找你的麼？」

張海龍道：「是，這件事，我還沒有和你詳細說過，那一年，某國領事館突然派人來請我，說是有一個遊客，希望借我的別墅住幾天，那人是小龍學校的一個教授。我和某國，很有生意上的來往，自然一口答應，那人的身份，我也是直到他死時才知道，他住了兩天，除夕晚，就出事了。」

我連忙道：「出事的時候，經過情形如何？」

張海龍道：「當時，這別墅還有一個花王，兼作守門人的。據他說，當晚，他很晚從墟集看戲回來，只見那外國人的房間，向外冒着火——」

「冒着火？」我插嘴道：「那麼，他是被火燒死的了？」

張海龍道：「不，火……據花王說，那火……不是紅色，而是紫色的，像是神話中，從什麼妖魔鬼怪中噴出來的一樣，他當時就大叫了起來，向上衝了上去，他用力地搥門，但是却沒有反應，他以爲那外國人已被烟燻昏迷過去了……」

我忙又道：「慢，別墅中除了那外國人，就只有花王一個人麼？」

張海龍道：「不是，小女爲了要照料那兩個印地安侏儒，本來是住在別墅中的，但因爲那外國人在，所以便搬進市區去了。」

我點了點頭，道：「當然是那花王撞門而入了？」

張海龍道：「不錯，花王撞門而入，那外國人已經死了，奇怪的是室內不但沒有被焚毀，連一點火燒痕跡都沒有。那外國人的死因，衹知道是中了一種酸的劇毒。」

張海龍講到這裡，我心中猛地一動，想起那兩個印地安侏儒來。

十五：兩人喪生益增神秘

那兩個印地安侏儒，不是來自南美洲，就是來自中美洲。他們是那一個部落的人，我還未曾能弄清楚，但是我立即想起他們的原因，則是因爲在這些未爲人所知的土人部落中，往往會有不爲文明世界所知的，毒性十分奇特的毒藥之故。

我忙道：「那一天晚上，這兩個印地安侏儒，在什麼地方？」

張海龍道：「自然在那實驗室中。」我追問一句，道：「你怎麼可以保證？」

張海龍道：「我可以保證的，這實驗室，除了我帶你去過的那條道路之外，只有另一條通道，而那條通道的控制機關，就在我的書房中，印地安侏儒要出來活動，必須按動信號，才會放他們出來。在那外國人留居期間，我截斷了和印地安侏儒的通訊線路，他們便當然不能出來了！」

我想了想，覺得張海龍所說的，十分有理。

他既然講得如此肯定，那麼，自然不是這兩個土人下的手了。

張海龍續道：「花王報了警，我也由市區趕到這裡，在我到的時候，不但某國領事館已有高級人員在，連警方最高負責人之一，也已到達，他們將死者的身份，說了出來，同時要我合作，嚴格保守秘密，他們還像是知道小龍已經失蹤了一樣，曾經向我多方面盤問小龍的下落，被我敷衍了過去！」

我不得不再度表示奇怪，道：「張老先，這時候令郎失蹤，已經兩年了，你爲什麼不趁這個機會，將這件事講出來呢？」

張海龍嘆了一口氣，道：「你年紀輕，不能領會老年人的心情，我只有小龍一個兒子，他突然失了蹤，雖然我深信他不會做出什麼不名譽的事來，但是却也難以保險，我不能將小龍的事，付託給可能公諸社會的人手上。」

我點了點頭，表示我明白了張海龍的心意。

張海龍又道：「花王在經過了這件事之後，堅決不肯再做下去了，他是我家的老花王了，他要辭工，我也沒有辦法，據他說，他在前一晚，便已經看到花園中有幢幢鬼影了！」

我道：「那麼，這花王現在在什麼地方？」

張海龍道：「可惜得很，他辭工之後半個月，便因爲醉酒，跌進了一個山坑中，被人發現的時候，已經斷氣了。」

我一聽張海龍如此說法，不禁直跳了起來！

因爲這件失蹤案，從平凡到不平凡，從不平凡到了神秘之極的境界。

到如今爲止，至少已有兩個人爲此喪生了，而張小龍的死活，還是未知之數。

我之所以將那個身份神秘的密探，和花王之死，這兩件事與張小龍的失蹤連在一起，那是因爲我深信這位枉死的高級密探之來，完全是爲了張小龍的緣故，如果張海龍當時肯合作，他兒子失蹤一事，此際恐怕已水落石出了。

我想了片刻，沉聲道：「張老先生，本來我只是想看一看那間房間，但如今，我却想在這間房間中住上一晚，你先回市區去吧！」

十六：森森陰風砭骨生寒

張海龍斷然道：「不行！」

我笑了一下，道：「張老先生，你不是將事情全權委托我了麼？」

張海龍道：「正因爲如此，我才不能讓你去冒險，這間房間，充滿了神秘陰森的氣氛，半年前，我曾打開來看了一看，也不寒而慄！」

他在講那句話的時候，面上的神情，仍顯得十分地可怖。

我立即道：「張老先生，我如果連這一點都害怕的話，還能够接受你的委托麼？」

張海龍來回踱了幾步，道：「衞先生，你千萬要小心！」我笑道：「你放心，妖火，毒藥，都嚇不倒我的，給我遇上了，反而更容易弄明白事實的眞相哩。」

他在一串鑰匙中，交給了我一條，道：「二樓左首第三間就是。」

我道：「順便問一聲，這別墅是你自己建造的麼？」張海龍道：「不是，它以前的主人，是一個礦業家，如今破產了。」

我這個問題是要緊的，因爲別墅既不是張海龍親手建造的，那麼，別墅中自然也可能有着他所不知道的暗道之類的建築在了。

張海龍走了出去，我送他到門口，他上了車，才道：「你或許奇怪，我爲什麼不將那隻花瓶買回來？」我點了點頭。

張海龍道：「我是想藉此知道小龍是不是還有朋友在本地。因爲我打聽到，這花瓶是小龍押出去，他可以隨時以鉅款贖回來的，如果有人去贖，那麼我就可以根據這個線索，找到小龍的下落了。」

我笑了一笑，道：「結果，因爲那花瓶，我們由陌路人變成了相識。」

張海龍道：「天意，這可能是天意！」

我向他揮了揮手，司機早已急不及待，立即將名貴的「勞司來司」駕駛得像一支箭一樣，向前激射而出，車頭燈的光芒，越來越遠。

我這才轉過身來。

不但那間大別墅，只剩下了我一個人，而且，方圓幾里路之內，祇怕除了那兩個怪異之極的侏儒之外，也不會再有其他人了！

我自然不會害怕着一個人獨處。

但是，在心頭堆滿了神秘而不可思議的問題之際，心中總有一種異樣的感覺，當我轉身，再回到大廳中的時候，彷彿大廳中的燈光，也黯了許多，陰森森地，令人感到了一股寒意。

而四方八面，更不知有多少千奇百怪，要人揣測來源的聲音，傳了過來。

這些聲音，知道了來源之後，會令人發笑，那不過是木板的爆烈、老鼠的腳步聲、門聲等等，傳了過來。

我不由自主，大聲地咳嗽了兩聲。在咳嗽了兩聲之後，我自己也不禁笑了起來，暗忖：我什麼時候，變得胆子那麼小起來了？

然而，當我在大廳之中，又來回踱了幾步之後，我却又咳嗽了兩下。

同時，我心中對於張小娟的胆量，不禁十分佩服。

十七：翻箱倒篋搜尋線索

因爲當我和張海龍趕到的時候，張小娟一個人在這裡的。本來，我心中對張小娟十分厭惡，但一想到她至少具有過人的膽量這一點，我對她的印象，就好轉了許多。

我將張海龍給我的鑰匙，上下拋着，向樓梯上走去，很快地，我便到了二樓，着亮了走廊上的電燈。四周圍是那樣地沉靜，以致走廊上雖然鋪着軟綿綿的地氈，但是我還可以聽得自己的腳步聲，而又像是由陣陣陰風，自後吹來。

當我來到了一間房間的門前之際，我一共回頭看了三次，看我身後是不是有人跟着，結果當然是沒有人跟在我的後面。

我的脅下，挾着從實驗室取來的那一疊文件，我相信一年之前，降臨在那高級密探身上的命運，也可能降臨在我的身上。所以，我不得不特別小心地來應付這異樣的環境。

我一生中，經歷了不少驚險的事，但是沒有一件，像這一次那樣，濃厚的神秘氣氛，像一層又一層厚霧一樣包圍着事實的眞相，使你難以明白事情究竟是怎麼一回事！

這別墅中沒有電話，我沒有法子和外界聯絡。

而剛才張海龍離去的時候，我也不便託他帶口信出去，因爲他是那樣不願意再有人知道這件事。

我在門口站了一分鐘，側耳細聽門內的動靜。

門內靜得一點聲音也沒有，所以，當我將鑰匙插進鎖孔的時候，竟發出了出人意料的大聲響：那「拍」地一聲後，我伸手一推，立即向後躍退。

房門「呀」地一聲，被推了開來。

就着走廊中的燈光，我定睛向房中看去。

在意料之中，房內一個人也沒有，我跨進了房中，找到了電燈開關，開着了電燈。

房中的陳設十分簡單，是爲一個單身漢而設的。較惹人注目的是一隻十分大的書架，而且架上的書籍，顯得十分凌亂。

所有的傢具上，都有着厚厚的灰塵，我掀起了床罩，四面拍打着，不一會，便已將積塵一齊打掃清楚。

我在椅上坐了下來，仔細地將今日的經歷，想了一遍。又將今日晚上要做的事，定下了一個步驟。

今晚，我當然不準備睡，但我也不準備去研究那文件夾中的文件。因爲那些文件，雖然有着極其重要的地位，但是却在我的知識範圍之外，是我所沒有法子看得懂的東西。

我將文件夾塞到了枕頭底下，我決定化上大半晚的時間，來小心地搜尋這間房的每一個角落。

我首先以手指叩着牆壁，直到確定了房間中不可能有暗道，我才開始拆開被子，撕破枕頭，打開衣櫥，將每一件衣服，都翻來覆去地看上半晌，甚至拆開了衣服的夾裡。然後，我又打開着每一個抽屜，在較厚的木板上敲打着，看看可有夾層。

做完了這一切，而足足化了我三個來鐘頭，我看了看手錶，已經是清晨兩點鐘了。我在不知不覺之中，渡過了舊的一年。

選自一九六四年二月十三日至十五日、二月二十六日至二十九日《明報》副刊

孟　君

愛人〔節錄〕

當被愛者在你心中，讚美之歌在你唇上。

一

我經過這墻下的窗，窗帘仍然低垂，鋼琴聲由窗縫中透出來，二姐又在唱歌。她唱的是被稱爲法國導音湯馬士的歌劇「迷孃」中「認識我的家園嗎？」最動人的一段。迷孃是吉普賽女郎，天涯浪客，說她無家，她却最懷念她的家。——

認識我的家園嗎？
佛手柑的芬芳，
金桔子的光芒；
深入了陰底。
和風從蔚藍的天空拂來，
拂在桃金孃的枝頭和高高的杜花球上。
認識我的家園嗎？

知悉這國土嗎？
那邊，那邊，
愛人啊，遠去！
（注：原詩是歌德的詩）

開了門，鋼琴聲和歌聲一起靜止，我的手還來不及掩上門扉，媽媽、大哥、二姐都一起來到門前。我奇怪，今日放學回家，受到如此隆重的歡迎！

「媽，大哥，二姐。」

他們的眼光像一列整齊的步槍，盯着我。

「老媽媽不行。」大哥說。

（老媽媽是我們習慣對祖母的稱呼）

「她要見你，單獨的。」大哥接下了我手中的書包。

「小妹，」媽媽擋着了我的去路：「別走，」誠懇地注視我：「不要去，」這話像命令，但用的是富於情感的聲音「不要去！」

「爲什麼呢？媽！」

「是的，」媽握上我的手：「不要去！」她說：「我求你，我求你！」

把背往門上一靠，我像仍在睡夢中。媽媽不許我去見垂死的祖母，如果我願意盲目的服從，將來，我會感到抱歉，她也會的。

「除非你有充份的理由，」我很倔强：「媽媽！」我含着淚水，看着她。

「但，——憑我的愛，憑我的愛啊！小妹，信我！你一旦走近她的門，」她簡直哭了：「你也完了，我也完了！全家都完了！」

我兩眼給淚水淹着，我不同意媽媽的阻撓，却能意味到這事的嚴重性：「爲什麼會呢？爲什麼會完了？」

淚糢糊了我的視線，我所見的媽媽，那尖尖的下頷、長長的眼，瘦削的兩頰，都像被罩了輕紗，她的臉，即使是迷迷離離一片，却也滿溢着眞情！

愛是偏袒的麼？我投入了她的懷抱！

母親的懷抱是兒女的溫床，我在那懷中長大，藉着體膚的溫暖，而獲得了人間的第一份愛。

但，長成後的我，對於讓媽媽抱着已有害羞的觀念，因此，多年來，我們都不曾作過這樣的擁抱！

此刻，媽媽伏在我的肩上，我也伏在她的肩上。大哥走開了，走入祖母的房間，二姐似乎不想參加意見，她坐在琴椅上，注視我們。

我輕輕推開了媽媽，「你能解釋理由嗎？爲什麼不讓我和祖母作臨別的再見？」

「我陪你一道去。來，我們一道去。」

「不，」我擺脱了她的手：「她祇希望單獨見我。」

「那麼——你必須有一個選擇；」她停了淚的眼，睜得很大，認眞地説：「要她？還是要我？」

「我不相信我必須作這樣的選擇；我要她，也要你。」

「要我，那你別去單獨見她。」

「你隱瞞着什麼事？媽媽，你一定把什麼事隱瞞着！」

「是的，我隱瞞着，但，請相信我是爲你好，我……我愛你，眞的。」

「那麼，不要瞞我，讓我知道，媽媽，我求你！」

「不行，」她的臉色變得鐵青，忘形地把我瞪着：「我不准你去，一句話：不准！」

我的心很紊亂，像一個平靜無波的海，一旦掀起了風浪；我却給一種無形的力量推動了，兩脚自然的移動，我想奔去走廊，但，媽比我更快，她瘋狂地撲到我爸爸的照片前，伸長手，指着照片——

「小妹，我現在以你爸爸的名字哀求你，像信徒用基督的名字禱告，如果你要我向你下跪，我會跪下來。」

「媽媽，不要迫我！」一對手抓着頭髮，我忍住眼淚：「我應該去見她，媽媽。對一個臨終的人任何的要求，我們不該忍心拒絕！」

「那麼，你也當我這是臨終的要求吧，小妹，媽媽現在向你下跪，哀求你！」

當母親跪倒在我身前，我突然昏迷了一陣，我也失去了理智，因爲，我面對着這失去了理智的媽媽；我什麼也不會想，祇知道本能地也朝她跪下。

「媽媽，不要這樣！不要磨折你自己！」我用一對膝蓋在地上移動，漸漸拖到她的面前，「饒恕我，媽媽……」

那發抖的手伸來，輕輕地撫着我的臉：「你受不起這打擊，小妹，你受不起！」

我知道，不要給祖母的幻想毀了你！」

「祖母的幻想？」我腦裡像一陣風吹來了這麼一句話。這時候，大哥早已站在我們之間，一手拉一個人，將我們拖起來。他說：

「我看，祖母快不行了……」

這句話，有無限的魔力，我的身體突然的像經過了魔術的催眠，簡直具備着超常的力量；我勇敢地扔下了母親，和她的迫切的叫聲，而奔進了祖母的房間。

越過這門檻，像衝進了另一個世界，這拉上了窗帘的房間，有一股陰沉的氣息，然而，並沒有呻吟。

我全個心都被愛所佔滿，連我的手，我的腳，我的五官，甚至我的頭髮，都有着我的愛，反應着我的愛！

我願自己死，假如她要死。

我意識到永別，——祖母安詳地閉目躺在枕上。我想到那自己所接受不來的打擊，我想，無知的躺在夢中，已過了十八年，是老媽媽讓我醒來？是她要擊碎我的幻想，只爲了她的幻想？

我心裡還有媽媽的哭聲，叫聲，哀求！

我知道我並沒有幻想。「愛不是罪吧？」

而，我的脚這時候已到達了她的床邊，注目這垂死的老人，「老媽媽！」低叫一聲。

她掀起了多皺紋而灰色的眼皮：「小妹是嗎？」

「是的，老媽媽！」

「小妹，告訴你，老媽媽不會死，我還得活着，活着等你爸爸！」這堅決的聲音，使她的話再也不值得懷疑。「我要活下去，我要見我的兒子，見我唯一的兒子！」

我跪在床前，抓起她那皮膚老皺的手，放在自己的腮邊親着，吻着。

「老媽媽，我很高興你有這樣堅强的求生的意想。可是，死了的人是永不會再回來的。」

「死？你是說你的爸爸死了？他還活着，小妹，不要欺負老媽媽看不見，你在笑我是不是？」

「不，我並沒有笑，老媽媽，我在哭。」

「哭？哭什麼？」

「捨不得你！」

「我早已說過了，你不信？我不會死的，我一定要還我這十八年的心願，小妹，去把你爸爸找回來。」

「但——到哪兒去找呢？」

「到處去找，找他回來，是我害了他，我要跟他說，是我害了他！」

「可是，老媽媽，如果你眞的不想死，那麼，你得好好的休息。」

「我問你，小妹，你到底去不去找他？你相信我嗎？你答應我？」

「我——我不知道。」

「我曉得，你不會相信。」她伸手到枕下，摸出了一條金鎖匙：「給你，你去打開書房裡的櫃子，裡面有你爸爸的日記。小妹，並不是老媽媽有意傷你的心，來，讓我摸摸你……。」

我湊上我的臉，她那粗糙的手，又習慣地撫着我的面頰，這，是她代替眼睛所表示的讚賞。

我難過地給她撫着，一個失明的老人，她的本身就有着值得憐憫的條件，可是，我不願憐憫她，我想愛她，給予她我的愛！

「老媽媽的眼睛並不是生出來就看不見東西的，就是爲了你的爸爸而哭瞎的，我的眼睛有一天會好，我得看看我唯一的兒子！」把金匙塞入我的手心：「拿去，看完了你爸爸的日記來告訴我，你要不要去找他？」

祖母認眞地捉緊我的手。我不能否定這一切的事情，祖母的話假如不是眞的，媽媽不會瘋狂地禁止我去見她。

「老媽媽，我答應你，盡我的能力。」

「好的，我早已知道你會答應。你身體裡面有你爸爸的血，也有我的血，你有我們同樣的志氣，這一點我深信不疑！」

我吻着她的手。

「去叫你大哥拿藥給我。好了小妹，老媽媽想睡一覺，你出去！」

我進這房門時，是懷着一顆沉重的心，現在，我像一隻卸了貨的船，減輕了重負，却變得迷惘和空虛！我握着金匙踏出房門，大哥等在門外，他的眼光驀地與我的眼光接觸，我發現那不尋常的視線，探視着我的心魂！

我很驚異地怔着。

「不要去看看媽媽？」

「她，她怎麼啦？」

但，實際上，我已來到客廳。爸爸的照片底下，媽媽跪着，伏首地板上，默默地抽咽。我的心分裂似的痛苦，我迷惘。可是我把媽媽的心重重地傷害了？

「媽媽，起來吧。」我拖她的手，她反抗着，但是沒有動：「媽媽，請恕我！」

大哥也來勸慰她：「你是好人，小妹應該仍然愛你的，媽媽，起來吧！」

二姐扔下了雜誌，站起來：「你們到底在幹什麼？弄得我莫名其妙！」

傭人由裡面匆匆來：「太太，開好了晚飯。」

媽媽依舊不動，我看見大哥向她跪下。

「媽媽，你要是不起來，我也不起來；你不吃，我也不吃。」

我想，有罪的是我，不是哥哥，是我激怒了她，我應該接受加倍的懲罰！

「媽媽，」我也跪下了：「你不起來，我也不，你不吃，讓我也餓死吧！」

二姐說：「你們都是瘋子！」她走去揭開了鋼琴，拚命地彈。我知道二姐，情緒好時，她永不唱，也不彈，可是，生氣、激奮或悲傷的時候，她就彈得很好，唱得更妙。

她說過，她是「悲慘的藝術家。」

我和大哥學着媽媽的樣子，跪地伏首，默默無言。也不知道是過了多久，媽媽先起來，拉起大哥和我，我們抹去了眼邊的淚，唇角又有歡笑，二姐的鋼琴聲也悠然而止，這歡樂一直到餐廳和飯桌上。

我們裝着沒有發生過什麼事，這態度保持到晚餐以後。大哥和二姐退出餐廳，媽媽單獨留下我。

「給我那金匙。」

我很害怕，臨時扯了一個謊：「什麼金匙？」我說：「我沒有。」

「你有，在你這口袋裡。」她指着我校服上面的口袋：「拿給我。這一趟，小妹，你沒有機會再作選擇了。拿給我，抑或要我死？」

「媽媽，別浪費你的精神，你要瞞我的事——我已知道！」

她的臉色變得蒼白，翻起那失神的眼，牢望着我：

「什麼事？什麼瞞着你的事？」

「爸爸並沒有死。」我截然地說。

「是的，他沒有！」用一對手掩着臉：「十八年，這長長的日子……這折磨，還不夠嗎？」

我怔着。我該走上去抱着她，低聲勸告她冷靜點，或者是表示我對她的同情和安慰，可是，我沒有動，仍然牢站在原來的地方，握緊着手中的金匙！

「把鎖匙給我！」媽媽沉着聲音。

「既然我已知道爸爸沒有死，那麼，就讓我看他的日記有什麼不好呢？」

「日記，」她向我走近，用失去光澤的眼盯着我：「小妹，聽媽媽的話，別去看他的日記，因爲……你一定會很傷心、很痛苦的！」

「那就讓我傷心，讓我痛苦吧！」我說：「我是你的女兒，父母的事情我無權知道嗎？」

她垂下了手臂，扶着一張椅子，軟弱地低下頭，眼淚無聲地滴在她的襟前。

「你會恨我，小妹，你會的！」强忍着眼淚，抬起頭，兩眼含愁，牢牢地投給我非常沉重的眼色：「你現在長大了，做你要做的事吧！」

我看見媽媽像一隻鬥敗的獸，荷負着無限的憂思而走出了門檻。

我想去追她，可是，連一句「媽媽！」這樣的呼叫也顯得很軟弱！我的手做了一個「追」的姿態，可是，脚步並沒有移動！

在我心上，橫着無數的問號，例如「祖母的幻想」以及「爸爸的日記」，甚至「會很痛苦，很傷心。」這些，都使我感到好奇！

我覺得對不起媽媽，因爲我並沒有依照她的話，把金匙給她，這金鎖匙，對於我反而有了新的意義，我必須馬上用它去打開那秘密的櫃子。——

當時我讓好奇掩蓋了一切的事實，沒想到我眞的會受這麼樣一個嚴重的打擊……

這時候，我已來到房書，我用金匙開了櫃子，而且找到了那一本封了塵的日記，是黑色厚厚的一本。

房子裡的燈透出了暗黃的光線，我在這黃色的燈光下，打開了日記本子。

可是，空氣裡忽然傳來了聲音。

「小妹！」

我抬頭，看見大哥直直的站在我的面前。

「差點沒給你嚇死！」我說：「幹嗎？」

他的兩隻大眼，閃出了一股奇異的光彩，從前，我不曾見過它，也不曾感覺它，現在，我的心爲了他這眼光而不斷地跳着，從前沒有這樣跳過！我知道，的確沒有！

「大哥！」以發抖的聲音叫他。

他還是無言，但是，他的脚却開始了朝着我移動，當他到達了我的身前，他伸出了他的一雙有力的手臂，繞過我的兩肩，把我抱着。

我感覺他的體溫，溫柔和安定。我伏在他的肩上，感到安全，女人是渴望被愛的。

「大哥！」我再以發抖的聲音叫他。

他漸漸地移開上身，低視着他懷中的我，「哥哥愛上了自己的妹妹，這是不道德。但是小妹，我是有權愛你的，因爲……我們並沒有血統的關係。」

「大哥，你說什麼？」

「關於你手上的這本日記。」

「它有這麼嚴重麼？我是說它……你說你和我並沒有血統的關係？」我迷茫地張起了眼睛。

自然，我但願他再給我一千回肯定的答案。他是我有生以來認識、了解、與接近的第一個異性，他幾乎早已成爲了我的理想，理想的塑型！

我望着他，他移開了身體，那非常英俊的輪廓在暗燈之下勾出一個影子，我想立刻替他畫一張速寫，以便捉捕着這麼動人的一個神采！

「大哥！」我呻吟的叫他！

他背過了身體，撫着案頭的一件希臘古代手工雕刻的愛神像——

「愛我嗎？」他問。

衹有三個字，由他口裡直接地傳入了我的心肺，深心發生了一股無法描寫的激情，激動了我的神經，我壓細了聲音，回答：

「像妹妹愛哥哥？」

「像一個少女愛一個青年。」他轉過身來，那眼睛裡含住了火光，整個臉都像溶在愛液中，「異性之間的愛，我需要你像這樣愛我！」

「我……我能夠嗎？」

「是說，你，你願意嗎？」

「噢！」拿着日記的手伸起來抱着頭，用日記本子擋着我的臉，「饒了我吧！」我哀求：「我簡直給你溶化了！」

室內有片刻靜，有片刻的靜。

他又奔過來，又像剛才一樣的抱着我，抓着我，捏着我，緊貼我，吻我，把我燃燒，把我消滅，把我整個地化解，就像他在大學裡化驗微生物一樣。

「噢！不，不要！」我求着，嚷着。但實在，我陶醉得恨不能死！我深深地陶醉！我禱告着，願這樣的時間永不消逝，願這樣的燃燒永不停止。我無力地依在他的懷裡，讓這從不曾有過的感覺支配我！

「愛我嗎？」

同樣的，他提的還是這三個字，我却忽然地清醒了，畏縮、軟弱、驅使理智復生，我端正地把他推開，抬起頭，望着他，——

「你是我的大哥。」我拒絕他：「我能夠愛你，以一個妹妹對哥哥的愛。」

「你確實知道你是這樣嗎？」

「我不會後悔的。」

「那麼，去看你的日記吧！」他走了。

他留下了太多的給我；回憶、愛、微妙的心情、那火樣的眼睛、那豐厚的唇、那直直的高高的大大的鼻子、那蛇似的妖媚而强壯的手臂……緊緊地把我纏着，我全身感到麻木。

即使現在祇剩回憶，還是同樣的麻木！

是深夜了，我帶了日記本子躺在床上，不知道這冊子要帶給我今後怎麼樣的命運？它一方面在吸引我，叫我看它，一方面，在拒絕我，叫我不要看。我有求知的好奇心，也有戀舊的天性。保持這個現狀不好嗎？是的，我但願永不改變。然而，「愛我嗎？」這句話，一直在我耳朵裡響了好幾個鐘頭！

響到了我的心，響到了我的心底。

於是，我揭開了日記。第一頁祇有三個字「我和她」。在她字的旁邊，用紅筆畫了一個圓圈。

雖然祇有三個字和一個圓圈，這日記却更引起了我的興趣，我意味到是在讀一本小說。而我自己也是這書中的主角！

選自孟君《愛人》，香港：海濱圖書公司，一九六四年三月

楊天成

二世祖手記〔節錄〕

一

他道：「人家說他平日鋒芒太露，狂妄兼刻薄。而且只做了幾個月新職，居然能買樓買車。公司裡的人，個個受他的氣，他因爲傍好了後台老板，連香港的主持人也不放在眼裡，獨斷獨行。有人爲他下評語說他長不下了！」

我道：「什麼長不了？」

他道：「這句話的本意是說照他這種作風，他的職位長不了！誰知却是命長不了！倒眞想不到了！」

我道：「他這樣沒有人緣？」

他道：「可不是，完全是小人得志一朝權在手的態勢。本來他還有不少刻薄事，不過人已經死了，犯不上再說他了，這次失事，金牌導演也受了間接的影響呢！」

我道：「爲什麼？」

他道：「支持他的三個後台老板，都死了！你想他該受多大影響！」

我道：「陸運濤去世，電懋會不會受影响？」

他道：「當然會受影响，有人說陸老太太決定增資兩千萬將電懋擴大。」

我道：「這種傳說未免太過天眞，陸運濤的屍骨尚未攬掂，老太太痛子之情，不知多麼慘傷，反而先就爲電懋設想？這種想法豈非天眞得不近人情？」

我繼續說下去：「若說爲了完成愛子遺志，那麼陸運濤在星加坡的事業不知有多少，難道那不是愛子的遺志嗎？」

他道：「你說得對，陸老太爲何偏愛電懋呢！」

我道：「說來說去陸運濤實在死得太不值！」

他道：「寶島還有烏龍，那兩位機師的遺體不予檢驗，立刻火葬了。結果在機內搜出兩支手槍，駕駛室就有一支，於是有人懷疑機師曾受槍擊，但是屍骨已經火化，無法再查了！」

我道：「這不單是烏龍，簡直是幼稚！一架飛機失事，應當將所有失事的可能都要加以推測而注意檢查，上次不是有過菲律賓人槍擊機師使飛機失事騙保險費的事？爲什麼他們想不到呢！」

他道：「所以我早就說過寶島盡是些飯桶，如果這次失事眞是機師被槍擊，那眞算是沉冤莫白了！」

我道：「不過陸運濤雖死，電懋可能不會就此結束，但也不會再擴大！雖然星加坡有人來叫安心工作，一切照舊，這不過是官樣文章，但是我仍然看淡，總之很難再與昆仲爭衡了！」

說至此處，我見到白牡丹又出現在騎樓上，忙道：「老頭子快出來了。」

果然不到兩分鐘，老頭子走出來，還向騎樓上的白牡丹揮揮手，二人十分烟靭，然後上車去了。

我道：「老頭子戴了綠帽也不知道，還在烟韌呢！」
小黃道：「好了，你可以去了！」
我道：「她還在騎樓上，等她進去再去，別被她看見。」
白牡丹又在騎樓上看了一會才進去。我道：「小黃，走，一同去。」
我付了賬，二人出來，上了樓撳門鈴，門應聲而開，開門的正是白牡丹。
她道：「我一猜就是你，你爲什麼又遲到？」
我走進去道：「妳總怪我遲到，妳却不想我每次來總是看到老頭子的車在門外，我怎敢進來？我只有等他走了我才敢進來呀！」
她關上大門道：「我也不知道老頭子爲什麼這兩天總是在這時候來——」
我道：「不理老頭子，錢呢？快些拿出來。」
她道：「這幾天實在籌不出來，再過些天行不行？」
小黃道：「妳已經拖了不少日子了——」
他還未說完，白牡丹便罵：「你這個死東西，就是你在攪鬼。」
小黃道：「攪什麼鬼？我好心介紹妳一筆生意，妳反而過河拆橋出賣我們，我攪什麼鬼都是應當的。」
白牡丹自知理曲，說不過他，便道：「阿洪，這次你給我最後一個限期，三天後你來，我一定給你好不好？」

我道：「寬限倒沒有關係，不過妳這個人說話沒有信用，到那時妳又諸多推搪——」

她搶着道：「到那時一定給，如果再推，你再告發我好嗎？」

我見她一央告，我的心又軟了，便道：「我答應妳這最後一次，明天，後天，大後天仍然是這時候來，妳一定得給！」

她道：「好的，但是有一個條件，只許你一個人來，不許帶小黃。」

我道：「爲什麼？」

她道：「什麼也不爲，我不願見他。」

小黃接口道：「不來就不來，有什麼關係，怕妳不給錢！」

她道：「我給也不願意看着你給！」

我道：「好，他不來，但是妳非給不可！」

她點頭答應道：「好，一定如此。大後天見！」

她下了逐客令，我們只好走。一直到出門口也沒有看到阿冰，不知何故。

我們走出來。小黃道：「你別信她的話，到那時她仍然不會給的，這個衰婆刁滑極了！」

我道：「我知道，到那時我們再想辦法對付她。我相信再找老頭子的辦法她一定不會再用了。」

他道：「可能的，最好你問一問你的內應。」

我道：「說起內應，爲什麼我們不曾看到阿冰？是不是不做了？如果不做，我們少了個耳目，就太不方便了呢！」

他道：「等一下你打個電話去試試，看她在不在？」

我點點頭。看看表只六點多鐘，便問：「到那裡去？」

他道：「我是沒有地方去的。」我想了一想道：「有了，我們去逛逛中環，我有很久沒有去中環了！」

他當然同意，上了車直奔中環。泊好車，兩人緩緩地走。

小黃道：「中環就是泊車討厭，現在還好已經六點多鐘，否則眞沒有地方泊車呢！」

我們說着已走到大道中，忽然看到有些人在看，不知看什麼？

我們也走過去看，原來有兩個飛女和兩個阿飛立在路旁談天。

談天原無甚可看，只是有個飛女勾了阿飛的脖子，做出那些淫姿浪態，於是便招了不少人看了！

那個飛女長得平常，身材却很惹火。我看了直搖頭，忽然有人叫阿麗絲，那個飛女回頭嗨了一聲，我一看那個叫的，竟是發瘋宋。

我立刻叫：「阿宋！」

他聽到了，連忙踱過來道：「老細，想不到你來中環。」

我道：「不能來嗎？」

他道：「不是不能來，是因爲很少見你這樣早出來。你一向和太陽誓不兩立，見到太陽的時候一定見不到你的。」

他說得我不由笑起來。忽然他附在我耳旁道：「我剛才招呼的那條女怎樣？」

我道：「還算年輕惹火，長得却平常。」

他道：「你喜不喜歡？」

我道：「怎樣？」

他道：「兩百塊。」

我搖頭道：「不值。」

他道：「爲什麼不值？她是香港小姐呀！」

我道：「什麼？她是香港小姐？怪不得人家說這次是所有各次中最冷門的。」

他道：「她不曾當選香港小姐，不過她也參加了競選的。」

我呸了一聲道：「參加競賽就算是香港小姐？那麼香港小姐比街上的野狗都多了！」

他道：「也不怪你看不起她們，有一個也是參加競選的，死皮賴臉地去吊一個男明星的膀子，噯！」他嘆口氣。

小黃道：「參加了一下也許第一個回合就淘汰出來，現在便用香港小姐的名義自高身價了。我相信從前幾十元就可以叫到了呢，你得小心些，你別搵老細的笨。」

發瘋宋道：「老細和我是老主顧，我怎敢搵笨，如果老細有興趣，我可以叫她五折收費，再另外送些車費給我就行了！」

我再看看那條女，臀部很肥，我一向喜歡女人臀部肥大，便道：「如果一百元，可以替我斟一斟，我可以另外給你五十元車費。」

他忙不迭道：「好，好，今晚在夜店我約妥她等你。」

我點點頭，他又叫阿麗絲。我不願他當了我的面談判，便拉了小黃就走，去看橱窗。

我有好久沒有添衣着了，去買了兩件一百七十五元一件的夏威夷恤，小黃道：「一件夏威夷可以買一套西裝了！這種夏恤有什麼好？我眞看不出。」

我道：「我也看不出，不過我知道任何東西只要貴，一定好。」

他道：「你穿這件衣服最好把價錢標明，否則誰也不知道這樣貴，豈非如錦衣夜行？」

我道：「識貨的一定懂。」

我記得前些年我有個朋友半夜回家，遇到劫匪，把他身上幾百元搶去了！他腕上戴了一隻五千多元的白金薄表，那刼匪也想要。他道：「我身上的幾百元你都拿了去，這個只值二十多塊錢的破手表留給我吧！」那劫匪看了一看，以爲眞是鋼手表，眞的沒有搶去，事後他大笑那劫匪不識貨。像這種夏威衫，如果不識貨的人，告訴他值一百元多一件，他才不信呢！

我等不及立刻換上了一件，然後再到連卡佛花一百八十五元買了一條鱷魚皮褌帶。

原來那條也是鱷魚皮的，送給了小黃。

小黃道：「跟你一同買東西，眞叫我開眼了！」

買完又出來逛，又遇到發瘋宋。他一見我便道：「老細，約妥阿麗絲了，今晚我們在夜店等她的電話。」

我點點頭問：「她現在到那裡去了？」

他道：「看戲去了！」

接着罵了一句三字經道：「那個臭阿飛，看戲都沒有錢，還是叫她來向我借了十元去的，今晚我要扣回來才行。」

小黃搖頭道：「這種飛女遇到這樣的阿飛，怎會不弄到應召呢？」

我走了一陣，覺得有些口渴，便和他倆到文華閣樓去喝茶，這裡地方既然寬大，沙發椅也舒服，只是發瘋宋到這種地方來有些不配，引得不少人對他看。

他有些不得勁，坐不下去，對我道：「老細，今晚十二點在夜店見吧，我有點事先去了！」

我點點頭，他一跛一跛自去。

這時又走上來一個人，東張西望，我一看，原來是胖子勝。

我叫：「阿勝。」

他一看到我，立刻跑過來坐下道：「你怎會來這裡喝茶的？」

我道：「怎麼？不許我來？」

他道：「怎敢不許你來？我不過覺得有點希奇，喂，你運氣眞好。」

我道：「怎麼了？」

他道：「今天有個朋友約我乘他的遊艇去遊船河，正好你也可以參加——」

我攔住道：「遊艇河算什麼運氣好？我沒有遊過？」

他道：「你這個人眞心急，聽我說完呀。」

我道：「好，你說。」

他道：「遊艇河本來沒有什麼希奇，但是他約了幾條女穿無上裝泳衣游泳，這就希奇了。」

我一聽，不由精神大振，忙道：「好，好，這可不能不去開開眼了，你什麼時候去？」

他道：「他約了我在這裡見，他在鄉下俱樂部，大概就來了！」

他剛說完，只見樓下上了一羣男女，男人有兩個，女人有五六個之多，他一見便道：「來了！」

我再一看那兩個男人，原來我認得，叫做大鱷呂和他弟弟鯊魚呂，這弟兄倆也是我的同志，標準二世祖。

他倆和我不同的是他倆有老頭子給錢用，不像我得自己出綽頭。

他倆的外號並非是吃男人，而是吃女人。

一見了女人就飛擒大咬，恨不得連皮帶骨都吞了才好。那個女人叫他倆弟兄看上，休想逃脫。

而且這兩個弟兄感情極好，誰有了異味，便公諸同好。

有時弟兄倆帶兩個女人，同床大被，兄弟交歡。

我因爲不大欣賞他們這種作風，所以不和他們接近。

想不到這兩個傢伙倒懂享受，居然先試無上裝泳衣呢！

這時他們已找好位子坐下，那幾條女都年輕肉感，看來一定都是撈女。我道：「阿勝，我以爲是誰，原來是大鱷和鯊魚，我早就認得他們。」

他道：「你如果認得那就更好了！我先坐過去再說。」

他說完走了過去，大概是對大鱷和鯊魚說我在這裡。

大鱷和鯊魚弟兄倆同時回轉頭來看着我，一齊向我招手，我道：「你們人太多，坐不下，等一下上船再談。」

鯊魚却走了過來，和我握手道：「阿洪，你鑽到什麼洞裡去了？這樣久也看不到你？」

我道：「你才眞是鑽到洞裡去了呢？好嗎？坐下談。」

他坐下道：「好什麼？還不是這樣，吃，喝，睡覺。」

我道：「最後的一項最重要。」

他笑道：「你別說我了，你不也是如此？」

我道：「到底比你好一點。」

我又給他和小黃介紹之後問：「喂，你們怎麼會想起這個新鮮玩意的？」

他道：「我是什麼人？樣樣都要站在時代尖端的呀！不是吹牛，香港試露胸泳衣我們是第一個。」

我道：「好，還是你行。什麼時候去呢？」

他道：「吃些點心就去，遊艇已經泊在碼頭等了。」

我道：「已經快七點了，不太晚嗎？」

他道：「夜晚才好，太陽太大小姐們怕晒黑嫩肉呢。」

我道：「你那些小姐是那裡來的？」他道：「包括各階層，你對那個有興趣，儘管上手，絕無關係。」

我知道他說的是真話，他們弟兄倆對女人一向是無所謂的，誰玩也無所謂。

我道：「好的，等一下我選一個，現在你過去陪你的女人去吧，走的時候叫我好了！」

他點頭坐回去。大鱷又向我揮揮手。我這時再仔細看看他那桌上的女人，個個都是十七八歲。雖然穿得不錯，但個個都有些飛！在舉動方面，簡直就像飛女。

我相信一定是飛女，不是飛女或撈女之流，絕沒有如此大胆敢穿露胸泳衣！不知他從那裡弄來這樣多的飛女。

這時小黃也看出來了，他道：「老細，你看出來沒有？這些女人完全是飛女。」

我道：「我也是這樣想！」

他道：「飛女雖然飛，但是她們年輕，身材一定好，等一下我們的眼福不淺了！」我點點頭。

這時大鱷在叫埋單，他連我這桌也付掉。

他再揮揮手叫：「走了！」

我跟在他們後面走出來！

大鱷呂一路走一路給我介紹什麼趙錢孫李小姐，我那裡記得那麼多，只記得其中一個最漂亮最肉感的叫安妮，其他都不記得了！

來到公共碼頭，果然有隻乳白色遊艇停在那裡，這兩個傢伙眞懂享受！原因是他們有一個好老子。

我那個老頭子只肯在女人身上用錢，相形之下，我這個二世祖便遜色了！

大家上船到甲板上坐定，桌上擺了不少食物飲品。

船一開行，這些飛女便現原形了！

第一步是大說大笑，什麼粗話都説。

第二步是個個脱了鞋，赤足亂跑。

第三步是打打鬧鬧，吵成一團，把個船攪得東搖西擺！

我們幾個人在旁推波助瀾，於是更熱鬧了！

這時我已漸漸知道她們的名字，其中一個年紀最大大約十九二十歲的叫芬妮。一個嬌小玲瓏但却肉感的叫珍。一個瘦些高些的叫蓓蒂。一個最粗口的名叫瑪麗。

我最喜歡的那個叫安妮。

這些飛女無所謂生熟，船開了不到十分鐘，她們已經和我嬉笑謔浪，一應俱全了！

她們吵了一陣，個個叫熱，我道：「妳們別動，靜靜坐一下就不熱了！」

瑪麗道：「你不喜歡動？那麼胖，動了你才省力呢！」

鯊魚呂接口道：「當然是妳動了，可惜不知妳會不會動？依我看，妳是死魚一條！」

瑪麗道：「什麼？死魚？你要不要試試？不用五分鐘我就叫你討饒。」

這時珍叫：「不行，太熱，來，一二三，脫衣。」

她一叫，這些小傢伙眞的脫起來，人人只剩下乳罩三角褌。

那些三角褌都是新欵窄條比基尼欵式的，只遮住一小部份。

一個個雪白的大臀，至少露了五分之四。

尤其是安妮，更大更肥更翹，再襯上一條小腰，看得我口唇發乾，眞恨不得將她就地解決。

我以爲就是我一個人如此，看着其他幾個男人，個個都看得目不轉睛。奇形怪狀。

這時我再看看她們的胸部，戴的乳罩也是新式的，只是托住乳頭一點點，整個乳房也有百分之九十以上在外面。珍的更特別，是尼龍透明的，粉紅色的乳頭也半隱半現！

大鱷道：「珍，妳這樣眞要人命了。」

她一撇嘴道：「要命嗎？」

說完把一雙大乳抖一抖，抖得我頭暈目眩。

我道：「妳可眞是站在時代尖端的，這比露胸更刺激呢！」

她道：「我當然站在時代尖端，難道我是跟着別人走的嗎？」

我道：「妳行，我佩服妳！」

這時尙有一些夕陽在斜照，照得這幾個小傢伙皮膚上金光閃閃，蔚爲奇觀。

大鱷呂提議：「喂，賭沙蟹好不好？」

這一羣女一齊叫：「好，好。」

鯊魚呂問：「賭什麼？」

我道：「當然賭錢了。」

珍叫：「不賭錢！」

我問：「爲什麼？」

她道：「我沒有本錢，週身上下得兩隻奶一個嗨！」

我笑道：「這不就是妳的本錢，妳就憑這兩樣東西天下去得了。」

大鱷道：「就賭妳身上的本錢。」

胖子勝道：「十元賭奇士，廿元賭摸胸，三十元摸三角地帶，五十元賭一次做愛好了。」

他剛說完芬妮便叫：「不行，沒有那麼便宜。」

我道：「什麼便宜？我們出本錢，妳們也出本錢，大家賭呀！」

瑪麗道：「五十元一次，你們當我們是鷄？」

我道：「這完全不同，那是賣，這是賭，賭錢可以一元博一千元，那怎麼同呢！」

珍：「喂，各位，發表意見，怎樣和他們賭？」

於是她們七嘴八舌議論紛紛。討論了半天，結果商量好，她們用籌碼，我們用現錢。

二十元一吻，五十元可以任意攀登喜馬拉雅雙峯。

一百元可以任遊三角沼澤地帶，三百元做愛一次。輸光了就得用代價換籌碼。大家議定，就此賭了起來。

這幾個小東西原來牌技甚精，同時她們又互相關照，打了一小時，她們不但沒輸，反而每人贏幾十元。

這時已到僻靜海域。勝仔勝道：「不賭了，游水了！」

我立刻附議道：「對了，游水，看那海水多麼清，多麼碧！」

我的話果然引起了她們的興趣，瑪麗首先叫：「對了，我們可以游水了！」這一帮女人一齊尖叫起來。

珍道：「喂，小呂，泳衣呢？」

小呂道：「都在下面艙裡呢！」

她們又一陣尖叫，一窩蜂跑下去。大呂立刻停船，又向我做個鬼臉道：「等一下我們就可以作山居的隱士了。」

我道：「這是什麼意思？」

他道：「在山裡的隱士豈非滿眼都是山峯嗎？」

我們不由都笑了。我問：「大呂，你們在那裡找來的這一帮寶貝？」

他道：「都是肝記的。」

我不由奇怪：「都是肝記的？我爲什麼一個也不認得？」

他道：「你這樣久都不曾上舞廳，新人輩出，你當然不認得了！」

他剛說完，我的眼睛已經白亮亮一晃，原來珍一馬當先上來了。

一點也不錯，果然穿的是露胸泳衣。人雖嬌小，乳房却大，顫巍巍地把我的心也震了起來。

選自楊天成《二世祖手記》，香港：環球圖書雜誌出版社，一九六五年

香港屋簷下〔節錄〕

一　小康之家

易世英回家一走進門，他的小妹妹易世玉便迎上來。

「二哥，」她叫得不知多麼高興：「大哥找到事了。」

「眞的？」

「是眞的，他考進了和盛公司，明天就要上班了！」

「噯，那眞好。阿媽呢？」

「在厨房。」

他跑進厨房，馮氏正在洗菜。

「阿媽！」他叫了一聲。

「回來了？」馮氏看一看他。

「嗯，」他點點頭接下去：「大哥找到了事了？」

「噯，謝天謝地，他總算找到了，他人太老實，不像你，太老實的人在外面不大受歡迎，現在祖宗保佑，他總算找到了事做，阿爸的担子也可以輕一點了！」

「——」他靠在門旁沒有出聲。

「噯，」她接下去：「也難怪阿爸着急，現在的生活程度越來越高，他又要供三弟四妹讀書，你賺的錢只够你自己用，如果不是爺爺留下這層樓，我們簡直連房租也付不起呢！」

「阿媽，」他有些抗議意味地：「別說只顧我自己用，那具電話不是我第一個月人工貢獻的嗎？」

「以後呢？」她看一看他：「你的朋友又多，又加上陪陪黃小姐，你還能有錢剩？」

她一提起黃小姐，那個清秀苗條的影子立刻在他腦子裏浮上來，他心裏一甜，説話的氣勢便弱了，他沒有出聲。

「二哥，」外面易世玉在叫：「你的電話。」

他趕快跑出來。易世玉舉着話筒，一個字一個字地說：「黃——樹——芬！」

他趕快接過話筒。

「樹芬！」他溫柔地。

「是的，你下班了？」那陣嬌嫩的聲音，他一聽就發甜。

「剛回來。」

「我也剛回來。」帶過來一片輕笑。

「今天看不看戲？」

「看哪裏？」

「你說。」

「看——」她想了一想：「這些日子好像沒有什麼好戲。」

「你隨便選一部吧！」

「那麼不如再看一次『雄才偉畧』，我愛看查理士羅頓。」

「好的，七點半我在戲院大堂等你。」

「好，拜拜。」

他掛斷電話，易世玉歪起小臉看着他。

「做什麼？」

「我給你接了多少電話了，可是你一點報酬也沒有，世界上沒有長期盡義務的事吧？」

「接接電話怕什麼，也要報酬？」

「可是這種電話不同。」

「怎麼不同？」

「它可以給你帶來甜蜜，這就是甜蜜的代價。不過；」她做個表情：「甜蜜的代價並不貴，一雙阿高高的襪子而已，貴乎哉，不貴也！」

「好，好，發薪那天給你買。」

「不用你買，你不知我要什麼花欵，你給我六塊五，我自己買。」

「好吧！」

外面有大門關門的聲音，易國安走了進來，他倆同時叫了一聲：「阿爸！」

易國安答應着走過去扭開收音機，這是他唯一的消遣。坐在沙發上，吸着香烟，聽聽收音機，這一個晚上就消磨過去了。

「阿爸，」易世玉將拖鞋拿過來，放在她父親脚下高興地說：「大哥找到工作了！」她再走過去打開風扇。

「我知道，他打電話告訴我了！」

「眞好，上次二哥有工作，裝了電話，這次大哥有工作就裝一個電視機。」

「你倒會想，三哥還有一個月就畢業了，他不能唸大學，畢業之後也得找工作，你還要什麼？」

「——」她搖搖頭。

「爲什麼？」

「那個人很難弄，費事和他說。」

「——」易國安一笑叫：「阿二，倒杯茶來。」

易世英剛剛換了睡衣走出來，答應着到廚房去倒茶，外面大門响，易世民回來了。

「阿爸。」他走進來一本正經地叫。

「大哥，」易世玉立刻大聲喊：「恭喜你，恭喜你。」

「不必恭喜，這是應當的，我應當爲家庭盡一點責任才對，這樣久找不到工作，我已經很慚愧了。」

「大哥，」易世玉叫：「你先坐下，我有話對你說。」

「什麼話？」他走過去坐下來。

「大哥，你記不記得二哥找到工作送給家裏一樣什麼？」

他還不及答話，外面門响，易世英說：「三弟回來了。」

「阿爸，大哥，二哥。」他叫着將書包向沙發上一扔。

「三哥。」易世玉叫。

「嗯，」易世雄嗯了一聲對她的襪子看一看，皺着眉：「那是什麼襪子，那麼多的花？」

「阿高高襪！」她得意地說。

「腐化的資產階級產物。」

「什麼叫腐化？不知多少人穿，難道個個人都腐化了？」

「當然，這些人統統醉生夢死，統統腐化，落後，無聊。」

「阿三，」易國安叫：「今年暑假你畢業了，是不是？」

「是的。」

「你也知道家境是不能供你讀大學的，你畢業之後，也得找工作了！」

「是的，」他坐下來：「我知道。」

「大哥，剛才的話還沒有說完呢！」易世玉開了口。

「好，你說。」易世民點點頭。

「記不記得二哥的第一個月的薪水送給家裏一樣什麼東西？」

「——」他想了想想：「電話。」

「對了，」她高興地：「現在輪到你了，你第一個月拿薪水送什麼給家裏？」

「你說。」

「電視機！」她咬着口唇。

「你永遠滿腦子的小資產階級的腐化享受！」易世雄瞪着她。

「什麼叫腐化享受？這是現代享受，而且爹地媽咪成晚在家沒有事做，消遣一下也好吧！」

「好，好，我買，我買！」易世民息事寧人地說。

「哼！不知好醜，一味只顧享受。你以爲我們有錢麼？大哥找到工作便發達了麼？買一架電視機要多少錢，你知道嗎，我的小姐？」易世雄瞪着她說。

「買好的當然很貴，但我們可以買一架較小較便宜的呀！」易世玉分辯地說。

「最便宜的也要幾百元，你以爲幾百元很容易賺麼？」

「我又不是要你買，你何必如此緊張！」

「不是是我買又怎樣，我就是看不慣你那種享樂腐化的思想！」

眼看他們兄妹越吵越僵，易世民趕快出來打圓場。

「別吵了，我們可以買架二手貨，那樣要便宜很多，也可以讓爸媽有個消遣，未嘗不是一件好事。」

「我看還是暫時不買吧！」易國安插口，「反正我們有吃有穿有住，已算不錯了，香港地有許多人連吃穿住也顧不上呢，那裏還講甚麼消遣、享受？」

「爸說得對極了！」易世雄拍着手向易世玉微笑，「我們有吃有穿有住已算幸福了，只有你這種人永遠不知足！」

「甚麼知足不知足！」易世玉嘟着嘴，「我就是喜歡享受，你又怎麼樣！」

「我支持世玉的意見。」易世英插嘴，「如果不尋求享受，一個人生活着還有甚麼意思？」

這幾兄妹幾乎每天放學下班之後，一定要這樣爭辯一番的，易國安已經看慣。

而且，他們兄妹間這種爭辯也一定沒有什麼結果，每天只是互相爭論一番便算。

易國安從不干涉兒女們的思想行動。他認爲自己非常開明，兒女們的思想、宗教、信仰，甚至婚姻，都可以自由發展，他從不過問。反而馮氏倒有時制止他們爭辯。她在廚房聽到兒女們大吵大叫，走出來問：「什麼事這樣嘈？」

「三哥跟我和二哥辯論，我們贏了他。」

「阿二，阿三，」她正色地：「我不理你們是什麼思想，總之以後不准再作這樣爭辯，這樣下去會將兄弟感情完全破壞了，以後永遠不再談什麼思想，聽見沒有？」

「聽見。」易世英和易世雄四口同聲答應。

這一場爭辯被她打消，易世英和易世雄擺好桌椅，易世玉端菜上來。吃飯的時候，易世玉在討論買什麼牌子的電視機，個個人都參加討論，只有易世雄始終沒有開口。

吃過飯，易世英趕着去赴約，擦了擦臉，向母親說了一聲便趕去戲院。先去買好票等在那裏。等了不過五分鐘，一個清秀俏麗穿着一件白恤衫，黑旗袍裙的少女走進大堂，他立刻迎上去。

「你早來了？」黃樹芬笑着說。

「不，也是剛到，票子已經買好了。」

「嗯。」她點點頭往戲院裏面走。

這一部戲他們已經看過，再加上看客很少，因此他們可以隨意低聲談談。

「今天我在下班時遇到三弟的。」她說。

「哦，在哪裏？」

「他說是去買書，我陪他去買的。」

「哦，他沒有向你發表他的高論？」

「那也不算是高論，香港有些人生活是的確腐化了一點。」

「不能說完全沒有，但是並不如他所說之甚。」

「有時他的看法是對的！」

「哦，你居然同意他的看法？」

「也不能完全否定他的看法吧？」

「當然不能完全否定。不過我知道他只是唱些皮毛的高調，犯幼稚病！」

「大哥怎樣了？」她好似要岔開這個問題：「他還沒有找到工作？」

「找到了，今天找到的。」

「嗳，那眞好，可以讓家庭得到些帮補了。」

「大哥人老實，太本份，有時香港對於這種人不大適宜的。」

「眞奇怪！」她對他看一看：「爲什麼你們弟兄三個的個性會如此不同呢？」

「怎麼不同？」

「大哥本本份份，老老實實，好像只有打份工，有一碗安穩飯吃，便與世無爭了！」她看一看他：「你呢，吃吃玩玩，該做就做，該玩就玩，十足一個自由主義者。三弟呢，思想和你們完全不同——」

「他是一腦子的皮毛激烈思想！」他搶着說：「不滿現實，却又說不出道理！」

「有時他也有些道理的。」

「你怎麼知道？」

「今天他和我談了很久！」

「你千萬別聽他那一套。你會被他迷惑的。」

「我不會那麼簡單。」

「樹芬，」他放低聲音：「別提他了，還是說一說我們自己吧，爸和媽都很喜歡你，看來你的父母對我的印象也還不算壞，我們可以選個日期訂婚了！」

「爲什麼那麼心急？我們都還年輕呀？」

「卽使年輕，也够結婚年齡了吧？」

「明年我才肯結婚，至少也得明年。」

「樹芬，別讓我等這樣久吧！」

「你連等一下也不肯嗎？」她瞄一瞄他。

「不是不肯，我只是想早些和你在一起。」

「你旣然想早些和我在一起爲什麼不改你的毛病？」

「什麼毛病？」

「去舞場。」

「噯，我眞不知要怎樣向你解釋才好，那是爲了應酬呀！」

「你可以避免的。」

「我現在已經在儘量避免了，除去必要，好像有時外埠來了大商家，公司要我陪他們去玩，你想我能拒絕嗎？」

「沒有別人陪？一定要你？」

「這才是表示重視我，你知不知道我有可能升爲營業主任了！」

「眞的麼？」

「事實上眞是如此。所以我才不能拒絕陪他們去應酬。」

「我不理是不是公司叫你去，總之我不喜歡你有這種行爲。」她的口氣不知多麼堅決。

「好吧，我儘量避免就是了！」

「世英，」她柔聲說：「我並不是干涉你的自由，三弟說得對，香港的生活實在太腐化糜爛了，你不該跟着這樣下去，你——」

「原來你聽了三弟的偉論才來說我。」

「在以前我也說過你吧？你以爲我很欣賞你那樣做？」

「我知道你不滿意。」

「這就是了！」

他們談着說着看完電影。

「去吃點東西好嗎？」走出來時他問。

「就到隔壁那家麵店吃點雲吞吧！」

他們吃完雲吞，他才陪她搭巴士送她回家。

他自己回家的時候，不知爲什麼心頭似乎很沉重，什麼原因他又想不出，一直回到家都是這樣悶悶地。

大門已經從裏面閂住，他揿門鈴，門洞有個大眼睛閃一閃，他就知道是易世玉，門打開他問：

「還沒有睡？」

「沒有，功課還沒有做完呢！」

他走進客廳，全家都沒有睡，可能是因爲易世民找到了工作，大家都有些興奮，尤其是易國安，他一直在爲這個老實兒子工作着急，現在總算解決了，他怎會不高興呢！

「阿爸，阿媽，」他叫了之後接下去：「還沒有睡？」

「他們在那裏討論大哥的婚姻問題呢！」易世玉在後面接口，走過去坐在方桌上易世雄對面，兩個人作起功課來。

「可不是，」他脫去夏威夷衫，在沙發上坐下：「大哥的確該結婚了呢。」

「是呀，現在又有了事做，也够維持一個小家庭了。」馮氏接口。

「阿大太老實。」易國安說：「不懂交際，又沒有女友，哪裏去找對象？」

「阿媽，」易世英接口：「你不妨在朋友裏看看誰家有好小姐，給大哥介紹一個豈不很好！」

「對了，」易世玉喊：「阿媽挑的一定是個好大嫂。」

「做功課吧，關你什麼事？」易世雄瞪她一眼：「要你管。」

「我說話關你什麼事？要你管？」易世玉瞪回他一眼。

「阿二的話不錯，」馮氏點點頭：「等我在親戚朋友看看有什麼好小姐，給阿大物色物色！」

「慢慢再說吧！」易世民接口：「我還不知道這個職位是不是能保持得長久，不要累了人家的好小姐。」

「那你也未免太過慮了，」易世英插口：「只要你一本正經工作，你就絕對不會有麻煩，而且有可能升為營業主任了呢！」

「嗳，眞好，」易世玉叫：「我們有希望裝冷氣了。」

「你除去物質享受之外，不知你還想什麼？」易世雄瞪她一眼。

「我還想不要有人時常打擾我！」她一句不讓地說。

「哦，」馮氏說：「我想起來了，方太太的小姐方玉珍就很好，白白胖胖的很有福態，現在又在做事，結婚之後你們小夫妻倆公一份婆一份，一個小家庭一定可以維持得很好了！」

「哦，方玉珍，我見過，」易國安說：「那個女孩子很不錯，很穩重，和阿大倒是很相配的。」

「既然你也贊成，明天我就去找方太太談談。」馮氏不知有多麼高興。

「嗳，眞好，我就快有大嫂了。」易世玉坐在椅上一顛一顛地說。

由於這個問題引起大家的興趣，例外地一直談到很晚才睡，通常十點鐘他們就上床睡了！

第二天，大家出發上班，易世民的辦公地址和易世英是同一間大廈，兩個人一同擠上巴士，一路上易世英將早晨擠巴士以及中午在什麼地方吃飯最便宜和最容易找到位子的一切經驗都告訴大哥，甚至他想將如何應付同事，如何對付上司都想告訴他，可惜時間不許可，他們的目的地已經到了！

他工作了不到一個鐘頭，經理申雲便叫後生將他叫進經理室。

「世英，」申雲親切地說：「今天下午你要去接機。」

「哦！」

「張主任病還沒有好，你先代他一代，所以你要去接菲律賓來的商家。大約下午三點可以到，你現在趕快爲他們定三間房，他們一共三個人。」

「是的。」

「同時在福盛酒樓定一桌酒席，我給他們接風。」

「是的。」

「班機大約下午三點到，爲首的叫做雷迦沙，你找雷迦沙先生就行了。」

「是的。」

「好，去吧！」

一走出經理室，他立刻皺起眉。黃樹芬不願他去應酬，偏偏馬上就有，而且是職責所在，又不能推諉，令他不知多麼爲難，一直坐回辦公桌仍然想不出該怎辦。他絕不能向經理拒絕，何況現在他正在代久病未痊的營業主任，萬一那位主任有什麼事故，他升爲主任的可能性幾乎有百分之百，他能放棄這升遷的機會嗎？對本人、對家庭，他都斷然不能放棄，他考慮了良久，嘆了一口氣。

二　陌生的世界

「噯，沒有辦法，只能瞞住她了，這是實在不能避免的。即使她知道也只能請求她諒解了。」

將近中午，他接到了一個電話，是易世民打來的。

「二弟，」他說：「中午在一起吃飯吧！」

「好的，我告訴你一個地方，去德國飯店，那裏通常可以找到位子的，你知道德國飯店在哪裏嗎？」

「知道。」

「那麼一點鐘在那裏見吧，誰先到誰先等。」

一點鐘他離開寫字樓趕去德國餐廳。人很多，易世民還不曾來。伙計阿勝是認得他的，特地在角落給他加了一張小枱子，他剛坐下易世民便來了。

「吃什麼？」易世民一坐下他便問。

「做什麼這樣忙？」

「中午這一餐，大家都好似搶火，來了就吃，吃完就走，塡飽肚子便算。你以爲是吃館子可以細嚼緩咽嗎？」

「你吃什麼？我不大熟。」

「西炒飯。」

「好，和你一樣。」

他叫阿勝點了兩個西炒飯。易世民對四面看一看說：「中午的中環眞不得了，吃飯好像不必給錢一樣，怎會這樣擠呢？」

「所有的寫字樓幾乎都集中在中環了，怎會不擠？」

「我還以爲你中午會和黃樹芬一同吃午飯的。」

「她在寫字樓裏有飯吃，我們只是偶然在一起吃頓午飯。」他接着搖搖頭：「有些事眞令人爲難。」

「怎麼了？」

「樹芬不喜歡我有應酬，偏偏就多應酬。今天下午三點有三個菲律賓商家到，經理又叫我去接機定菜定房招待他們。菲律賓人是最喜歡玩的，又怎能不陪他們，被樹芬知道更是麻煩。」

「這是沒有辦法的事，即使她不願意也沒有辦法，你不能爲了她而拋棄這個大有前途的職位！」

「——」他搖搖頭，嘆口氣：「還有三弟也是麻煩，越變越偏激。四妹呢，又喜歡和那個沒出息的宋家瑞去玩，都是麻煩事。」

「四妹今年多大了？」易世民吃着送上來的飯問。

「十八了，你不記得了嗎？」

「也許她需要男友了。」

「但是也別和那個沒出息的宋家瑞在一起呀！」

「這也難怪，宋家瑞有那麼漂亮的跑車，哪個女孩子不喜歡！」

「我只怕四妹上了他的當，這個問題，我已經和阿媽談過了，要她注意四妹一點。」

「噯，」易世民搖搖頭：「你哪管得了那許多。」

「自己兄弟，怎能不管呢，如果四妹交男朋友，我到主張她交段其壽，那個人很誠懇，而且也很正派，現在雖然只是個小職員，我相信他會有前途的。」

「不知四妹對他怎樣？」

「印象還好！」

「這情形只能靠他們自由發展，旁人是無法干預的。」

「她和段其壽自由發展倒沒有關係，但如果是宋家瑞，我就非得干預不可！」

兄弟兩個匆匆將飯吃完，分別趕着去上班。易世英到公司簽了到，馬上打電話酒店定房，再趕去機場，接了人，送去酒店安置好，又立刻打電話給經理報告已經接到，跟着又要定酒席，議菜式，忙得他幾乎氣也透不過來。忙定之後才想起打電話給黃樹芬，她已經下了班，再打到她家去她還沒有回，不知她去了什麼地方。他正在忙，只好由她去了。

黃樹芬在下班之前，曾經打過電話給他的，答覆是去機場接機。她一直等到下班也不曾等到他的電話。可能又是去接人或者送人去了。她不能再等下去。收拾好文件，走了出來。不想這樣早回家，獨自在街上慢慢走着看櫥窗。

走過上次陪易世雄買書的書店，她駐足看看，無巧不巧裏面有個人走出來，正是易世雄。

「哈，」她一笑：「眞巧，又遇到你，你每天都來買書？」

「是的。」他點點頭：「不過並不是每天都買，是每天都走來看看。」

「哦，」她和他並肩走着：「你很喜歡看書？」

「在香港除去看書，還有別的事可做嗎？」

「你好像什麼都看不順眼似的。」

「你說，在香港有什麼能令人看得順眼？」

「是的，」她點點頭：「你的話不錯，的確有許多事令人看不順眼，好像世英，總是爲了應酬上舞場。其實應酬的方式很多，爲什麼一定要上舞場呢！這豈不是令人看不順眼？」

「其實根本就不該有什麼應酬，該怎樣就是怎樣，何必要什麼應酬！這些俗套實在令人厭煩！」

「在這種社會之下，應酬有時或者免不掉，但是並非一定要跳舞不可！嗯，」她抿抿口唇：「可能世英藉口應酬却去跳舞。」

「昨天我聽他說他最近可能升爲營業主任了。」

「哦，」她張大眼：「有這可能？」

「是的，他們原來的那個營業主任，年老多病，已經有不少日子沒有上班，現在經理就叫他暫代營業主任職位，因此他能升上去的可能性非常高。」

「嗯，他升了營業主任應酬更要多了！」

「那是無可避免的，營業主任如果不應酬，怎能展開業務？」

「他更可以公開去舞場了！」她非常不愉快地說。

「所以我認爲這種社會風氣該改變。」

「卽使該改變那也不是我們的力量能够做得到的。」

「人人都肯這様豈不是改變了嗎？問題是並非人人肯這樣！」

他們一路談談說說，不知不覺走到兵頭花園，忽然她興緻勃勃地問：「你需不需要馬上回家？」

「怎麼了？」

「如果可以遲一點，我們搭纜車到山頂去玩玩。」

「好，」他也被她提起了興趣：「去，我也有好久沒有上山頂了。」

他們緩緩走到纜車站，搭了纜車上山。

「走走吧！」走出纜車站時她說。

「嗯！」他點點頭，兩個人沿着山徑走過去。太陽雖然已經偏西，但是仍然掛得老高，顯得很熱，幸而山徑多樹，在樹蔭下面，山風撲面，畧有涼意。他們一步步慢慢走，誰也沒有說話。地上不知什麼人留下了一個雪糕空紙杯，他一脚一脚向前踢。

「你幾時畢業？」她先打破岑寂。

「暑假。」

「很快了。」

「嗯，還要參加會考。」他用力踢了紙盒一脚：「會考絕不是一個好制度！」

「學生多數是反對一切考試的，尤其是會考。」

「我並不怕一切考試，包括會考。不過我一直認爲那不是一個好制度，把學生像塡鴨一樣地塡！」

「至少比吃不進好得多，而且那張文憑也獲得社會上的重視呢！」

「爲了使得畢業生們受到社會上的平等看待，我更對這個制度反對。」

「那不是你能反對得了的，何況大多數人不反對，包括我在內！」

「——」他吁口氣：「我——我覺得我完了！」

「眞奇怪，」她看一看他：「這不是你這樣年紀的人所該說的話。」

「正是我該說的，我簡直看來沒有一件是合適的。家、社會，甚至國家，都是這樣。」他激昂地接下去：「就說家吧，四妹好似個飛女。說說她牙尖嘴利。二哥呢，應酬，應酬，一天到晚應酬。大哥毫無用處，一味老實。」

「可不是，」說到易世英，她似乎獲得無限同情：「二哥的應酬實在太多了，一天到晚和舞女打交道，眞令人氣憤！」

「哼，還有父親！」

「什麼？」她看他一看：「你父親？」

「是的！」

「他怎麼了。」

「聽說在外面又有女人！」

「眞的？」她張大眼叫出來。

「是的，我們弟兄都知道了，只是瞞着四妹和母親。」

「你們怎會知道的？」

「怎會不知道？他和那個女人有時出來玩，被我們遇到過。」

「他不怕你們告訴母親？」

「他知道我們不會告訴。不過；」他搖搖頭：「這樣發展下去總不是好事。」

「眞想不到那麼大年紀的人還會做出這樣的事情，你們可知道那個女人是個怎樣的人？」

「聽說是一個離婚的婦人！」

「噯，人家說離婚的婦人因爲自己的家庭破壞了，所以也想破壞別人的家庭，眞是一點也不錯。不過怎會你母親一些也不知道呢？」

「他們做得秘密，而且見面也不太密，一個星期只見一兩次，可以推說應酬，怎會被母親知道呢！」

「據我看你們家庭是有隱憂的，遲早有一天會爆發，那時就麻煩了！」

「——」他長長喘了一口氣：「我處在這樣的家庭裏，你說我會不會看不順眼？」

「——」她同情地搖搖頭，沒有接下去。他又繼續踢他的紙盒。

「你——」她對他沉重的臉色看看：「你畢業之後打算做什麼？」

「我嗎？」他聳聳肩：「我能做什麼？父親叫我一畢業就找事做，那只有只要有工作就做了！」

「目前你家裏還不需要你的幫助，你爲什麼不求深造呢？」
「家庭環境不許可。」
「爲什麼不申請免費留學額？」
「——」他做了一個表情沒有出聲。
雖然走得慢，他們也走到山後面來了，她說：「看啊，我們已經走了半個山了！」
「可不是，不知不覺走了這麼多路，你累了吧？」
「還好，今天恰巧穿的平跟鞋，如果穿了高跟鞋就走不了！」
「還走不走？」他問。
「我們繞山一週好不好？」她感興趣地說。
「好，只怕你走不動！」
「我一定可以走得到的。如果眞的走不動，你可以扶我。」
「好的，我們走！」他們繼續走下去，到了山後，幾乎沒有行人，顯得有些荒涼！
「你覺得不覺得？」她問。
「覺得什麼？」
「我們好似走在荒山古道上的感覺。」
「我並不覺得！」他自然地說。
「那證明你缺少幻想！」

「我是從不幻想的，一切都講現實。」

「一個人太現實也不好！」

「至少沒有幻想那麼令人滯鈍！」

「你——噯呀！」她一叫。

「怎麼了？」他連忙扶住她。

「一顆石子梗痛了我的脚底。」

「還能走嗎？」

「不能也只好走吧！」她對他一笑：「在這裏還有什麼辦法？」

「那麼扶住我。」

「看來只有這樣了。」她將他挽住緩緩走過去。她一笑接着說：「你看現在像不像世界上只剩下我們兩個人？」

「——」他抬一抬眉毛沒有開口。

「好了，」在轉出山徑時她開了口：「我們終於到了！」

「想不到我們眞走了一個圈子！」

「可不是，快下山吧，家裏恐怕要等你吃飯了呢！」

兩個人再搭纜車下山。到巴士站才分手。

他回到家，果然在等他吃飯，但只有馮氏、易世民、易世玉三個人。

「阿爸呢？」他坐下來問。

「有應酬。」易世民說。

「二哥呢。」

「也是有應酬。」

他沒有再出聲。默默吃飯。平日最愛説話的易世玉沒有做聲，好像很不高興。

「阿四，」馮氏在吃飯中說：「不要不高興，全家的人沒有一固贊成你和宋家瑞來往，我怎能讓你去呢！」

「不去就不去。」易世玉不大高興地說。

「並不是我干涉你的自由，」馮氏柔聲說：「你到了可以交朋友的年齡了，但是你還不懂怎樣選擇朋友，你必須接受父母的選擇，否則你後悔就遲了。」

「——」她不出聲，只是低頭吃飯。

「阿四這個人是不懂什麼好意的。」易世雄說。

「不關你事。」她狠狠瞪他一眼。

顯然這頓晚飯吃得並不愉快。

吃過晚飯，電話鈴响了。易世雄坐得最近，過去拿起話筒。

「喂，誰呀？」

「哦，你是三弟？」是黃樹芬的聲音。

「是的。」
「吃過飯了?」
「剛吃完。」
「二哥回來沒有?」
「沒有。也沒有電話。」
「他也沒有電話給我。」
「哦。也許他太忙了。」
「一個人坐在家裏眞悶,我們不如去看場電影。」
「恐怕不行,因爲今天有很多功課要做。」
「好的,那麼我一個人去看了。」
「好,拜拜!」
他打開書包做功課,易世玉不情願地也在他對面打開書包。
忽然電話鈴又响了,易世玉飛也似的跑過去拿起話筒。
「喂,找誰?」她問。接着聲音便低下去,埋着頭對着話筒低聲細說起來。
易世雄做功課,易世民看報,馮氏在厨房,誰也沒有人理她,她埋頭講了半點多鐘。易世雄忍不住了。
「喂,你說了半點鐘了,妨碍別人使用電話。」他叫:「怎麽這樣自私?」

他一直叫了三次，她才迫不得已將電話掛斷，狠狠瞪了他一眼才去做功課。

電話鈴又响了起來，她又跑過去接。

「喂，」她叫：「找誰？」

「哦，二哥。怎麼了？」

「黃小姐有沒有來電話？」

「有的，好像是三哥接的。」

「嗯，」她舉着話筒叫：「三哥，接電話。」

易世雄走過去：「是的，她來過電話說去看電影。」

「有沒有說去哪一家看？」易世英問。

「沒有說。」

「好吧，再會！」易世英掛斷之後立刻又撥給黃樹芬，答覆是看戲去了。他只好撥電話給經理。

接通之後他說：「申經理，那位客人已經接到了，我安排他們住在京士頓酒店三〇一、三〇二、三〇三一連三間房，他們現在都在沐浴。」

「好的，你去定福盛的酒席吧，要兩百元左右一桌的，等他們沐浴完畢你對他們說我爲他們接風。」

「是。」

「定好之後再通知我，等一下打電話到我家裏去好了，記得通知姚副經理和陳秘書。」

「是的。」

他掛斷電話又立刻撥去福盛酒樓定了菜。馬上又撥電話到公司通知姚副經理和陳秘書。都通知之後才長吁了一口氣。坐在那裏休息了一下，正在準備離去，雷迦沙出來了。

「對不起，」雷迦沙用英語說：「對不起。」

「沒有關係，」他也改用英語。他們開始英語對話：「等一下申經理在福盛酒樓爲你洗塵，希望你們賞光。」

「多謝，」雷迦沙擦着頭髮：「我們想請你陪我們去街上看看，可以嗎？」

「可以，可以！」他不能不答應。

於是他陪他們逛街，買東西、吃飯、玩舞廳、去夜總會，回家上床時已經凌晨兩點多了！

接下來的幾天，又是應酬，又是談生意，只能間中和黃樹芬通通電話，根本沒有時間和她見面。這天下班前，他又打電話給她。接通之後他說：「樹芬，眞對不起，今晚又不能陪你看戲了！」

「你昨天已失約了。」她氣憤地說。

「噯，樹芬，」他用無可奈何的口吻：「今晚要開業務會議，因爲等一下要請那三個商家吃飯，我怎能走得開？」

「那麼我做什麼？你明知我回家就好像進了墳墓一樣的。」

「你不妨找女朋友去玩玩，你得原諒我是出於不得已呀！」易世英說。

「原諒！原諒，我不知道原諒到幾時？如果和你結了婚也是這樣一天到晚不回家我怎麼辦？」

「樹芬，」他央告：「這不過是一時這樣忙，不會是永遠的，你原諒原諒我好嗎？」

「原諒，原諒！」她恨恨地：「我永遠都原諒你。」她不等他答覆便掛上話筒。

下班的時候，氣仍然沒有消，一個人慢慢在街上走。不知爲了什麼，她竟然走到那間書店外面，看了一下橱窗，再緩緩走進裏面去。在書架上隨便看着。

她一方面看書，一方面看人。果然被她看到一個人，這正是她所想遇到的人！她慢慢走過去。

「三弟。」她用極低的聲音在他身旁叫。

「哦，芬姊，是你。」

「眞巧，我走過這裏看看，想不到又遇到你。」

「我差不多每天都來，我買不起參考書，只好每天來這裏看。」

「一天工夫能看得了多少？」

「能夠看一點總是好的，而且我只看一點重要的就够了！」

「哦，你讀書眞用功！」

「也不見得！」

「你看好了嗎？」

「看好了。」

「那麼我們出去吧，這裏談話會騷擾旁人的。」

他跟她走出來。兩人慢慢並肩走着。

「芬姊，」他先開口：「二哥又有應酬？」

「是的。」

「我一看到你一個人逛馬路，我就知道他有應酬了！」

「他在陪三個菲律賓來的商家。」

「你好像不喜歡家。」他對她看着。

「是的，我不喜歡。」

「爲什麼？」

「我的母親自從父親去世，每天打牌，一起床就出去，不到半夜不回來，只剩我一個人在家，寂寥到死。父親留下的遺產很夠我們生活的，我原不必出來做事，我是悶不過才出來找事做的。」

「哦！」

「我一回到家就寂寞到死，你說我怎會喜歡家。」

「我眞在懷疑每個人是不是應當必須有一個家。有時一個家能將一個人的一生毀滅了！」

「雖然我不喜歡家，但我相信並不是每個家都像我們的家一樣。」

「是的，不過；本質却是完全一樣的。」他感慨地說。

「我們生在這樣的時代，這樣的家庭，眞是很難說。」

「——」他搖搖頭：「我們兩個人好像是被這個時代失落的人，對這世界是如此陌生，我們被遺忘了。」

「陌生，一點也不錯，眞陌生。我和世界陌生，和家陌生，和母親陌生，和二哥也好似陌生！」

「誰應當負這個責任？」

「你至少還有一個母親！」她惘惘然地說。

「——」他一笑帶有傷感的側影。

「爲什麼？」她問。

「她並不喜歡我，她喜歡的是二哥，二哥精明能幹！」

「可能你是誤會了！」

選自楊天成《香港屋簷下》，香港：金剛出版社，一九六七年夏季

簡而清

姊姊的來信

近月來三次收到姊姊文舒的來鴻。姊姊是個畫家，卜居美國紐約市，却常到其他國家去。除曾一再往南美洲探拜她的老師張大千先生外，大約每隔一兩年總到歐洲開個人作品展覽會一次。

去年十一月收到她的信，函內附有她最近在荷蘭和英國開畫展的請柬（姊姊在國外開的十多二十次畫展，我一次也沒有機會參觀，雖然每次畫展的請柬，她仍不斷寄來。倫敦、布魯塞爾、阿姆斯特丹、巴黎、羅馬、卡薩布蘭卡、紐約、芝加高、三藩市、里約熱內盧。一連串的名字，使我聯想起航空公司刋印的旅行手册）。

本年一月杪來的，只是一張明信片，說她被邀往華盛頓參觀詹森總統的就職宣誓典禮及參加當夜的盛大餐舞會。

人日晨又再收到姊姊的信，這回是附有一份紐約藝術性週刋「格林維列治村人報」（出版期爲一九六五年二月四日），第一頁整整四個半「縱行」用紅顏色筆圈着的，原來是姊姊寫哀悼邱吉爾的文章。

姊姊認識邱吉爾，她跟他交遊過三個半鐘頭，這是我從那段文章中才第一次獲知的事。事情發生於一九四九年五月十三日（當時姊姊由香港到英國去未久），她寄居倫敦的「英國文化協會」

宿舍，大概當時中國藝術家在英國的很少，所以在野較閒而除當政著史外對繪畫亦極愛好的邱翁有這份閒情逸致去親函邀請一個無藉藉名的外國女畫家到他的住所「查特維爾」（CHARTWELL）去吃午餐談畢伽索、土魯斯那托克和中國畫。中國藝術家被邀請往參觀美總統就職宣誓典禮的，相信爲數不可能太多；曾和邱翁共席交換藝術上觀點的，同樣也不可能太多。

居於外國的中國畫家，論藝術上造詣比簡文舒高深的，當然數不在少，姊姊一再獲得這類相當難得的榮譽，可能只是適逢其會。

但藝術上造詣是一回事，獻身藝術的人對藝術所採的態度是另一回事。姊姊一輩子似乎只爲她的畫而生存，這是不容我否認的一回事，所以儘管她未必是個有很大成就的畫家，但她却是個眞眞正正的藝術家。

姊姊文舒在家裏排行第七，我排行第八。她只比我大兩歲，因爲年紀接近關係，平日也特別合得來。

先父是個教人治金石書法的窮藝術家，爲了要向他的學生起「示範」作用，自己的女兒都被強迫學習一兩門藝術。我的性情較近雕刻圖章和寫字，所以在這兩門東西上倒眞下過點功夫。事實上，自己幼時對書法確曾顯過多少天聰，未滿十歲，已涉獵臨仿過「篆」中「瑯琊」、「石門」；「隸」中「衡方」、「張遷」；「草」中張芝、史游；「行」中鍾繇、衞夫人等等。由「急就章」到「聖教序」；由朱顚到二王（羲之、獻之）；由頑童作風的「爨寶子」到唯美氣息極濃的宋徽宗「瘦金」，描來都有幾分神肖。

先父常向親友輩這樣説：「七女的畫，八兒的字，假使够恆心和肯多下苦功的話，將來都應有點成就。」

在他的書畫金石展覽會中，姊姊和我也照例有當衆「卽席揮毫」的表演。她塗幾筆「意筆」的墨水花卉翎毛，而我的拿手好戲就是執起木棒般大小的「特號茅鋒」來疾揮一副斗方大的張旭「狂草」對聯。

「神童！神童！」之聲聽得多，骨頭倒眞的爲之輕了幾兩。但姊姊和我之間，對於藝術所採的態度却有天淵之別。「神童」這稱讚詞的魅力消失以後，她依然埋頭埋腦只顧她的畫。我呢？記不清楚誰説過：「雕虫小技，何足掛齒？」此後就自以爲茅塞頓通，一「悟」之下，將那一大堆什麼茅鋒什麼狼毛全都抛了，從此不再磨墨臨硯摹帖，轉瞬廿多年，對於其他，未見有什麼顯著的進步，自己筆下的字，却肯定地越寫越差。自從變爲「爬格子動物」之後，因「開快車」開得多而潦草成習慣，更不知所謂了。

目前除排字工友和校對先生，因本身職責所在而不能不硬着頭皮每天面對我那堆「斷蚯蚓」的稿子外，閒時卽使只是寫個便條，親友間亦常埋怨稱「不忍卒覩」。

由姊姊的畫想到我的字，再憶起先父所謂「恆心」和「苦功」，足見欲在藝術界中獲得多少成就，端的不是一回容易事。

選自一九六五年二月十二、二十三日香港《明報・副刊》

西貝兒與剪刀

「星期日與西貝兒」，終於在它正式公映的時候看到了。

就我記憶所及，只有一套「綠眼女郎」也是先「私」映而後公映的，但「綠」片正式公映時的叫座力，則顯然不及「星期日與西貝兒」了。

談起這套電影中譯名之所以能够以「原庄」姿態出現，是因宣傳上早已「先入爲主」。若非如此，它還會如常地有個甚麼「痴」甚麼「戀」之類的名字。外國片在香港放映時，論到譯名方面，有若如來神掌上的小猢猻，觔斗儘翻，依然翻不離那幾個被人用陳用舊了的庸巢俗臼，理由何在，確然莫名其妙。

林樂培兒在美洲留學期內已看過這套時份並不新的片子。據他說，來港的這一拷貝，有一段極精彩的高潮是被剪去的。那是男主角與西貝兒於聖誕前夕，正在他倆的「私人派對」裏玩得興高采烈的當兒，他拿出那柄吉卜賽魔刀來與西貝兒開玩笑，不料警察的搜查隊剛馳至，誤會他企圖要殺那女孩子，因而亂槍射殺了他。

在這亂槍射殺剎那間，正是聖樂遍地聞的當兒。人多目聖誕爲人類慈愛交流的日子，但在這日子裏，人類的冷漠與對同類心靈的誤解，依然處處表現。說甚麼慈愛交流，不過是膚淺的表面化。在這種環境下，配上震耳聾的强調化教堂管風琴聲，確然是會將劇力加强了許多的。如此說來，「星期日與西貝兒」的香港觀衆，是眼福較淺了。

我這樣想：如此一個精彩片斷，爲甚麼要剪了它呢？是本港的拷貝早經刪去或來港後方通不過檢查處的一關，頗值研究。說與片長有關是說不通，因爲那片斷不可能太長，不像「露滴牡丹開」中的神跡出現片斷，一刪便可刪凡十多二十分鐘，所以公映時剪去還有多少藉口。

至於說是因鏡頭殘暴而剪去，這理由亦不易成立。整套片的情調是極端抒情的，我不相信導演先生會在這片斷內突然冒破壞整套片氣氛之險而改變風格（雖然我未親眼看過那片斷）。

選自一九六八年七月十九日香港《明報·副刊》

傑克

世界大情人〔節錄〕

一：分居

沙叔醫生駕車載着他的妻子傅靜娜從醫院回到海天別墅時，正當日中。花園裏晒滿了金黃色的太陽，芊綿一碧的淺草坪，四周圍種着整齊的合抱大樹，濃綠中不斷播送好鳥的歌唱，充滿了天機與生趣。

在一樹綠陰底下，擺着一張小圓桌，和兩把鋼鐵椅子。他們倆坐着憩息。

一幢雲石色的二層樓小洋房背山面海，象徵着溫舒與幸福。

傅靜娜則滿十九歲，纖長的身材，肌膚嫩白，一張瓜子臉型，妍秀而溫柔，那種嬌怯怯的神韵，使人聯想到曉風零露下的鮮花。

沙叔比她長十二年，容儀俊偉，紫棠色的臉皮泛溢着血氣。說是天生的一對，沒人能否認。

僕人托着一箇盤兒，擺着各色各樣的汽水。傅靜娜朝沙叔溫順地問：

「你說，我應該喝那一種？」她習慣地順服丈夫替她選擇，永遠沒有自己的意見。

「任你要那一種都可以，」回頭向僕人另要一瓶啤酒。

「怎麼你今天不禁止我喝這喝那，聽憑我自由。」傅靜娜天真地笑問。

沙叔似乎沒有聽見，端着一杯啤酒深沉地想心事。

「你看過X光鏡的照片了。」傅靜娜接着問。

「看過了，」沙叔神思不屬地，「春天還沒過完，怎麼這般熱。」

那種心不在焉的神態，使傅靜娜非常驚詫，她靈慧的眼珠一轉，立地若有所悟，坦率問道：

「請你坦白告訴我，那照片莫非有問題？」

「沒有什麼，」

沙叔含糊地應着。

「有沒問題，我都滿不在乎！」傅靜娜坦然無懼，她的智慧已使她了然於心，「可是，我記得，你也不會忘記，我們新婚那晚，你曾嚴肅地向我告誡，無論什麼事都可以做，無論什麼話都可以說，但切莫欺騙。」

「是的，我曾那樣說過，」沙叔從沉思中猛省過來，「但那時的話，不一定適用於今天。」

「你的神色，你的語態，已告訴了我百分之九十，我不會不明白；其餘的百分之十，不外乎具體的症象，我聽不聽也無所謂了。然而我喜歡坦白，你知道我是不會怕的，不坦白，反而加增我的疑忌和憂鬱了。」

「你定要知道詳細嗎？」

傅靜娜點點頭。沙叔便將X光鏡照片的實情詳說，她的肺結核症已進入第三期的階段，在本世紀三十年代，斷爲不治之症，而且極易傳染。

「很好，謝謝你對我坦白，肺病傳染是常識，我們不該再共同生活，傅靜娜凝視他俊偉的儀表，眼眶裏撐滿了晶瑩的淚珠，但堅強的個性，不使她流下來，強笑道：「我是廢人，遲早逃不過一死！你健康，聰明，有力而又有地位，應該做一番事業。我們從此實行分居！」

「分居？」沙叔不表同意或反對，漠然道：「我先陪你午餐，午後還要到醫院去診視病人，以後的事以後慢慢兒談罷。」

二：同情

他們倆就這樣實行分居了。

傅靜娜自往郊區頤和療養院調治，她自知死期將臨，雖然外觀上看不出什麼，還是一個好好的美貌女人。陪同她入院的是她出嫁了的姊姊露茜；她分居了的丈夫沙叔却知之爲不知，她也並沒意思再見他。

第一天入院，她認識了駐院主任醫生萬果博士，中等身材，國字臉，兩鬢微斑，眉宇間一股精悍之氣，表露着生命的活力，比年青人還軒昂。他平常說話的聲音很洪亮，但對病人却特別柔和，微笑地向她說：

「小女孩，別害怕，我一定盡心盡力調治你！」

「怎麼還叫我小女孩？我早已結過婚了，爲了這個絕症才跟丈夫分居的。」

「在我心目中，你還是一個小女孩。絕症？不一定是絕症。縱使是，只要你我有信心合作，絕症一樣可以醫好的。」萬果博士的自信力強得使人吃驚，可是每一個字都像從他心底流露出來的慈愛，體貼對方的心。

傅靜娜第一眼便非常喜愛這個人，以後他每天至少來巡視兩次，有時巡視到四次，那是例外。她有時跟護士瑪莉閒談，半眞半笑地說：

「我自幼喪失父母，到了這裏，彷彿多了一個爸爸。」

「萬果博士是每個病人的爸爸，他對一個老太太，同樣地當她小女孩似的調護。」瑪莉說。

「這個人眞好，我從未見過那樣的好人！」

「好人，同時也是怪人。」

「我一些也不發覺他怪。你說，他怎樣怪？」

「你猜猜他的年齡。」瑪莉問。

「大概總有五十光景了。」

「他的實際年齡六十三歲了，還沒結過婚，你說怪不怪？」

「怪！」傅靜娜惋嘆，「一個男人，豈能沒個家？何況他又如此高齡，更不能沒人服侍，如果我的病眞有一天轉機，我衷心願意服侍他一輩子，不僅是爲了報答他替我悉心調治，這個人實在實在太好了！」

傅靜娜猶如一朵花，向着溫暖的陽光，果然一天比一天的硬朗起來。

（略）

三：密約

初夏，在早晨六時，天色還帶些曖睫。

萬博士通宵不曾寤睡，他是不愛幻想的；偶然爲了醫學上的新發明，或許夜半起床，捩燈研究，但不屬於幻想。唯獨先一晚是例外，因傅靜娜突然提出單獨約會，擾亂了他那平靜的心湖，濺起無數漩渦。

他從宿舍裏出來時，心裏還不斷的怙惙：「她爲什麼要安排下這單獨的約會，而且利用寂靜的清晨。」

後園宿霧未消，一抹晨光，驚起了叢林宿鳥。他先到，在一株白蘭樹下，擇了一把雙人鐵椅，鬱鬱幽香，使他遐想起美人來時，必有一陣香風先至。而這時，一個窈窕的身影在熹微曙色之中蹣跚前來。

傅靜娜在他身邊坐下，先自道歉，說她不該穿着晨褸來會見他，太不禮貌了，但爲了避免醫院中人的注目，這樣隨隨便便的裝束，人家只當她任意散步，不會懷疑到別的事情上去。

「很聰明，時間跟地點都想得絕妙。」萬博士說，「據我所知，七點以前這兒是不大會碰見人的。」

「我們今兒別再談病情了，反正我一天天的好轉，假定眞的死了，有你新發明的 X 光鏡治療方法，可以把我的死細胞照活過來。」

「你想談些什麼？我願依照英國人所說：一個傾耳靜聽者是個好伴侶。」

「不是要你聽我的話，我是準備來聽你的高論的，」傅靜娜嫣然説，「我應當開個頭，説什麼？唔！一，二，三，問題多着哩，」她天眞地扳着纖指數。

「你眞會説話，記得你初來時，像個胆怯的小女孩，現在却變成頑皮的小女孩了。」

「是嗎？你批評得對。我在從前的丈夫面前，確然是胆怯沉默的，因爲他經常以支配者的姿態對我，我習慣地只會受支配。在你面前，你以平等待我，容許我放肆亂説，我便頑皮起來了。當眞呢，論年紀，你比他長一倍；論精神，你比他年青不知多少倍！好，現在提出我的第一個問題來了。護士們談起你，都説你一世過着獨身漢的生活，那麼，你還是一個大孩子哩。你叫我小女孩，但我已結過婚了，有權利喚你大孩子。大孩子，你憑着什麼理由，饒不願結婚？」傅靜娜先自吃吃的忍不住笑。

「我並不是不願結婚，沒人要！」萬博士微笑，「你莫當我説笑話，或者客氣。不！是眞話。一般女性是不會要我這樣一個人的。不是説我的地位，經濟力量，不能吸引她們，醫生這項職業在當地是相當吃香的；乃是説，她們所重視的條件，正是我所鄙薄的。我所需要的，是一個異性能欣賞我內在的條件，如思想，精神，趣味等等。而那些都是她們所忽視的。我想過，只有兩種人，懂得欣賞我所願望她們欣賞的：一種是天眞得像大孩子般的人，接近我的氣質；一種是吃過大苦頭，受過人生挫折的人，知道什麼是真，什麼是假。後一種人，以你為喻，在你未婚以前，假定你丈夫跟我兩個人站在你面前，你一定選擇你的丈夫，決不會看中我。可是現在，你歷刼之後，也許覺得我這樣的人，或有幾分可取了。你説是不是？」

傅靜娜深深的頷首。萬博士續言道：

「人不要我，我也不要人。假如我討一位太太，只愛外在的虛榮和享受，絕不能了解我的內在，更不了解我內在需要的共鳴。我豈不一一世空虛，毫沒着落？如此結合，有何趣味？你是結過婚的人，應該深明此中的滋味，不用我嘮叨了。那便是我不結婚的理由！」

（略）

四：夜禱

經過那一次含蓄而却又坦直的談話，萬博士固然興奮得回復了他的青春，傅靜娜的生命裏更像注射了一道補針。他們之間神秘而微妙的情感，漸進於高潮階段。

她肺部的變化怎樣，一時難看出什麼；她的食量確然是增進了，她的睡眠也確然是安甯了，她容光煥發，神彩飛揚，不像個病人。

那比醫藥所給她的功效更大，她的生命有所寄託！灰色的人生態度，變了光明，她抱着愛「生」的慾望，希望早日恢復她的健康。

有一個人比她自己更關切她的生命，他的生命顯然跟她的生命連繫在一起了，那便是萬果博士。

凡是科學家的思想，可說是先天的反玄學的。因爲科學講「實證」，而玄學講「假定」；科學分析具體的事物，而玄學信奉抽象的神跡。萬博士不能例外，但是不能例外的居然例外了。

夏天過去了，西風帶來了天高日晶的秋氣，霜露飛瀼的清潤，馥郁了桂花，燦爛了黃花，更淨化了天心人意。

萬博士往病房巡夜，最後才到傅靜娜那裏，爲的是可以多盤桓幾時。那晚上，一跨進室內，見傅靜娜用軟枕墊背，靠着床頭，上身披一粉紅色的絨線衣，下半身蓋着薄氈，雲鬢初整，脂唇微染，雙頰紅得像塗了胭脂似的，越顯得嬌美。

萬博士打了一個寒噤，這氣色太不正常，循例試過探熱表，順手拉了一把椅子，坐在床前，低問道：

「你覺得怎樣？是不是有點發熱？」

「臉上有些燒，」她用右掌向自己的頰上按了一按，「但沒有什麼，不外乎過度興奮。我近來不知怎樣，對一切都感覺樂觀，那便是興奮的原因。」

「別太興奮，能夠保持心氣的和平，比樂觀更好。」

護士瑪莉早有了經驗，她知道萬博士最後巡房，一坐下兩人便有許多嘮叨，她呆着徒然做障碍物，便先自乘機告辭。傅靜娜指着她的背影，悄悄地說道：

「瑪莉很關心我，今天下午，我說我快痊愈出院了，臉色越來越好。她却不以爲然，反而囑咐我小心，叫我特別請你再來一次詳細檢查，你說怎麼樣？還有，前兒照的X光鏡片，成績怎樣？你還沒對我說起哩。」

「沒有什麼大變化，但也不用憂慮。」

「我一定不憂慮，有你親切關照，還用我擔心嗎？病情好轉是不成問題，不過我太心急，總希望快些兒好，以後我們倆可以長期在一起生活！我有信心，病必然好得很快。」她表露一派孩子氣。

「是的，病必然很快會好。」萬博士的語氣很勉強隨和，「但是，小女孩，你要聽我的話，別太興奮！」

（略）

五：變故

次晨一早，萬博士趁天未大亮，四下無人，躡手躡足的溜到傅靜娜病室裏。

傅靜娜背靠床頭，跟宵來的情態一樣，臉上却堆滿了笑容，像盛開的花瓣，靦然道：

「我料定你一早便會趕來的。姊姊說你昨晚在廊間獨自祈禱，你是崇信科學的，向沒聽說過你有過宗教思想，怎麼會有這行徑哩？那一定是為了我！」

「她深夜趕來做什麼？你那模樣兒想是通宵沒睡？」

「醫生，我不敢在你面前撒謊，你會用探熱針測驗出來的，真的，我一忽兒也沒有睡過。那不是失眠，我自己高興得不願睡。等我告訴你，你聽了會跟我一般高興，我姊姊帶來了一個大喜訊！」

「什麼大喜訊？」

「是別人的喜訊，同時也是你我的大喜訊！」

「我不懂你的意思，」萬博士忙倒了一杯溫水，給她吞服了一顆鎮靜片，「慢慢說，看你興奮成這樣。」

「傻孩子，這還聽不懂，眞傻！」她天眞地笑。

於是靜娜把露茜的來意詳言，原來她那分居的丈夫沙叔，已戀上了另一個女人，混得火熱，急於想要結婚，但傅靜娜雖經分居，名義上還是她的妻子，必須經過法律上的離婚手續，方能正式結婚。他便囑託露茜來向傅靜娜辦交涉，願意提出一筆相當可觀的欵項，給傅靜娜作爲贍養費，私下了結，往律師樓雙方簽字存案。傅靜娜敘述到這裏，眉花眼笑地說道：

「你說，這還不算大喜訊嗎？其實，像沙叔這種丈夫，那裏還值得留戀？分居之後，從未見過一面，他明知我病倒在這醫院裏，就算是朋友，也該來探望我一次，他竟詐做不知。我們過去是怎樣相愛，只爲我犯了這撈什子的肺病，竟情斷義絕至此！這樣的人，那裏還有絲毫人性？現在他把我澈底解放了，又成就了你我的願望，我應該怎樣感謝他才是，那裏會要他的錢，辱沒自己！因此我提出無條件協議離婚，託姊姊把此意向他轉述。」

（略）

「照理是無理由反悔的，我們且靜候回話。」萬博士說。

一連四天，消息竟完全封鎖着一般。本來在旁人是無所謂的，幾天功夫，一眨眼便過了，但在傅靜娜方面，却別有一番滋味。她把一小時當作一天那麼長，依此推算，一日一夜，等於二十四天，四天便等於三個多月，她的焦急可想。更難挨受的，這四天來，她眼巴巴的盼望着，沒有一忽兒熟睡過，人已到了燈盡油乾的時候，那條細弱的燈芯如何再經得起乾熬煎？

在萬博士眼裏，她的眼眶一天天深陷下去，她的顴骨一天天瘦削起來，她的臉色一天天轉得蒼白而死灰，然而她秀骨天成，掩蓋不了那一股悲慘美的神韻。

第五天上午，露茜趕來了。護士見她們姊妹倆的神色，體會到她們或有私話商量，便借故離室。傅靜娜道：

「姊姊，什麼時候往律師樓簽字？你把我等死了！」

「事情發生了變化，律師樓不必去了。」

傅靜娜一聞此言，氣得哎呀慘叫了一聲，連續幾聲咳嗽，吐出一口猩紅的血痰，迸出兩行急淚道：

「這是從那裏說起？出乎爾，反乎爾！」

「不是沙叔反悔，是女方反悔，」露茜敘述經過，「我跟你別後的第二天，便去找沙叔，他聽說你拒絕贍養費，無條件協議離婚，當然再沒話兒可說。本來約定次日便可跟你同往律師樓辦手續，不料當晚他打個電話，說律師忙不過來要改期。我信以爲眞，一拖幾天，我撥過無數次電話，都說他出去了。今兒大清早，我到他家裏去等候他起身，才弄清楚眞相，原來那女的是舞台演員，有旦后之稱，跟沙叔是因診病相識的。他當初欺騙她，說你因脾氣古怪，他得不到家庭人生之樂，才同意分居的。那位旦后，美貌多金，名氣又大，却生活空虛，久思收拾歌衫舞扇，擇人而事，聽他說得可憐，又同情他的遭遇，便提議只要他正式離婚，答應嫁給他。誰知這消息一經透露，有人向那旦后說明事實，你是因患肺結核症，才被他遺棄的。這一來，旦后惱怒他薄倖，為了替你抱不平，同時為了她自己的終身幸福，一怒而跟他絕交。平時候選的對象，原不在少數，在氣頭上便決意嫁給那追逐她快將十年的一個痴心男子，沙叔再四哀求無效，昨天已向婚姻署正式註冊了。那是沙叔親口說出來的，他也知道遲早瞞不了我，只好依實而言，並請你原諒。他經此打擊，那有心緒跟你到律師樓去辦手續？正所謂『多行不義者必自斃，』這個人是永為社會所不齒了！不過，依我個人意見，簽字不簽字，無非一個形式問題，事實上你們早就斷絕關係了！」

露茜說完，傅靜娜一言不發的兩眼瞠視。這時萬博士恰巧來巡視病房。

露茜把沙叔突然變化，和傅靜娜聞訊咯血的話，向萬果博士說了一遍才告辭。

（略）

六：新婚

南方氣候溫和，草木是長年青青的，但隆冬季節，東北風也刮下些枯葉，可絕沒有北方落葉如潮的景象。有時天色陰沉，降下些霏霏雨粉，海風砭骨，那陰寒也頗難受。這種氣候，對犯有肺結核症的人，最為不利。

傅靜娜就在那年冬季，辭別了人間。

她一生兒愛好天然，當臨終前夕，還要求她姊姊露茜，和護士瑪莉，扶助她梳妝，她噙淚含笑說：

「我的皮膚太枯燥了，替我塗些面膏。

「我的臉色太灰白了，替我抹些胭脂。

「我的嘴唇白得沒有一絲兒血色，」她用震顫的手，接過櫻桃紅唇膏，對着小鏡子，染了又染，「非我自己動手不可！」

她要露茜替她換上一件玫瑰紅的薄呢長旗袍，穿上新絲襪新的高跟鞋，直躺着，因天氣寒冷，蓋上棉被，然後滿意地說：

「這樣好些了，我生前無福做新孃，可是定要給萬博士最後的一個好印象。女爲悅己者容，我不能使他失望！」

這晚上，萬果博士匆匆地巡過病室後，守候着不去。他見她突然盛妝，立即理解她的心意，一縷悲酸，由心坎直通到鼻觀，鼻涕索嘞索嘞地說不出話來。

露茜和瑪莉結伴先行。

傅靜娜凄然笑問：

「你對我的化妝滿意嗎？甜心！」

「美極了！」萬博士不顧一切地擁着她狂吻。

「我的生命雖僅十九年，比活到一百九十歲的人還滿足！」傅靜娜湧出悲喜難分的熱淚，「人生一世，很難獲得極度滿足的，縱然是一分鐘也好。一分鐘跟一年，在人生價值上是沒有分別的，我並沒虛生！」

「你的智慧太高了！」萬博士不能說下去，他心裏的話是說不出口的，他想說，一個十九歲的女孩子，憑她的智慧，竟能完成一部人生哲學，怪不得要離開這混濁的人間世了！

「這算得智慧嗎？我自己只認爲個人的胡思亂想而已。不過，遺憾也有，我痴願做你柔順的妻子，服侍你一世，可是事實却適得其反，反而要你關切憂慮，更抱恨的是無福做你的新孃！」

「有福！」萬果博士向內衣袋裏摸出一隻五卡拉的鑽石戒指，晶光四射，戴在她左手纖瘦的無名指上，「今後不再喚你小女孩了，你今晚做了我的新孃！」

「啊！多情的新郎，你眞要一個死人永遠做你的妻子嗎？」

「你不會死的，你死了我也會盡力使你活過來的！」

「眞的嗎？」傅靜娜樂不可支，「你告訴過我的，照射X光會使死人體內的細胞復活，現在研究得怎樣了？」

「很有把握。」

「嗳呀！甜蜜的新郎，我突然覺得疲倦……」

「睡一會兒，我陪你。」

傅靜娜沉沉地睡着了。

（略）

七：死戀

院長爲遵守醫院的規章，不能容許萬博士在X光鏡室內瘋瘋顛顛的胡鬧。死人是必須殮葬的，法律和風俗也不能容許一個科學家，一個大情人，做踰越法律破壞風俗的怪事。

他央求露茜轉告沙叔。他願意負責料理傅靜娜的喪葬。沙叔根本不願過問那些事，聽説有人負責，不用自己化一文錢，又何樂而不爲？

黃土埋葬了青春，荒丘掩蔽了髑骨。

過了幾天，萬博士搬出醫院宿舍，在郊外租賃一間石屋，獨自居住，沒有僱用僕役，洗掃都自己動手。

他的新居，距離傅靜娜的香墳不遠。先幾天，他每日朝晚，上班以前，下班以後，總手拿一束鮮花，到她墳上去獻祭，有時流淚，有時微笑，路過的人見他哭笑無端，都説他神經不大正常。然而他診病辦事，都絕沒不正常的表現。

但不久便絕跡不見他再來。

又不久，露茜來到墓地，發現墳墓被掘開了，棺材板虛蓋着，裏面的屍骸已被盜去。

她的直覺立刻明白是怎麽一回事，傅靜娜下葬時，一隻五卡拉的鑽石戒指，已足令人垂涎，再加上其它的珠寶殉葬，可能啓人覬覦之心。但盜墓決不會連屍首也盜去。她便以親屬身份，往警局報案，當訊問時，指出萬果博士是唯一的疑犯。

警局派了幾個幹探去踩緝，緊緊的跟踪萬果博士，發覺他絕沒別項可疑的行動，每天只是從石屋到醫院，再從醫院回石屋。

當他離開石屋時，總是謹慎地把大門反鎖，另加一道暗鎖。

石屋外貌簡陋，方橫不過兩百尺，簷角置有抽氣機，兩扇鐵窗，却雖設而常關，外人無從窺探室內的底蘊。屋頂是「道士帽」式，蓋着舊式的瓦片。

幹探們在石屋四週繞行了幾匝，不知從何下手，其中一人混名草上飛的獻議道：「今晚沒有月亮，等我先爬上屋頂去瞧瞧，再作計較，你們在下面等我。」

當晚，草上飛見屋側有一棵大榆樹，猱升而上，看看將與屋齊，便踏着粗枝，縱身跳過屋頂，輕輕揭起兩塊瓦片，匍匐地向隙罅下窺，不禁大吃一驚。

原來這石屋的內容，與外貌完全兩樣。外面看來，是貧家老屋，內裏却佈置得王宮般華麗。地下舖着胭紅圖案厚地氈，有大玻璃鏡衣櫥，有梳妝台，有書案，有錦墊椅凳，一色紫檀木新型製成；中間置有一對單人床，懸掛大羅傘珠羅帳，錦衾繡枕，依稀可辨。最使人驚異的是裏面那張床上，靠近一盞流蘇低垂的宮紗柱燈，燈影裏，躺着一個錦衣玉貌的美人，嬌豔如芍藥籠烟。

外面床上，身穿睡衣，盤膝而坐的，正是萬果博士，那雙灼灼如電的銳眼，全神傾注着那美人，喃喃言道：

「我的甜心兒！你十九年的生命，受盡了人世的折磨，病痛和殘酷，斷送了你的青春。你應該息勞了，但那息勞是暫時的，好比進入冬眠狀態，不久便要蘇甦的。我正試驗着種種醫藥上的新方法，要把你喚醒過來，你耐心等着罷！」

（略）

幾名幹探一擁入屋，各人手裏都持有手鎗，喝聲：

「盜屍賊，舉起雙手來！」

萬果博士聽得屋頂瓦片翻飛，又見空中飛下一個人來，心裏早有準備，鎮靜地笑道：

「噓！靜些兒，莫驚動我的愛妻！」

「還不舉起雙手？」

「舉什麼手？你們有鎗，我沒有，活了大半世，從沒接觸過武器。噓！聽我說，你們的目的，是來拿我去邀功請賞，是不是？我一定完成你們的志願。但這裏是我的住宅，我有權維持這兒的秩序！人民有居住自由，是法律上所規定的，你們懂得嗎？」

這番話，把幾名幹探鎮壓下來，爲頭的走前兩步禮貌地說：

「萬博士，請你跟咱們到局裏去走一趟，才好覆命，咱們是奉上頭的命令來的。」

（略）

八：裁判

不幾天法庭開審，這是震驚古今的奇案，轟動了整個城市。

警局把犯人（萬果博士）跟物證（傅靜娜的屍骸）一併遞解到法院，露茜以親屬身份，作原告人起訴。

萬博士清瘦了許多，但容儀整飾，態度嚴肅，穿着一套玄色的常禮服候審。

他事前化了許多心思替傅靜娜的屍首化妝。肉體是早腐爛了，憑他的化學智識，雖用盡種種防腐方法，因未經專家指導，結果是失敗了。眼前那具豔屍的製造成份，除了骸骨是真的外，其它用各種化學混合物和石膏蜜蠟等塗成的，那層面具，虧他想像的天才，摹擬傅靜娜生時的輪廓和姿韵，竟有七八分相似。

法官對於這樁史無前例的案件，實在很難下個公平的判斷，普通盜墓案的條例不合引用。經過檢驗，萬果博士的神經，也沒有不正常。

每次開庭，聽審的把法庭擁擠得水洩不通，沒有一個人不同情於他的偉大聖潔的「專愛」。最後庭審，萬果博士涕泗滂沱地向法官自辯：

「法官先生，我不知道你對於這個案情，將判我什麼罪行？徒刑，無期徒刑，以至絞刑，任你尊便，我絕不抗議。

「譬如你問我，你承認犯罪嗎？我不用思索地便可回答你，我沒有罪，教我何從承認？

「我不懂得什麼叫做法律，更不懂得什麼叫做道德。我學的是科學，像法律與道德那類智識，完全出乎我所學的範圍以外。但我有一個疑問，法律是誰定下來的？道德又是誰定下來的？他們是先知，還是聖賢？他們所定的是不是每個人在無論何種環境當中必須遵守的？說穿了，都是人爲的！爲什麼這個人定下的教條，要大家甘受束縛？爲什麼別一個人不定別一種教條，使這個人也受束縛？

「就像當前這個案子，我被逮捕，被解審，被定罪，社會顯然當我一個罪犯處置了。然而我犯的是什麼罪？法官先生，當然會引據民事或刑事條例第若干條來定我的罪，那些法理上的解釋，我永遠不會懂；可是在判決之前，我要辯訴我情理上的解釋！

「首先要問『愛』算不算一種罪？男女關係不一定基於愛，一時的性衝動，如禽獸之交尾，誰也知道不是愛。就算被公認爲正式的結合，許多配偶，夾雜着金錢美色等不純粹的條件，一旦財盡色衰，便被拋棄，又何嘗稱得上愛？更如幸運者對不幸者的遺棄，健康者對疾病者的遺逐，可與共安樂而不可與共患難，那還夠得上説愛嗎？對活人不愛，不算罪；對死人愛，算是罪！這是什麼法律？

「我跟傅靜娜這段情感，是可生可死的情感。世人不易了解，我也不敢奢望世人會了解。她最初來到醫院時，我同情她，憐憫她，因病被前夫遺棄。那不是她的罪，但她所受的懲罰，比一般犯罪的人還慘酷。我以醫生的身份，以人與人之間交接的身份，給她慰安與溫暖，只不過盡了人性的本份，我不承認是罪！隨後她也許因我的同情，對我發生了愛情；我因她的美麗和聰明，和痴戀的暗示，也對她發生了愛情。以一個十九歲的少婦，和六十三歲的老人談戀愛；以一個健康的醫生，和一個死期確定了的病人談戀愛；顯無利害之見，超越生死之界，兩心相照，正大光明，打破了人世色相的障隔，是天地神鬼共同允許的聖愛，我不承認是罪！最後當她臨終的前夕，她遺憾不能做新孃，我親自把結婚戒指套在她手指上，明知已無洞房新婚之樂，我同時做了新郎也做了鰥夫，然而我必須給她臨終的最大慰安，像宗教上施洗儀式一般的最大慰安。我承認發掘她的墳墓，搬運她的屍體，都是我一手幹的，社會認爲這詭異的行徑是罪，但我有我的想法，我怎忍使我才新婚的愛妻冷清清地躺在墳墓裏呢？我要使她的靈魂和骸骨都得到新婚應有的享受，不是爲了要佔有她，而是爲了要使她佔有我，佔有我天長地久的眞愛！我不承認是罪！

「法官先生，精神世界有精神世界的法律與道德，物質世界有物質世界的法律與道德。我不承認是罪，那只是我精神生活的觀點；但我的肉身還活着，無疑地要受物質世界的裁判。法官先生，任你引據現行法律那些條文治我的罪，我都俯首無辭，服從你公正的判決！」

萬果博士激昂地把他的辯訴一口氣說完，臉色由紅漲而轉爲灰白，幾乎暈倒在犯人欄內。

法庭裏擠滿了的羣衆，幾乎人人都感動得流淚。

法官的判決：傅靜娜的屍骸發交她姊姊露茜安葬；萬果博士無罪釋放。這世界大情人，一直活到八十三歲才孤獨地死去。

作者按：這篇小說，絕非虛構，故事確有其人，也確有其事。情節哀豔，過於湯玉茗的牡丹亭，書中人名雖有更改，事實却盡量保存，十分之八九都具有真實性。一九六五，五，二九夜，傑克

選自一九六五年八至九月第九十、九十一期《南國電影》

雨　季（蔡浩泉）

天邊一朵雲（節錄）

一

葉子是我的同班同學，她起的不是日本名字，她姓葉，本來名字是秀文，但我們喜歡叫她葉子，又有一個叫莊志雄，我們叫他莊子，我們同學喜歡以「子」互稱，這個沒有甚麼不對，中國以前就有過很多子，如孔子，孟子，墨子，朱子，還有建安七子，很有文學味，書卷味。只是我比較倒霉，我姓胡，只好做了「鬍子」。同班同學中，葉子和莊子跟我最要好，可以説一個是女朋友，一個是男朋友。他們兩人也很要好，我們三人常常湊在一起，人家説我們三人在鬧三角戀愛，這也難怪，我們看電影一塊去，跳舞一塊去，旅行游水也一塊去。

葉子説，她是我們兩個人的女朋友。而我和莊子，兩人又好得像夫婦，人家又説我們九成是同性戀，我們都不計較人家怎樣説，我們三個人在一起還是很快樂，理由很簡單，又是同學，又是好朋友，又是臭味相投，管人家説這説那。

大學第一年暑假，同學大半回家去，葉子回南部去，莊子回東部去，我的家在香港，我沒有回去，一個人留在學校宿舍裏，很有一點寂寞。

莊子寫信建議我一個人在島上四處走走，如果有興趣，可以到他家裏耽一個時期。

我回信說，暑假兩個月很快就會過去，我倒喜歡一個人留在學校裏，看看書，畫畫畫，而且，宿舍裏還有不少「無家可歸」的同學，可以聊聊天，雖然「系」不同，不相為謀，但起碼大家都讀文學院，距離也不會太遠。

葉子說她家裏的花開得很燦爛，整天畫花卉大筆寫，再回學校上課的時候，炮的國畫一定「見」出來了。

葉子是個很有才氣的女孩子，國畫西畫都棒，人也長得帥，難怪同學都對她着了迷，我回信給她讚揚一番，並順帶告訴她我在宿舍裏的慘淡生涯。

她馬上又給我回了信，互相勉勵一番。

暑假的第一個月我在寂寞中度過了，剩下來的日子還有三十多日，人在孤獨寂寞中時間過得特別慢，特別是沒有甚麼事情逼着你去做，你每天從床上爬起來，上帝就交給你一天的時間讓你想辦法去打發，所以我總喜歡在床上耽它半天，剩下半天的十二小時就容易打發得多，但也不是說的那麼容易，吃過午飯你就會覺得沒地方好去，沒事情好做。看電影嘛，我曾經試過一整天留在電影院裏不出來，重複看它三四場（那個島的電影院是不清場的），而且，同期放映的電影差不多都給我看光，諸如東洋武士片，西方牛仔片，羅馬宮庭片，夜生活片，國語文藝大悲劇。法國新潮派電影，一覽無遺。

上舞廳嘛，地下舞廳像私人派對，冷冷清清，一點娛樂性也沒有；上大舞廳嘛，全島僅有兩家，極盡豪華之能事，花不起美鈔，這是大胖子，小哥兒花錢的地方，對我，身份不合。

人太孤獨寂寞就會做些不着邊際的夢，有時會夢見自己置身在香港的燈紅酒綠裏，與大伙兒一起尋歡作樂，樂不可支。然而一覺醒來，發覺自己躺在宿舍的木架床上，很有點過氣英雄想當年，一股落寞自心中油然而生。其實在香港的那段日子也不算得怎麼光輝燦爛，只是大伙兒湊在一起很熱鬧，從來沒有孤獨寂寞的感覺，就好像詞中的「少年聽雨歌樓上」。而現在卻是「老年聽雨歌樓上」了，「一任階前點滴到天明」的無可奈何感覺羈絆着自己，我不是故作老態，今年才廿三歲的我怎麼會老呢？只是那種心境卻使我覺得自己一天比一天衰老，真有一點「垂垂矣」。

我把這感覺寫信告訴香港的大伙兒。

他們回信說，「寂寞容易使人老。」叫我及時行樂。

於是有一天晚上，我一個人在街上喝悶酒，一個人喝悶酒的走到火車站，迷醉迷醉的眼睛看着火車站大牆壁上畫着的大地圖。

「噢，這個島真大。」我自言自語說。

我沒有到過那裏，去年暑假，一條船把我從香港帶來這個島，一部公共汽車把我帶到學校，雖然間中也坐過市區的公共汽車，穿過南門北門，也繞過圓環走圈圈，但我還是沒有去過甚麼地方。

「我去過的地方還離不開地圖上的那一點！」我怪責起自己來，「媽的，這麼大的地方也不隨意走走。」

我的視線在地圖上那點又紅又大又圓的點子上停住了很久，然後像檢閱一樣的自上而下的看下來，心裏默記着那些站名、鎮名、市名⋯⋯。

「反正現在是放暑假，我要像下課一樣的，一站一站的走完這些地方。」我對自己說：「從今晚開始。」

（略）

有音樂播出的店子大多是茶室、撞球房，冰果店之類的店子，它們把低音聲響撥得特別響，使擴音器放出的聲浪像爆炸。要你的心房也隨着低音節拍快慢跳動，吸呼也急劇得厲害。

我已經甚麼主意也沒有了，就是那麼走着。

一個霓虹燈招牌在我前面閃呀閃的，像向我眨眼，像向我招手，我跑過去。

照樣又是一些音樂壓迫我，那是白光的「天邊一朵雲」，白光的聲音很低沉很夠魅力，低音結他的聲音也很夠魅力！

天邊一朵雲
隨風飄零
隨風飄零
浪蕩又逍遙
我的情郎
孤獨伶仃
孤獨伶仃
就像一朵雲

我跑了進去，我奇怪我居然不經考慮的就跑了進去，可能是我有點興奮，可能我寂寞，可能我對自己夠信心，過去我是這樣的，我甚麼也不怕，我一個人可以站得很穩，甚麼也不能傷害我半分，所以過去我在香港總是喜歡在街頭上亂闖。在這裏這份野性倒沉下了一年多，想不到現在這顆壞種籽又重新萌了芽，迎風而長。

一個茶室姑娘招呼我坐了下來，我不懂茶室的甚麼規矩，我進這種日本式的茶室還是頭一次。

「你喝了很多酒？」她問我。

「沒有。」我幾乎忘了我曾經喝過酒。

「現在要喝些甚麼？她又問。

「隨便。」我說。

茶室姑娘笑笑走開了，我四周打量一下，我坐在一個很靠近門口的卡位上，這家店子的佈置很簡單，靠牆的兩邊是排長卡座，店子中間挪空了一塊空地板，像是舞池，又像是通路，最裏面是一個點唱機，燈色雖然不很昏暗，但仍是很迷人，紅紅綠綠的燈光令人想起香港的酒吧或舞廳，有點不同的是這裏沒有打扮妖艷的舞女或吧女，只有淡裝淺抹的茶室姑娘，使人看起來順眼得多，也比較親切。

茶室姑娘給我捧來一杯香片，一小盆瓜子，在我旁邊坐下來，她問我：「你常來這種地方？」

「甚麼地方？」

「茶室。」

「第一次。」我簡單地答了。

「你不是本地人？」

「不是。」我說：「你怎麼知道？」

「我看不出也會聽得出。」

「我是香港來的。」

「香港是個好地方。」她眼一抬，像憧憬些甚麼：「先生貴姓？」

「姓胡，」答：「他們叫我鬍子。」

「誰他們？」

「我的同學。」

「你來這兒讀書？」

「嗯，讀藝術系。」我拿起茶杯，深深喝了一大口。「你叫甚麼名字？」

「我叫阿美。爸爸是日本人，他叫我美子，媽媽卻叫我阿美，我喜歡人家叫我阿美。」

電唱機播出一支日本歌，日本歌很有味道。

「日本歌真討厭，」她卻說：「我聽見日本歌就作嘔。」

「剛才你說你爸爸是日本人。」我很不明白。

「所以我討厭日本。」她說：「包括日本歌，日本人，和我的日本爸爸。」

「你爸爸呢？」

「他跟日本人一道撤退回日本去了。」

「你媽媽？」

「是這家茶屋的老板娘。」

「那你媽媽很有錢？」

「有個屁錢，有錢才不開這種鬼店。」

「開茶室不體面？」

「茶室就是茶室，人家才不管你甚麼『純喫茶』，名字不好聽。」

「這點我不知道。」

「你當然不知道，這個地方，你不知道的事情多着呢？」

我出奇的看看她，她年紀不會比我大，但卻很有個性很獨立，我看着她：「我來這裏才一年。」

「我討厭這裏的一切。」她冷冰的聲音。

「我明白你的心情。」我說：「我門還是第一次見面，為甚麼跟我談這麼多？」

「這個叫甚麼？——」她側側頭想着：「好像叫『機緣』吧。今天幾個茶室小姐請了假，媽媽叫我出來招呼客人。」

「你不常出來的嗎？」

「學校放了暑假，我就得回來悶在這裏，也好看看媽媽。」

「你媽媽也在這裏？」

「她管這個店，這個店是她的命根，而且，她不管這個店也沒別的事情好做。」

「她人呢？」

「整天躲在賬房裏，很少出來。」她順手往裏邊一指，電唱機後面有一條窄窄的走廊，兩邊都有小房間，「就是右邊的那間。」

「左邊的是你們住的地方？」我推測。

「是的。」她說：「房間又窄又髒，不是人住的。」

「那你為甚麼要回來。」

「媽媽可以住，我也可以住，她一直對我很好，她說為了我才願意這麼捱這麼活。」

「你讀的是那一間學校？」

「和你同校。」

我立時吃了一驚，「你怎麼知道我讀那一間學校？」

就在這時候，對面的兩個兵哥站起要走了，她趕過去給他們算賬，兵哥付了錢，她連說了幾聲謝謝。她是一個很有教養的女孩子。

她把錢拿進賬房，大概是交給媽媽，不一會，她走出來，滿臉笑容。

「現在你知道為甚麼我知道和你是同校嗎？」

「不知道！」我很快回答。

「全個島只有一家大學有藝術系，也只有那家學校有家政系，我是讀家政的。現在你明白了吧！」

「明白了。」

「而且我在學校看見過你。」她補充說。

「奇怪我倒沒有見過你。」

「你沒注意罷了，」她說：「倒是你們的藝術面孔比較易認，頭髮永遠又長又亂，永遠那麼吊兒郎當。」

（略）

我沒有跟阿美跳過舞，我想我們有一天會跳，但不知道她喜不喜歡跳舞。

「胡子，又在想甚麼？」

「沒甚麼。」我說：「不好意思就不講話了嘛。」

「算了吧，」她說：「有甚麼事情悶在心裏不說出來？」

「真的沒甚麼。」

「胡子——」

「甚麼？——」

「你知道嗎？暑假我在家裏很想你。」

「也很想莊子？」

「但沒想你那麼厲害。」

我沒答話，我是不知道說甚麼好，我可以說我也想過她，暑假最初的一個月我是想念她，我知道，那時只是寂寞，誰也想念過，甚至香港那幫大伙兒，後來認識了阿美，甚麼也好像淡了下來，心中只有「阿美鎮」和阿美。

「胡子——」

「我是想你們在這兒有個家真好。」

「你在香港也有個家呀。」

「太遠了。」我說：「而且我也不喜歡自己的家。」

「你喜歡怎樣？」

「我喜歡一個人浪跡天涯，到處為家。」

「難道你一輩子也一個人嗎？」

「也許我會有一個我愛她，她又愛我的女孩子，而她又肯跟着我捱窮。」

「有那麼一種女孩子嗎？」

「我不知道。」

「同學說我們三個在鬧三角戀愛。」

「嗯。」我應了一聲。

「可以不鬧三角戀愛的，如果你喜歡我多一點。」

「那莊子——」

「他會退出的，他知道我喜歡你。」

「現在不很好嗎？」

「但總會有那麼一天。」

「你相信『機緣』嗎？」我想起阿美說過的「機緣」。

「信的。」她說：「你是說男女之間。」

「嗯，」我說：「好像有些事不是人可以決定的，人只是棋盤上的棋子。自己一直被動的搬來搬去。」

「人好像一朵雲，飄在天上，給風吹來吹去。」她說：「你是從香港吹來的雲。」

「它們可以聚在一起又分開。」

「那誰去負這個責呢？」

「沒有人去負，因為棋子和雲本身都不知道它們在幹甚麼？」

「你是指你和我和莊子？」

「也許不止我們三個？」

「還有誰？」

「誰能預知未來呢？」

音樂停了下來，我陪着葉子走回座位，莊子說：「你們真是一對。」

（略）

阿美很少來找我，我們到底還不太熟，只是我們有相同的病，有時我有些問題想不通，會找她研究，我們像一雙破木船，彼此縛着沉在水底，但誰都沒辦法拯救誰，而且我們覺得沉在水底也沒有甚麼不好。

有一趟上日文課的時候我遞給阿美一首小詩，題目是「寫給自己」，上面這樣寫着：

送給自己一串串暗淡的日子
讓他們像冬天的蟲類
讓他們像無光的星月
而風雨們唱着
垃圾叫着你的名字
想典當一些故事
　出賣一些甜甜的像烏梅酒的夢
而春天早逝去
夢也發酵不出一朵微笑
而歷史依舊寫着
　　——寫着一頁的空白
再拿不起錢登一段「遺失啟事」了
就讓一切捨我而去

如一個風雲已過的酋長
悵着日換星移
讀完我的詩，阿美說：「為甚麼那麼悲。」
「是你教我想甚麼寫甚麼的。」我說。
「你真是那麼悲嗎？」
「活到今天，我好像失去了很多以前有過的，現在的自己，又在混混噩噩裏過日子，我像失去了理想或信心，情緒低沉得很。」
「這是很難免的，當一個人一旦發覺自己的空洞，除了知道自己活着，自己卻一無所有。」
「那絕望與無助的心情就會跟着你，壓迫你，像你所說的『白茫茫的霧』。」
「你有沒有發覺自己失去甚麼？」
「其實我也沒有甚麼好叫我去失卻，我本來就一無所有。」我說。
「包括愛情。」
「嗯。」
「你詩裏面不是說『春天早逝去，烏梅酒也發酵不出一朵微笑』？」
（略）
坐在旁邊的葉子見我畫得煩燥，她說：「要不要我做你的模特兒？我可以脫衣服。」我聽了連忙說：「不要不要，千萬不要，我只是亂說話，要畫甚麼表現不出來的時候總會亂講話。」

「我可以的，我知道我可以的。」她要解開自己的鈕扣。

我衝過去，按住她的手，「葉子，不要，我知道你可以，但不值得。」

「我認為值得就是了，」她看着我，「因為我喜歡你。」

我看見她的眼中含着淚。這真是不可思議的，一年多的同學她說喜歡我——她說的喜歡就等於愛，我相信她愛我。而現在她竟然肯脱衣服做我的模特兒。愛的力量真那麼偉大嗎？我說：「葉子，你是很可愛的。但不要為我做這件事。」

「但我要，我要你畫阿美的臉，我的身體。」

我捉住她要解開鈕扣的手，然後把她像一個小孩的抱在懷裏。

「葉子，不要這樣。」

「你知道嗎？我一直喜歡你，為了以前你和莊子常在一起，所以我們三人常在一起，現在你跟莊子散了，我們三人也散了，你應該知道我喜歡的是你，不是莊子。」

「我知道，」我連忙說，心裏一陣疼痛，嘴唇印在她的臉上。

她的淚流在頰上，觸及我的嘴唇，我就這麼不由自主地吻着她，她好像把整個身體交託給我，我把她緊緊地抱着。

（略）

聖誕過後第二天，家裏來了一封電報，說我父親死了，是心臟病死的，叫我迅速回去。

我父親是醫生，而他卻死了，醫生會醫別人的病，自己有病卻一點辦法也沒有。

我沒有很悲傷，人反正是要死的，而且爸爸也六十多歲。

我把這消息告訴阿美和葉子她們，她們反而為我憂傷了一陣，她們陪着我東跑西跑去辦手續，第二天，收到了家裏匯來的錢，買好即日的飛機票。

晚上七點，幾個較為要好的同學陪我到飛機場，我心裏亂得一塌糊塗，家裏正在辦喪事是不必想了，但以後我將怎樣，我自己也不知道。對着阿美和葉子我不知道怎樣講。

我說：「我去了，以後怎樣我自己也不知道。」

「你還會回來嗎？」葉子說。

「回香港以後，事情安頓好了我會寫信給你們。」

「期終考試你趕不及考，學校會准你補考的，你只是請假。」莊子說。

「大學讀不讀無所謂，只是我捨不得你們。」我說。

阿美一直沒說話，很有點黯然神傷。

我對她說：「如果我寒假趕得及回來，我還會去捧你的場。」

「這時候你還有心情講這種話？」阿美說。

「我對生生死死沒有甚麼感覺的，我對我的父親也沒有甚麼感覺，他只是一個人，我叫他爸爸。」

（略）

一切安頓下來之後，母親對我說：「不要回台灣了，留在香港陪陪我，我需要你。」

我一直喜歡母親多過父親，她只有我這麼一個兒子，父親對她的愛又不很夠多，他只管自己拼命賺錢，到最後連自己的命也不要了。母親對這個難過是一定的，過去雖然父親對她不夠體貼，但到底還是有一個丈夫擱在那裏，使她在生活中不感到孤獨。如今，丈夫死了，她一個人佔着一個空洞的家，自然會感到孤獨，這個空缺是需要人去填補的，她想不出有甚麼人，最理想的還是她的兒子，所以她像懇求一樣的挽留我，我也想不出任何理由反對。

我對自己說：「這只是暫時的吧，她的傷痕會過去的。」我做兒子的沒有機會對過她好，現在她最需要我的時候，我順了她意，她定會感激我，我也總算為母親做過一點事，其實一般人看起來還不算得甚麼，我自己卻覺得犧牲了不少，我放棄了自己的學業就是為了她。

「以後你還有機會讀書的，」母親安慰我：「等我死了。我想我也活得差不多了。」

「不要這麼說。」我說：「你要我留下來，我就留下來好了，我會像一個好兒子的一樣待你。」

母親黯淡地笑笑。

我沒有選擇就決定了這樣，心裏卻有點懷念學校的他們，這種懷念，比懷念死去的父親要多，理由是父親死已死了，再懷念也沒有用，而他們卻是活生生的。

但這份思念卻是很個人的，也許沒有人明白，一個剛喪父的兒子，居然還有空抽出一份如此無聊的思念。

我還能說甚麼呢，我寫信告訴他們，我不回去了。其他甚麼也沒有說。

寫信的時候卻想起阿美唱的「天邊一朵雲」：

天邊一朵雲
隨風飄零
隨風飄零
浪蕩又逍遙
我的情郎
孤獨伶仃
孤獨伶仃
就像一朵雲。
……

原為「星期小說文庫」雨季《天邊一朵雲》，香港：明明出版社，一九六六年十一月。
選自《天邊一朵雲》，香港：素葉出版社，二〇〇一年，署名蔡浩泉。

南宮搏

朱元璋〔節錄〕

一：江淮大旱

——在蒙古人統治中華大國的時代，漢人是亡國奴。

——亡國奴的漢人分作兩類，北方人，南方人；南方人最後投降，被統治者視爲最賤一類。

——亡國奴的漢人在社會上被分爲十個等級：一、官；二、吏；三、僧；四、道；五、醫；六、工；七、獵；八、民；九、儒；十、丐。

蒙古人的大元皇朝至正四年，大旱，蝗蟲在大旱的土地上成羣結隊飛來飛去。

江淮平原，大饑，再加上疫癘。

一個又一個人餓死了，一羣又一羣人餓死了。

一個又一個人染疫而斃；一羣又一羣人染疫而斃。

十七歲的朱元璋楞在一座墳前——這是朱氏一門除了朱元璋之外的共墓。

朱元璋第三個哥哥染上時疫回家，染給了母親，母親再染給大兒子，大兒子傳染給父親，父親又傳染給了次子。一家六口，五個人染了時疫。

朱元璋在鍾離四鄉公塾讀書，因爲乏食而回家來，於是，他看到了一家五口奄奄一息。

他看看父母，再看看哥哥，然後入厨，看米缸，缸中有一些剩米，大約有半升吧？他以之來煮了米湯。在水沸米漲之時，先撈了半碗吃下，然後，等米湯膩了，再盛了去餵一家五口，然而，那五個人都已不能嚥下水。

於是朱元璋去找鄰人——平時相諗的鄰人都人去室空，他走到村尾，才找到一家姓劉的，劉家的人逃荒去了，祇剩下一家之主劉繼祖在。朱元璋把自家的情形報告了。劉繼祖就慷慨地捐出一塊地讓朱元璋埋葬親人。

——蒙古人定下的法律，不得亂葬在公地或旁人的土地上。

於是，朱元璋奔走了一個半時辰，找到了人相助挖了一個穴，完成葬事。

如今，已過了一夜，劉繼祖也去逃荒了。朱元璋獨自在一座墓前發楞。

家中已無一粒米，也無一個人，自己活着，怎麼辦？

一羣蝗蟲飛來，經過朱元璋守着的墳墓的上空。此一片空荒，蝗蟲也不屑停留。

朱元璋仰着蝗蟲而嘆氣。

不久，有一名和尚走來，和尚張了一把油紙傘遮太陽，步履從容，顯而易見的，這和尚並不餓！

朱元璋咬咬牙，在內心咒罵着——他從小就討厭和尚，因爲和尚欺壓小百姓。

二：法本和尚

和尚越走越近了，和尚看到了他了，投以不屑的一眼，目光立刻移開，可是，在一瞬之間，他的目光又回到了朱元璋身上，腳步也停止了。

朱元璋瞪着眼看和尚，這和尚，他認識的，可是，平民和和尚，沒有交道可打的，因此，他不願理睬。但是，事有意外，和尚却理睬他了，和尚說：

「喂，你是朱世珍的兒子？對了，小四子，怎麼啦？看到大師父也不招呼？」

「嗯，大師父——」他懶洋洋地呼喚了一聲。

「喂，小四子，你爺呢？」

他指指草率的墳墓，沉聲說：

「在裡面！」

「哦！你娘，你哥哥——對了，你家就在這墳頭——」

「我娘，我三個哥哥，都在這裡面啦！」

「啊！你一家人都故了，剩你一個，這要命的時疫！唉！小四子，你怎樣呢？」和尚嘆息着問。

「我不知，我在塾裡讀書，沒得吃，回來——一家子都染上疫，死啦！」

「唉，你——小四子，長得這麼大了，還去讀書！沒出息，九儒十丐，讀書，有甚麼用？小四子，現在怎樣啊？家裡大約是沒得吃的了，是嗎？」

「是，沒得吃啦——九儒，十丐，祇得去走荒，做乞丐！」朱元璋冷冷地說。

「可憐，可憐——我和你爺結交一場，小四子，跟我去做和尚好了！」

「跟你做和尚去？」朱元璋一眨眼，搖頭道：「我一個大錢都沒有！」

蒙古人把和尚的地位提高，成爲社會上第三等人物，因此，一個人要想做和尚，並不是剃光了頭就行的，廟宇的主持僧，要收一筆數目不小的錢才肯剃度，而且，還要再花費一些錢才能得到一張代表高等人的度牒。

「小四子，我說收你，自然不要你的錢了——得啦，你跟我去？」

他緩緩地站起來，向墳墓拜了三拜，相隨這和尚走。

——這和尚是皇覺寺的方丈法本。

朱元璋的父親朱世珍，年輕時和法本混在一起，後來，法本爲僧，朱世珍從泗州城移家鍾離，曾得過法本的接濟，朱元璋曾隨父親去過皇覺寺見法本，由於法本的態度踞傲，朱元璋對他印象很壞。因此，今天相見時不願招呼，但是，意外事件終於發生，法本居然肯收他作徒弟。

三：行脚僧

他在走投無路中，做和尚的社會地位，朱元璋不在乎，因爲小民們其實是討厭和尚的。可是，眼前的情景，做了和尚，至少有吃有住。

朱元璋想：這總比走荒好：

於是，朱元璋進入了皇覺寺，把頭髮剃掉。過了十天，再受戒，又過了二十幾天，頭頂的戒疤脱痂了。他的樣子也像和尚了，而且，也學會了誦幾卷經。

法本和尚替朱元璋取了一個法名，定覺。

蒙古人定的人品高下，儒比乞丐祇高一籌，讀書人是賤的，可是，讀書人做了和尚，却比其他不識字的和尚佔便宜了。朱元璋雖然讀書無多，但在皇覺寺內，他却成了第一個有學問的小和尚。官府來了人，有文書，就由他看，如此，他的地位便特出了，法本很喜歡他，連寫佈告的差使也交給他做。

這樣，朱元璋安閒地做了半年和尚，吃得飽，住得好。不過，朱元璋對於做和尚的生活並不滿意，他時時想離開皇覺寺——

但是，他在外面的世界沒有熟人，也無處可去，逃荒的人，大多是到南方去的，可是，朱元璋聽廟裡的和尚說，所有逃到江南去的難民，被南方人看不起。他每念及被人輕蔑，就不想去南方。

然而，他又不願在廟裡長久躭下去。

於是，他想着利用廟的關係到外面去。不久，機會來了——久旱的江淮地區，終於豪雨，那是他做和尚的第二年春天，皇覺寺爲雨水所侵，坍了兩棟屋，朱元璋向師父建議，出去化緣，重建屋宇。

法本和尚躊躇着，因爲濠泗一帶因蝗旱而窮極，要向人捐錢，太不容易了。

「師父，去試試也不妨的，反正着了僧衣，到處可混到飯吃，即使捐不到錢，白走一次，也可以替本寺省下糧食，這總是沒損失的。」朱元璋輕鬆地說出。

於是，法本和尚同意，向衙門中遞了呈文，取得募化執照，派了朱元璋和另一名年紀較大的僧人出去募化建廟錢。

皇覺寺內受戒不足一年的小和尚，出廟去作行腳僧了——這是優差，蒙古人提高僧侶的地位，一般平民，有供應行腳僧食住的義務。從前，朱元璋沒有做和尚時，就爲此而恨和尚，他家中窮困，但是，他家也經常地有吃白食的和尚光顧。和尚吃了，他們自己祇得減食。

小百姓們爲此而對和尚生恨。

然而，現在朱元璋自己却做和尚了。

四：走江湖

作爲小和尚的朱元璋，第一站是光州，他募化到幾百錢，自己花掉了。

但是，他和一般和尚不同，他年輕，他還沒有沾上一般有特權的和尚的習氣，在光州，他和市井少年混在一起，利用和尚身份在謀取食物，轉贈市井少年。他那募化得來的幾百錢，也是和市井少年在一起花掉的。

光州的情形並不好，江淮地區普遍的蝗禍及旱災，使城與鄉同受到禍害，朱元璋雖然揹了皇覺寺的招牌出來募化，成績却很不理想，他住了一個月，募到的錢糧，儘够他本身與市井少年吃用，而且，很明顯的，再往下去，他在光州會募化不到錢，人們對這口舌便給的小和尚，已起了疑心，因爲他長日和市井少年在一起。朱元璋本身也很快發覺了，在連碰了幾次釘子之後，他就和那一般混在市井中的朋友說明，自己必需換碼頭了。

「和尚，你打算去甚麼地方？」一名少年問。

「我不知道了，走着看，有一件和尚衣服披在身上，又有度牒，我到處可以去得，」朱元璋泰然說：「祇是去窮地方就沒勁，我想找一個肥一點的地方！」

「對！」另一名市井少年翹起大拇指說：「有肥地方，我們跟了去！」

朱元璋笑着搖頭，一面說：

「你們跟了去，皇覺寺要造房子，就會造不成！」

「就造五臟殿，也一樣啊！」有人說，引起了哄笑。

「那本，你們想想，甚麼地方肥一些？」

「肥——合肥哪！」一名市井少年機智地說：「名字叫合肥，總會比別處肥些！光州這一個光字，吃光用光，不行！和尚，你說如何？」

「合肥——」朱元璋覺得這個地名不錯，稍爲思索，拍了幾下手掌，爽快地說：「就去合肥，你們誰願意跟我去，就回去準備一下，一句話，有飯同吃，有苦也同吃！」

於是，皇覺寺的小和尚帶了市井少年，離開了光州而向合肥去。

這是一般情形下所少見的現象，和尚與市井少年同行——在光州，和朱元璋混在一起的，經常有九名少年，其他五人有父母，不許放任外出，向合肥的路上，朱元璋與四名光州少年同行。

沿路，由朱元璋以和尚身份去覓取食物，募化錢財，雖然獲得不多，但也够他們五人生活了。

於是，他們到了合肥，這地方比光州大，也比較像樣，可是，合肥的市面一樣不好，朱元璋募化到錢，雖比光州時多，但是，光州來的市井少年和本地的少年相結合，人多了，花費也多了，募化到手的，很快就花去。

五：一羣蝗蟲

現在，朱元璋募化，不是爲了皇覺寺，而是爲了相隨的一羣市井少年，他好像背上了一個包袱。不過，他又樂意於背上包袱，他覺得這樣的生活很有趣。

於是，他在合肥住了兩個多月，人們對這小和尚又有了疑和厭，朱元璋再換地方，他到汝州，跟隨他同行的，有十一人了。

在汝州，他分區募化，住了一百天，再轉到潁州——跟他同行的有二十人了。

一個但靠募化的小和尚，要養活二十人，可不是一件容易的事，到潁州之後，他們的生活很苦，時常挨餓，不過，這二十名外地少年和當地少年結合了之後，却用別的方法來維持生活，他們設法偷竊，而且佔了一所空廢的祠堂作爲總部，積藏募化來和偷來的食物，隔半個月，舉行一次大規模的集會。

有一回，六七十名少年在祠堂中歡會，被官差曉得，趕來捕捉了——朱元璋得到同伴的掩護，搶先了一步從後門出走，祇有兩個人跟他逃出，其餘都被捉了去。

這一次事件發生後，朱元璋無法再在潁州躭了，因爲官差知道他是一羣市井少年的首領，和尚雖然有特權，但一旦糾集羣衆，就無法運用特權了。

他躲了幾天，發現情勢不利，就悄悄地出走，轉到固州，再結合當地的市井少年，和在潁州時一樣，一面募化，一面偷竊。同時，他以固州爲基地，派人回潁州、汝州、合肥等地，與過去的伙伴作一種聯絡。

這樣，小和尚朱元璋成了一個地區的無賴少年羣的共同領袖，他樂了，他忘記了走出皇覺寺時的任務。外面的世界雖然有些風險，但比之在廟裡，總是好得多。

有了組織的聯絡，朱元璋就常常往來各地，而這些地方的人，對這小和尚的印象也越來越壞了，人們把他和他的一羣少年人，看成蝗蟲。蝗蟲，吃盡稻粱，朱元璋一羣人則爲害地方。

兩年的時間，就是如此地過去了。朱元璋有如蝗蟲地到處白吃，不過，他們人雖多了，生存的條件却越來越艱難，蒙古人給予和尚道士以特殊地位，可是，蒙古人最忌漢人糾衆，朱元璋所到之處，都會有一羣人，這就犯忌了，一般百姓，也因此而不理會他的和尚身份，有時，人們以報官來恫嚇這一名小和尚。

這時候，江淮平原上，已開始動亂了，飢寒交迫的人羣，開始嘯集山林爲盜，刼掠官府鄉鎮糧食，蒙古兵辛苦地奔赴各地剿匪，對城市中少年們的活動，也用了嚴厲手段來對付，朱元璋的處境，因此而艱難了。

六：倦鳥回巢

有一回，朱元璋和二十多名少年在一起，被蒙古兵和官差撞着，發生了打鬥，小和尚朱元璋雖然走得快，也挨了打，受傷。

在無可奈何中，朱元璋隻身走合肥，因爲有傷，再加上道路受了寒，病了，他祇得以掛單和尚的身份，投入合肥一所廟中食住。

現在，朱元璋已二十歲了，在四五州地面，他流浪了將近三年，一旦靜下來，自己好像作了一個夢。於是，他想到皇覺寺，想到了那個好心腸的師父法本。

於是，他在合肥廟中作了三個月的掛單和尚，弄好了身體，如一隻飛倦了的鳥似地，回濠州的皇覺寺去。

× × ×

四海無家，作了三年流浪漢的小和尚，終於回到剃度他的皇覺寺中。

現在，他的樣子又不像一個和尚。僧衣敝舊，頭上長了二寸許長的頭髮，再加上三年流浪生活，使他的身體結實，重到皇覺寺，人們幾乎認不出他就是在本寺剃度的定覺小和尚。

皇覺寺在這三年之間也有了巨大的變化，當時引朱元璋出家的法本和尚，早在一年前染了時疫故世。法本和尚對朱元璋有所偏愛，他留下遺書，一朝朱元璋回寺，若能通過三道考試，就以朱元璋爲未來的方丈。現在，權主皇覺寺，是朱元璋的師叔法善和尚。

法善和尚識字不多，不可能成爲方丈的。依照習慣，作方丈和尚的，要能誦四十幾種經，主持過一百台焰口，然後，要應對官府派來的人查考。而最後一關，需要識得許多字才行，這就是一般所謂的三考。

法善和尚祇能誦十幾種經，主持焰口的次數雖然很多，却無法成爲方丈，他對一去三年多才回來，樣子非僧非俗的定覺師姪，完全沒有好感，祇因師兄有遺命，勉强地接待他。但是，他照直地把師兄遺命說了。

朱元璋對當皇覺寺的方丈沒有興趣，他明白，自己至少要有四五年時間才能主持到一百台焰口。他等不及，再者，他覺得一做方丈，會老死在廟裏，毫無生趣。

因此，他敷衍着——奔走江湖，他太倦了，他如一頭在外面受了傷的野獸，把皇覺寺看成一個安全的洞穴，他要在這個洞穴中療養自己。爲此，他敷衍着，在皇覺寺中享享福。過一些時再作打算。

他把兩寸長的頭髮剃掉，他獲得師父的僧衣，在人們不滿中，過了半個月的懶散生活。就覺得廟裏很悶，對每天撞木魚和誦經，感到無限的厭倦。

七：途遇老友

於是，他託詞進城去。有一次，他着了師父的寬大僧衣，大搖大擺地在城中市街走，有一個青年人從橫街闖出來，一把拉住了他的袖子，大聲說：

「和尚，我們到處找你！嚇，終於找着了！」

朱元璋一怔，定了定神才能認出面前高大的青年人，那是他流浪歲月中交結的市井少年徐達，但是，今日的徐達和兩年多以前，身形完全變了，如今，徐達高大、强壯，可以當得起彪形大漢四個字來形容。

於是，朱元璋咧開嘴大笑，拍着他的肩膀道：

「老弟，你長成了，那年，我記得你沒跟我走——」

「那次沒跟你走，後來，我們又見過一次的，和尚，你忘了？」徐達急促地說出。

「我沒忘記！」朱元璋說着，伸手自袋中摸了一下，再說：「我口袋裡還有幾分，我請你去吃一頓！」

「吃一頓——」徐達尷尬地：「老是吃你的，這回，應該由我來，可是，……」

「不必可是了，我們自己兄弟，來，這附近那一家好？我不大熟悉。」朱元璋笑嘻嘻地挽着他的臂膀走。

於是，他們進入城中的一所酒樓，徐達遲疑了一下，終於直率地詢問：

「和尚，可以大吃一頓嗎？」

「行！」他作了一個手勢：「至多把我的外衣押着！」

「好極了，這些日子，一直不曾大吃過！」徐達說着，便轉向店家，要了酒和肉，再轉回來：

「和尚，有好些時不見你的影踪，去了那兒啊？」

「我出了些麻煩事，躲着。」

「我們風聞，但是，早就沒事了呀！你却不露面！」徐達是粗豪的，但是大聲說了幾句，立刻轉低了：「和尚，如今外面亂得不成個樣子，你可知道？」

「我自然曉得一些，祇是不大清楚！」

「到處都反了，和尚，這世界要變了！」

朱元璋知道江淮地區盜賊遍地，饑荒廹人爲盜，蒙古人的殘酷統治也廹人造反，在皇覺寺的禪房中，朱元璋也偶然會興起造反的幻想。他曾經讀過書，被蒙古人列爲九儒十丐的最下等階級，但是，他從書本上得知了夷夏之別，同時，現實也使他恨蒙古人，他以爲，在蒙古人的統治之下，爲賊爲盜，那是天經地義的。不過，他不願在酒樓中和徐達深談造反的事，隨口敷衍了一句。

「和尚，你好像不關心？」

他聳聳肩，低聲說：

「在此地，關心不得啊！」

八：要求造反

「哦，不妨事，我們兩個說着話來，沒人來偷聽的——」徐達望望左右，停下來，轉問：「這些時，我和湯和陳德常在一起，和尚，你總記得大個子湯和，那個（　）鐵匠！」

「我記得，你們這一般兄弟，我個個都記掛着，咦，你們在一起，有戲唱嗎？」

「我們——沒甚麼，祇是想造反！」徐達低沉地說：「日子難過啊！像從前那樣子混，沒意思，要幹就大幹一場，和尚，說句實話，我們一帮兄弟，少個兒，倘若你肯來，就行了！」

朱元璋點頭，再看看左右——此時，酒肉送上來，他們胡亂地談了幾句不相干的話，接着，朱元璋說：

「徐兄弟，你們有沒有計劃過？」

「我們衹是有這個心，沒有詳細打算，我和湯和到處找你，就是爲了這事兒，最好，由你來——我相信，我們要合三四百人，並不太難！再說，我們兄弟，不吹牛，總不會比不上人家！」

朱元璋深沉地點點頭，再問：

「我們若動手，自然不會比不上人家的，徐兄弟，你有沒有和好漢接過頭？」

「還沒有，但有路可走——和尚，郭子興已經起來幹了，而且，局面不小！」

「郭子興起事了？」朱元璋有喜悅的錯愕：「我這和尚消息太不靈了！徐兄弟，再告訴一些！」

徐達飲一碗酒，挾着肉欲言。朱元璋笑着一推他的手腕，把肉送入了徐達口中說：

「你先吃下去再說，看來，你的胃口比從前好！」

「嗯——」徐達嘴嚼着，慢慢地說：「不錯，胃口越來越大，所以想造反了，和尚，我再告訴你，我們一夥兄弟，在此地立了一個舵啦！想動手！」

朱元璋哦了一聲，雙眉一揚，慨然說：

「你們要幹，我就來一份，郭子興輩份比我們高，他對我很不錯，倘若有事出來，緩急之間，也可以去投他——衹是，這幾個月，我與外面隔膜得很，徐兄弟，等吃完了，我們找一個地方長談！」

「好，到我們舵上去——和尚，我們一言爲定，你來做我們的頭兒！」

「做頭兒，不必是我，你們需要我，我總參加——這身和尚衣，遲早總要脱掉的！」

「實在説，做和尚又沒出息，我就不贊成——衹是，沒有飯吃的時候，做和尚高人一等，不過，造反，比做和尚更高一等呀！」徐達含笑説：

九：殺二元兵

「有道理！」朱元璋也飲盡碗中酒：「我這人，本也不是做和尚的料！我的師父却想將皇覺寺傳給我！」

徐達如風捲殘雲地把一碗大肉吃光，抹抹嘴起身説：

「行了，我們走！」

他們相偕走出了酒樓，朝東門那邊行，轉過兩條街，就進入城東的冷落區域。

於是，在一所破舊的祠堂內，朱元璋見着昔日的夥伴，湯和與耿再成、耿炳文兄弟，他們熱烈地歡迎也已長大了的小和尚，他們又告訴他，還有一名舊搭檔陳德，就會回來。

「久違，久違！」朱元璋向老搭檔作了一個揖。

「和尚，在此地，我們可以放肆説話了，城裡的蒙古韃子，衹百多人，我們一動手，準會成功！」徐達奔放地説：「和尚，我們推你作頭！」

就在這時，外面有一聲嘯，隨着，陳德奔了進來，高呼散水。徐達一把拖住他問：

「甚麼事要散水？和尚來了，你先見過！」

「噢！」陳德向朱元璋一抱拳，隨着急說：「韃子抓了我們一個人，我被追着來……」

這時，外面有了奔跑聲，耿氏兄弟就往後走，朱元璋攔住了他們，轉問陳德：「有幾個韃子？」

「兩個！」陳德自破窗口向外一望：「來了——快溜！」

「兩個，不必——」朱元璋拉住徐達，向旁邊一閃，順手拿了一根短棍，藏在門後。

一個元兵先追到，兇猛地一脚，就踢開了門闖進來，看到陳德，把手中刀一揚，喝道：

「跟我走，不然，我斬了你！」

他一語未了，朱元璋手起棍落，擊中了元兵的後腦，徐達立刻搶上一步，一手奪刀，一臂勾扼住那元兵的頸項。

「拉進來！」朱元璋低聲發出命令。

這時，第二名元兵已經到了！他一手抓着一名衣衫襤褸的少年，毫無戒備地闖入。朱元璋很冷靜，待他跨進來，又是一棍，這回，徐達伸出一條腿，同時把那元兵絆倒，耿氏兄弟立刻上前捉住。

「哈，好極，用他們兩個來祭刀！」陳德到此才恍然大悟。

「不行！」朱元璋一擺手，「先把他們的衣服剝下來，扼死他們，不可見血，就在此地把他們埋掉！」他説着，指指陳德和那襤褸的少年，「你們兩個出去望風！」

在屋內，朱元璋、徐達、耿氏兄弟四人把兩名元兵的衣服剝掉，然後，合力將之埋掉。徐達說：

「和尚，有了你，才有辦法，這幾手作得多麼乾脆！」

十：佛前之卜

朱元璋於危急中表現了他個人的機智，他無聲無息地殺了兩名蒙古人，他向在興奮中的夥伴說：

「這兩套衣服等於是兩張老虎皮，我們留着，夜間出去，就可以派用場，說不定，又可以斬他們兩三人！」

「和尚，你行——我早說過，祇有你來作首領才有辦法！現在，怎樣？」徐達問。

「我們就起事！」耿再成大聲說。

朱元璋搖搖手，沉思着，慢慢地說：

「現在還不是時候，我們決定反，也得有個準備，這樣草率地動手，會吃虧的！」

「和尚，你說怎樣呢？」耿再成再問。

「我要回廟裏一次——」他沉滯地說出。

「和尚，我們決定幹了，何必再回廟裡去？還有，你已開了殺戒，可不能做和尚了，從此，我們呼你大哥，你和尚衣脫掉就是！」徐達豪縱地說出。

「不要急，不要急！」朱元璋笑嘻嘻地說：「和尚衣暫時不必脫，皇覺寺，我還是要去一趟的，我做了三年多和尚，要造反，總得問問菩薩的，倘若菩薩不允承，我還是不能和你們幹的。」

「大哥，你不能不幹——」

「這樣，你們和我同到皇覺寺去，我到伽藍菩薩像前卜一卜。」他說着，不待那些人同意，就小心藏起兩套蒙古兵衣服。

之後，他領了徐德等人出城去，在出城時，徐達遇到了自己的五名兄弟，問了朱元璋，也邀他們同行。

他回到皇覺寺時，使廟裡的和尚吃驚，因爲他身後有一羣無賴少年。

他的師叔來問訊了——那是干涉，但因恐懼那些健壯的無賴少年，師叔的態度很溫和。

朱元璋淡然對師叔說：

「你放心，我不會帶人來搗亂，我來向伽藍菩薩問卜——師叔，你爲我準備一下。」

於是，朱元璋朗聲禱告：第一，他問繼續做和尚，卜，不吉；接着，他問：遠走他鄉，躲避起來，卜，又不吉；第三，他問：和少年們在一起，作他們的首領，起兵趕走蒙古人，卜，大吉！

於是，朱元璋一拋那兩塊問卜的圓木，向衆人說：

「行啦，菩薩指示了我，走！」

徐達和一羣少年發出了呼喊，擁着他們的首領，在皇覺寺和尚們的驚愕中，他們走出山門！

朱元璋在出山門時，沒有回頭。

選自一九六七年二月十一至二十日香港《工商日報・市聲》

任護花

任護花遊世界〔節錄〕

世界環遊第一程

一九六六年五月廿五日，我同內子翠華開始踏上環遊世界的第一程，由香港西飛曼谷。就因爲向西飛行，緊追住西下的太陽，不許它下，結果，離港時間是六時，抵達曼谷也不過是六時二十五分而已。自然，這不是眞實時間，眞實的飛行時間是兩點鐘，因爲曼谷比香港慢了一個鐘頭，而香港的夏令時間又撥快一個鐘頭，於是當中就有兩個鐘頭的距離了。不過，人類從來把日出日落做計時標準，噴射時代的遊客，就佔得遊覽時間上增加的便宜，如果不是給移民制度所阻碍，我是可以趕及看一場七時半電影的。

雖然人類經過兩次世界大戰，仍然無法踏進「四海一家」的境界，任何國家也跟往日一樣劃上鮮明的界限，嚴厲地防止人口的增加。在接生房中增加的人口不去計較，從飛機場增加的，一個也不成。泰國的移民局職員格外嚴密而小心，不管是過境客人或者行商坐賈，通通像「睇相批命」似的研究一番，才許入市。科學家費盡幾多腦汁發明了比箭還要快的噴射機替我們爭取到的時間，給移民制度浪費淨盡，眞是科學家始料不及的。

泰國是佛教國家，千多年前，統治者從印度輸入了佛教來强化他的統治權，徵用了民間藝術家來裝飾廟宇，單是一個臥佛，就得佔去四間戲院樣大的地方，還得建到五層樓樣高的建築物來供人膜拜。此外，甚麼玉佛寺，瓷佛寺，都是金鑲玉砌，七彩繽紛。唯一目的，在堆砌出偶像的崇高與偉大，然後標榜「政教合一」，以鞏固統治權。他們夢想不到千多年後，卻給他們的國家帶來了旅遊業的繁榮，因爲佛寺太多了，三天也欣賞不完，遊客編訂勾留曼谷的時間表的當兒，毫不猶豫地安排五六天的遊程，比香港多了一倍時間。我在第二天作走馬看花式的巡禮，也覺得是不可多得的「視覺藝術」欣賞。

回頭想到香港，不禁有點「自卑」，偶然同西方遊客談起，香港可以留戀的東西，委實太少了。香港旅遊協會和新界地方人士，近來才去倡議建立旅遊地方，已覺太遲，甚至香港擁有獨一無二的「購物者的天堂」的美譽，也在政府領導「加價」聲中，漸漸褪色。如果香港人仍然不設法爭取遊客，發揮自己本身的優越條件，眞怕西方遊客在編訂遊程的當兒，把香港列在「過境」一欄，那時遊客花在香港身上的衹有一杯咖啡的錢而已。

實際上，遊客在香港購買東西是最舒服的，香港天氣不寒不熱，最適宜於街頭踱步。曼谷很熱，我試在早上踱步街頭。衹踱了二十分鐘，已大汗淋漓，手帕濕透，午間遊覽寺院，紅日當頭，更加揮汗如雨，很不舒適，這種悶熱，在香港二十年來也沒有嘗過。

雅典是購物者地獄

往日聽說歐陸各國都重視旅遊事業，幾乎把這一行業看作第二工業，我一到希臘就覺得傳說無訛。只見全市最繁盛的地點，都劃出空地給各航空公司作轉運站，又長又大的載客巴士像幾座大山般擺在街道上，一切爲了利便旅客，寧使其他車輛避道而行。旅行社的巨型載客巴士，一到黃昏就出動了，許多街道的普通汽車也得讓路。夜間集體遊覽小組，有着各種各式的旅客，候車的，轉車的，擠在街上，把街上當作自己的私家地方一樣，也沒有受到警察干涉。（這個地方的人，不歡喜爭執，警察很少，我留雅典三天，瞧不到一名警察。）

專做旅客生意的人，非常乖巧。我參加一個下午遊山組，遊遍雅典市郊山上的古蹟，當我參觀石砌的半圓形古代劇塲的時間，有個不相識的人提出要求，請我同內子走慢一點，讓他拍照。我根本不明白他的意思，還以爲我們是遊客中唯一的中國人，因而令那位先生感到興趣，衹得「作狀」讓他拍了幾張照片，他一聲謝謝便離去了。我們遊完古代劇塲就登上最高一個山，參觀帕典娜故宮，那時，那位「不速之客」再度出現，他手上拿了一疊照片，檢出三欵交給我們，照片是八寸度，拍得相當好氣氛，我才知道他不是對中國人發生興趣而是對美金發生興趣，每張美金一元，公價不二，我衹得照給，衹見他匆匆走了，又向另一個美國遊客貢獻他的「作品」。後來再見他，我問他爲甚麼這樣迅速就沖印好照片？他指着停在山腰一部舊車，說他的黑房就在車廂裏，兩個人做這一行業，專替陌生遊客拍照，開車跟住遊覽車，所以能在一小時之內，沖印完畢，馬上沽出。我感到他比我們香港夜總會的流動攝影家高明得多，香港攝影家一樣替遊客拍照，可是，拍完了還得詢問遊客地址姓名，明天才交貨。遊客是流動的，明天已不知去向，香港攝影家白花了沖印費還得再浪費一次拜訪，太不化算。雅典人把沖印房設在汽車裏，「卽影卽有」，才是最佳辦法。

不過，香港人雖然不肯在遊客身上動腦筋，但香港有一個優點卻永遠存在，卻是歐洲國家所無法比擬的。那就是「購物者的天堂」的美譽，永遠保持。第一，因爲香港是個自由港，對於大部份進口貨沒有抽稅。第二，不論香港政府對直接稅增加若干稅率，仍不如外國之高，使商人不致因所得稅太重而提高貨價。我一踏入雅典，就覺得踏入了「購物者的地獄」。我抽的香烟是健牌，在香港每包一元三角，在雅典，每包三十元（雅典幣同香港五比一，三十元就是港幣六元）。我又在雅典買了一卷柯達一三五彩色菲林，一計就是港幣四十元，你道利害不利害？

意大利國寶龐貝城

當我編訂自己世界遊程的時間，許多老遊客告訴我，不要跟各旅遊社的遊程看齊。遊巴黎，三天已夠，遊羅馬就非十天不可。因爲意大利值得看的東西太多，巴黎衹是徒負虛名而已。我自然接受老遊客的建議，遊羅馬的時間，比任何一處爲多。

很早，意大利人就設法保留名勝來吸引遊客，所以在羅馬閒步，幾乎在每一條街都瞧到古跡，當年羅馬的鬥獸場，大圓劇場，鹿耳噴泉，眞是數之不盡，然而，這些都不是意大利的國寶，他的國寶卻不在羅馬而在百哩外的「龐貝城廢墟」。

粗粗一計，每天從外國到意大利參觀龐貝城廢墟的遊客，至少一萬人。（一部遊客巴士可載五十人，一天有百多部這樣的巴士，再加上乘火車或專車而來的，合計就有萬人之數。）每人花在龐貝城的鈔票假定爲美金五十元，那就計得出，單是這個小城，每年已替意大利掙得千多萬美元。

其中，政府直接獲得的利益並不少，原來意大利酒店有稅，汽車走在公路上也有稅，每段公路設關卡，不到二三十哩，又要放下「買路錢」，入龐貝古城，更加要買入場券。

爲甚麼那到處是頹垣敗壁的小小古城廢墟值得世界遊客那樣留戀呢？就因爲眞眞正正由二千年前人類所興建的繁盛城市，原封不動地給今人漫步其間的，全世界祇有那個龐貝城廢墟。它不特是意大利的國寶，也可稱得是人類的瑰寶。

有二千年歷史的古城在世界上已不多見，而且人類是進步的，就算有這麼一個古城，也會在千年來的不斷發展中，增加許多新建築物和修改那古代建築，人事滄桑，遂改到面目全非。像我童年生活的廣州，也因人類發明了汽車而拆城築路，廣州再不稱城而改市了。龐貝城廢墟的難能可貴處，就因爲在距今一千八百多年前，卽公元七十九年那時，威蘇威火山大爆發，火灰從天而降，把全城淹沒於地下，這才能保全了本來面目，給現代的遊客憑弔。當年，威蘇威火山爆發，不獨埋葬了整個龐貝小城，但見茫茫千里，都是一片黑色的平原，連附近幾個城市和鄉村都失踪了。直至最近百年來，才有科學考古家從火山下的坭土下功夫，研究出太近火山的城村，直接遭火山溶液淹沒，自是一切蕩然無存，但距離火山稍遠的龐貝城祇受火山灰屑所淹埋，相信建築物仍然無恙。政府認爲推測合理，遂發動龐大人力，用手鑿發掘，經數十年苦心孤詣，終於把地下的龐貝城掘了出來。現時，我們在廢墟中所見，雖然二千年前的事物未窺全豹，惟是當年羅馬帝國的人士如何荒淫殘暴，也依稀有跡象可尋。這廢墟，當眞是人類世界的奇觀。

遊威尼斯兩天就厭

國際人士遊威尼斯的不多，意大利本國人士到此逛遊的，反爲十分熱鬧。一個小得像元朗墟那樣大的小城，居然有四五十間酒店，可知遊客的擠擁了。不論早晨抑或夜晚，沿河的大街（像我們的干諾道），擠滿人羣，圍繞着小販的攤子和商店櫥窗，沒有一個忙碌的人。威尼斯，可說是百份之百的遊覽城市。

威尼斯人無須學香港市民那樣刻苦地工作搵飯吃，他們擁有一座遊客銷金窩，安然坐着，就有遊客到來奉獻金錢。酒店房間又小又矮，收費卻與各大都市酒店看齊，當眞是一本萬利的生意。商人們從別處地區定製了劣質紀念品，運到本地出賣，遊客當作當地出品，人人爭購，他們又賺大錢。威尼斯，簡直是威尼斯人的寶貝。怪不得威尼斯人死也不肯加上一間新建築物來破壞它的中古色彩了！它的「古裝」，就是他們的「搖錢樹」！

「搖鐵樹」造成了威尼斯人的不長進，世界是進步的，祇有威尼斯人「獨異」。如果他們也「進步」起來，把都市通通建設到現代化，那末，遊客再不來了，所以，他們極力保存原有狀態。人們坐在汽船上，舉頭眺望，只見所有建築物的墻壁都是灰痕剝落的，許多窗子壞了，也懶得修理，這是世界上唯一靠「落後」來賺錢的一處特別地方。

假如威尼斯城落在英國人手裏，相信在數世紀以前，早已把所有的小涌塡成陸地，整座城都是汽車路了。又假如威尼斯落在荷蘭人手裏，連一條大河也失踪，因爲他們善於與水爭地。唯有落在充滿藝術情調的意大利人手中，才會把威尼斯保持到今日。上一代的人在聖馬可廣場拍得的照片，同今日所拍攝的，不是一樣嗎？

這種市容，這種古老的交通方法的小城，偶然住一兩天，還覺得有點新鮮意味，如果住得久了，你不生厭才奇。譬如你要寄一封信，你得上落五座橋樑，步行十五分鐘，寄完信，又得上落五座橋樑，再行十五分鐘而回，這種生活方式，誰會歡喜？我站在街頭冥想，這些橋是可以把石級改爲蠟青路的，沿河街道不窄，是可以讓四部汽車雙程行駛的，但他們不肯改革，不建汽車道路，不改建橋樑，寧願走十五分鐘路去寄一封信，也要保持中古的交通方式，無非一切爲了吸收遊客。所以，你去威尼斯遊一個短暫時期，你會覺到有趣，但住上幾天，就大感不便了。

此地也有「夜遊」，由旅遊社合資僱請歌手，在河裏的燈船上引吭高歌，吸引遊客，這是人工造成的「威尼斯之夜」。我乘了一葉扁舟，浮遊半夕，倒覺風光不俗，但除此以外，我找不到可以贊美的東西了。

蒙地卡羅不如澳門

電影明星嘉麗絲姬莉嫁給摩納哥小國做王妃之後，連蒙地卡羅賭城的名字也在世界響亮起來，遊客也比從前多起來了。

那小國既沒有巨輪碼頭，也沒有噴射機塲。因此，遠方遊客，一定得先到了法國的渡假勝地尼斯，然後從尼斯轉程前往。尼斯與蒙地卡羅賭城很接近，大約是九龍油麻地與青山容龍別墅那樣距離，汽車一送，祇耗半小時，因此，遊蒙地卡羅的人，多數在尼斯下榻。我飛抵尼斯的當夜，就參加「英語遊覽集團」，到這個世界著名的銷金窩觀光了。

那歷代靠賭爲生的城市，使用近萬的燈光來點綴自己的面目。當旅遊車踏進它的門限，立刻換來一片驚嘆之聲。我們在賭場前下車，首先瞥見一個比我們香港政府大球場雙倍大的草坪躺在門外，種了整齊的樹木，全用射燈照明，坪地堆砌了繁花，擺出豪華的氣派，停車場以馬甲形環繞廣場，無限制的停放貴賓的車子。

賭場的建築以意大利花崗石作主要材料，巍峩得像一座古代皇宮，兩扇大門打開，四個穿制服的員工笑臉迎人，準備吞噬世界的財富。

未進入賭場之前，誰都以爲內裏十分擠擁，賭桌一定站滿了人，要參觀豪客的孤注一擲，也成問題。可是一進入內裏，完全不是那麼一回事。衹見一個籃球場那樣大的廳堂，擺了五張桌子，衹有三張有人圍攏，有兩張無人過問。「荷官」和助手們閒散地，也是呆呆地等候客人光臨。他們開的是輪盤，是我們在電影中習見那一種。我們站在人家的背後瞧瞧，就有招待員拉椅子請坐，生意這樣的冷落，眞出乎意外。那天是星期三，時間是夜間十一點，聽說是賭場的黃金時間，據嚮導員說，往年賭場夜夜客滿，但這幾年生意已大不如前，每週衹有周末客滿而已。

在許多遊記描寫下的蒙地卡羅，豪客如雲，投注巨萬，但我們身歷其境，覺得不實不盡。大廳上每一張桌子都標明，投注五法郎起，一千法郎止，（一個法郎卽是港幣一元兩角左右。）既然「限注」一千，那又怎能投注「巨萬」？我還小心地巡視三張桌子，注意賭徒的注碼，投五元籌碼的多，投大注的少，百元籌碼僅有幾個露臉，可知所謂豪客根本不多。我觀光達一小時以上，沒有若何驚心動魄場面。

影展因何擇康城

康城電影節在五月舉行，我六月才到，自然趕不及參加，可是，我仍然要到康城一行，看看法國電影界爲甚麼舉國許多通都大邑不選，卻選一個蕞爾小城來舉行影展？

尼斯距離康城匪遙，大約是從油麻地到元朗那麼遠，尼斯的旅遊社本有「康城集團遊覽」組織，參加的收費十六元，倒也十分便宜，無如出發太早，我連夕參加「夜間遊覽」，無法夙興，唯有午間自己去找出賃汽車，順便物色一名識英語的司機，單獨前往。

進入康城，覺得它的商業中心，街道淺窄，人口不多，不像一個開得影展的城市，正在滿腹懷疑，汽車忽然轉向海濱，發現一條比尖沙咀彌敦道還要寬濶的康莊大道。大道正中，興建一條花徑，坪地盛栽花草，上面松柳交柯，左右爲汽車大道，每面三車並行，綽有餘裕。車行路與行人道之間，又是兩條花徑，遍植深淺紅色的花卉，堆砌得宜，遠望但覺車行花朵之上，眞是奇觀。大道一邊建築花園式洋房，一邊是美麗的海灘，十里灘頭，劃分數十段，每段都屬諸洋房集團。洋房半屬酒店，酒店管理自己一段海灘，爲了爭取遊客，因而各出心裁，把海灘設備漆成多種顏色，爭妍鬥麗，七彩繽紛。我們下車後漫步其間，恍如身臨另一世界。

到了這個時間，方知電影節選擇了康城，不是偶然的決定，大約政府有心培養一個新的渡假勝地，刻意求工，以增加尼斯的「威望」，故在那十里海灘，從新規劃藍圖，每一座建築物，統照原定，唯一可以表現特有風格的，祇限窗花與設色而已。而經營餐室酒店，又必須兼營海灘，巨細不遺，美輪美奐。結果，這一濱海娛樂區，上下一心，堆砌成仙景一般。大家花了許多人力物力，不肯寂寂無聞，因此選作電影節舉行地點，年年初夏，邀請環球影人，到來開會。而會場早有計劃，就在新區中心，一座建得又莊嚴又雄偉的四層大廈，高懸各國旗幟，盛會雖停，氣氛仍在。大廈面前的海灘，華傘如雲，使人想見世界影人集會之盛。

那十里海灘，屬豪華建築物所有，如非酒店住客或餐室主顧，恕不招待。普羅大衆，低薪人員，卻另有他們的免費渡假地方。司機飛馳另一段海灘，指點有如蟻隊的泳客，幾乎使人難以相信。康城到底有多少人，既然海濱上擠滿了人頭，陸上豈不是無人做生意？計由豪華海灘轉到平民海灘，沿地中海海岸行車，足足行了一小時，所見完全是鋪滿泳客的沙灘，嘆爲觀止矣！

尼斯是渡假勝地，她的右隣康城，更是渡假勝地的中心，電影節後仍然擠擁至此，那麼，節日更不知擠擁到甚麼程度了。

巴黎人虐待遊客

巴黎虐待遊客，是很出名的。從前，各國遊客編排遊程，起碼遊巴黎一週。近年，因爲備受虐待，相戒裹足，但鑒於巴黎爲歐洲的繁華中心，又不能不遊，結果，採折衷辦法，祇遊一兩天，走馬看花，「昭其有也」就算。所以，巴黎政府做起年結，近年從旅遊事業獲得的收入，比往年短了百份之七十，不禁大起恐慌，（聽説遊客把遊羅馬和馬德里的日子拖長，意大利西班牙坐收漁人之利。）遂一面設法優待遊客，使遊客感到利便，一面語重心長地號召巴黎商人，修改對遊客的態度。雖然政府的優待遊客功夫已經做得十分完善，但商人積重難返，對遊客一樣虐待，把遊客看作一株「搖錢樹」，而又不尊重他。

當你一抵達巴黎的機場，你就感到巴黎政府對遊客的殷勤與週到。一路上有英法德西各國文字指示遊客，有條不紊，連遊客所搭的班機名字與飛行號碼也大字標明，使你無須問別人一聲就懂得走向那一個門口。檢查護照的官員，笑口吟吟，一看就算，比戲院查票還快。海關驗隨身行李，只驗自己人，一見是遊客，又是張開笑臉，立刻放行，遊客出了閘，便是自由天地，如果有人接機，可以互相交談，一叙契濶，談完才去領取大件行李。領行李另有一個舒適的地方，只准遊客踏入，閒雜人等不得混進。當你一入到行李間，你就可以瞥見你所搭的班機的名字與飛行號碼，清清楚楚，一目了然。（除巴黎外，各地很少這樣清楚劃分區域，所以在別處認行李常常頭痛。）運送行李，設有活動長枱，長枱之側，推放運行李網狀推車幾十部，讓遊客自己動手，放行李於車上，推出閘外搭巴士。

若干落後國家的機場，不設行李推車，任由腳伕搶奪遊客行李，一見遊客拿了行李就過來爭奪，有時兩件行李給兩名腳伕拿走，分道揚鑣，使人不知如何是好。巴黎政府深明此弊，因而多設推車，讓遊客自動運送，省卻給腳伕勒索的煩惱。而此種推車，經特別設計，鋼綫輪輕巧，我推動百磅行李，不費吹灰之力，一直推到閘外航空公司特備巴士，就有人負責接收，放置巴士的行李箱中，運到市中心才交回給遊客，衹是廉收巴士車票，不另收運送行李費，非常便利。我在機場瞧不見一個腳伕，相信是政府已頒新例，禁止腳伕活動，免令遊客討厭之故。

巴士經一小時三十分的行程，方才抵達中心，法航的市中心巴士站，也有極佳設備，更替遊客召喚的士，前往酒店，服務良好。但政府與航空公司，這樣週到的對客措施，轉眼之間，已爲巴黎商人的傳統虐待遊客態度所抵消了。

以的士司機爲首，開始對遊客展開虐待的一套。當的士到達酒店前，司機伸手出外，把的士計程錶一按，當堂消失了付費數字，遊客正想依錶付欵，已無可能。司機立刻口頭報道付費數目，比實際多出一倍。遊客想同他爭執，他就硬說計程錶表正是他所說的數字，證據已經消滅，爭執也就困難，何況酒店的侍役，已七手八腳的把行李搬進酒店，遊客照顧行李要緊，無暇與司機大開交涉，祇得照他所報道的數字付欵。即使你「條氣唔順」，跟他爭吵，你的法語怎樣也未到足以用來爭吵的流利，遊客仍然是失敗的一方，所以，爲了寧人息事，遊客只好自認晦氣。

我一到巴黎就上了這一課，以後搭的士，我唯有在抵達目的地時高聲說出銀碼，比他按停計程錶還快，他曉得我是「醒目朋友」，祇得改用「軟功夫」，請求打賞而已。可是，一到夜間，的士司機對待遊客，又展開另外「詭計」。他把車子停在戲院或夜總會門前，等候散場，但他並不坐在的士之內，反而站在的士旁邊，遊客眼見有車無人，不免舉目四顧，他就把手上的鈔票一揚，聲明「十元一送」。你嫌貴嗎？他就去物色別的客人，你肯上車就不問路程多遠，一律十元，如遇雨天，非廿元不辦。聽說他們這種態度，是同的士公司取得默契的，法國「勞工神聖」，他們有權拒絕夜間服務，所以，的士公司的主事人也祇得「隻眼開隻眼閉」地，任由他們向遊客需索了。橫豎吃虧的是遊客，公司是毫無損失的，他們又何必過問呢？

大凡與遊客接觸的商業，都打「專殺遊客」的主意。酒店所謂每天五十元，實際是六十三元二角五分。另有甚麼搬運行李費，通通架在遊客身上。兩件行李，分兩次搬到你的房間，每次伸手討賞，連電梯司機也會告訴你，他是歡迎客人用美金作賞錢的，眞令你啼笑皆非。

戲院，夜總會，也是虐待遊客的「老手」。六七八三個月，都是旅遊季節，娛樂場所到處客滿，但他們死也不肯掛出「滿座」牌。門前的招待員見了遊客，一定說「有位」，把你一帶帶進去，就當「橡皮人」一般看待，擠進人叢中。在夜總會（我到的是著名的麗都夜總會）加枱加椅，加到像一罐沙甸魚。你想起身到洗手間一行麼，至少有十多個客人得挺身而起，拉開枱椅，「側身避席」，你才能通過。你從洗手間回到座位嗎？你得站在路口先行思量一會，應該從那方殺入，採的方式是迂迴側擊還是中心突破。我遊過許多通都大邑，參觀過二三十家夜總會，從沒受過這樣虐待的。

性愛電影達驚人程度

去到任何都市，我一定參加兩三次集團旅遊，單獨在瑞典的斯德哥爾摩，我一次也不參加。因爲任何集體旅遊也不介紹遊客看電影的，而我到瑞典的目的，第一是看看半夜陽光，第二是看看「性愛電影」。我所說的性愛電影，不是秘密放映的小電影，而是政府批准放映的公開「有牌」影片。雖然我不懂瑞典文字，但我從瑞典報紙的廣告中選得幾家專映性愛電影的戲院，分日夜場去看。

別聽那些旅遊的刊物吹牛，瑞典的生活費並不像傳說低廉，一家普通電影院的票價，由三元五角起到六元止。（瑞典一元等於港幣一元一角。）香港買一張三元五角超等票，已算「濶氣」，在瑞典卻成爲一個「吝嗇者」！

我白天所看的兩部影片是七彩的，第一部是「英國裸體營的生活」；第二部是「男羞的克服」。一映出字幕，已令人吃了一驚，他搜羅了古人筆繪的「春意圖」充作字幕「底景」，張張是裸體男女，或坐或立或臥，一共有十多個樣式。單是那十幾張字幕，在任何國家的電檢處之剪刀下，也無法「生存」，可是在這個性解放的國家的電檢人員眼中，覺得乃是一種「藝術」，所以一張也沒有動過剪刀。字幕映過，畫面出現，年輕的男角正在翻閱「春意圖」，一邊翻閱一邊撫弄一個象徵乳房的東西。可是，他有心無胆，幾次碰到向他賣弄色情的女人，他羞於動手，也就望望然而去了。後來他旅遊小鄉村，入居戚家，才開始他的性生活第一頁。啓蒙的是一個女僕，這一場描繪性愛的戲，眞是刻劃入微，鏡頭有五花八門之妙。

我從這一幕電影來蠡測瑞典人的觀念，覺得他們對於性愛簡直當作洗一個澡，也許吃一次東西那麼等閒，故此政府也就不阻止電影界作「深入」的描寫。鏡頭擺在床上，讓觀衆瞥見雙方由接吻愛撫而至互相代脫衣服，唯一保留的，祇是不許拍攝生殖器官而已。甚至男女在性衝中的表情，性發洩後的神態，完全允許自由發揮，膩聲低語，毫不隱諱。這是我有生以來第一次在公開場合看到的性愛影片。往日，我還以爲美國雜誌描寫瑞典性生活不無渲染之處，現在目擊影片公開放映，才知一點不是「吹牛」。

夜間看的一部是地方歷史影片，描寫一個小鄉村反對統治者的經過。可能因爲瑞典人非「性」不歡，因此加插幾段性愛描寫。村中一個醉漢，午夜叫春，使所有婦女都春情盪漾，紛紛找男性發洩，鬧到全村騷然。刻劃雖不如「男羞的克服」那般細膩，但可見瑞典人的嗜好，不問影片是甚麼性質，必須牽涉到性愛才賣座了。

英博物院表揚了中國

遊完英國最大的倫敦博物院，得到的感想，就是中國開化最早！

英國歷史太淺了，所以陳列英國古物不多，古物陳列室也就不得不「借材異域」，埃及的和希臘的先民器物，琳瑯滿目，但一參觀到中國古物幾個陳列室，一看到說明片上的年代，誰也都爲之嘖嘖稱奇。因爲那些殷商時代的銅鼎鐵鐘，都是幾千年前的器物。歐洲民族還在玩石器，中國人已開鑛和鑄銅冶鐵了。

「地球是圓的」，中國人早就知道，遠在明代，中國人已用七彩繪製地球，把五大洲粗枝大葉地紀錄起來了。我們中國人，竟在倫敦博物院睹此珍貴的古物。我到埸參觀的一天是星期日，所以遊人特多，圍住小地球欣賞的不少。他們讀閱那年代說明片，互易驚異的眼色，這使中國人感到一點光榮。想不到我們的古國，在英國博物院獲得表揚。

英國人管理博物院，另有他的一手。歐洲許多博物院，一擺好古物就生了根，永遠依序陳列着，倫敦博物院並不是這樣的，一面不歇地向各方面張羅古物，一面改變陳列室的內容。陳列得太久的東西暫時「東之高閣」，讓新的古物「登埸」。博物院不特是遊客的遊覽地方，更成爲地方人士找尋刺激與及考古學者從事研究的所在。

我在香港聽過朋友口述的事物，到場卻見不到，問起管理人，才知陳列得太久的東西已貯藏起來了。我又瞥見許多陳列室在裝修中，大約不久又有新的東西登場了。此外，每個角落堆放着許多箱子，都是從遠方運來的東西，可見英國博物院對「推陳出新」工作做得很夠，可說是不遺餘力，不同凡響。

歐洲不少博物院的管理費取之於遊客，入院先得買票。英國博物院全由政府補助，遊覽是免費的，場內還設貯物間，免費爲遊人服務。貴重的古物，還設警保護，所費不貲而分文不取，備見泱泱大國風度，值得稱贊！

遊到埃及古物陳列室，我眞以爲自己到了埃及。那些陳列室巍峩得像廟宇，擺放着幾十噸重的石像，有獅身人頭像，有牛首人身像，聽說是從埃及古廟運來這裏的，不止兩三個，整座陳列室有香港大會堂音樂廳那樣寬和深，滿滿的陳列了幾十個石像，眞是蔚爲大觀，顯出政府對博物院的重視。每個石像的運費，已很驚人了，何況幾十個都是龐然大物。

博物院內更附有展覽會場，當天展覽的是未開化民族的器物與照片，林林總總，非常豐富，表現出英國人處理博物院的方法是日新月異的。

倫敦竟有吃的中心

你想一嘗天下之美味，把各國食品，一一吃進肚子裏，以便評定優劣的話，你不必遊遍世界，衹是到倫敦住一頭半個月，買一本「萬國食經」，依照書中指示，走到各國餐館，一家跟一家的吃，保管你會達到目的。

我到過許多大都市了。凡是大都市，都有各國人士開設的各種各式餐館，可是，沒有一個都市能比得上倫敦的「貨式齊全」。可能因爲倫敦有八百萬市民，祇要有百份之五人口歡喜吃館子的話，就容得下三千間餐館了。（估計倫敦有三千間餐館，仍然是個很保守的數字，單是中國餐館，我知道已有八百多間了。）

流行於英國第一流餐館的菜式，自然是法國菜，由於它擁有這種聲價，因此專營法國菜的餐館相當多。意大利菜始終不能扮演第一流的角式。中國菜呢，當然沒有在英國餐牌出現，其扮演的角色只是中等人士的「寵兒」，但受歡迎的程度，卻躍居第一位。使當年一度受倫敦人寵愛過的日本菜，也瞠乎其後。因此，中國菜館已由淺街窄巷攢出來，蘇豪區租金昂貴的舖位，居然有中國酒樓招牌出現。豪華的中國酒樓還附設管絃樂隊，儼然以第一流餐館自居了。

不少華僑要求我批評一下倫敦的中國菜，這使我很難下定評，因爲大家的營業對象是歐洲人而非自己人，他們「刻意求工」的去迎合歐洲人胃口，那是無可厚非的。在香港不登大雅之堂的咕嚕肉竟大行其道，絕無烹飪藝術價值的炸鷄聲價高於一切，爲香港人一生未吃過的「中國雜碎」和「中國沙律」也常在菜單出現，使我吃到啼笑皆非，根本難下評語。我祇能說：「賺得最多錢的菜式就是最佳菜式。」

因爲中國餐館多而生意好，才知英國人實在愛吃。在西尾繁榮地區，有一間「吃的中心」，乃是各大都市所沒有的。那間五層高的大厦，佔地二萬尺，不租給人家做寫字樓，卻分租給八間餐館開業，讓他們勾心鬥角，各出「絕招」來號召食客，樓下設一張餐館分類圖表，供食客選擇，有些以菜式多取勝，有些以價廉取勝，有些索性把厨房伸到客廳，讓食客在點菜後目擊他們的烹飪術。總之，八家餐館都有他的一手，造成了多姿多采的「吃的中心」。我在黃昏時間上去光顧，家家座無虛席，可見英國人歡喜吃喝的一斑。

不過，吃的中心不以別國菜爲號召，因爲西尾區已有不少各國菜館，我試過的是法國菜，意大利菜，俄國菜，匈牙利菜，印度菜和土耳其菜。最冷門是土耳其菜了，他們專門烤羊肉，可惜不歡喜羊肉的人多，所以它門堪羅雀，我吃了一次，又臊又辣，有不能下嚥之感，以後也就不敢領教了。

紐約酒店的機械服務

不論那個遊客都知道，遊歐洲是精神享受，遊美國是物質享受。單說與遊客結不解緣的酒店，也以美國紐約酒店服務最夠標準，設備最科學化和最能令遊客舒適。

自然，我說的是第一流酒店。但，你不要以爲凡屬第一流酒店就一定有第一流設備。譬如羅馬，一切崇尚古舊的表面豪華，祇有第一流的氣派而無第一流設備，遊客獲得的是「虛榮」而非實際的享受。所以，我遊罷歐洲踏進紐約，領畧紐約酒店那些無微不至的機械服務，立刻感到選擇酒店的條件是設備第一，氣派第二！

進入紐約酒店房間，首先投入視綫的是房裏一部電視機，機的正面朝住床，讓你能躺在床上欣賞節目，機座有一個自動停止管制，像校鬧鐘一樣可以隨意令它在何時停止。原來紐約有十三個電視台，其中四號七號兩台的節目拖到午夜四時才休息。如果你想靠電視做「催眠劑」呢，你可以校它適時自動停止而無須起身關掣。歐洲雖然也有裝設電視機的酒店，但沒有自動開關的電視機設備。

服務最多自然是電話，因此他們把電話十個號碼分列十種服務。計開：（一）房間服務，（二）飲食服務，（三）運輸服務，（四）美容服務，（五）時間服務，（六）洗熨服務，（七）旅遊服務，（八）文娛服務，（九）長途電話，（〇）外綫電話。他們每一部門專人管理或者設備機械管理。譬如你從別處到來，要校準你的手錶，你撥電話中的「五」字，詢問時刻，就有人立刻給你回答。假如你想明天何時起床，你告訴他，他會替你安排一個自動叫醒器，屆時就响起電話鈴來了。如果你想打電話出外，你就先撥「〇」字，再撥號碼。

當你從街外回來，發現電話機上小紅燈亮了，就表示有「訪客留言」給你，你立刻撥個「一」字問房間服務部，他們會告訴你訪客留下的是甚麼説話，等你打完這個電話，紅燈才熄滅，你一天不打這個電話，紅燈就整天亮着，可謂交代得很清楚。

電話不止一個，在浴室也有，當電話鈴响時，你無須狼狽地從浴室走出房間聽電話。那個浴室，設備很周到，連雪櫃也有一隻，鮮果汽水，隨時供應。此外還設三種水管，長期供應冷水熱水和冰水，冰水是專供人飲用的。有了雪櫃還設冰水水管，眞是周到之至。

紐約有些酒店，已不設擦鞋工友，每一樓放着一隻擦鞋機，供客自己按鈕擦鞋，非常利便，總之，一切都機械化了，遊客居住酒店十天八天，祇同侍應生接觸兩次，一次是搬行李來，一次是搬行李去。可是，你莫以爲這樣會慳回了不少小賬，原來他們在結賬時，老老實實的在你的賬單上加上了「加一小賬」哩。

香港父親談留美兒子

年老一代的中國人是在無政府狀態的社會長成的，年青一代血統相承，一樣具有一種「生存適應潛力」所以，中國留學生一旦在有秩序有組織的社會上生活，更能揮灑自如，頭頭是道。他們不特讀術科的成爲當地人士的爭取對象，甚至商科文科的畢業同學，也感到各處門戶洞開，祗要堅守刻苦精神，決不會投閒置散。我們不妨樂觀一點說，香港的父親們把兒子送到啓德機場，瞧住他踏上赴美的航機之後，那就等於給予他「安穩的一生」，可以毫無顧慮了。至少，在戰後到我今次遊美的一天止，這個情形都存在着。

所以，香港留學生在美學成就業，根本不是問題，問題卻在他個人的家庭生活和遺留在八千里外的「香港父親」。

有一天，我碰到一位到了美國半個月的「香港父親」，貇談了一會，眞是感慨萬千，如非親歷其境的人，那會曉得兒子成材之後，還會發生許多附帶問題呢？

「我兒子成材了！」他嘆着氣說：「親友們都說我有福，有個每月有一千美元收入的兒子，他還娶了一個當地出生的華僑女子做賢內助，使我遙領家翁的榮銜，你道多麼福氣？自然，我希望見見他們，但兒子來函說：兩口子回港探親，來回旅費萬元港幣，太不化算，還是滙欵給我來美一行，更爲高見。我覺得他說得很對，探兒遊歷，一舉兩得，何樂而不爲？因此毅然成行。在我的想像中，美國生活很寫意，不料住下去就太不如理想了。原來年青一代染上美國風習，講求居住環境，在郊區買了一座房子，月供二三百美元，住郊區不能沒有汽車，不能沒有冰箱和洗衣機，三樣東西，月供三四百元。買屋不夠付頭期欵項，向人告貸兩千元，又得按月攤還。因此，兒子的收入不夠應付，不得不靠媳婦出外工作，合兩人之力來還債。

「他們每天一起身，雙雙出外去了，非到晚上不歸，留下了我一個人，自煮自食，在空屋裏行來行去，便是一天。我本來可以鎖好大門外出逛逛的，爭奈所識英文有限，夠不夠問路，仍有懷疑，而且踽踽獨行，也不寫意。想去找熟人談天，可是華僑們天天在緊張工作，除非禮拜天，否則謝絕探訪。（甚至一個目不識丁的老太婆，也找到托兒所的職員做，誰有空同你聊天？）等到兒媳回來了，又忙於做家頭細務，也沒有多大時間閒談。這種無須用腦的工作，在香港用一名月薪二百元的女傭已足，現在卻要兩個大學生負担，簡直是一種「人力浪費」。總之，這種生活，我無法久居，我本來打算住一年的，現在，頂多住一個月就決定回港了。」

我這麼寫出來，願準備送兒赴美的香港父親注意。

一流藝妓與遊客無緣

機塲候機室，常常成爲遊客的見聞交換所。旅遊日本前後，遊客的談鋒每落在日本的藝妓身上，可見一般遊客都把參觀藝妓列作遊日主要節目之一。

遊客想參觀藝妓，通常求之於東京的旅遊社。旅遊社印就了許多彩色廣告，介紹他們的「東京夜生活之旅」，每晚由六時卅分到十二時舉行，代價五千四百日圓（或付美金十五元），即可享受四種夜生活。所謂四種夜生活是：（一）吃日本菜於東京著名餐廳；（二）擁舞日本舞女於東京著名舞塲；（三）吃茶飲酒於藝妓之家，接受藝妓的欵待；（四）參觀日式歌舞於著名夜總會。每人付出十五美元而玩足一夜，在遊客眼中是十分便宜的價錢，雖然吃茶喝酒需要另行付欵，但仍算「有化算」，因爲在四種夜生活裏，包括「藝妓招待」在內，他們已經「見獵心喜」了。

不少遊客誤會所謂「藝技招待」的玩意是「每人每」式的招待，但等到進入藝妓之家，才知道僅有兩三名藝妓負責招待四十五位遊客罷了。所謂招待倒不如說是「表演」較爲適合，兩三名穿了繡金的和服的中年女人，盤坐客前，表演了「上茶」和「敬酒」的東洋禮節，然後由另一名中年女人用英語講解，另外一名有點龍鍾老態的女人彈奏日本古箏。如果遇了不懂拿筷子的遊客，藝妓還會屈膝旁坐，捉手教導，如果你是用筷子像使用自己的手指一般流利的中國人，連這一些「親熱」也付之闕如了。

不少遊客目覩所謂藝妓之流，又老又醜，覺得她們同酒店的潔淨女工沒有多大分別，（一定說有分別，衹是那襲鮮艷奪目的繡金和服而已。）候機室中閒談，使一些人訝異於日本人之要求竟如此簡單，對着老醜藝妓喝酒，就算作最豪華的夜生活，眞是「匪夷所思」。起初，我也有同感，後來問到識途老馬，才知道日本人所見的藝妓同遊客所見的，完全不同。

據稱，藝妓的養成，是經過一段長時間的。一個女人要充當藝妓，童年就得開始學習，她需要多種技能，往日是烹茶煮酒，歌舞彈箏，今日加上了游泳，開車，打哥爾夫球，保齡球和羽毛球，因爲她的工作是陪伴富豪人士嬉遊，少一樣技能都不行。由於成本甚高，所以工金昂貴。她們每晚陪茶陪酒，不取之於客而取之於酒樓。酒樓包辦藝妓者，有特別牌照，豪門巨賈遊宴，一桌十人，則酒樓代喚十妓侍宴，一夕二十萬日圓是等閒事。計法是每客二萬元（港幣三百元），菜式並不昂貴，估總值約百份之十，其間百份之九十費用，直接或間接用在藝妓身上，身價之高，可以想見。那末，遊客付出區區代價，又怎能與藝妓結一面之緣？

我反問識途老馬，一夕酒會達二十萬日圓，（仲港幣三千元）這樣豪奢，誰有資格花得起？照這樣看來，供應藝妓的酒樓，一定少得像鳳毛麟角了。識途老馬卻說，日本的王公大臣，豪商巨賈，一夕酒會花二三十萬圓，並不是奇事。在東京，供應藝妓的大酒樓，不下十餘家，每家按年向市政府繳納很高的牌照費，如果沒有牌照是不容供應藝妓的，可見藝妓陪酒雖是最奢侈的玩意，但仍然相當流行。

後來他又說，藝妓的生涯實際已大不如前了，極盛時單是新橋淺草兩地，已有這樣酒樓三四十家。近年，因爲豪門巨賈已日見式微，而新的一代沒有這種興趣，認爲藝妓已成時代落伍者。藝妓本身雖然力爭上游，學習現代生活技巧，開車，游泳，打高爾夫球，羽毛球和保齡球，甚至學跳薯仔舞和阿哥哥舞，仍不能扭轉淡風。相信再過二三十年，藝妓將成爲歷史上的名詞。

我問到藝妓的私生活，識途老馬稱，日本的淫風始終未淹浸藝妓這一行業，她們對於侍寢一事，十分嚴謹，這不是甚麼道德問題而是聲價問題。她們在上流社會能夠享受優俗生活，全在自高聲價，一旦秘密貶值，隨便投懷，將受客人疵議，一見就避之三舍，她的地位立刻崩潰，立刻從優裕生活中被放逐出來。因此，她們卽使愛上某一個客人，也不敢輕易獻出身體，除非那客人花了不少買酒錢，每次一定召她陪伴，夜夜笙歌，纏頭擲盡，她才會許他升堂入室。識途老馬還剌諷美國人所寫的小説，侈言花了幾十元美金，就獲得一嘗藝妓侍寢風味，簡直是「老襯」的自白。

他舉出有幾名狡獪的日本嚮導員姓名出來，指她們專門以「冒牌藝妓」騙美國遊客的錢。她們訓練二流賣春婦一些膚淺的茶道酒道，穿上和服，冒充藝妓，更在遊客區租了房子，稱爲「藝妓館」，帶美國遊客由後門進入，故作神秘，説藝妓破例作地下交易，收取遊客五六十元美金，讓他歡娛一夕。遊客不知道藝妓身價，事後還沾沾自喜，奔走相告。實際上，此種二流賣春婦，與香港之「國際肚腩」無甚分別，在她的住宅中，一度春風，給她美金十元，已經算是一個豪客了。

至於遊客們在「藝妓之家」所見的藝妓，還不算「冒牌貨」，大約是三四流角色，年華老去，在藝妓酒樓中，已無立足之地，也就收受旅遊社的薄酬，夜夜在客人跟前表演一下。而那些當時得令的一流藝妓，你沒有一擲千金的濶氣，休想同她結一面之緣。識途老馬説，日本賣春女人多，人所共知，價錢不貴，也是人所共知，但有一事爲大家所忽畧的，就是日本美人太少，所以風塵兒女稍有姿色的，索價特別高昂哩！

旅遊三月的一點感想

旅遊三月完畢，回到香港來，戚友相逢，第一句就問：「你去過二十多個城市，最好是甚麼地方？」我毫不思索的答：「最好是香港！」

香港氣候好，吃東西便，生活的呼應靈。還有，香港有三百多萬中國人供給我挑選朋友，那麼多的好處，還不夠麼？

長住香港，不知香港的好處，等到你離開香港往海外兜一個圈子，你就會覺得。所以，難怪離鄉別井走到天涯海角就讀和就業的中國人，說香港，道香港，夢也夢香港了。記得在歐美開餐館的中國人，一聽聞我倆夫婦正從香港來，歡喜到連賬單也不開，我粗粗一計，三個月來吃陌生人的便宜飯，不多不少，剛好十餐。我倆享受到鄉土溫情，現在追憶起來，還醰醰有味。

香港的生命綫是工業，以世界作銷塲。我環遊世界三個月，所得而告慰於香港人的，就是：「世界很需要香港貨，香港是冇死的」！

爲甚麼世界很需要香港貨呢？一言以蔽之，「因爲佢係平」！奇就奇在香港沒有原料，買了人家的原料回來，加工後賣出去，竟比別處爲廉。這不是「魔術」而是工資低，成本輕的結果。

首先，我們感謝香港政府的德政，把史無前例的廉租徙置大厦配給百萬市民，間接供給工業界以大量廉價勞動力。這是任何國家所沒有的，不論是先進國家，不論是落後國家，都僱不到有如香港生活費一樣低廉的工人來工作。換言之，沒有一個國家的工業成品成本與香港同一水平。

還有先天的因素爲人們所忽畧的，寒帶工人的生活費，得加上「燃料費」，譬如日本，一屆寒天，工廠與工人宿舍，都要開放暖氣，無疑地，工業成品的成本非增加不可。熱帶呢，常年是夏，雖然無須使用燃料取暖，但一年有幾個月熱到動作遲滯，頭腦昏昏，工廠出貨，不易依期。香港地屬溫帶，寒天不致要燒煤取暖，熱又不致熱到影响精力，可謂得天獨厚，羨煞寒帶熱帶的工人！

香港人更有一種「美德」，乃是適應環境，捨己從人，不以小圈子自限。香港織造工人，可以隨時改業製作膠花，膠花工人可以隨時改業假髮。日本工人就沒有這種度量，視改業慘過離婚，故各業找尋人手，不像香港那麼容易。世界上每次出現一種新興工業，香港人特別活躍，就是這個原因。總之，大家能夠永遠保持一貫作風，保持一定水準，香港是冇死的！

一九六六年十月、任護花識。

選自一九六七年三月任護花《任護花遊世界》，原刊於一九六七年《紅綠日報》

亦舒

失約

她坐在那兒，等了又等，等了又等。

她記得他是説過，今天要來的。可是今天幾時呢？現在已是八點半了。

他説過要來。然而他現在的話，並不太可靠，八點半不來的話，也許就索性不來了。他是知道她六點鐘下班的。下了班回到家裏，並沒有什麼好做，她對他是專心的。

不過他連電話都不來一個，是什麼意思呢？打一個電話，只需要撥幾個數字，多麼容易的事，他竟然不高興做，他是什麼意思呢？

她坐在那兒想，想來想去想不通。

也許她是應該打電話給他的。那種不必要的女性尊嚴，對她來講，已經不重要了，但是她又不知道該如何找他。下了班的時候，他絕少在家的。他到哪裏去了呢？她悲哀的想。

他母親的聲音，總是顯得那麼不耐煩，她不喜歡兒子任何一個女朋友。她沒有辦法聯絡到他，除非他真的來了。

她的胃，有一種被塞住了的感覺。她吃不下飯，整家都知道她在等他，而且知道他沒有意思來。

爲什麼他不來？她想，爲什麼？

她在房裏踱來踱去。

又是十五分鐘過去了。

電視的熒光幕抖來抖去，父親弟弟都看得起勁。然而她什麼也沒看進去。她的胸腔裏不舒服。他爲什麼不來？他爲什麼不來？天氣是這樣的壞，雨每天的下着……他當然不會出事的，他不會。然而他爲什麼不來呢？連電話都不來呢？只是六個號碼。她想。她要找他，可是不敢用電話——也許他正要打進來呢？她越來越難受，身體中央像空了一截，兩隻手直冒汗，簡直不曉得該做什麼的。

她有點恨他。她應該很恨他的。

不用問，他現在是跟那個小女孩在一起了。

那個小女孩。他是應該喜歡她的。那種笑，那雙彎着的眼睛，他是應該喜歡她的。

她想，那樣的小女孩，假如她是男人，她也喜歡。這樣漂亮的身裁，這樣好的皮膚，這麼美的臉蛋。

她已是廿七了。她喜歡告訴人她廿七，而實際上，她自己知道，她已經有足足廿七零九個月。瞞着人有什麼用呢？她卽使令別人相信她只有十九，也不會是那個小女孩的對手，十九歲的女孩子。她倒在床上，十九歲的孩子。

很明顯，這就是他不來的原因了。當然，十二點鐘還沒到，她始終還懷着希望，希望他會來。爲什麼呢？爲什麼要他來呢？他來了，時間不還是一樣過？一個鐘頭，不還是六十分鐘？爲什麼要他來呢？難道他，眞的可以給予這麼的快樂？

讓他跟那個小女孩在一起好了。但是她深刻知道，假如他不來的話，她的一雙手，就不會熱起來，她一整晚，也就睡不着。

他答應過來的。他應該來，已經有好幾天沒見到他了，一個星期內，只見他一、二次，還不夠大方？那個小女孩，難道可以令他這麼快活？

她記得那女孩的笑，那種令人難忘的笑。一種驕傲，一種甜蜜，一種狂喜，那是她的笑。牙齒像貝殼那個白，一顆顆的排着，咀唇是那麼柔軟，帶一種橘紅的顏色。

她記得那女孩的眼神。帶一種放恣挑逗的神色，睫毛長而直，搽着誘惑的藍灰，映得眼白也藍起來了。那樣的眼睛，是可以傾倒任何男人。

但是那女孩不該撩她的男人。她懊惱的想：爲什麼？爲什麼這種不幸的事，會發生在她身上？她見到了他，又應該怎麼說？應該問：你到哪兒去了？爲什麼不來？還是應該裝得很瀟洒，說道沒關係，偶然爽約……他爽約很多次了。

她已經不再是十九歲。事實上，她認識他的時候，也已經不止十九歲了。這許多年來，她沒了尊嚴，沒了架子，沒了一切。也沒了青春。

她不想叫他負責。叫他負責，顯得這麼低能，不公平，但是她要他回來。她的確要他回來。假如門鈴現在會響，她願意付出五年、十年的生命。只要門鈴會響，但是門鈴眞的會響？這世界，並沒有什麼奇蹟。

九點五分。還是沒有電話。隔壁小孩小三輪車的鈴聲使她緊張多少次呢？她想，神經已經快繃斷了。

這個情形，她已經忍受了一次二次三次以至無數次了。青春眞的那麼要緊嗎。她記得她年輕的時候，就從來沒美過，女孩子不一定每個有那麼美的。美麗的女孩子，太幸運了？

就好像一件貨品，美的就標價高點，像她這樣的，簡直是過時貨，只要有人買，還能論價錢？她並沒小看自己，只是她一向不是什麼胸懷大志的女人，她只想好好的嫁一個男人，安安穩穩的過一生算了。

不過現在連這個都成了大奢望，他一定是跟她在一起，以致連電話都不來了。她很有點百思不得其解。她母親向她投來同情的一眼。

這一眼像無數的細箭刺過來，同情的背後是無數的問號！你幾時結婚？幾時讓親戚曉得我女兒嫁了人？怎麼不設法抓住一個男人？

她歎一口氣，心擴張起來，擠住她的胸腔，使得她無法説話，她想睡，睡不着，要下樓散步，又沒力氣。聽人家説。喝一杯熱飲料，可以熟睡，然而她的胃早已失去功效了。

假如有安眠藥就好。但是如果她有安眠藥，她絕對不會活到今天，並非是她將爲區區小事而死，不過她對自己已經失去了信心，不可能再活得有意思。

他一定是在戲院裏了。吃完了飯去看九點半，很合理，所以他忘了打電話來。小女孩與他走在一起。她穿一件什麼樣的衣服？任何衣服穿在她身上都漂亮。她那種皮膚，潤得像有露水滴出來。穿黑有黑的好，穿紅有紅的好。

她的確是一個美麗的女孩子。她沒有見過這樣美的女孩子，他大概也沒有。她想告訴那女孩：你是這樣美，爲什麼不另外去找一個更好的男孩子？

她想找她去談一談。

十點正了。

父親關了電視機，朝她看一眼，回了房。

電視一熄掉，整個屋子靜得停頓了下來。她忽然發覺，原來電視機才是生命的泉源，她笑起來，屋子裏死成這付樣子了。

她走到窗前去眺望街，漸漸路上每個人都變得像他了。所以她離開了窗。

他是不會來的了。她知道，她嫁給他的機會，也隨着減少。嫁人並不太容易，她到現在才發覺。一個人在六個月裏頭就變了，開初是一個月少來幾次，後來是一個星期少來幾次，現在她並沒有多少時候可以見到他。

他像美洲大麻，並沒有鴉片厲害，但是緩緩的進入她生命，她既然提起了他，放下就顯得太難。她戒不掉他，他卻又對別人上了癮。

世界眞是可悲的，短短一世竟得經歷這一切。女人應該長得跟男人一樣。不該這麼軟弱，眞的不該。

她木頭一樣的倒在床上，只有腦子還在活動。

母親輕輕地推開了她的房門，窺視了一下，看看她可平安，然而這慈悲的臉，在她此刻的眼中，竟變成了一個鬼臉，青面獠牙。

選自一九六八年八月三十日《中國學生周報．穗華》第八四一期

作者簡介

劉以鬯（一九一八—二〇一八）

原名劉同繹，字昌年，生於上海，祖籍浙江鎮海。七歲上學，初中時喜打籃球及閱讀新文學作品，曾加入無名文藝社與狂流文藝會學習寫作。高中時響應抗日救亡運動，常罷課並參加示威遊行。一九三七年高中畢業，旋進聖約翰大學，一九四一年畢業。是年冬天，太平洋戰爭爆發，離開上海到重慶，遇《國民公報》社長曾通一，經介紹進該報編副刊，數月後轉往《掃蕩報》從事收聽廣播工作。一九四四年，兼編副刊。勝利後，《掃蕩報》易名《和平日報》，劉氏為電訊主任，兼編副刊。一九四五年從重慶回上海，先在《和平日報》以主筆名義編副刊，然後離開該報創辦懷正文化社。一九四八年離滬到港。其時曾於《香港時報》編副刊。一九五一年任《星島周報》執行編輯及《西點》雜誌主編。一九五二年從香港到新加坡，任《益世報》主筆兼編副刊。《益世報》停刊後，任吉隆坡《聯邦日報》總編輯。一九五七年自新返港，重入《香港時報》編副刊。時因編輯收入有限，故大量寫作流行小説，其中認真創作的今已成代表作，如《酒徒》、《寺內》、《一九九七》和《對倒》。《酒徒》更被視為中文文學第一部意識流小説。其時亦寫了不少關於新文學文章，如已結集的《端木蕻良論》、《看樹看林》、《短綆集》。期間亦出版翻譯作品。一九八五年《香港文學》創刊，劉以鬯任總編輯，至二〇〇〇年六月止。二〇〇一年及二〇一一年獲香港特區政府先後頒發榮譽勳章、銅紫荊星章。二〇一五年獲藝術發展局頒發「二〇一四香港藝術發展獎」之「終身成就獎」。劉氏留港逾六十載，幾乎全是從事編輯副刊工作，並出任香港文學雜誌社社長、《香港文學》月刊總編輯，香港作家聯會會長、香港文學研究會會長等。

董千里（一九二一？——二〇〇六？）

筆名項莊，生長於江南，有說比金庸年長三歲。一九四〇年代末畢業於中國新聞專科學院，任上海《申報》記者及編輯。一九五〇年移居香港，專事寫作，包括小說、雜文、電影劇本、政論。歷任國泰及邵氏兩間電影公司的編劇主任；並為《星島日報》、《東方日報》、《成報》、《中報》等撰寫專欄及社論。散文集計有《舞劍談》、《人間閒話》、《讀史隨筆》、《項莊雜文》以及《有情有理》。

史　得（小生姓高）（一九一八——一九八一）

本名高德熊，筆名三蘇、小生姓高、許德、史得、經紀拉、旦仃、石狗公、吳起等。報人、小說家、雜文家。原籍浙江紹興，生於廣州。曾在中山大學主修政治經濟，未畢業。一九四四年來港，生意虧蝕，翌年到《新生晚報》工作，開始寫稿。除了創作通俗小說，還以「三及第」文體撰寫「怪論」專欄，名聲大響。此外，亦曾為電台廣播劇《十八樓C座》寫劇本。他產量奇多，據說書寫姿態有如「車衣」，能日寫二萬五千字，同日有十四家報館刊登其稿。成書有《經紀日記》、《天堂遊記》、《新寡》、《報復》、《香港二十年目睹怪現狀》、《給女兒的信》等。

易　金（一九一三——一九九二）

本名陳錫楨。另有筆名祝子、圓慧等。原籍江蘇，生於浙江寧波，抗戰期間在上饒從事新聞工作。一九四九年來香港。曾任《上海日報》、《香港時報》、《快報》編輯。退休前為《香港時報》總編輯。作品以連載小說及散文為主，一九五〇年代在香港發表的散文見於《香港時報》、《人人文學》、《熱風》、《文藝新地》等報刊。李立明〈名編輯陳錫楨〉（見《香港作家懷舊》第二集，香港科華圖書出版公司，二〇〇四）詳列易金由一九五〇至一九七〇年二十年間在香港報刊上連載的小說共二十二種。

司　明（一九一八——二〇〇五）

本名馮元祥。另有筆名馮鳳三、鳳三、馮蘅、司徒明、梅霞、林達等。浙江寧波人。生於上海，大學畢業後，在父親的棉布號工作，業餘為上海《影舞新聞》無償撰稿。後轉為全職寫作，在《萬象月刊》、《立報》、《劇影日報》等小型報發表連載小說及隨筆，並曾出版單行本，自言「曾是上海最多產的文人」。一九五〇年來港，以寫作為業，作品包括長短篇小說及散文，又撰寫國語流行曲歌詞及電影劇本。司明是職業作家，每日可寫萬字，又創造了「爬格子動物」、「吃稿紙老虎」等名詞，一九八〇年代後期才告減產。一九五〇年代在香港發表的散文、小說見於《新生晚報》、《香港時報》、《羅賓漢》、《小說月報》等。

金　庸（一九二四——二〇一八）

原名查良鏞，曾用筆名林歡、姚馥蘭、姚嘉衣等。生於浙江省海寧縣袁花鎮。小學教育在海寧完成。幼好文藝，初中時期向報刊投稿，寫的多是散文。初中三年級時，與幾位同學共同編寫一本指導升中學生在各科考試中答題的參考書——《獻給投考初中者》，並自任編輯。這是此類型書籍在中國首次出版。一九四一年，就讀浙江省立聯合高中。因戰爭關係，隨學校輾轉於餘杭、臨安、麗水等地。抗戰後期，考入當時設於重慶的中央政治學校外交系，未有畢業。其後，通過在中央圖書館任館長的表兄蔣復璁，在圖書館的閱覽組覓得一職。金庸乘工作之使，閱讀了大量外國文學名著，如《撒克遜劫後英雄傳》、《隱俠記》、《基度山恩仇記》等，這對他日後從事文學創作影響不少。抗戰勝利，金庸隨家人返回浙江家鄉，後來進入杭州的《東南日報》擔任外勤記者。一九四六年，他辭去《東南日報》職務，轉往上海，在上海東吳法學院插班修習國際法。同年秋天，上海《大公報》聘請國際電訊翻譯，他往應考，在三千多名應聘者中獲選。一九四八年，香港《大公報》復刊，他獲調派來港。一九四九年十一月在《大公報》發表他的第一篇國際法論文《從國際法論中國人民在海外的產權》。此後金庸不斷發表這類文章，並得到中國國際法權威人士梅汝璈的賞識。一九五〇年，金庸應梅氏之邀，赴北京外交部求職，不果。回到香港後，重回《大公報》任職。一九五二年，《新晚報》創刊，金庸一度任該刊副刊編輯，以筆名姚馥蘭和林歡在《下午茶座》撰寫影評，並寫了《絕代佳人》、《蘭花花》等電影劇本。一九五五年，金庸開始寫武俠小說。第一部武俠小說《書劍恩仇錄》在《新晚報》連載。翌年，與梁羽生、百劍堂主（陳凡）在《大公報》合寫《三劍樓隨筆》專欄。一九五七年，離開《大公報》，轉往長城電影製作公司，以林歡之名陸續寫了多部劇本。一九五九年，辭去長城職務，與同鄉兼初中同學沈寶新合辦《明報》，出任總編輯兼社長。期間既寫社論，又寫連載武俠小說。一九六六年，創辦《明報月刊》。金庸創作的多部武俠小說均膾炙人口，包括《射鵰英雄傳》、《神鵰俠侶》、《倚天屠龍記》、《天龍八部》、《笑傲江湖》、《鹿鼎記》等。歷年來金庸筆下的著作屢次獲改編為電視劇、電影等影視作品，對華人影視文化影響甚大，得到「有華人的地方，就有金庸的武俠」的讚譽。一九七二年，《鹿鼎記》連載完畢後，金庸宣佈封筆，開始修訂已發表的武俠小說。八十年代初，金庸幾度應邀訪問北京，又於一九八一年獲英國頒授OBE勳銜。一九八五年，他獲委任為中華人民共和國香港特別行政區基本法起草委員會委員，又於一九八六年獲委任為基本法草委員會「政治體制」小組港方負責人。一九八九年，金庸辭去基本法草委、諮委職務，同年宣佈不再擔任《明報》社長職務，僅擔任明報集團有限公司董事長。金庸自一九四八年起長居香港，二〇一八年十月三十日於香港養和醫院逝世，享年九十四歲。

岳　騫（一九二二——二〇一〇？）

原名何家驊，字越千，曾用筆名岳騫、方劍雲、鐵嶺遺民等。出生於安徽渦陽，稱曾參加徐蚌會戰，任國軍連長，兵敗後撤台。五十年代輾轉至香港。作品《瘟君夢》一舉成名，其後在台灣國防部、國民黨中央文工會、陸工會資助下編印《掌故》雜誌，繼林仁超後出任國際筆會香港中國筆會會長，自一九八〇年筆會改設理事會主席制後，連任秘書長十七年之久。著有小說集《瘟君前夢》（一九七五）、《瘟君夢》（一九七六）、《瘟君殘夢》（一九七六）、《妖姬恨》（一九七六）、《滿宮春夢》（一九八〇），編有《民國名人生卒年表》、《東北抗日大畫史》、《八年抗戰是誰打的》等二十種。

梁羽生（一九二四——二〇〇九）

本名陳文統。另有筆名陳魯、馮瑜寧、梁慧如等。廣西蒙山人。廣州嶺南大學經濟系。自幼從外祖父學習古文和舊體詩詞。抗戰時期在桂林中學讀高中，對新文藝發生興趣，開始向報紙投稿。日軍侵華返鄉。適逢數位粵籍學者避居蒙山，遂拜太平天國史專家簡又文為師，時簡又文及專治敦煌學及詩書畫學者饒宗頤均曾居其家，梁氏遂因便學習歷史及文學。一九四五年考入廣州嶺南大學經濟系。一九四九年到香港，在《大公報》任翻譯。翌年轉任副刊編輯。一九五一、一九五二年兼任私立南方學院講師，講授中國近代經濟史。一九五四年開始寫作武俠小說，以陳克夫與吳公儀的擂台比武為骨架，在《新晚報》連載《龍虎鬥京華》，成為首部「新派武俠小說」，至一九八三年《武當一劍》止，共創三十三部小說，逾千萬字。除武俠小說外，還有文藝隨筆、歷史小品，作為面向青年的文化教育、宣傳讀物。一九五六年與金庸及百劍堂主（陳凡）在《大公報》合寫《三劍樓隨筆》專欄。此後長期在香港、新加坡各地報刊發表散文、小說。他的作品多次給改編成電影及電視劇，曾言《萍踪俠影錄》、《女帝奇英傳》及《雲海玉弓緣》為其代表作。一九八〇年代移居澳洲，後在悉尼逝世。

高　旅（一九一八——一九九七）

本名邵元成，字慎之，又有筆名邵家天、孫然、林埜、秋野、牟松庭、勞悅軒等，中國共產黨黨員。原籍江蘇常熟，畢業於江蘇省測量人員訓練所，曾在南遷至湖南溆浦大潭的民國大學短期就讀。一九三六年開始寫作，七七事變後進入新聞界，及後在江蘇《興化公報》、湖南《新化日報》、上海《譯報》、桂林《力報》、湖南和重慶《中央日報》等報社工作，並曾有廣西《柳州日報》撰寫社論。一九五〇年為香港《文匯報》所聘，來港出任主筆，餘暇從事文學創作，有雜文、小說和詩詞作品面世。一九八五年加入中國作家協會，一九九七年病逝於香港。一九五〇年代在香港發表的小說、歷史故事、散文，見於《星島日報》、《文匯報》、《鄉土》、《文藝世紀》等報刊，有長篇歷史小說《杜秋娘》、《金屑酒》、《玉葉冠》等。

張續良（？）

著名報人。曾在上海讀醫科，新聞行家叫他做阿 Doc（Doctor），他曾在《明報》副刊撰寫專欄介紹醫療衛生知識，並曾於七十年代出任《明報》總編輯，後轉投《快報》。著名「半譯半寫」的三毫子小說《蘇茜黃的世界》於一九六〇年由環球圖書出版社出版。張續良後來也寫過多本四毫子小說，歸入「星期小說文庫」，作品包括：《人海奇葩》、《追兇記》、《情海狂潮》、《靈慾的苦果》、《夜劫》等。六十年代作品多見於《新生晚報》、《武俠世界》等報刊。

上湯文武（一九一七——一九九四）

原名湯炳卓，又名湯仲光，筆名李家園、上湯文武。資深報人，人稱「湯伯」，以其年少老成，不苟言笑而有此稱譽。廣東新會人。於廣州出生及成長。抗日戰爭爆發，服役於第七戰區《陣中報》擔任編輯，和平後繼續執筆生涯，並曾任《西南日報》編輯。一九四九年來港，曾出任《中聲晚報》、《南海日報》編輯。後《天天日報》成立，任職編輯至總編輯，並曾一度身兼《天天日報》及《黎明日報》兩報總編輯。《天天日報》易手，湯氏退休，閒時與友人品茗聊天或與妻子漫步維多利亞公園。後獲邀出任《星島晚報》新聞版編輯五年始正式退休。一九八〇年代，梁濤（魯金）在《星島晚報》李家園的專欄「香港雜談」中，選了有關香港報業的文章輯成《香港報業雜談》；該書從香港第一份中文月刊《遐邇貫珍》及中文報紙《中外新報》談起，及至全港第一份彩色報紙《天天日報》。出版後廣受注意，認為是香港報業史上極有參考價值的材料。湯氏以上湯文武署名於《南國電影》刊登的小說，為數不少。（參考湯華碩先生提供資料）

依　達（一九四三？——）

依達，原名葉敏爾，祖籍上海。依達之名緣於其少時喜意大利歌劇，取「阿依達」中的「依達」二字。亦以韋韋、梵爾為筆名。一九五三年來港定居。中學時開始創作。十六歲寫短篇小說《小情人》，投稿香港環球圖書，並獲刊登。十七歲出版個人第一本作品《斷絃曲》。成名作有《昨夜淚痕》、《蒙妮坦日記》。中學後成為專業作家，曾當過電視藝員、登台歌星、兼職時裝模特兒等。早年以寫文藝愛情小說為主，擅長描寫女性心境。不少作品給改編成電影及廣播劇；後期以韋韋筆名寫艷情小說《威威李私記》，寫作範圍擴大，涉及雜文、隨筆、食經、遊記、影評等，並喜攝影、旅遊，憶述少時攢來稿費即外出旅遊。後常與簡而清結伴同遊，二人曾合寫專欄「一對活寶貝」。二〇〇二、〇三年移居珠海，過隱世生活。

俊　人（萬人傑）（一九一七—一九八九）

原名陳子雋，另有筆名萬人傑。廣東番禺人。三十年代隨父來港，任職報館編輯。太平洋戰爭爆發後，日軍攻佔香港，俊人前往韶關《大光報》工作。一九四六年，自曲江回港，任職《工商日報》。不久轉至《華僑日報》。離開《華僑日報》後，曾任《星島晚報》編輯、出版社社長、書店老闆。一九六七年文革開始延及香港，俊人遂以筆名「萬人傑」在《星島晚報》撰寫「牛馬集」、「旁門左道」等政治專欄，筆鋒犀利。及後創辦《萬人週刊》及《萬人日報》。一九七四年獨子病逝，連日於《萬人週刊》刊出〈悼亡兒孝昌〉文，亦出版《永不死亡的愛》小書派送讀者。俊人作品以小說為主，產量很高，已出版者超過二百三十種。

倪　匡（一九三五—二〇二二）

生於上海，原籍浙江。原名倪亦明，後改名倪聰，另有筆名衛斯理、沙翁、岳川、魏力、衣其、洪新、危龍等。一九五一年進入華東人民革命大學，繼而參加中國人民解放軍和公安幹警，並先後參與「土地改革」、「治淮工程」以及在蘇北、內蒙興建農場。一九五七年來港，初在染布廠當雜工，並開始投稿《真報》。後來，給錄用為助理編輯及雜役，同時用「衣其」筆名寫專欄。在偶然機會下，以「岳川」筆名寫武俠小說，並由業餘寫作轉為職業寫作。離開《真報》後，專為《新報》寫稿。作品包括「女黑俠木蘭花」系列、「浪子高達的故事」系列，以及《六指琴魔》、《五虎屠龍》等武俠小說。其後，又以「人中山川」、「倪匡」、「沙翁」等筆名為《明報》寫武俠小說和雜文。六十年代初，在查良鏞（金庸）的鼓勵下，開始用筆名「衛斯理」寫科幻小說。第一篇小說名為《鑽石花》，在《明報》副刊連載。作品《藍血人》於二〇〇〇年入選《亞洲週刊》主辦的「二十世紀華文小說一百強」，成為倪匡科幻小說的代表作。六十年代末，武俠電影大行其道，倪匡轉而從事劇本創作。於一九七二年曾參與香港嘉禾功夫片《精武門》編劇工作。十多年間，作品不下數百部，代表作有由張徹執導的《獨臂刀》。一九七八年，停筆六年後重新寫作小說。衛斯理系列小說《頭髮》發表，被評為最受香港青年歡迎的小說。一九八七年，與梁小中（石人）、哈公、黃維樑、胡菊人、張文達等發起成立香港作家協會，並出任會長。九十年代移民美國三藩市。二〇〇六年返港。二〇一二年獲第三十一屆香港電影金像獎終身成就獎。二〇二二年病逝於香港。

孟　君（一九二四—一九九六）

原名馮畹華，另有筆名浮生女士、屏斯。一九四六年，在廣州《環球報》設「浮生女士信箱」，為讀者解答問題。一九四九年來港。一九五〇年創辦《天底下》（週刊），並以「孟君」的筆名發表長篇小說，主要作品多由大同出版社及世界書局出版。除小說外，以屏斯筆名撰寫娛樂稿。

楊天成（一九一九—一九六九）

江蘇人。筆名羅亭、陳洪、青阿哥等。漢口大學畢業。曾任《武漢日報》採訪主任。一九四九年來港，在《小姐日報》任記者，以青阿哥筆名寫舞場軼聞。三毫子小說《難兄難弟》發表後改編成電影。此外，亦為《電影日報》、《麗的呼聲日報》、《戲劇春秋》等報刊寫連載小說。由於內容多色情描寫，廣受普羅大眾歡迎，所寫《二世祖手記》在報上連載後，曾出版二十餘集單行本，風行一時。一九六一年所寫小說《租妻記》由邵氏兄弟（香港）有限公司拍成電影，改名為《夏日的玫瑰》。

簡而清（一九二七—二〇〇〇）

香港出生，原籍廣東番禺。家中排行第八，故有簡老八稱號。中學未畢業即進入社會工作。隨兄長學習英文。曾任職文員、報館校對員、翻譯員、體育記者、馬評人、馬經版編輯、專欄作家等，也曾擔任電台及電視台節目主持人。家中藏書豐富，寫作性質範圍廣泛，除散文、小說外，也涉及食經、馬經、音樂、電影、語言、旅遊、遊戲等方面。此外，也有翻譯關於外國音樂的書籍，如《爵士樂的故事》、《新世界的音樂》及《美國民間音樂》等。簡氏除研究麻將外，對賽馬亦有研究。由於懂得英文，一九四九年已開始為報館撰寫馬評，曾與弟弟簡而和（簡老九）合辦馬迷服務社。

傑　克（一八九九—一九八三）

原名黃天石，生於廣東番禺，祖籍安徽。早年旅居上海，於上海學電機工程後，在廣州粵漢鐵路局及新聞界工作。其後由廣州移居香港。一九二一年，與黃冷觀合編《雙聲》，在創刊號發表的〈碎蕊〉，是香港較早的白話文體小說。此外，在第二期發表的〈誰之妻〉，則是半白話體小說。一九二二年，赴昆明任唐繼堯顧問。一九二六年訪日考察後回港，一九二七年創辦香港新聞學社，並於一九二九年再度赴日。一九三二年，在馬來亞編《南洋公論》，並曾在吉隆坡任柏屏義學校長。一九三六年返港後，黃氏先後任香港《大光報》、《循環日報》、《華字日報》編輯及主筆。太平洋戰爭爆發前，黃天石的小說《紅巾誤》被改編為粵語片，是其中一部最早改編為電影的香港小說。抗日戰爭期間，曾於桂林、重慶居住。戰後回港，發表大量言情小說，甚受讀者歡迎。是時香港盜印成風，黃氏作品多有偽作，黃天石於一九四九年十月二十九日發表聲明，揭發冒名偽作多種，並開設香港基榮出版社自印作品。黃氏曾獨資創辦《文學世界》十日刊，出至第十二期，停刊。一九五五年，香港中國筆會成立，黃氏於一九五六年給選為國際筆會香港中國筆會會長，長達十年。一九五六年，《文學世界》復刊，每年刊出四期，作為筆會的刊物。黃天石主要著作有《痴兒女》、《名女人別傳》、《紅衣女》、《改造太太》等。

雨　季（蔡浩泉）（一九三九——二〇〇〇）

原名蔡浩泉，畫家。畢業於台灣師範大學。回港後曾從事教員、記者、美術工人、設計師、佈景、廣告、編輯、副導演及美術指導等不下二十種職業。在五十年代文藝風極盛時期，蔡氏為「流星社」主將之一，與王敬羲、崑南、西西、盧因、藍布衣等文藝青年，同為學生園地撰稿。於一九八二及八三年曾於大會堂舉行畫展，以傳統水墨創出現代畫風。蔡氏長期為《星島日報》及《新報》任副刊美術、編輯工作，並曾為《素葉》、《大拇指》、「今日世界」叢書等文藝刊物繪畫插圖及設計封面。生平好酒，愛貓，與友人遊。此外，亦創作小說並撰寫專欄。

南宮搏（一九二四——一九八三）

浙江餘姚人。原名馬漢嶽，又名馬彬，筆名馬兵、史劍、齊簡、碧光等。抗日戰爭期間，在桂林《掃蕩報》工作。桂林告急時，撤退至重慶，在重慶《掃蕩報》任編輯。一九四九年，在上海《和平時報》任總編輯。自滬來港，曾創辦南天出版社。賣文為生，撰寫大量歷史小說。有《武則天》、《玄武門》、《洛神》、《太平天國》等。留下作品六十餘部，其中有英文、法文、西班牙文和日文譯本。一九七二年，作品《洛神》由楊喜松先生翻譯後交日本《文藝春秋》雜誌連載，俟後得「現代中國歷史小說第一人」之稱。赴台後，主持《徵信新聞報》，繼而出任《中國時報》社長兼評論撰述委員。

任護花（一九〇三？——一九七六）

周白蘋，原名任護花，筆名另有金牙二等，報人、小說家、粵劇編劇、電影工作者。原籍廣東鶴山。日軍侵粵前，在廣州《公評報》任職。一九三八年十月廣州淪陷，來港辦隔日刊小型報《先導》與《紅綠》。香港淪陷後，前往韶關辦《粵華報》。抗戰勝利後回港，創辦《紅綠日報》。以周白蘋筆名寫的《中國殺人王》、《牛精良》系列，大受歡迎，曾印成單行本，並在七十年代由當時的亞洲電視改拍成電視劇。五十年代亦曾於電影圈工作，起用梁醒波、新馬師曾、羅劍郎拍攝粵語片，票房甚佳，時有「任護花大笑片」為票房保證之說。此外，還以金牙二筆名寫三及第怪論，這比三蘇的怪論還要早。

亦　舒（一九四六——）

原名倪亦舒，另有筆名梅峰、依莎貝、玫瑰等。生於上海，原籍浙江，倪匡為其兄長。五歲時來港定居，在香港完成中小學教育，曾就讀蘇浙小學、嘉道理官立小學和何東女子職業學校。中學畢業後當過《明報》記者，負責新聞、專訪及娛樂消息；也曾擔任電影雜誌採訪和編輯等。一九七三年赴英留學，於曼徹斯特修讀酒店食物管理。一九七六年畢業後返港，先後任職於酒店公關部及政府新聞處。此外，亦曾當過佳藝電視台編劇。求學時期已喜讀文學作品。十四、五歲時寫小說〈暑假過去了〉，發表在《西點》雜誌上，首部個人小說集《甜甽》於一九六三年出版。其後陸續在報章雜誌上寫專欄，早期作品多刊於《中國學生周報》內，後期作品則多在《明報》發表。不少作品給改編成電影，如《玫瑰的故事》、《朝花夕拾》。除小說外，也寫散文及人物訪問稿。現居加拿大，仍繼續寫作。

《香港文學大系一九五〇—一九六九》編輯委員會鳴謝
以下人士及單位，資助本計劃之研究及編纂經費：

李律仁先生

・

香港藝術發展局

・

香港教育大學 中國文學文化研究中心

香港藝術發展局
Hong Kong Arts Development Council 資助

香港藝術發展局全力支持藝術表達自由，
本計劃內容並不反映本局意見。

香港教育大學
The Education University
of Hong Kong

中國文學文化研究中心